KB131087

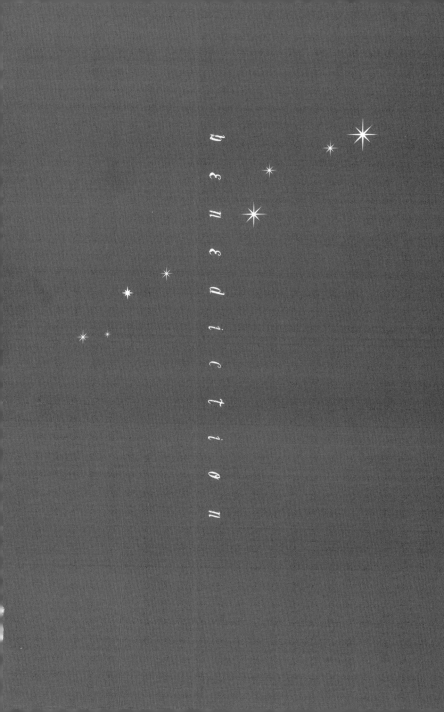

BENEDICTION
by Kent Haruf

Copyright ⓒ Kent Haruf, 2013
Korean Translation Copyright ⓒ MUNHAKDONGNE Publishing Corp., 2017

This Korean edition is published by arrangement with Nancy Stauffer Associates, USA
through Danny Hong Agency, Korea.
All Rights Reserved.

이 책의 한국어판 저작권은 Danny Hong Agency, Korea를 통해
Nancy Stauffer Associates, USA와 독점 계약한 (주)문학동네에 있습니다.
저작권법에 의해 한국 내에서 보호를 받는 저작물이므로
무단 전재 및 무단 복제를 금합니다.

이 도서의 국립중앙도서관 출판예정도서목록(CIP)은
서지정보유통지원시스템 홈페이지(http://seoji.nl.go.kr)와
국가자료공동목록시스템(http://www.nl.go.kr/kolisnet)에서 이용하실 수 있습니다.
(CIP제어번호: CIP2017002548)

benediction

축복

켄트 하루프Kent Haruf 장편소설 ⏐ 한기찬 옮김

문학동네

일러두기

1. 주석은 모두 옮긴이주이다.
2. 본문 중 고딕체는 원서에서 이탤릭체로 강조한 부분이다.
3. 성서의 인용은 주로 개역개정판에 따랐다.

캐시에게

베니딕션Benediction − 축복의 말, 은총을 빌어줌

차례

benediction

1

검사 결과가 나오자 간호사가 그들을 진찰실로 불렀다. 의사가 들어오더니 별말 없이 그들을 쳐다본 다음 자리에 앉으라고 했다. 그들은 의사의 얼굴 표정만으로도 문제가 있다는 것을 알 수 있었다.

어서 말해요, 대드 루이스가 말했다. 그냥 말씀하세요.

아무래도 좋은 소식을 드리지 못할 것 같군요. 의사가 말했다.

그들이 주차장으로 내려왔을 때는 오후도 기울어 있었다.

당신이 운전해요. 대드가 말했다. 난 하고 싶지 않아.

그렇게 기분이 언짢은 거예요, 여보?

아니. 그렇게까지 나쁘진 않아요. 그저 이곳 전원 풍경을 보고 싶어서 그러는 것뿐이오. 다시는 여기 오지 않을 거니까.

당신 대신 운전하는 건 괜찮아요. 그녀가 말했다. 그리고 언제든 당신이 원하면 다시 이리로 올 수 있어요.

그들은 산악지대에 있는 덴버를 빠져나와 고원지대로 돌아갔다. 목초지에서는 세이지브러시와 소프위드, 블루그라마, 버펄로그래스가 자랐고, 경작지에서는 밀과 옥수수가 자랐다. 고속도로 양옆에는 자갈이 깔린 카운티 도로가 깨끗한 청색 하늘 아래로 뻗어 있었는데, 평평하고 탁 트인 전원을 배경으로 여기저기 고립된 작은 마을들이 몇 있을 뿐 모든 도로가 책에 자를 대고 그어놓은 직선처럼 곧았다.

집에 도착했을 때는 해질녘이었다. 대기가 다시 서늘해지기 시작할 무렵이었다. 그녀는 홀트 서쪽 외곽의 자갈 도로에 있는 자신들의 집 앞에 차를 세웠다. 대드는 차에서 내려 한동안 그 자리에 서서 집을 바라보았다. 그 낡고 하얀 집은 1904년에 건축되었는데 당시에는 거리라고 할 수도 없는 이 도롯가에 처음 생긴 집이었다. 1948년 그가 메리와 결혼하면서 그 집을 매입했을 때도 그곳엔 집이 서너 채밖에 없었다. 당시 그는 스물두 살이었고 메인 스트리트의 철물점에서 일했는데, 철물점 주인이던 다리 저는 노인이 딸과 함께 살기 위해 이사를 가기로 마음먹으면서 대드에게 가게를 사는 게 어떻겠느냐고 제안했다. 대드는 그때 벌써 마을에 제법 알려져 있었고, 은행가들도 그를 알고 있어서 이것저것 묻지 않고 대출을 해주었다. 그렇게 해서 그는 이 지역 철물점 주인이 되었다.

그 집은 붉은 지붕널을 덮고 미늘판벽을 댄 2층짜리 목조 가옥으로, 구식의 검정 장식 쇠울타리가 빙 둘러 세워져 있고 꼭대기에 뾰족한 창들과 고정형 고리 장식이 달린 철대문이 있었다. 뒤편으로 뚝 떨어진 곳엔 붉은 칠을 한 낡은 헛간 하나와 막대를 박아 만든 간단한 가축우리가 있었는데, 그곳은 온통 잡초가 우거져 있고 그 너머에는 탁 트인 전원 말고는 아무것도 없었다.

집안에 들어간 그는 아래층 침실에서 낡은 바지와 스웨터로 갈아입은 다음 다시 밖으로 나와 포치의 의자에 앉았다.

그녀가 남편을 찾아 밖으로 나왔다. 지금 저녁식사를 하겠어요? 샌드위치를 만들어줄 수 있는데.

아니. 아무것도 먹고 싶지 않아요. 맥주 한 병만 갖다주면 좋겠는데.

음식은 전혀 먹고 싶지 않은 거예요?

나 빼고 당신 혼자 들어요.

잔도 갖다드려요?

아니, 잔은 괜찮아요.

그녀는 안으로 들어갔다가 차가운 맥주병을 들고 나타났다.

고마워요. 그가 말했다.

그녀는 집안으로 들어갔다. 그는 맥주를 병째 마시면서 여름날 저녁의 조용하고 텅 빈 거리를 바라보았다. 버타 메이의 노란 집이 이웃해 있고 그 너머로 다른 집들이 고속도로까지 자리잡고 있으며, 거리 바로 맞은편은 공터였다. 다른 쪽으로 세 블록 떨어진 곳에는 철로가 나 있는데, 마을의 이쪽 구역, 그의 집과 철로 사이는 아직 개발되지 않은 채 텅 비어 있었다. 집 앞 나무들의 나뭇잎들이 조금씩 바람에 날리고 있었다.

그녀가 크래커와 치즈, 네 쪽으로 자른 사과와 아이스티 한 잔이 담긴 쟁반을 가져왔다. 이것 좀 들어봐요. 그녀가 그에게 쟁반을 내밀었다. 그는 사과 한 쪽을 집어들었고 그녀는 그의 곁에 놓인 다른 의자에 앉았다.

이젠 끝이로군. 그가 말했다. 결정이 난 거야. 안 그래요?

의사가 틀렸을 수도 있어요. 의사들도 종종 틀린다고요. 그녀가 말했다. 의사들 말을 꼭 믿어야 하는 건 아니잖아요.

난 그런 식으로는 생각하고 싶지 않아요. 그들 말이 옳다는 걸 느낄 수 있거든. 시간이 별로 남지 않았어요.

나는 그렇게 믿고 싶지 않아요.

그래요. 하지만 그렇게 될 게 분명한걸.

아직 당신을 보내고 싶지 않아요. 그녀가 말했다. 그녀가 팔을 뻗어 그의 손을 잡았다. 그러고 싶지 않다니까요. 그녀의 눈에 눈물이 고였다. 난 아직 그럴 준비가 안 됐어요.

알아요…… 조만간 로레인에게 전화를 하는 게 좋겠어요. 그가 말했다.

내가 전화를 할게요.

아직 집에 올 것까지는 없다고 해요. 그애한테 시간을 좀 주자고.

그는 맥주병을 보더니 눈앞에 들어올렸다가 작게 한 모금을 마셨다.

떠나기 전에 좀더 고급 맥주를 마셔볼까봐요. 어떤 친구가 무슨 얘기 끝에 벨기에 맥주 얘기를 하던데. 벨기에 맥주를 마셔볼까. 근방에서 구할 수 있다면 말이오.

그는 포치에 앉아 맥주를 마시며 아내의 손을 잡고 있었다. 결국 진실은 자신이 죽어가고 있다는 것이었다. 그것이 사람들이 하는 말이었다. 그는 여름이 끝나기 전에 죽을 것이다. 9월 초가 되면 마을 동쪽으로 3마일 떨어진 공동묘지에서 자신의 유해 위로 흙더미가 덮이리라. 누군가가 비석 위에 그의 이름을 새길 테고 그는 아예 존재한 적도 없는 존재가 될 것이다.

2

아침 아홉시, 그는 거실 창가 의자에 앉아 옆뜰을, 나무 아래
의 짙은 그늘을, 그 나무 너머에 있는 장식 쇠울타리를 내다보고
있었다. 아까 그는 아침을 먹었다. 배가 고프지 않았는데도 식사
를 했다. 그는 이제 자신이 먹고 싶지 않은 것은 어떤 것도 먹지
않으리라고, 남은 평생 절대로 쇠울타리를 다시 칠하지 않으리
라고 생각하고 있었다. 그때 메리가 방으로 들어왔다.

그녀는 물뿌리개를 들고 있었다. 아침식사를 한 그릇들을 설
거지하고 물기를 닦아 찬장에 넣은 뒤 뒤편 잔디밭 스프링클러
를 작동시키러 나갔다가 이제 실내에 있는 화분에 물을 주러 들
어온 것이었다. 맑고 무더운 날이었다. 구름 한 점 없었다. 그런
데 거실을 가로질러 오던 그녀가 갑자기 바닥에 떨어진 옷가지

처럼 맥없이 쓰러지고 말았다. 그녀가 쓰러지면서 들고 있던 물 뿌리개가 나동그라졌다. 장밋빛 벽지에 물이 튀면서 벽에 얼룩이 점점 번져갔다.

여보. 대드가 말했다. 괜찮아요? 이게 무슨 일이야?

그녀는 움직이지도, 대답하지도 않았다.

메리. 맙소사. 이게 대체 무슨 일이야?

그는 자리에서 일어나 그녀에게 몸을 굽혔다. 그녀의 눈은 감겨 있고 땀이 난 얼굴은 몹시 붉었다. 그러나 숨은 쉬고 있었다.

메리. 여보.

그는 그녀의 곁에 무릎을 꿇고 앉아 이마를 짚어보았다. 이마가 뜨거웠다. 그는 그녀를 끌어당긴 다음 겨드랑이 밑으로 팔을 넣어 소파에 기대 앉혔다. 내 말 들려요? 전화를 해야겠어. 곧 돌아오리다. 그녀는 알아들은 기색을 보이지 않았다. 잠깐 혼자 둬도 괜찮겠어? 금방 돌아올게요. 그는 빠른 걸음으로 부엌으로 가서 병원 응급실로 전화를 걸었다. 그런 다음 돌아와 다시 바닥에 앉아 그녀를 잡고는 조심스럽게 말을 걸고 뺨에 입을 맞추고 축축한 흰 머리칼을 뒤로 쓸어넘겨주고 팔을 토닥이며 기다렸다. 잠시 후 밖에서 사이렌 소리가 나더니 사람들이 현관에 와서 노크를 했다.

들어와요. 대드가 소리쳤다. 맙소사. 어쩌자고 노크를 하는 겁니까? 어서 들어오라니까.

휜 셔츠에 까만 바지 차림을 한 남자 둘이 들어와 바닥에 있는 대드와 그의 아내를 보고는 무릎을 꿇고 앉아 그녀를 살펴보기 시작했다. 어떻게 된 일입니까?

기절했어요. 거실을 걸어오다가 그냥 바닥에 쓰러졌어요.

젊은 쪽이 일어나더니 구급차로 가서 바퀴 달린 들것을 가져왔다.

뒤로 좀 물러나주시겠어요? 남자가 말했다.

뭐라고? 대드가 대꾸했다. 뭐라고 했습니까?

선생님께서 뒤로 물러나셔야 부인을 돌봐드릴 수 있습니다. 선생님은 괜찮으신가요? 선생님도 별로 좋아 보이지 않는데요.

아니, 난 괜찮아요. 어서 일이나 해요.

그들은 백발 노파를 바퀴 달린 들것에 올리고 가슴과 다리를 가로질러 띠를 채웠다. 대드는 바닥에서 일어나 그 광경을 지켜보았다. 그가 그녀의 몸에 손을 얹었다.

아내에게 아무 일도 일어나지 않게 해줘요. 그가 말했다.

그러겠습니다, 선생님. 최선을 다하겠습니다.

그런 말이 아니에요. 최선을 다하는 것으로는 충분치 않아요. 이 사람은 내 아내란 말이오. 이 여자는 내게 이 세상 전부라고.

알겠습니다. 하지만……

아니, 여기에 토 달지 말아요. 내가 하라는 대로 해요. 자, 어서 출발해요. 그는 그녀의 얼굴 가까이로 몸을 숙이고는 뺨을 토닥이고 입을 맞추었다.

두 남자는 그녀를 구급차로 옮겼다. 잠시 후 집 앞에서 다시 사이렌 소리가 났고, 그 소리는 거리 위쪽으로 점점 멀어져갔다.

3

그녀는 메인 스트리트 남쪽 끝에 있는 홀트 카운티 메모리얼 병원에 거의 사흘을 입원했다. 병원에서는 그녀가 나이가 많은 데다 일을 너무 많이 했고 혼자서 남편을 돌보느라 지쳤다는 것 말고는 별다른 원인을 찾지 못했다.

첫째 날 해질녘이 되자 환자의 상태가 약간 호전되었다. 그러나 병원에서는 그녀에게 아직 안정이 필요하다고 했다. 간호사가 물었다. 혹시 병원에 와서 보살펴줄 만한 분이 있나요?

모르겠어요. 그녀가 말했다. 어쩌면 있을지도 모르겠네요. 하지만 남편이 걱정되는군요. 그이가 혼자 있으니 말이에요.

남편분은 집에 계시는 게 괜찮다고 말씀하셨답니다.

누구한테요?

환자분을 구급차로 실어온 사람들한테요. 그 사람들이 물었더니 괜찮다고 하신 모양이에요.

아니, 괜찮지 않아요. 그이는 자기가 어떤지 인정하려 들지 않았을 거예요. 낯선 사람들한테는 더 그랬을 거고요.

그 사람들 말이 남편분 성격이 조금 까다로워 보인다고 했어요.

아니, 그렇지 않아요. 그이는 그저 자기 식대로 굳어진 것뿐이에요. 특별히 나쁜 뜻이 있어서가 아니고요. 하지만 그이는 전혀 괜찮지 않아요. 지금 그이는 나도 없는 집에 혼자 있다고요.

이웃이나 다른 분은 없나요?

있을지도 모르겠네요. 그녀는 병실 건너편을 바라보았다. 저 전화기 좀 갖다주겠어요?

이웃분께 전화하고 싶으세요? 그러기엔 좀 늦은 시각인데요, 루이스 부인.

대드에게 전화를 하고 싶어서요. 남편과 통화하고 싶어요.

하지만 지금은 누구하고도 전화 통화를 하시면 안 돼요. 안정을 취하셔야 하니까요.

전화기 좀 갖다주겠어요? 그리고 혼자 통화를 하고 싶어요. 부탁드려요.

간호사는 그녀를 바라보더니 전화기를 가져와 병상 곁 테이블에 놓고 밖으로 나갔다. 그가 전화를 받기까지 한참이 걸렸다.

여보세요. 대드 루이스요. 거칠고 늙은 음성이었다.

여보, 어떻게 지내요?

당신이야?

네. 저예요. 괜찮은 거예요?

당신 지금 자고 있어야 하잖아요. 당신이 쉬고 있을 줄 알았는데.

당신이 어떤지 알고 싶어서요.

내가 오늘 아침에, 그리고 또 오후에도 전화했는데, 내가 전화했었다는 말을 듣지 못했어요?

아뇨. 그런 말 없었어요.

그렇군. 아무튼 내가 전화를 했었다오.

병원에서 저에 대해 뭐라고 했나요?

안정을 취할 필요가 있다고 했어요. 마음을 편히 먹고 기운을 차려야 한다고.

난 그저 지친 거예요, 여보. 병원에 와서 정신을 차려보니 온통 땀으로 젖어 있었어요.

사람들이 왔을 때부터 이미 그랬어요. 기억이 나지 않는 모양이군.

기억나지 않아요.

하지만 당신 괜찮아지는 거지? 병원에서 그렇게 말하지 않던가요?

그저 기운이 없는 것뿐이에요.

병실 밖 복도에서 사람들이 대화를 나누고 있었고, 간호사가 그녀의 상태를 확인하러 들어와 있었다.

이제 전화를 끊으라고 하네요. 저녁은 좀 드셨어요. 여보?

좀 먹었어요.

뭘 드셨는데요?

수프를 데워 먹었어요. 당신 몸조리나 잘하도록 해요. 대드가 말했다. 그렇게 할 거지?

잘 자요, 여보. 그녀가 말했다.

그 옛날 첫날밤을 보낸 뒤로 그들은 여전히 늘 아래층 침실에 놓인 낡고 포근한 더블침대에서 함께 잠자리에 들었다. 그가 병에 걸려 죽어가고 있으며 밤중에 끊임없이 뒤척이는 지금도. 그녀는 남편 곁에서 자겠다고, 다른 곳에서는 절대로 자지 않겠다고 고집을 피웠다. 그런데 이제 밤이 낯설고 쓸쓸했다. 그녀가 없는 밤은 외로웠다. 그는 새벽 세시에 잠을 깨어 화장실에 갔다가 침대로 돌아와, 방안이 희뿌옇게 밝아오기 시작하면서 경대 서랍의 놋쇠 손잡이와 벽장 문에 붙은 거울을 알아볼 수 있을 때까지 한동안 잠들지 못한 채 이런저런 생각에 잠겼다.

아침이 반쯤 지났을 때 이웃집 노파가 건너와 현관문을 두드리더니 대답을 기다리지도 않고 문을 빼꼼 열었다. 여보세요? 대드, 집에 있어요?

누구요?

옆집 버타 메이예요.

아, 그렇군.

좀 들어가도 될까요?

어서 들어와요.

그녀가 어린 소녀를 데리고 들어와 거실에 서서 그를 바라보았다. 그는 트레이닝팬츠에 낡은 플란넬 셔츠 차림이었다.

메리가 전화를 했어요. 버타 메이가 말했다. 아저씨 혼자 집에 계실 거라고요.

집사람이 무엇 때문에 그랬는지 모르겠군요.

아저씨가 걱정돼서 그런 거예요.

그래요. 하지만 난 괜찮아요.

그럴지도 모르죠. 아닐지도 모르고요.

대드가 그녀를, 그런 다음 소녀를 쳐다보았다. 자리에 좀 앉겠소? 내가 일어서지는 않을 거니까.

괜찮아요. 뭐 좀 도와드릴 일이 있는지 보러 왔어요. 필요하신 게 있는지 말이에요.

그런 거 없어요.

정말이에요?

난 괜찮아요. 그런데 같이 온 아이는 누굽니까? 그가 물었다.

손녀딸 앨리스예요. 전에 본 적이 없던가요?

울타리 너머로 아이가 마당에 있는 걸 보기는 했어요.

이제 나와 함께 살아요. 애야, 대드 루이스 할아버지께 인사드
리렴.

소녀는 여덟 살이었고, 몸이 가냘프고 갈색 머리에 청색 데님
반바지와 흰 티셔츠 차림이었다.

안녕하세요. 아이가 말했다.

그래, 반갑구나. 대드가 아이에게 말했다.

버타 메이가 말했다. 뭐 필요한 일이 있는지 잠깐 부엌 좀 봐
도 되겠어요?

거긴 괜찮아요. 그저 정리가 좀 안 됐을 뿐이지.

잠깐 볼게요. 그녀가 거실을 나갔다. 소녀는 그대로 남아 주위
를 둘러보고는 의자에 앉은 대드 루이스를 바라보았다.

어째서 할아버지를 그렇게 부르는 거예요? 아이가 물었다.

뭘 말이냐?

'대드*'라고 말이에요.

나한테도 너 같은 딸아이가 있었기 때문이지. 그애가 태어났

을 때부터 사람들이 나를 그렇게 부르기 시작했어. 오래전 일이
란다.

제겐 아빠가 없어요. 아빠가 어디 있는지도 몰라요. 한 번도
본 적이 없거든요.

저런, 안됐구나.

할아버지는 어디 아파요? 아이가 물었다.

그렇다고 할 수 있지. 나를 먹어치우는 암덩어리가 있으니까.

아이가 잠시 그를 꼼꼼히 살펴보았다. 암이 할아버지 가슴에
있는 거예요? 엄마는 가슴에 암이 있었거든요.

나는 온몸에 암이 있단다.

할아버지는 죽게 되나요?

그래. 그렇다고들 하는구나.

아이가 창밖을 내다보았다. 여기서 할머니 집이 보이네요. 뒷
마당도 보여요.

거기서 내가 널 봤단다. 너는 어제도 뒷마당에 있었지. 대드가
말했다.

내가 뭘 하고 있었어요?

모르겠다. 뭘 하는지는 알 수 없었어.

---

* '아빠'라는 뜻.

26

내가 잔디밭에 앉아 있었나요?

그래. 그랬던 것 같구나.

그러면 그때 나는 일을 하고 있었던 거예요.

무슨 일?

민들레를 파내는 일이요. 하나를 파낼 때마다 할머니가 돈을 주세요. 할머니 집에는 민들레가 많아요.

그러면 우리집 민들레도 파내주면 좋겠구나.

할아버지는 얼마를 줄 건데요?

네 할머니와 똑같이 주지.

잘 모르겠어요. 할머니를 거들 일이 있는지 가보는 게 좋겠어요.

이웃집 여자 버타 메이는 설거지를 하고 부엌을 청소한 다음 손녀딸과 함께 집으로 돌아갔는데, 점심때가 되자 아이에게 하얀 마른행주를 덮은 쟁반 하나를 들려 보냈다. 앨리스가 들어오더니 물었다. 이걸 어디에 놓을까요?

그게 뭐냐?

할머니가 할아버지 점심을 만드셨어요. 소녀는 쟁반을 의자에 내려놓고 마른행주를 걷었다. 종이 접시에 감자튀김과 햄 샌드위치, 얼마간의 코티지치즈가 담겨 있고, 파라핀 종이로 싼 케이크도 한 조각 올려져 있었다. 할머니가 물이랑 드시거나 커피를 만들어 곁들여 드시라고 했어요.

너도 좀 먹겠니? 난 배가 고프지 않구나.

할머니가 저와 함께 점심을 먹으려고 기다리고 계세요.

할머니께 고맙다고 전해주렴. 그래줄 거지?

소녀가 나갔다. 창문으로 아이가 울타리를 따라 걸어가다가 노란 집으로 들어가는 모습이 보였다.

셋째 날 오후 늦게 예고도 없이 메리가 대문을 지나 포치 계단을 올라와 집안으로 들어섰다. 대드는 거실 창가 의자에 앉아 〈홀트 머큐리〉 신문을 읽고 있었다. 그가 고개를 들어보니 아내가 거실에 서 있었다.

이런. 대체 여기서 뭘 하고 있는 거요?

병원에서 내보내줬어요.

밖에서 차 소리를 듣지 못했는데. 어떻게 집에 온 거예요?

걸어왔어요.

걸어오다니, 그게 무슨 소리요?

걸어서 집에 왔다니까요.

병원에서 집까지 걸어왔다는 거예요?

병원에서 바로 보내줄 수 없다고 했어요. 아마 다른 환자를 데리러 간 것 같았어요. 그리고 난 돈을 더 쓸 필요가 없겠다고 생각했고요. 사실 비용이 꽤 나올 테니까요. 병원에서는 기다리라고 했지만 그러고 싶지 않았어요. 얼른 집에 오고 싶었으니까.

이런, 맙소사. 대드가 말했다. 당신이 병원에 입원한 이유가 몸이 지쳐서였는데 이 무더운 오후에 마을을 가로질러 집까지 걸어오다니.

지금은 그렇게까지 덥지 않아요.

대체 그 사람들 어떻게 된 거지? 당신을 이렇게 보내다니.

병원에서도 나를 보내고 싶어하지 않았어요. 내 마음대로 그냥 나온 거지. 당신한테 제대로 된 저녁을 만들어주고 싶었어요.

그는 그녀를 멀거니 쳐다보았다. 맹세코 당신이 계속 이런 식으로 나오면 난 더이상 지체하지 않고 이 자리에서 죽어버릴 거예요. 당신이 다시는 이런 짓을 하지 않도록.

그녀는 거실을 가로질러 오더니 작고 곧고 늙은 몸으로 남편 앞에 버티고 서서 느린 어조로 곧장 이렇게 말했다. 그런 말 하지 말아요. 그런 못된 소리 하지 말라고요. 두 번 다시 그런 말 말아요. 당신한테는 그런 말을 할 권리가 없어요. 알겠어요, 대드?

그는 그녀의 시선을 외면했다.

진심으로 하는 말이에요. 나는 그런 말 참고 받아주지 않을 거예요. 당신 때문에 내 가슴이 갈가리 찢어질 테죠, 이 몹쓸 영감 같으니. 언젠가 그렇게 될 거예요. 하지만 그렇다고 해서 그런 소리를 하면 안 돼요. 자, 저녁으로 뭘 먹고 싶어요? 집에 제대로 된 게 뭐가 있는지 모르겠네.

모르겠소. 난 아무래도 좋아.

뭔가 괜찮은 음식을 만들어주고 싶어요.

그녀는 허리를 숙여 그의 이마에 입을 맞추고 한 팔로 어깨를 안아준 다음 그의 검버섯 핀 손을 다정하게 잡아 한참 동안 자신의 뺨에 갖다댔다.

부엌에 가봐야겠어요. 사흘이 아니라 삼 주 동안 집을 비운 기분이에요.

저녁식사를 마치고 설거지를 끝내고 대드를 잠자리에 들게 한 다음 메리는 덴버에 사는 로레인에게 전화를 걸었다. 이제 집에 올 때가 된 것 같구나, 얘야. 네가 시간이 된다면 말이야.

아빠가 더 나빠지셨어요?

그래. 네게는 말하지 않을 생각이었지만.

무슨 말을요?

의사 말이 네 아빠에게 한 달 남짓밖에 남지 않았다고 하는구나.

엄마, 그 사실을 언제 안 거예요?

지난주 금요일.

어째서 나한테 전화하지 않았어요?

오, 얘야, 나도 그 사실에 익숙해지려고 애쓰는 중이란다. 아직도 그 사실을 말로 할 수가 없어. 그녀는 울음을 터뜨렸다.

엄마.

나도 병원에 있었어. 그녀가 말했다. 그 사실도 알아두는 게 좋겠다.

그건 또 무슨 말이에요?

며칠 전 내가 병원에 실려갔었어.

왜요? 어디가 잘못됐는데요?

내가 너무 지친 거라고 하더구나. 기절해서 쓰러졌어, 바로 이 거실에서.

맙소사. 엄마, 괜찮은 거예요?

그래, 괜찮아. 네가 여기서 좀 거들어줄 수 있으면 고맙겠다. 버타 메이에게 부탁했었지만 그건 옳지 않아. 네가 우리 딸이잖니.

최대한 빨리 갈게요. 먼저 사무실에 얘기를 해야 해요. 하지만 집에 갈게요.

그러면 좋겠구나. 그런데 미처 물어보지 못했네. 넌 괜찮은 거니?

괜찮아요.

리처드는?

그이도 괜찮아요. 별로 달라진 건 없어요.

흠. 그렇단 말이지.

그래요. 그건 중요한 게 아니고요. 가능한 한 빨리 가도록 할게요.

다음날 로레인은 이미 해가 지고 모퉁이에 푸른 가로등이 켜지고 난 후, 홀트로 가는 34번 고속도로로 차를 몰았다. 그녀에게는 모두가 낯익은 풍경이었다. 그녀는 고속도로를 빠져나와 북쪽으로 방향을 틀어 앞마당 안쪽 깊숙이 들어앉은 조용하고 불이 켜진 집들 앞을 지났다. 키 큰 해바라기와 비름, 명아주 같은 잡초가 우거진 텅 빈 공터 옆에는 마당에 나무나 관목 하나 없는 집들도 있었다. 이윽고 그녀가 어릴 때부터 그 자리에 있던 버타 메이의 집이 나오고, 자신들의 하얀 집이 나왔다. 그녀는 차에서 내려 포치 계단을 올랐다. 그녀는 오십대 중반에 까만 머리의 예쁜 여자였다. 공기는 서늘했고 고지의 저녁답게 싱그러운 전원 냄새가 났다.

대드가 벌써 잠자리에 들어서 그녀는 엄마와 함께 침실로 향했다.

벌써 잠드신 거예요? 여덟시 반밖에 안 됐는데.

정말 주무시는지는 모르겠어. 네 아빠는 잠자리에 일찍 들곤 하시지. 언제나 말이야. 너도 아빠가 그렇다는 거 알고 있잖니.

두 사람은 침실 문간에 섰다. 그는 창문을 열어놓고 이불을 몸에 덮은 채 침대에 누워 있었다. 그가 눈을 떴다. 내 딸이 온 거냐? 그가 말했다.

저예요, 아버지.

내가 볼 수 있게 가까이 오렴.

그녀는 방을 가로질러 가 침대에 앉아 아버지에게 키스를 했다. 메리는 로레인이 아버지와 단둘이 있도록 방을 나왔다. 대드는 한동안 딸아이를 빤히 쳐다보았다. 로레인의 눈이 젖어들었다. 그녀는 클리넥스 한 장을 뽑아 눈과 볼을 닦았다.

오, 아빠.

그래. 뭐 지옥은 아니잖니.

그녀는 아버지의 손을 잡았다. 많이 아프세요?

아니. 지금은 아프지 않다.

통증이 전혀 없는 거예요?

이젠 아픈 것도 당연하게 여긴다. 그러지 않으면 몹시 아프겠지. 전에는 그랬어. 그래, 넌 좋아 보이는구나.

고마워요.

운전해서 오는 건 어땠니?

괜찮았어요. 차가 꽤 막혔지만 모두 산 쪽으로 가는 차들이었어요.

직장은?

괜찮아요.

회사에서 여기 오도록 휴가를 준 게로구나.

회사 입장에서도 휴가를 내주는 게 좋을걸요.

그래. 그가 미소를 지었다. 맞는 소리야.

지금은 좀 주무실 수 있어요, 아빠?

분명한 건 내가 여전히 잘 수 있다는 거란다. 네 엄마만 여기 있다면 말이야. 그 사람이 없을 때는 제대로 자지 못했어. 네 엄마가 병원에 실려갔었단다. 엄마가 그 얘기 하던?

했어요.

네 엄마가 글쎄 집까지 걸어왔단다. 그 얘기도 했니?

아뇨.

네 엄마가 그랬어. 찌는 듯이 더운 날에 말이야. 네가 와서 기쁘구나. 네 엄마는 지쳐 떨어졌단다. 너무 무리한 건 아닌지 걱정이 돼. 난 네 엄마가 날 이런 식으로 보살펴주기를 원한 게 아니었다.

알아요, 아빠.

뭐. 이제 됐다. 네가 왔으니.

좀 주무세요. 아침에 뵐게요.

그녀는 아버지에게 다시 키스를 한 다음 부엌으로 갔다. 아버지 상태가 아주 나빠 보여요, 엄마.

나도 알고 있단다. 얘야.

너무 여위셨어요. 안색도 아주 나쁘고요.

도통 음식을 들려고 하지 않아. 배가 고프지 않다면서 말이야. 그냥 깨작거리기만 하시는구나.

일요일 아침, 버치 스트리트에 있는 합동교회의 주보 뒷면에 메리 루이스에 관한 소식이 실렸다. 그녀가 홀트 메모리얼 병원에 입원했다가 퇴원했으며 대드 루이스의 병세에는 차도가 없으니, 신도들에게 그를 위해 계속 기도해줄 것을 당부하는 내용이었다. 로레인이 집에 왔다는 소식도 짤막하게 실려 있었다.

월요일 오후 라일 목사와 존슨 집안의 두 여자가 루이스의 집을 방문했는데, 모두 같은 시각에 왔다. 사십대 후반인 롭 라일은 이 마을에는 신참으로, 키가 크고 여윈 몸집에 머리칼이 까맣고 눈동자가 짙은 사람이었다. 존슨 집안 여자들은 홀트 카운티의 오랜 주민이었다. 과부 윌라 존슨은 긴 백발을 구식으로 머리 뒤편에서 묶고 알이 두꺼운 안경을 썼다. 독신이며 예순이 넘은 그녀의 딸 에일린은 프런트레인지의 조그만 마을에서 근 사십 년간 교직에 있다가 조기 은퇴한 후 여름을 보내기 위해 집에 와 있었는데 좀더 머물지도 몰랐다. 그들은 홀트 동쪽, 고속도로를 따라 남쪽으로 1마일가량 떨어진 사구砂丘의 카운티 도로 언저리에 살고 있었다.

그들 모녀가 왔을 때 라일은 거실 소파에 앉아 대드 루이스와 메리와 대화를 나누고 있었다. 로레인이 목사에게 블랙커피 한 잔과 작은 자기 접시에 담은 쿠키를 갖다주었다. 존슨 집안 모녀가 들어서자 로레인은 일어나 그들을 집안으로 안내했고, 라일은 자리에서 일어섰다. 그들은 서로 악수를 했다. 로레인이 식사실에서 자신과 에일린이 앉을 의자를 가져왔다.

그런데 대드, 오늘은 좀 어떠세요? 윌라가 물었다. 좀 차도가 있나요?

그렇다 해도 알 수 없는 일이죠. 확실한 것은 딸애가 와서 한결 나아졌다는 겁니다.

그래요, 따님이 집에 왔다고 교회 주보에도 실렸어요. 윌라가 이번에는 로레인을 보고 말했다. 이제는 따님도 집에 있어야겠네요.

엄마가 병원까지 가셨으니 그래야겠죠.

그 일도 주보에 나왔지. 아주머니가 입원하셨던 일 말이에요.

우린 그걸 보고야 알았지 뭐예요. 우리한테 전화하지 그랬어요, 메리.

공연히 폐 끼치고 싶지 않았어요. 메리가 대답했다. 당신이라도 그랬을 거예요.

대드가 전화를 할 수도 있었을 텐데요.

그이가 전화를 하지 않아 다행이죠.

이젠 로레인이 있어요. 대드가 말했다. 그러면 됐지요.

알겠어요. 그러면 이제 잠자코 있을게요. 나도 언제 입을 닫아야 하는지는 안답니다.

말씀하지 않으실 건 없어요. 그런 뜻이 아녜요. 메리가 말했다.

엄마가 정말 가만 계신다면 생전 처음 있는 사건이 될 거예요. 에일린이 말했다.

오, 이젠 내 딸까지 나를 공격하는구나.

그 말에 모두가 잠시 웃었다.

라일은 소파에 앉아서 그들이 이야기하는 광경을 보고만 있었다. 얼마 후 그가 말했다. 이젠 가봐야겠습니다. 그전에 함께 기도를 좀 드릴까요. 그가 고개를 숙이자 그들은 그런 그를, 그의 검은 머리를 바라보다가 모두 일제히 고개를 숙였다. 목사가 기도했다. 오, 하느님 아버지시여. 저희는 당신께서 여기 이 가족과 이 사람을 특별히 보살펴주시기를 원하옵나이다. 모든 인간이 당신 아드님의 죽음과 부활을 이해하고 확신함으로써 이르는 저 평온과 평화로 이 사람을 인도하시도록 당신의 무한한 자비를 청하옵나이다. 로레인은, 맞은편 소파에 앉아 고개를 숙이고 양손을 잡은 채 기도하고 있는 목사를 바라보다가 이번에는 아버지 쪽을 보았는데, 그녀의 아버지 역시 목사를 바라보고 있었다. 이윽고 라일이 기도를 마무리지었다. 오, 주여, 부디 저희의 기도를 들어주시옵소서. 아멘. 그는 일어서서 모두와 악수를 나눈 다음 대드 루이스의 어깨에 가볍게 손을 올렸다. 로레인이 포치로 통하는 문까지 그를 배웅했다.

이렇게 와주셔서 감사해요. 그녀가 말했다.

부친을 성가시게 하고 싶지는 않지만 괜찮다면 다시 오겠습니다.

네. 괜찮을 거예요.

부친께서는 그다지 종교적인 분 같지 않습니다.

그래요. 우리가 아는 방식으로는 아니죠.

알겠습니다. 아마 그분 나름대로는 종교가 있으실 테죠.

아마도요.

이제 가보겠습니다. 목사는 악수하려고 손을 내밀었다가 그녀가 포옹하는 바람에 깜짝 놀랐다. 그는 그녀보다 훨씬 키가 컸다.

와주셔서 감사해요. 그녀가 다시 한번 같은 말을 했다.

그는 차를 세워놓은 길가로 걸어갔다. 그녀는 그 자리에 선 채 그가 차를 몰고 떠날 때까지 지켜보았다. 그런 다음 그늘진 포치에 매어둔 그네에 앉아 담배를 꺼내 피웠다. 공기는 뜨겁고 건조하고 맑았지만 그늘에 있는 쪽이 훨씬 나았다. 얼마 후 이웃집 소녀 앨리스가 장식 쇠울타리 앞으로 다가왔다. 아이는 고개를 돌려 텅 빈 거리 쪽을 보더니 다시 로레인 쪽으로 고개를 돌렸다.

안녕, 앨리스.

제 이름을 어떻게 아세요?

어머니가 말씀해주셨어. 여기 와서 이야기 좀 하자.

저는 아줌마가 누군지 모르는데요.

나도 예전에 여기 살았단다. 너처럼 어릴 때 말이야.

그래도 될지 모르겠네요. 앨리스가 말했다.

그러고 싶다면 네 할머니께 여쭤보렴. 네 엄마와 나는 예전에 함께 놀았단다.

아이는 선 채로 그녀를 바라보더니 다시 거리 쪽을 보다가 마침내 대문을 열고 포치로 올라왔다.

원한다면 앉아도 좋아. 여기, 내 옆에.

아이는 미끄러지듯 그네에 올라앉았다. 두 사람은 천천히 그네를 움직이기 시작했다. 로레인이 다시 담배를 꺼냈다.

아줌마는 늘 담배를 피워요?

가끔 피워.

엄마의 남자친구는 만날 담배를 피웠어요.

로레인이 옆으로 연기를 후 내뱉었다. 무더운 공기 속에서 그네를 흔들자 산들바람이 부는 것처럼 공기가 조금 시원해졌다.

엄마하고 뭐하고 놀았어요?

글쎄. 네 엄마는 나보다 어렸어. 내 동생 프랭크 또래였지. 우리는 밤이면 저쪽 모퉁이 가로등 아래에서 놀았어. 뒤편 헛간에서도 놀았고.

어떤 사람이었어요, 우리 엄마는?

아주 좋은 애였어. 함께 놀면 재미있었지.

아.

그래, 그랬단다. 네 엄마가 그렇게 젊은 나이에 돌아가시다니 참 안됐구나. 로레인이 말했다. 정말 안됐어. 좋은 사람이었는데. 네 엄마가 보고 싶구나.

할머니 말씀이, 누군가 날 키워줄 사람이 있는 건 행운이라고 했어요.

그래, 그럴 거야. 행운인 것 같네. 어느 때든 오고 싶을 때 우리집에 와도 돼.

그분은 죽어가고 있는 건가요?

우리 아버지 말이니?

그분은 죽어가고 있는 거죠?

그래도 무서워할 건 없어. 그저 병든 노인일 뿐이니까. 그분은 너를 해치지 않을 거야. 우리집에 놀러오렴. 함께 뭔가 할 수도 있을 거야.

어떤 거요?

글쎄. 그건 생각 좀 해봐야겠구나.

이제 담배 다 피웠어요?

이건 다 피웠어.

앨리스가 일어서더니 포치 난간에서 재떨이를 가져와 로레인이 재를 떨도록 받쳐들었다.

고맙구나. 로레인이 담배를 비벼 껐다.

별거 아닌걸요.

아이는 재떨이를 도로 갖다놓고 다시 그네에 앉았다. 두 사람은 무더운 오후에 함께 그네를 탔다.

집안에서는 여자들이 여전히 얘기를 나누는 중이었다.

혹시 그분이 멕시코계라고 한 사람은 없나요? 윌라가 물었다. 피부가 너무 검잖아요.

아뇨. 메리가 대꾸했다. 난 그렇게 생각하지 않아요.

내 말은, 어머니 쪽으로 말이에요.

그렇지 않아요.

어쩌면 이탈리아계일지도 모르죠.

합동교회에 봉직하고 계시니까 그렇지는 않을 거예요. 멕시코계라면 프로테스탄트교회 성직자가 되지는 않았을 거예요. 가톨릭교회 성직자가 됐겠죠.

잘생긴 분 같아요. 에일린이 말했다.

그녀의 어머니가 딸 쪽으로 고개를 돌렸는데, 두꺼운 안경알 뒤로 보이는 두 눈이 휘둥그레 커 보였다.

정말이에요. 에일린이 말했다.

그분은 기혼자야. 아내와 십대 아들이 있지.

그래도 잘생길 수는 있는 거잖아요.

덴버의 교회에 있다가 여기로 전출된 거야, 윌라가 말했다. 거기서는 부목사였지.

그렇다고들 하더군요. 메리가 말했다.

그분이 작은 마을에 익숙해졌는지 모르겠어요.

익숙해지는 게 좋을 거요. 대드가 말했다.

여자들이 고개를 돌려 대드를 바라보았다. 그들은 그가 잠든 줄 알았다. 그는 고개를 창 쪽으로 향한 채, 말할 때도 그들을 보지 않았다.

어떤 일도 사람들이 모르는 사이에 그냥 일어나는 법은 없어요. 그가 말했다.

그들은 잠자코 기다렸다. 그러나 그는 더는 아무 말도 하지 않았다.

얼마 후 윌라가 다시 말을 시작했다. 그분, 덴버에서 뭔가 말썽이 있었다고 하더라고요. 아마 그래서 이곳으로 보내졌을 거예요.

어떤 말썽 말인가요? 메리가 물었다.

그분이 덴버에서, 자신이 동성애자라고 밝힌 어떤 성직자를 지지했다가 교회에서 징계를 받았다고 하더군요. 아마 그런 종류의 일이었을 거예요.

대체 그런 소리는 어디서 들은 거예요, 엄마?

어떤 여자분한테서. 외지에서 온 누군가가 내게 그렇게 말했어.

동성애자도 사람이에요. 에일린이 말했다.

물론 그래. 그들이 사람이라는 건 나도 알아. 그렇지 않다는 말이 아니야. 다만 그가 어떤 인물인지 일례를 드는 거지. 우리가 어떻게 볼지 말이야.

방안이 조용해졌다. 앞쪽 포치에서 로레인과 소녀가 말하는 소리가 들렸다. 나지막한 말소리와 그네가 규칙적으로 찌걱대는 조그만 소리. 대드 뒤편 창으로 뜨거운 햇살이 흘러들어오고 있었다.

밖에 좀 나가볼게요. 에일린이 말했다. 잠깐 실례해요.

커피가 더 있는데. 메리가 말했다.

괜찮아요. 이렇게 봬서 반가웠어요, 대드. 그가 그녀 쪽을 보며 고개를 끄덕였다.

그녀는 자리에서 일어나 치마를 바로 하고 포치로 나갔다. 월라와 메리는 나가는 그녀를 지켜보았다.

내가 뭘 어떻게 해야 할지 모르겠어요. 월라가 속삭였다. 당신도 저애가 어떤지 알잖아요. 집에 온 뒤로 내내 저런 식이에요.

따님이 행복해 보이지가 않네요. 메리가 말했다.

행복한 사람이 어디 있겠어요. 하지만 자기 집에 있는 것도 아니면서 굳이 저렇게 뚱하게 있을 건 없잖아요.

우린 따님을 봐서 반가웠어요. 메리는 그렇게 말하고 자리에서 일어나 식사실을 지나 부엌으로 향했다. 그녀는 서쪽 창밖을 내다보았다. 뒷마당은 나무 그늘에 잠겨 있고 그 너머 축사와 헛간에는 뜨겁고 쨍한 햇살이 쏟아지고 있었다. 그녀는 커피 주전자를 가져와 월라의 잔에 커피를 따랐다.

반잔만 주세요. 월라가 말했다. 이제 곧 가봐야 하거든요.

메리는 대드를 바라보았다. 그는 이제 잠들어 있었다. 대머리를 가슴팍으로 떨구고 커다란 두 손을 무릎에 포갠 채.

포치에 있던 두 사람은 그네에 에일린이 앉을 자리를 마련해주었다. 그들 세 사람, 두 여인과 어린 소녀는 더위 속에서 천천히 그네를 탔다. 로레인이 에일린에게 소녀를 소개했다.

언제 너를 보게 될까 기다렸지. 에일린이 말했다.

우리 할머니를 아세요?

오래전부터 알았단다. 네 할머니와 아줌마의 엄마는 예전부터 친구였어.

할머니는 친구가 많아요.

그래. 그렇지.

하지만 친구들과 아무 일도 안 해요.

나이가 들면 그렇단다. 그래도 너와 나는 뭔가 함께 할 일이 있을지 모르겠구나.

이 아줌마도 그렇게 말했어요. 소녀는 로레인을 바라보았다.

우리 모두 뭔가를 하게 될 거야. 로레인이 말했다.

그런데 몇 학년이니, 얘야?

올해 3학년이 돼요.

내가 가르쳤던 학년이구나.

여기서 어느 분이 제 선생님이 될지 모르겠어요. 어떤 분일지도 모르겠고요.

알고 싶니?

그런 것 같아요.

원한다면 내가 너를 학교에 데려갈게. 우리가 함께 선생님을 만나볼 수도 있지 않을까. 아니면 적어도 어느 분인지 알아볼 수도 있고.

아줌마도 여기서 가르치세요?

아니. 난 산지에 있는 다른 마을에서 가르쳤어. 지금은 일을 그만뒀단다.

우리도 전에 산지에 살았어요. 엄마가 살아 계셨을 때요.

윌라가 포치로 나오자 그들은 그녀를 앨리스에게 소개했다. 그런 다음 존슨 집안의 두 여인은 차가 있는 곳으로 가 사구에 있는 집을 향해 떠났고, 앨리스는 할머니의 집으로 돌아갔다.

4

그 일에 종지부를 찍은 것은 사십 년 전이었다. 대드 루이스는 자신이 문제를 알아차리는 데 그렇게 오랜 시간이 걸렸다는 데에 좀 놀랐다. 그는 그 일을 전혀 알아채지 못하고 있었다.

사실을 알고 나자 대드 루이스는 더는 일을 미루고 싶지 않았다. 토요일, 영업시간이 끝나고 마지막으로 작은 물건을 하나 팔고 온통 자국이 난 목재 카운터 너머로 거스름돈을 건네고 마지막 손님이 메인 스트리트의 어두워져가는 차가운 인도로 나가자 대드가 말했다. 문을 잠갔나?

클레이턴은 문 앞에 서서 텅 빈 겨울 거리를 내다보고 있었다. 눈이 올 것 같은데요. 그가 말했다.

그렇군. 대드가 말했다. 다들 갔나?

네, 모두 갔어요. 저도 가려고요. 오늘은 저도 지치네요. 바빴
잖아요.

우선 사무실로 좀 오게. 대드가 말했다.

할 일이 남았나요?

아니. 그저 사무실로 오라고.

그는 몸을 돌려 길고 좁게 늘어서 있는 배관용품과 L자 파이프
와 철제 꺾쇠를 지나고, 감아놓은 사슬과 나일론 로프 꾸러미와
복도 끝에 걸어놓은 가느다란 밧줄을 지나 건물 후미, 뒷골목에
면해 있는 사무실로 들어간 다음 책상에 앉았다.

젊은 점원 클레이턴이 그를 따라와 문 앞에 서서 문틀에 몸을
기댄 채 매일 장사가 끝나면 늘 그랬던 것처럼 말아올렸던 청색
셔츠 소매를 내렸다.

자리에 앉게. 대드가 말했다.

무슨 일이 있나요?

들어와서 자리에 앉아.

너무 오래 걸리지 않았으면 하는데요. 타니아가 기다리고 있
어서요. 애를 돌봐줄 사람을 구해놓고 저녁을 먹으러 나가기로
했어요. 밖에서 말이죠.

그러라고. 하지만 우선 자리에 앉게. 대드가 말했다.

클레이턴이 사무실 안으로 걸음을 옮겨 자리에 앉았다. 무슨

일인데요?

대드는 그를 쳐다보고는 그의 뒤편으로 사무실의 열린 문밖을 잠깐 바라보았다. 골목으로 차가 한 대 지나갔다. 바깥으로 통하는 문에 난 네모난 창으로 차 지붕이 보였다. 그는 회전의자에서 몸을 돌려 뒤편 선반에서 폭이 넓고 청색 표지를 댄 현금영수증 장부를 꺼낸 다음, 몸을 앞으로 돌리고 천천히 의자를 바로 하고는 책상에서 장부를 펴고 원하는 페이지를 찾아 클레이턴이 바로 볼 수 있게끔 장부를 반쯤 돌려놓았다. 이것에 대해 할말이 있나? 대드가 물었다.

클레이턴은 그를 보다가 펼친 장부로 시선을 내렸다. 그는 숫자를 살펴보고는 바로 시선을 들었다. 무슨 말씀이신지 모르겠는데요.

알 거라고 생각하는데.

아뇨. 전혀 모르겠어요. 지금 저를 나무라시는 건가요?

이 일을 필요 이상으로 힘들게 만들려는 건가? 대드가 말했다. 정말 그러고 싶어?

그는 이제 막 끝난 이달 치의 총액을 손끝으로 가리키고는 한 장을 뒤로 넘겨 전달 총액을 가리켰다.

자네는 이 숫자들을 이해하겠나?

저는 도무지 무슨 일인지 모르겠는데요. 클레이턴이 대꾸했다.

내가 보여주지. 잘 보게.

그는 사 년 전 같은 달이 있는 페이지를 펼쳤다. 이것이 보이나? 그가 그해의 총액을 가리켰다.

사 년 전에 비해 상점의 월 매출 평균이 삼백 달러 정도 줄어들었네. 대드가 말했다. 어떻게 그렇게 되지? 대체 원인이 뭐라고 생각하나?

모르겠습니다. 사람들이 아마 다른 데서 물건을 사기 시작했나보죠.

다른 데 어디로 간다는 건가? 이 마을에는 철물점이 여기 하나뿐인데.

어쩌면 전만큼 손님이 없는 건지도 몰라요.

아닐세. 손님은 여전히 많아. 재고 명세를 보면 알 수 있지.

그렇다면 저로서는 알 길이 없네요.

자네가 뭔가 빠뜨렸을지 모르지.

이를테면 무엇을 빠뜨렸다는 건가요?

자네가 잃어버린 물건 같은 것 말일세. 오늘 아침 뒤편 옷걸이에 옷을 걸 때 자네의 윗옷 주머니에서 떨어졌는데 알아채지 못한 물건 말이야.

대드는 몸을 옆으로 기울여 한 다리를 뻗고는 바지 주머니에 손을 넣어 조그만 열쇠를 꺼낸 다음, 몸을 앞으로 숙여 책상 맨

밑 서랍을 열었다. 그는 다시 자세를 바로 하고 페이지들의 절반이 뜯겨 있는 조그만 영수증철을 책상에 올려놓았다. 뜯기고 남은 부분은 바인딩 안쪽에 남아 있었지만, 원래 있었을 카본지는 없는 상태였다.

자네 외투가 걸려 있던 복도 바닥에서 이걸 발견했네. 그가 말했다. 벽에 비스듬히 기대져 있더군. 그래서 나는 자네가 이 일을 어떤 식으로 했는지 알 수 있었네. 손님이 와서 뭔가를 사면 자네는 여기 있는 이 비밀 영수증철에서 영수증을 떼어주고, 손님이 나가고 문이 닫히고 나면 그 돈을 자네 주머니에 챙기는 거지. 아무 흔적도 남기지 않고 말이야. 그렇게 큰돈은 아니었겠지. 그랬다면 내가 알아차릴 테니까. 그리고 자네는 내가 가게 뒤쪽에 있는지, 아니면 여기 이 사무실에 들어와 있는지, 또 어쩌면 집으로 점심을 먹으러 갔는지도 확인해야 했을 거야. 지나치게 자주 그러지는 못했겠지. 그랬다가는 나처럼 의심할 줄 모르는 사람도 의혹을 품게 될 테니까. 그리고 누군가가 삽이나 정원용 괭이를 도로 가져와 환불을 받기 위해 자네가 아니라 나한테 가짜 영수증을 내미는 일이 일어나지 않을까도 걱정해야 했겠지. 아마 자네는 그 일을 상당히 걱정했을 거야. 하지만 실제로 그런 일은 한 번도 일어나지 않았어. 그런데 얼마간 시간이 흐르고 나자 자네는 과욕을 부리게 됐을 거야. 자네가 일 년에 삼사백 달러만 훔쳤다면 나는 아무것도 눈치채지 못했을 걸세. 아니, 일 년에 천 달러쯤 훔쳤더라도 그랬을지 모르지. 하지만 그것도 자네가 외투 주머니에서 이 조그만 영수증철을 떨어뜨리지 않았을 때의 일이지. 그렇잖나.

대드는 말을 멈추고 그를 빤히 쳐다보았다. 클레이턴은 아무 말도 없었다.

단도직입적으로 말하지. 대드가 말했다. 나는 이 일로 화가 치밀었네. 정말이야. 이 일 때문에 인간이란 종족에 대해 다시 생각해보게 됐어. 나는 그런 식으로 생각하고 싶지 않은데 말일세. 대체 왜 그랬나?

맞은편에 앉은 클레이턴의 둥글둥글한 얼굴에 땀이 흐르기 시작했다. 나중에 대드는, 클레이턴이 그렇게 갑작스럽게 땀을 흘렸다는 것을, 그리고 그때가 겨울인 2월이고 바깥은 추웠고 철물점 뒤켠 창문도 없는 그 조그만 사무실에는 온기도 없었다는 사실을 떠올리게 된다.

시간을 얼마나 주실 거죠? 클레이턴이 말했다.

무슨 시간 말인가?

돈을 갚을 시간 말입니다.

자네는 돈을 갚을 수 없네.

당장은 그렇지요. 하지만 시간을 주신다면 갚을 수 있을 겁니다.

아니, 갚을 수 없어. 자네를 여기에 두지 않을 거니까. 자네는 이제 여기서 일하지 않을 거야. 자네를 두 번 다시 보고 싶지 않아.

하지만 제겐 아내와 두 자식이 있어요.

그렇지. 대드가 말했다. 그건 나도 알아. 자네는 가족 생각을 했어야 했어. 자네가 이런 짓을 하면 가족에게 어떤 영향을 미치게 될지 말일세.

클레이턴이 그를 빤히 쳐다보았다. 그는 이마를 닦고 그 손을 바지에 문질렀다.

보안관한테 가실 건가요? 그가 물었다.

아니. 그러지 않기로 했네. 자네 아이들 때문이지. 하지만 여기에 서명을 하게 할 걸세.

어디에 서명을요?

여기 이 서류에.

그게 뭔데요?

대드는 앞에 있는 서랍에서 서류 한 장을 꺼내 책상 건너편으로 밀었다. 클레이턴이 서류에 적힌 내용을 읽었다. 깨끗하게 타이핑된 서류에는 그가 상점에서 돈을 훔친 방식과 그가 그 내용을 인정했다는 사실, 그리고 훔친 돈의 총액 몇천 달러와 그가 그 내용 역시 인정했다는 것이 적혀 있었고, 하단에는 그의 이름을 써넣는 서명란과 날짜를 기록하는 난이 있었다.

만일 제가 서명한다면 이 서류를 어떻게 하실 겁니까?

오, 자넨 서명을 하게 될 거야. 두말할 필요도 없는 일이지.

좋아요. 서명한다고 치고, 그다음에는 어떻게 되는 거죠?

그러면 그 서류를 은행 안전금고에 보관할 걸세. 혹시라도 자네가 홀트로 돌아올 생각을 하게 될 경우에 대비해서 말이야.

하지만 전 홀트를 떠나지 않을 건데요.

아니, 떠날 걸세.

사장님께선 제가 마을을 떠나는 것도 원하시는 겁니까?

떠나지 않는다면 수시로 자네와 맞닥뜨리게 되겠지. 대드가 말했다. 어쩔 수 없이 메인 스트리트 어디선가 다시 볼 수밖에 없을 거야.

하지만 저는 여기서 자랐는데요.

알고 있네. 자네 부친과 모친 모두 알고 지냈지. 이 친구야, 안됐지만 이 일 때문에 모든 일이 엉망이 되고 말았어.

저보고 어쩌라는 말씀이죠?

그건 자네가 생각해야겠지. 내가 해줄 수 있는 말은 아니야. 아마 자넨 뭔가 배우게 될 테지. 그게 뭔지는 나도 모르겠지만.

대체─클레이턴은 절망적인 눈길로 작은 사무실을 둘러보았다─대체 집사람한테 뭐라고 말해야 되죠? 타니아에게 이 일을 어떻게 해명할 수 있을까요?

그것 역시 나로서는 알 수 없는 일이지. 별로 재미있는 상황은 아닐 테지. 그것만은 확실해. 그건 내 경우도 마찬가지고.

클레이턴은 대드의 얼굴을 살펴보았지만 용서라든가 온정의 여지는 보이지 않았다. 좋아요, 제기랄. 클레이턴은 책상에서 펜을 집어들고 재빨리 서류에 서명을 한 다음 책상 건너로 홱 밀쳐냈다.

대드는 팔을 뻗어 서류를 집어들고 서명과 날짜를 확인한 다음 서류를 두 번 접어 셔츠 주머니에 넣었다.

이제 가보게.

저를 이런 식으로 대하는 건 온당치 않아요.

온당치 않다고? 난 온당한 것 이상으로 해준다고 생각하는데.

저는 이보다 나은 대접을 받을 자격이 있다고요. 사장님 밑에서 오 년이나 일했잖아요.

그래서 이제 그만 가보라고 한 걸세. 안 그러면 그 사실까지 잊을지 모르니까.

다음날인 일요일 오후 이른 시간에 클레이턴은 집에서 대드에게 전화를 했다. 사장님과 얘기 좀 해야겠어요. 그가 말했다.

얘기는 어제 저녁에 다 끝났잖은가.

알아요. 하지만 마지막으로 한 번만 얘기를 해야겠습니다.

뭐에 관해서?

점포에서 저 좀 만나주시겠어요?

뭘 하려고? 나를 쏘기라도 하겠다는 건가? 대드가 말했다.

아뇨. 맙소사. 그런 일이 아녜요. 그저 이 일을 바로잡아보려는 겁니다.

이 일을 바로잡기는 글렀네.

부탁드려요. 제발 그렇게 해주세요. 그저 저와 얘기 좀 해주세요.

대드는 잠시 그 문제에 대해 생각해보았다. 그럼 좋아. 내가 뒷문으로 가서 사무실로 자네를 들여주지. 한 시간 안에 가겠네. 두시 정각일세. 기다리게 하지 말게. 어쨌든 달라지는 건 없을 테니까.

고맙습니다.

두시가 되기 직전에 대드는 메리에게 아무 말도 하지 않은 채 차를 몰고 마을을 가로질러 철물점으로 향했다. 그는 골목을 지나 안으로 들어가 그쪽 문을 잠그지 않고 놔두고 불을 켰다. 그리고 작은 사무실로 들어가 전등을 켠 다음 책상 서랍에 총이 있는지 확인하고는 다시 넣었다. 그때 차 소리가 들리고 클레이턴이 골목 쪽에 난 문으로 들어오는 소리가 났다. 대드는 자리에 앉아 기다렸는데, 나타난 것은 클레이턴이 아니었다. 그의 아내, 금발의 젊은 여자인 타니아였다.

남편은 어디 있소? 대드가 물었다.

그이는 오지 않아요. 제가 대신 왔어요.

당신이 무슨 일로 온 거요?

그녀는 창도 없는 비좁은 사무실 안으로 들어섰다. 긴 남자용 레인코트인 슬리커를 입고 있었다. 그녀는 책상 모서리를 돌아 대드로부터 세 발짝 떨어진 곳에 섰다. 그러더니 코트 자락을 벌렸다. 안에는 아무것도 입고 있지 않았다. 잇달아 두 아이를 낳은 젊은 여자의 몸이었다. 배는 둥글고 늘어졌고 하얗게 튼 자국이 있었다. 엉덩이는 펑퍼짐했다. 큰 젖가슴은 약간 처져 있었다. 하지만 그렇게 보기 나쁜 모습은 아니었다.

이걸 몽땅 가지실 수 있어요. 그녀가 말했다. 꼬박 일 년 동안 원하는 만큼 규칙적으로 이 모든 걸 다 가지셔도 좋아요. 사장님께서 관심이 있을 만한 특별한 기술도 몇 가지 알고 있답니다.

무슨 대가로 말이오? 대드가 물었다.

어제 저녁에 그이가 서명한 서류를 찢고 그동안 있었던 일을 모두 묻어두는 대가로요.

그는 그녀의 얼굴을 쳐다보았다. 아주 예쁜 얼굴이었다. 그녀는 그를 뚫어져라 바라보고 있었다. 강렬하고 단호하고 겁먹은 그 눈빛은 그에게 도전하는 듯했다. 그리고 대답을 기다리고 있었다.

아니. 그가 대답했다. 난 관심 없소. 당신은 이 일을 옳지 못한 길로 끌고 갈 모양인데 나는 그런 일을 할 생각이 없소. 당신을 이런 일에 끌어들이다니 당신 남편은 아주 잘못하는 거요.

저는 그런 건 상관없어요.

아니, 상관있을 거요.

그녀는 마치 자신을 충분히 내보이지 않았다는 듯 레인코트를 더 활짝 벌렸다. 그러고는 발의 자세를 바꿔 상체를 내밀면서 자신의 몸을 드러냈다. 그녀는 코트 자락을 치우고는 한 손으로 엉덩이를 짚었다. 그리고 몸을 살짝 틀어 옆모습을 보여주었다.

보고 계세요? 지금 잘 보고 계시냐고요.

그렇소. 그런데 나는 유부남이오. 지금도 앞으로도 내가 원하는 건 내 아내뿐이오.

아직 충분히 보지 못하신 모양이군요.

아니, 잘 봤소. 이제 가보는 게 좋을 것 같소.

사장님은 이 결정을 후회하실 거예요. 마음을 바꾸었으면 좋았을 걸 그랬다고 생각하실 거예요.

아니. 그런 일은 없을 거요. 대드가 말했다. 자, 이제 나가줘요.

그녀는 코트를 여미고는 책상 앞 회전의자에 앉아 있는 대드를 바라보았다. 그러더니 코트를 다시 한번 벌렸다. 격렬한 동작에 그녀의 젖가슴이 흔들리며 위아래로 출렁거렸다. 그리고 그녀가 그의 뺨을 있는 힘껏 후려쳤다. 그의 얼굴에 선명한 붉은 자국이 남았다. 다음 순간 그녀는 몸을 돌려 사무실을 나갔다.

그날 밤, 전날 클레이턴이 예측한 대로 눈이 내렸다. 2월에 내리는 눈이라기보다는 3월이나 4월에 내릴 법한 축축한 눈이었다. 다음날 클레이턴과 타니아는 여행가방과 판지상자 몇 개를 서둘러 꾸려 두 아이를 데리고 100마일가량 남쪽에 있는 여자의 친정으로 이사했다.

두 달 후, 어느 무료한 봄날 대드는 전화 한 통을 받았다. 오전 중반쯤이었고 역시 그 작은 사무실에 있을 때였다. 수화기 저쪽의 여자 음성은 그가 수화기를 들었을 때부터 벌써 악을 쓰고 있었다.

이 빌어먹을 영감! 그이가 자살했어! 이 망할 영감아.

전화를 건 그쪽은 누구요?

누군지 알 거 아냐. 그이는 덴버로 가서 술을 퍼먹기 시작했어. 그리고 총으로 머리통 절반을 날려버렸다고. 쪽지 한 장 남겨놓지 않고 말이야. 당신 때문이야. 당신이 벌인 짓이야. 당신이 그이를 그렇게 만든 장본인이라고. 지옥에서 썩어버려! 빌어먹을 영감 같으니! 영원토록 지옥불에 타버리라고.

5

오전이 중반에 접어들 무렵 그녀는 포치와 집 앞 길을 쓸 때 사용하는 나무 자루 달린 낡은 빗자루를 가지고 아직 상쾌하고 밝은 볕이 드는 포치로 나와 잿빛으로 칠한 나무 널 바닥을 쓸었다. 널 중에는 뒤틀린 것도 있고 연결 부위가 떨어진 것도 있었다. 전면 창문으로 집안을 들여다보니 의자에 앉아 옆뜰을 내다보고 있는 대드가 보였다. 그녀는 그가 무슨 생각을 하고 있는지 궁금했다. 죽음이 어떤 식으로 올 것인지, 죽음이 어떤 식으로 자신을 데려갈 것인지 생각하고 있을까. 그는 한 번도 그런 이야기를 꺼낸 적이 없었다. 그녀는 바람에 날려들어온 낙엽과 흙먼지를 쓸어냈다. 포치에는 언제나, 심지어 겨울철에도 흙먼지가 날아들었다. 그녀는 한편으로 그 사실이 반갑기까지 했다. 그녀가 낡은 가옥의 시멘트 단 옆에 있는 맨땅으로 흙먼지를 쓸어내고 있을 때 로레인이 나오더니 전화가 왔다고 했다.

전화벨 소리 못 들었는데.

어떤 여자가 엄마를 바꿔달래요.

자기가 누군지 말하던?

아뇨. 그런데 엄마, 이런 일은 나한테 맡기지 그랬어요. 여기까지 쓸 필요는 없잖아요.

아니, 쓸어야 해. 나도 바람 좀 쐬어야 하니까. 빗자루질 덕분에 밖에 나와 있을 핑계가 생긴 셈이지. 그녀가 빗자루를 벽에 기대놓자 로레인이 수화기를 건네고 안으로 들어갔다.

네, 메리인데요. 그녀는 거리 저편을 바라보며 서서 말했다.

도리스 토머스예요. 내가 프랭크를 봤어요.

뭐라고요?

프랭크를 봤다고요.

그게 무슨 말이에요?

덴버 공항이었어요. 그애가 끈 사이로 왔다갔다하게 만들어놓은 보안검색대 줄에 있었어요. 우리는 몇 번이고 계속 지나쳤는데, 난 한눈에 그애라는 걸 알아봤죠. 모자를 쓰고 있어서 머리 위쪽은 보지 못했지만 영락없는 그애였어요. 당신 남편이 그애 또래였을 때 모습을 빼닮았다니까.

그래서 그애한테 뭐라고 했어요?

아무 말도 하지 않았어요. 우리 둘 다 당황스럽게 만들고 싶지 않았으니까요.

그애가 어딘가 비행기를 타고 가려는 중이던가요?

그래요. 그래서 당신이 이 사실을 알고 싶어할 거라고 생각했어요.

그게 언제 일이에요?

이 주 전이요. 그때 난 시애틀로 딸애를 보러 가던 길이었죠. 딸애가 아기를 낳았거든요.

그애는 괜찮아 보이던가요?

프랭크요? 그래요, 괜찮아 보였어요.

내 말은, 내 아들이 행복해 보였냐는 거예요.

오, 그것까지는 알 수 없었어요.

그녀는 울타리 건너편을, 대문을, 저편에 있는 텅 빈 공터를 바라보며 서 있었다. 울타리 안쪽에서는 은백양나무 그림자가 잔디밭 쪽으로 자리를 옮기고 있었다. 이제 그녀의 눈에는 눈물이 맺혔다. 그녀는 한참 동안 그 자리에 선 채 소리 없이 울며 생각에 잠겼다. 이윽고 그녀는 눈물을 훔친 다음 집안으로 들어갔다.

로레인은 위층 자기 방에 있었다. 메리는 층계 발치에서 딸을 불렀다. 잠깐 좀 내려오겠니?

무슨 일 있어요?

너와 아빠 앞에서 할 얘기가 있단다.

뭔데요?

그녀는 몸을 돌려 거실로 들어갔다. 대드는 잠들어 있었다. 그녀는 남편 곁으로 가서 그가 눈을 뜨고 자기를 바라볼 때까지 그의 팔에 한 손을 얹고 있었다. 이제 깼어요, 여보? 그녀가 말했다.

이제 잠이 깼어요.

당신한테 할 얘기가 있어요.

로레인이 거실로 들어왔다.

두 사람에게 하고 싶은 말이 있어요. 메리가 말했다. 방금 도리스 토머스한테서 온 전화에 관한 얘기예요. 당신도 그녀를 기억하죠?

아니, 모르겠는데. 대드가 말했다.

아녜요. 기억할 거예요. 도리스의 딸이 워싱턴 주에 가서 살고 있잖아요. 남편이 죽기 전까지 부부가 디트로이트 스트리트에 살았고요.

돈 토머스 말이로군.

맞아요.

그 친구, 언제나 말이 많았어요. 대드가 말했다.

그건 전 모르는 일이에요.

그 집에 내 또래인 아들이 있었죠. 로레인이 말했다. 그애는 어떻게 됐나 몰라.

그런데 무슨 전화였어요? 대드가 물었다.

메리는 남편을, 그다음에는 딸을 번갈아 보았다. 도리스 말이, 프랭크를 봤대요. 덴버 공항에서요.

그 여자가 어떻게 프랭크를 볼 수 있었다는 거예요?

그렇게 말했어요. 공항에서 그애를 봤다고요.

언제?

이 주 전에요.

그런데 왜 이제야 전화를 한 거지?

도리스가 딸을 보러 시애틀에 가 있었기 때문이에요. 딸이 아기를 낳았대요. 이제 막 집에 돌아왔고요.

그애는 어떻답디까? 대드가 물었다.

도리스 말로는 그애 나이였을 때의 당신 모습과 똑같았다고 했어요.

그럴 것 같진 않은데.

아무튼 그렇게 말했어요.

그렇지 않을 거요.

여보, 도리스가 그애를 봤다고 했다니까요.

나는 그 말을 털끝만큼도 믿지 못하겠어. 그럴 리가 없어요.

하지만 여보, 정말 그애를 본 거라면요?

아니야. 프랭크는 어딘가 먼 곳으로 사라졌어요. 이곳이나 이 근처 어디든 그애가 올 리 만무하다고.

나도 그 아주머니가 프랭크를 봤을 것 같지 않아요, 엄마.

어째서 그렇다는 거냐?

그랬을 것 같지 않아요. 프랭크가 어디로든 비행기를 타고 갈 것 같지 않다는 거예요.

메리는 두 사람을 번갈아 바라보았다. 눈에 다시 눈물이 가득 고여 있었다. 둘 다 부끄러운 줄 알아요. 그녀가 말했다. 부끄러운 줄 알라고요.

그녀는 거실을 나와서 복도를 지나 포치로 나온 다음 빗자루를 가지고 그네에 가서 앉았다.

집안에서 대드가 로레인에게 말했다. 네 엄마한테 좀 가보렴. 지금은 나와 얘기하려 들지 않을 테니까.

로레인은 포치로 나갔다. 같이 좀 앉아도 되겠어요?

아니, 혼자 있고 싶구나. 지금은 너든 누구든 아무와도 말하고 싶지 않아.

6

호스피스에서 나온 간호사는 체구가 작고 활기찬 여자로, 치아가 아름답고 머릿결이 윤기 있었다. 어느 화창한 아침 그녀는 분홍색 셔츠와 조끼에 청바지 차림을 하고 거실로 들어와 대드를 놀라게 하지 않으려고 느린 걸음으로 그에게 다가갔다. 대드가 시선을 창문에서 그녀에게로 돌렸다. 로레인이 그녀에게 의자를 갖다주자 그녀는 대드 앞에 자리를 잡고 앉아 그의 양손을 잡고 손톱을 검사하며 꼼꼼히 살펴보고는 미소를 지었다. 대드는 미소 없이, 하지만 종종 그러듯 눈살을 찌푸리지도 않고 침착한 눈으로 그녀를 바라보았다. 그녀가 말했다. 루이스 씨, 오늘 아침에는 좀 어떠세요?

여느 때와 같아요.

침대에서 나와 의자에 앉아 계시네요. 앉아 있어도 될 만큼 좋아 보이세요.

그렇소.

아침으로는 뭘 드셨나요? 아침식사는 하셨어요?

뭐 좀 먹었소.

뭘 드셨는데요?

그는 로레인과 함께 간호사 뒤편에 서 있는 메리를 쳐다보았다.

오트밀을 드셨잖아요. 메리가 말했다.

오트밀을 좀 먹었소. 대드가 대꾸했다.

저이는 오트밀을 그렇게 많이 먹진 않았어요. 토스트도 먹고 싶어하지 않았죠.

난 피곤해요.

그래요. 간호사가 말했다. 뭐든 원하시는 대로 드시면 돼요.

아내는 내가 음식을 먹어야 한다고 생각해요.

물론이죠. 부인께서 선생님을 걱정하고 계시니까요.

나는 이제 배가 고프지 않아요.

알아요. 보통 그렇답니다. 우리는 그렇게 알고 있어요. 오늘 샤워는 하셨나요?

아뇨. 아마 나중에 할지 모르겠소.

알겠어요.

그저 두고 보는 수밖에. 샤워를 할 마음이 들지 모르겠소.

제가 호흡과 맥박 좀 확인해봐도 괜찮을까요?

그러고 싶으시다면야.

그럼 확인할게요.

그녀는 그의 체온과 맥박을 재고 산소 수치를 재기 위해 빨래 집게처럼 생긴 산소농도계를 그의 손가락에 연결했다.

오늘은 좀 어때요? 메리가 물었다.

92예요. 아직 괜찮네요.

제가 청진 좀 해도 될까요, 루이스 씨?

그녀가 가방에서 청진기를 꺼내자 그는 셔츠 단추를 풀고 내의를 위로 끌어올렸다. 그의 가슴은 하얗고 뼈만 앙상한데다 털이 거의 없고 늑골이 튀어나와 있었다. 그녀는 몸을 앞으로 구부린 자세로 그의 심장과 가슴, 복부에서 나는 소리를 들었다.

오늘은 모두 좋아 보이시네요. 기분은 괜찮으세요?

글쎄. 내게 시간이 많지 않다는 건 알고 있어요. 질문의 의도가 그거라면 말이오. 하지만 기분은 그렇게 나쁘지 않아요.

오늘 조금이라도 통증을 느끼셨나요?

약간.

심한 통증인가요?

그저 약간 아픈 정도.

여보, 그런 말은 하지 않았잖아요. 메리가 말했다. 통증이 있으면 그렇다고 얘기를 좀 해줬으면 좋겠어요.

그는 아내를 쳐다보고는 다시 고개를 돌려 창밖을 내다보았다.

록사놀을 드셔도 좋아요. 간호사가 말했다. 엠에스 콘틴하고 함께요.

그 약을 자주 드셔도 괜찮을까요? 로레인이 물었다.

필요하면 언제든 드셔도 상관없어요. 간호사가 대답했다. 그 약이 해롭거나 하진 않아요. 필요하면 십오 분마다 드리세요. 루이스 씨, 제 말을 듣고 계세요?

그는 다시 천천히 고개를 돌렸다. 이제 그의 눈빛은 굳어 있었다.

통증이 생기면 부인이나 따님에게 말씀하셔야 해요. 그래야 통증을 바로 없애줄 약을 드릴 수 있으니까요.

나는 중독될 생각이 없어요.

중독되는 일은 없으실 거예요.

그 약 모르핀 아니오?

맞아요. 모르핀의 한 종류죠. 하지만 크게 문제될 건 없어요.

그는 그녀의 얼굴을 꼼꼼히 뜯어보았다. 내가 중독될 만큼 오래 살아 있지 않을 테니까 그렇다는 거로군. 당신이 한 말이 그런 의미죠. 중독될 때까지 오래 살지 못할 거라는.

맞아요. 하지만 그 약이 통증을 바로 없애줄 거예요. 가족분께 말씀드렸으니까 약을 드시도록 도와줄 거예요.

그는 그녀를 쳐다보다가 손으로 더듬어가며 셔츠 단추를 채우기 시작했다. 간호사가 그의 손을 다시 잡았다.

오늘 뭘 하실 생각이세요?

오늘 말이오?

네.

별로 할 일이 없소.

무슨 생각을 하고 계신지 제게 말씀해보시겠어요?

마음이 좀 평온했으면 좋겠다는 생각을 하고 있었소. 그는 손을 빼고 고개를 돌려 다시 창밖을 내다보았다.

선생님께서는 아주 잘 지내고 계신 것 같아요. 저는 다음주에 다시 올게요. 그래도 괜찮으시죠?

그는 옆뜰과 나무와 풀밭에 드리워진 그늘을 바라보고 있었다. 해가 하늘 높이 떠올라 이제 그늘은 아까보다 작아졌다. 괜찮을 것 같아요. 그가 대꾸했다. 이렇게 와줘서 고맙군요.

간호사는 가방과 장비를 챙기고 의자에서 일어났다. 약 중에 더 필요하신 게 있나요?

아니, 없어요. 메리가 대답했다. 필요한 게 있니, 로레인?

그런 것 같지 않아요.

여자들은 집 앞 보도로 나와 선 채 나직한 소리로 얘기를 나누었다. 저이가 더 나빠진 것 같은가요? 메리가 물었다.

아직 침대에서 일어나 앉으실 수 있잖아요. 질문에도 여전히 응대를 잘하시고요.

그러고 싶을 때만 그러는 거예요. 메리가 말했다.

요즘은 잠을 더 많이 주무세요. 로레인이 말했다.

조만간 아마 지금보다 더 주무실 거예요. 낮시간에는 언제든 록사놀을 드셔도 괜찮아요.

그 약이 해롭지는 않겠죠?

그럼요. 제가 댁에 일지를 놔뒀는데 거기에 제 전화번호가 있어요. 상황이 달라지면 어떻게 하는 게 좋을지 아시게 될 거예요. 그리고 파란 책자도 드렸으니까 한번 읽어보세요. 밤이든 낮이든 상관없으니까 언제든 전화 주시고요.

고마워요.

두 분은 환자를 정말 잘 보살피고 계신 거예요. 그건 알고 계셨으면 해요. 이렇게 두 분이 있는 것이 환자에게는 행운이죠.

남편이 고통받지 않았으면 좋겠어요.

로레인이 한 팔로 엄마의 어깨를 감싸안았다. 간호사는 작별 인사를 했고, 그들은 차가 있는 쪽으로 걸어가는 그녀의 모습을 지켜보았다.

7

무슨 소리가 들려 라일이 고개를 들어보니 그들이 문간에 서서 그를 바라보고 있었다. 그는 교회 뒤편에 있는 그의 사무실 책상에 앉아 있었다. 등뒤로는 책꽂이와, 베르너 잘만의 〈그리스도의 얼굴〉 프린트화를 넣은 액자가 가시면류관을 쓴 그리스도가 등을 높이 들고 문을 노크하는 그림과 함께 벽에 걸려 있었다. 그들은 젊은 남녀였는데, 남자는 스물하나나 스물둘 정도로 보였고 여자는 그보다 나이가 좀더 들어 보였다. 남자는 덩치가 크고 강인해 보이는 젊은이였는데 새 청바지에 갈색 부츠, 흰 셔츠 위에 스웨이드 조끼를 걸친 차림으로 손에는 품질 좋은 카우보이모자를 들고 있었고, 젊은 여자는 짧은 흰색 민소매 드레스에 은색 벨트를 하고 하얀 하이힐을 신고 있었다. 무슨 용무로 오셨나요? 라일이 물었다.

이 교회 목사님이신가요? 남자가 물었다.

그렇습니다.

저희가 결혼을 하려고 하는데요.

안으로 들어오시겠어요?

두 사람은 사무실 안으로 들어섰다. 신경이 곤두서거나 불안해 보이지는 않았다. 남자가 방안을 둘러보았다.

자리에 앉아주시겠어요? 라일이 말했다.

그는 벽 쪽에 놓인 소파에 있던 책들을 치워 자리를 만들어주고, 자신은 책상 뒤편에서 사무용 의자를 끌어내 두 사람 가까이에 앉았다. 여자는 키가 크지 않았는데, 자리에 앉을 때 흰 드레스의 짧은 자락이 허벅지까지 올라갔다. 그녀가 남자의 한 손을 잡아 자신의 무릎 위에 얹었다.

이쪽은 로리 휠러고, 제 이름은 로널드 딘 워커입니다. 남자가 말했다.

이렇게 만나게 돼서 반갑군요.

저희도요.

언제 결혼식을 올릴 생각이십니까? 라일이 물었다.

오늘요. 남자가 말했다. 그러고는 여자 쪽을 보았다. 지금 말입니다. 가능하다면.

알겠습니다. 가능하지요. 그전에 먼저 두 분에 대해 몇 가지 좀 알고 싶습니다만.

뭘 알고 싶으신가요?

어디 출신이신지 궁금하군요. 두 분이 어떻게 만나게 됐는지도.

이 사람은 저 위쪽 필립스 출신이에요. 여자가 말했다. 거기서 자랐죠. 그렇지, 로니?

거기서 태어났지. 그동안 여러 곳을 돌아다녔지만 다시 돌아왔습니다.

이 사람은 그곳 가축 사육장에서 일해요. 승마 일을 하면서요. 하지만 그것 말고도 할 수 있는 일이 아주 많답니다.

여태까지 온갖 일을 했어요. 남자가 말했다.

이 사람은 수리가 필요한 거라면 뭐든 고칠 수 있어요.

그러면 아가씨는요? 라일이 물었다. 아가씨는 어떤 분이죠?

저는 사우스다코타 출신이에요. 하지만 콜로라도에서 칠 년쯤 지냈죠.

그렇군요. 아가씨 직업은요?

필립스에서 카페를 운영해요. 그래서 우리가 만나게 된 거예요. 어느 날 이 사람이 저녁을 먹으러 왔는데 지갑을 갖고 오지 않았거든요.

깜박 잊고 지갑을 트레일러에 두고 갔어요. 그래서 저녁값을

낼 돈이 없었죠. 수표장 같은 것도 없었고요. 이 사람은 제가 꼼수를 쓰는 걸지 모른다고 여겼죠.

정말 그렇게 생각했던 건 아녜요. 여자가 말했다. 하지만 알수 없는 일이잖아요. 카페에는 온갖 사람들이 다 오니까요. 그래서 우리는 얘기를 하게 됐는데, 다음날 이이가 제게 돈을 가져왔어요. 그러고는, 아가씨, 실례지만 문 닫는 시간이 언제죠, 하고 물었죠.

그저 농담을 좀 하려던 것뿐이었어요.

유머 감각이 있었어요.

그렇게 해서 시작된 거로군요. 라일이 말했다.

그렇게 시작된 거죠. 남자가 말했다. 그렇게 해서 일이 시작된 겁니다. 그는 여자를, 그다음에는 곁에 놓인 의자에 앉은 라일을 바라보았다. 아까 말씀하신 대로 오늘 아침 우리를 결혼시켜주실 수 있을까요?

그래요. 다만 그전에 결혼허가증이 필요하다는 건 알고 계실 테죠?

남자는 조끼 안쪽에 손을 넣고 흰 셔츠 주머니의 스냅 단추를 풀더니, 정식으로 작성되고 날인된 결혼허가증을 꺼내 라일에게 건넸다. 몇 번인가 접었다 폈다 하는 바람에 접힌 자리가 해져 있었다. 라일이 허가증을 들여다보았다. 네, 괜찮아 보이네요.

제대로 된 공식 서류 같군요.

열여덟 살 이상이면 결혼할 수 있다는데 저희는 열여덟 살이 넘었으니까요. 우리 둘 다요.

저는 이 사람보다 나이가 많답니다. 여자가 말했다. 아마 눈치채셨을 테지만요.

상관없어요. 남자가 말했다. 겨우 다섯 살밖에 차이가 나지 않는걸요. 이 사람은 저보다 아는 게 많아요.

이이는 말을 저렇게 다정하게 해요. 여자가 말했다.

내가 보기에도 그런 것 같군요. 라일이 말했다.

정말 그렇답니다.

하지만 콜로라도에서는 두 분이 남의 도움 없이도 결혼할 수 있다는 건 알고 계시죠? 라일이 말했다. 저나 저 같은 성직자나 판사도 필요 없답니다. 결혼허가증을 발부하고 각자 상대방에게 우리가 결혼한 거라고 말한 다음 허가증을 카운티의 담당 직원에게 돌려주면 됩니다.

알고 있어요. 여자가 말했다. 그렇다는 얘기를 들었죠. 하지만 우리는 교회 목사님 앞에서 결혼하고 싶었어요. 필립스가 아닌 다른 곳에서요.

그렇게 하신다면 저로선 기쁜 일이 될 겁니다. 라일이 말했다. 두 분은 서로 사랑하고 계시는 것 같군요.

정말 그래요.

두 분이 서로 사랑하시는 이유를 여쭤봐도 될까요?

우리가 서로 사랑하는 이유를 알고 싶으신 건가요?

괜찮으시다면요. 한번 들어보고 싶군요.

당신이 먼저 말해요. 남자가 말했다.

좋아요. 여자는 아주 엄숙한 어조로 말했다. 제가 이 사람을 사랑하는 건 조금 전에도 말했듯이 이이가 다정한 사람이기 때문이에요. 이 사람은 저를 부드럽고 세심하게 대해주죠. 모든 남자들이 그런 건 아니라는 걸 아실 거예요.

그렇습니다.

이이는 의지할 수 있는 사람인데다 근면한 일꾼이에요. 일을 겁내지 않아요.

저는 열 살 때 이후로 죽 일을 했답니다. 남자가 말했다.

이이는 주의력이 깊어요. 여자가 말했다. 저한테도 주의를 기울여주죠. 여자가 라일을 쳐다보았다. 그런 모든 것 때문에 이 사람을 사랑하는 거예요.

알겠습니다. 당신이 로리를 사랑하는 이유는 뭔가요?

남자가 고개를 돌려 여자 쪽을 바라보았다. 두 사람은 진지한 눈길로 서로를 바라보았다.

그들은 아직도 여자의 무릎 위에서 손을 잡고 있었고, 남자는 다른 한 손으로 자신의 무릎에 놓인 모자를 잡고 있었다.

이 사람을 만난 뒤로 제 삶이 완전히 달라졌습니다. 모든 면에서 제 삶이 바뀌었지요. 제가 사물을 보는 방식이 말입니다. 그는 잠깐 말을 멈췄다가 다시 이었다. 제가 말하고 싶은 건, 이 여인이 제가 대하는 이 세상 모든 것을 바꿔놓았다는 겁니다. 좋은 의미에서 말이죠. 그는 다시 한번 말을 멈췄다. 여기 있는 이 여인은 제가 이 세상에서 아는 사람 가운데 가장 좋은 사람이에요. 이보다 나은 다른 어떤 사람도 만날 수 있을 것 같지 않아요.

여자는 미소를 지었는데, 이제 그녀의 눈에는 눈물이 어려 있었다. 여자는 남자 쪽으로 몸을 기울여 그의 입에 키스했다.

게다가 몹시 아름답기도 하고요. 남자는 이렇게 말하고는 씩 웃었다.

두 사람은 소파에서 다시 몸을 돌려 라일을 바라보았다.

그 정도면 될 것 같네요. 그가 말했다. 괜찮을 겁니다. 두 분이 사랑이 뭔지 알고 계시다는 걸 알겠군요. 다만 거기에 제 생각을 조금 덧붙여보겠습니다. 사랑은 인생에서 가장 중요한 것이잖습니까. 사랑이 있다면 이 세상에서 진실되게 살 수 있고, 서로를 사랑한다면 모든 것의 이면을 보고 자신이 이해하지 못하는 사실도 용납하고 자신이 알지 못하거나 좋아하지 않는 것도 용서할 수 있습니다. 사랑은 전부랍니다. 사랑은 인내하며 무한하고 올곧은 마음으로 오래도록 참고 견딥니다. 두 분이 남은 삶 동안 함께하며 서로 사랑하시기를 바랍니다. 그리고 그 남은 삶이 아주 길기를 바랍니다.

그들은 그가 말하는 동안 잠자코 앉아서 그를 바라보았다. 네, 목사님. 그럴 겁니다. 남자가 말했다. 그는 여자 쪽을 흘긋 보았다. 이제 예배를 봐주시겠습니까?

괜찮으시다면 저희는 교회 안에서 혼인 예배를 드리고 싶어요. 여자가 말했다.

물론입니다. 그러면 큰 곳으로 옮겨야겠군요. 이렇게 좁고 평범한 곳이 아니라요. 자, 이쪽으로 오세요.

그가 자리에서 일어섰다. 두 사람은 그를 따라 예배당 안으로 들어갔다.

나중에, 라일이 손에 펼쳐든 구약을 인용하고 남자와 여자가 그가 한 말을 복창하고 두 사람이 제법 시간을 들여 키스를 하고 나서 아직 스테인드글라스 창으로 햇살이 쏟아져들어오는 제단 앞에 서 있을 때, 남자가 청바지 뒷주머니에서 지갑을 꺼내 오십 달러 지폐 한 장을 라일에게 건넸다.

이번에는 지갑을 잘 챙겼답니다. 이 정도면 될까요?

충분하고말고요. 라일이 말했다. 과분할 정도지요.

아닙니다, 목사님. 여기서 결혼식을 올리는 건 제게 더할 나위 없이 소중한 일입니다. 로리와 저를 맺어주신 일 말입니다.

그럼 고맙게 받겠습니다. 라일이 말했다. 이 돈을 쓸 좋은 일을 찾아봐야겠군요.

남자는 기운차게 악수를 하고는 몸을 돌려 등뒤 신도석에 놓아두었던 모자를 집어들었다. 두 사람은 팔짱을 끼고 통로를 걸어갔고, 밖으로 나온 남자는 모자를 단단하게 썼고, 그와 여자는 반짝이는 콘크리트 계단을 내려가 연석에 세워둔 새로 세차한 픽업트럭에 올라타고 그곳을 떠났다.

그날 저녁 식탁에서 라일은 아내와 아들에게 그 결혼식에 대해, 두 남녀가 무슨 말을 하고 어떻게 행동했는지에 대해 말해주었다. 그건 사랑이었어. 라일이 말했다.

아내와 아들은 아무 대꾸도 하지 않았다.

누구의 눈으로 보더라도 사랑의 본보기라 할 수 있지.

그는 셔츠 주머니에서 그 오십 달러짜리 지폐를 꺼내 식탁에 놓았다.

이 돈을 세계선교기금에 보낼 생각이야. 이 특별한 지폐를, 다른 지폐나 수표가 아니라 바로 이 지폐를 그렇게 사용하는 것이 중요할 것 같아. 기부자의 이름은 쓰지 않을 거야. 익명으로 기부하지 뭐. 이 돈은 그 청년의 일당에서 절반도 넘는 액수일 거야. 어쩌면 일당에 해당하는 금액일지도 모르지. 이 돈에서 뭔가 좋은 일이 생겨야만 해. 우리 세 사람을 제외하고는 아무도 이 사실을 알지 못할 거야. 익명의 누군가가 보낸 선물인 셈이지. 이 지구상 다른 어느 곳에 있는 어떤 사람, 이 돈을 필요로 하는 사람에게 보내는 선물. 기부한 사람조차 자신이 선물을 했다는 사실을 모르는 채로 말이야.

　나중에 밤이 이슥해서 라일이 병원을 방문하기 위해 집을 나서자 존 웨슬리는 위층에 있는 부모님 침실로 들어갔다. 아름다운 검은 눈을 한 그의 어머니는 침대에서 책을 읽고 있었고, 침대 곁 스탠드 불빛이 그녀의 얼굴과 어깨를 비추고 있었다. 여름용 잠옷을 입고 있어서 맨어깨가 드러나 있었다. 그녀는 시트를 끌어올리면서 책을 내려놓았다. 아이가 침대 발치에 섰다.

　어째서 아버지는 꼭 그런 식으로 말하는 거죠? 정말 지겹다고요.

　아버지에 대해 그런 식으로 말하면 못써.

이 집에서 설교하시는 건 아니잖아요. 식탁에서 우리를 앞에 놓고 말이에요. 하지만 아버지는 설교를 하거나 뭔가 도덕적인 훈계를 하려는 듯이 말한다고요.

좋은 의도에서 그러시는 거란다. 너도 알잖니. 아버지는 자기에게 중요한 뭔가에 대해 우리에게 말해주려고 하는 것뿐이야.

아버지는 허풍투성이예요, 엄마.

그런 식으로 말하지 마라. 그건 사실이 아냐.

아녜요. 아버지가 그런 식으로 말할 때면 도저히 참을 수가 없다고요.

조금만 참아. 너는 곧 대학에 갈 거잖니.

아직 이 년이나 남았어요. 전 덴버로 돌아가고 싶어요.

우리가 지금 사는 곳은 여기야.

이곳 애들은 온통 시골뜨기예요. 그건 엄마도 아시잖아요.

네 마음에 드는 아이를 만나게 될 거야. 덴버에서도 모든 사람을 다 좋아한 건 아니었잖아. 그걸 잊지는 않았을 테지?

좋아한 사람도 있었어요. 아직도 거기에 친구들이 있고요. 여기서는 친구를 사귀지 못할 거 같아요.

아니, 사귀게 될 거다. 누군가가 나타날 거야.

엄마도 여기 아는 사람이 없잖아요.

우린 온 지 얼마 안 됐잖아. 내겐 네 아버지와 네가 있고.

아이는 엄마를, 그리고 옷장 거울에 비친 자신의 모습을 바라보았다. 엄마는 아버지와 별로 시간을 보내지도 않잖아요.

그렇게 말하지 마.

덴버에서 있었던 일을 잊을 수가 없어요.

나도 안다. 나도 그런 일이 일어나지 않았더라면 좋았을 거라고 생각해. 이제 가서 자렴. 내일이면 기분이 좀 나아질 거야.

8

홀트의 동쪽 외곽에 위치한 집을 청결하고 손질이 잘된 상태로 유지하는 것이 그녀 월라의 방식이고 성격이었지만, 차를 몰고 그것을 보러 오는 사람은 별로 없었고 실제로 그 집을 방문하거나 집안까지 들어온 사람은 거의 없었다. 청색 덧문이 달리고 청색 지붕널을 얹은 하얀 집. 딴채들 역시 모두 흰색 테두리에 진하고 어두운 적색으로 칠해져 있었고 상태가 좋았으나, 남편이 죽은 이후 삼십 년 동안 사용한 적이 없었다.

그녀는 지금도 운전을 했다. 시력이 나빠지긴 했지만 운전을 포기할 정도로 크게, 급격히 나빠지지는 않았다. 그녀는 처방을 받아 알이 두꺼운 안경을 썼다. 그녀는 토지를 이웃에게 임대했다. 이웃은 목초지에서 검은 소를 사육하고 건초를 만들었는데,

그가 내는 임대료는 주의해서 쓰기만 한다면 그녀가 먹고사는데 충분했다. 그녀는 헛간 저편 축사에서 가축용 수조 주위에 서 있는 소들을 보는 것을 좋아했다. 풍차가 돌 때 크랭크가 작동하면서 나는 소리도, 물이 뿜어져나오는 광경도 좋았다. 그녀는 여전히 채소밭을 가꾸어 채소와 과일로 통조림을 만들어서 대부분을 사람들에게 나눠주었고, 일요일마다 교회에 나가고 여러 교회 모임에 참석하고 위원회 일을 보았고, 매주 수요일마다 식료품을 사고 마을 동쪽 고속도로 변에 있는 왜건휠 식당에서 식사를 했다. 그런데 이제 그녀의 딸이 집에 돌아와 있었다.

6월 어느 무더운 날 그녀와 에일린은 시내에서 식사를 하고 34번 고속도로 식료품점에서 장을 본 다음 차를 몰고 마을 서쪽에 있는 루이스네 집을 지나고 앨리스와 버타 메이가 함께 살고 있는 노란 이웃집을 천천히 지나갔다. 모녀는 둘 다 그곳에 사는 노파를 부러워했다. 아이에게 말이라도 걸어볼 수 있을까 기대했지만 아이는 마당에 없었다. 그들은 다시 외곽에 있는 집으로 돌아와 식료품을 부엌에 정리해놓고 위층에 올라가 나들이옷을 벗고 얇은 면 실내복으로 갈아입은 뒤, 각자의 방에서 뜨거운 여름날 공기가 들어오게 창문을 열어둔 채 낮잠을 자다가 오후에

깨서 욕실 세면대에서 세수를 하고 가느다란 목덜미에 물을 살짝 묻힌 다음 아래층으로 내려와 말없이 저녁을 먹고 마당에 내놓은 접이식 의자에 앉아 편평하고 넓고 낮게 드리워진 지평선 위로 하늘 색깔이 짙고 어두워지는 광경을 지켜보았다.

애야, 어떻게 할 생각이니? 윌라가 물었다.

뭘요?

이제 뭘 할 거냐는 말이다. 마음을 정했니?

아뇨. 모르겠어요.

여기서 나와 함께 살아도 된다는 건 알고 있지? 얼마든지 그러렴. 굳이 다른 데로 갈 필요 없어. 네가 그러고 싶지 않으면 떠날 필요가 없단다.

에일린은 빛이 사라져가는 하늘을 바라보았다. 이제 얼마 안 되는 낮빛만이 남아 있었다. 곧 밤이 될 테고 두 사람은 집안으로 들어가야 할 것이다. 밖에 나앉아 있기에는 서늘해질 것이다. 온통 캄캄해질 것이다. 난 너무 외로워요. 그녀가 말했다. 기회가 있었는데 놓쳐버렸어요.

무슨 말이냐?

제대로 사랑하고 살아볼 기회요.

그건 기회랄 것도 아니었어. 난 그렇게 생각하지 않아.

그렇지 않아요.

넌 잘 벗어난 거야. 끝내길 잘했어.

아녜요. 그 일은 내 삶에 방향을 주었어요. 내 기회였던 거예요, 엄마. 그런데 난 그 기회를 놓친 거고요. 어쩌면 유일한 기회였을지도 모르는데. 아, 대체 난 왜 이럴까요? 어째서 이런 식으로 끝장난 걸까요? 아직 늙지도 않았는데 말이에요.

물론 넌 늙지 않았다, 애야.

하지만 왜 이렇게 됐을까요? 엄마는 아버지가 돌아가시고 나서 어떻게 살았어요?

그냥 살았지 뭐. 나 역시 외로웠어.

지금도 외로우세요?

더이상 그 생각은 하지 않는단다. 그걸 생각하지 않는 법을 터득했지. 너도 그래야 해.

난 아직 그럴 수가 없어요.

그렇게 될 거야.

하지만 그러고 싶지 않아요. 늙고 외로운 노파나, 늙지도 않았는데 벌써 삶과 용기를 잃어버린 그런 여자는 되고 싶지 않아요. 이제 내게서는 섹스에 관한 어떤 암시도, 심지어 그럴 가능성조차 보이지 않는다고요.

섹스라고?

네. 이제 나는 더이상 누구에게도 매력을 발산할 수 없어요.

지금 무슨 얘기를 하고 있는 거냐?

삶의 질을 말하는 거예요. 내 삶을 살면서 살아 숨쉬고 이런저런 일에 흥미도 갖고 생기가 넘치고 활기차고 치열할 수 있는 조건 말이에요. 아, 이런 건 싫어요. 나는 죽어가고 있어요. 아직 제대로 살아본 것도 아니면서. 정말 우스운 일이죠. 너무 부조리하고 모든 것이 너무나도 무의미해요.

얘야, 넌 좋아질 거야.

어떻게 좋아질까요?

좋아진다니까. 모든 것이 다 좋아진단다.

어떻게요?

얼마 후에는 잊게 돼. 그리고 통증과 고통에 주의를 기울이기 시작할 거다. 고관절대치술도 생각하게 될 테고. 시력도 떨어지지. 죽음에 대해 생각하기 시작하게 돼. 행동반경도 전보다 좁아지고. 그러다 다음달에 대해 생각하는 것도 그만두게 된단다. 목숨을 끌어가며 살지 않았으면 하고 바라게 되는 거야.

9

저녁 늦게 로레인은 담배를 피우며 앉아 있었다. 포치에서 그
네를 타지는 않고 그저 가볍게 움직이면서. 여름밤의 산들바람
이 가볍게 불고 있었다. 집 앞의 널찍한 거리는 조용하고 텅 비
었고 모퉁이 가로등은 파란 빛으로 빛났다. 얼마 후 대드가 나오
자 그녀는 자리에서 일어나 아버지가 문을 지나 나오도록 부축
했다. 그는 조심스럽게 발을 디디며 그네를 지나 포치 의자로 다
가가 앉은 다음 지팡이를 바닥에 내려놓았다.

괜찮으세요, 아빠?

괜찮다.

바깥 온도가 몸에 맞으시겠어요?

공기가 상쾌하구나. 오늘은 꽤 더웠지. 그렇게 더울 것까지는

없는데 말이야.

로레인은 아버지를 지켜보다가 그네에 앉았다.

하지만 더위는 반드시 가시게 되어 있지. 그가 말했다. 그것만은 확실해. 그는 거리를 내다보았다. 아무 일도 없었다. 조용하구나.

네. 좋은 밤이에요.

두 사람은 한동안 잠자코 앉아 있었다. 그녀가 다시 담배를 꺼냈다.

나도 하나만 다오.

담배 피우시게요?

담배 냄새가 좋구나. 아직 담배 냄새를 맡을 수 있어.

그녀는 일어서서 담뱃갑을 흔들어 한 개비가 나오게 했다. 대드가 두툼한 손가락 사이에 담배를 끼우자 그녀가 허리를 숙여 불을 붙여주었다. 한순간 그의 얼굴이 환해졌다. 창백하고 여윈 얼굴. 뺨이 움푹 패고 눈이 푹 꺼진. 그는 담배를 빨았다가 연기를 내뿜으면서 담배 끝을 바라보았다. 로레인은 다시 그네에 앉았다. 메리가 포치로 나오다가 걸음을 멈추고는 대드를 바라보았다.

지금 뭐하는 거예요?

아무것도 아냐.

이런, 네 아빠한테 그런 걸 드리면 어떡하니? 건강을 악화시킬 필요는 없잖아.

뭐가 해롭다는 거예요, 엄마? 여기 와서 앉으세요.

난 그냥 들고 있는 것뿐이오. 대드가 말했다.

둘 다 바보예요. 메리가 말했다. 그녀는 자리에 앉았고 잠시 후 그녀와 그녀의 딸은 그네를 움직이기 시작했다.

우리가 헛간에서 담배 피우다 아빠한테 들켰던 거 기억나세요? 로레인이 말했다.

네 동생한테 몹쓸 짓을 가르치고 있었지. 대드가 말했다.

그건 제 임무였어요. 난 누나였으니까요.

겨우 세 살 터울인걸.

그 정도면 충분하죠.

내가 갑 속에 남은 담배를 모조리 피우게 했지.

그저 두 개비 정도였어요.

그랬나.

아버지는 거기 서서 우리에게 담배를 다 피우라고 했죠.

그래도 별 소용 없었지. 안 그러냐?

그래요.

그때 너희가 몇 살이었지?

내가 열한 살이고 프랭크가 여덟 살이었어요. 앨리스 나이쯤 됐죠.

앨리스가 누구냐?

버타 메이 아주머니와 함께 사는 소녀 말이에요.

알겠다.

그애 엄마가 유방암으로 돌아가셨대요.

이제 기억난다. 대드가 말했다. 나도 알아.

얼마 후, 세 사람이 여전히 대화를 나누던 중에 대드가 말했다. 네가 여기로 와서 상점을 운영할 수도 있잖니. 벌써 여기 있으니 말이다. 집을 떠날 필요도 없을 거다. 여기 살면서 상점을 운영해봐.

제가 그 일을 하고 싶은지 잘 모르겠어요, 아빠.

유언장에 모두 적혀 있다. 그가 말했다. 그 상점은 엄마와 네 것이고, 엄마가 세상을 떠나면 네 것이 될 거다. 운영하는 법은 배우면 되고. 너는 영리하고 사람들을 다루는 법도 알잖니. 지금도 사람을 다루고 있고.

그래 봤자 사무실에는 네 사람밖에 없어요.

그 정도면 충분해. 여기선 그 정도로 많은 사람을 다룰 일도 없을 거야. 루디와 밥과 경리가 전부지. 그들은 오랫동안 나와 함께 일해서 관리할 일도 별로 없을 거다.

그 사람들은 아빠에게 익숙하죠. 로레인이 말했다. 누군가가 새로 와서 지시하기를 원치 않을걸요.

그건 그들이 익숙해져야 할 일이지.

정말 그럴까요.

그들이 익숙해져야 해. 그러지 않으면 내보내면 되고. 한번 생각해봐라. 그러겠니?

모르겠어요, 아빠. 좀 두고 보기로 해요. 엄마는 어떻게 생각해요?

네가 여기 살면 좋을 것 같구나. 이 집에서 함께 살아도 되고.

우리는 서로를 불행하게 만들 거예요. 그러리라는 건 엄마도 알잖아요.

글쎄, 난 모르겠어. 메리가 대꾸했다. 너 때문에 내가 불행해질 것 같진 않구나. 하지만 네 말은 내가 너를 불행하게 할 거라는 뜻이겠지.

내 말에 무슨 뜻이 있는 건 아니에요, 엄마. 내가 오랫동안 나가서 살았으니까 그러는 거예요.

두 사람은 대드를 바라보았다. 그는 나무와 울타리 저편에 있는 거리를 빤히 쳐다보고 있었다. 우리가 아빠가 돌아가시고 난 다음 일에 관해 얘기하는 것 때문에 속상하진 않으세요?

난 그런 세세한 일 모두를 알고 싶진 않구나. 내가 알고 싶은 건 상점뿐이다. 상점이 어떻게 될지는 알고 싶어.

하지만 제가 그 상점을 넘겨받으면 프랭크는 어쩌고요?

무슨 말이냐? 프랭크는 돌아오지 않을 거야.

하지만 그애에 관한 일은요? 그애에 관해 유언장에 뭐라고 쓰셨어요?

그 녀석에 관한 내용은 없다.

어째서요?

그 녀석은 떠났으니까.

그건 저도 마찬가지잖아요.

하지만 넌 그 녀석처럼 떠난 건 아니지. 우리는 그애가 어디서 뭘 하는지도 몰라. 이제 그애에 관한 건 아무것도 모른다. 벌써 소식이 끊긴 지 여러 해가 됐으니까.

가끔 그애 소식을 듣곤 했었어요. 로레인이 말했다. 저한테 직장으로 전화가 오곤 했어요.

그게 언제 일이냐?

그애가 아직 덴버에 있을 때요. 그뒤로는 소식을 듣지 못했고요. 찾아보려고 했지만 찾지 못했어요. 우리는 만나면 함께 술집에 가서 얘기를 했어요.

애야, 네가 그랬다는 건 우리도 알고 있잖니. 메리가 말했다.

우리는 네가 다른 얘기를 하는 줄 알았어.

그애는 언제나 시내에 있는 어느 한 술집을 정해놓고 만나고 싶어했죠. 그애는 늘 그랬던 것처럼 아프거나 배가 고플 때면 찾아왔어요. 둘 다였을 때일지도 모르지만요. 그애는 앉아서 주위를 둘러봤어요. 내가 살게, 하고 그애한테 말하곤 했죠. 그러면 그애는, 좋은 걸 마셔야겠군, 하고 말했어요. 우리는 앉아서 담배를 피웠는데 마실 것이 나오면 그애는 길게 한 모금 들이켜고는, 젠장, 더 좋은 날이 오기를 빌자고, 하고 말한 다음 이야기를 시작했어요.

무슨 이야기를 했니? 대드가 물었다.

뭐 닥치는 대로요. 그애가 하는 일. 친구들. 함께 살고 있는 남자 얘기도요.

그 얘기까지 할 건 없다.

알아요, 아빠. 그애는 종종 아주 슬프고 아주 우울해했어요.

그애는 늘 울적해했지. 메리가 말했다. 나이가 들수록 더 그랬어. 꼬마였을 때는 그러지 않았는데.

밤중에 헤어질 때쯤 그애는 만취해 있곤 했죠. 그애는 종종 나를 재미있게 해주었어요.

그게 무슨 말이냐?

그애도 사람을 웃길 줄 알아요. 그애한테는 스타일이 있죠. 아주 재치 있기도 하고요. 그 사실은 알고 계셨나요?

여기서 그랬다는 얘기는 듣지 못했다. 대드가 말했다.

그래요. 여기선 그러지 않았을 거예요. 하지만 그애는 사람을 웃기는 데 꽤 재주가 있어요.

이를테면 어떻게 그런다는 거니? 메리가 물었다.

아, 그냥 재치 있다는 얘기예요. 농담을 하거나 하는 게 아니라요. 하지만 다른 사람들 이야기를 꽤 재미있고 유쾌하게 할 줄 안다니까요. 자기 삶에 대한 얘기도 그렇고, 친구들이나 자기와 일하는 사람들 얘기도 하고요.

우리에 관해서도 얘기했을 테지? 대드가 물었다.

두 분 이야기도 했어요.

우리에 관해서 뭐라고 했니?

여기서의 삶이 어땠는지에 관해서요, 아빠. 자기와 내가 이곳 홀트에서 자랄 때 이야기요.

필시 모두 안 좋은 이야기였겠군.

전부 다 그런 건 아니에요. 좋은 이야기도 있었어요.

글쎄, 그건 모르겠구나.

나도 그애가 그랬으면 한단다. 메리가 말했다. 그녀는 자리에서 일어나 집안으로 들어갔다가 모포를 가져와 대드를 덮어주었다. 그는 모포를 가슴까지 끌어올린 채 의자에 앉아 거리를 내다보았다.

밤나방들이 포치 전등 주위를 빙글빙글 돌다가 부딪쳐 마룻바닥에 떨어졌다가 파닥거리며 날아올랐다. 메리가 가서 전등 스위치를 끄고 돌아와 앉았다. 여전히 밤나방은 뜨거운 전구에 그을려 떨어지거나 날아가버렸다. 버타 메이의 집 저편 길모퉁이 가로등이 밤바람에 흔들리는 나무 사이로 긴 그림자를 드리웠다.

10

몇 해 전 에일린은 한 남자와 팔짱을 끼고 덴버의 널찍한 보도 위를 걷고 있었다. 겨울이었다. 눈 오는 밤이었다. 눈이 펑펑 내리고 있었고, 가로등 불빛을 받아가며 찬 공기 속에 함께 바깥에 나와 있는 기쁨을 맛보면서, 느린 걸음으로 쇼윈도를 구경하며 도시의 상점들을 천천히 지나면서 호텔로 돌아가길 미루는 것은 기분좋은 일이었다. 당시 그녀는 서른셋밖에 되지 않은데다 날씬하고 키도 훤칠한, 갈색 머리와 파란 눈의 미인이었다. 약간 연상인 그는 마흔에 가까운 나이였고 키가 컸고 옆머리가 희끗희끗해지기 시작한 참이었다. 그녀가 가르치는 학교가 있는 같은 지구의 학교 교장이었다. 두 사람은 지구 단위 학교 모임에서 그렇게, 그런 이유로 만나게 됐다. 그녀는 그를 보자 첫눈에 뭔가 다른 느낌을 받았다. 얼마 후 그녀는 그에게 말을 걸 방도를 생각해냈다. 어떤 말이었는지는 기억나지 않지만 그 때문에 그가 웃었다. 얼마 후 두 사람은 다른 모임에서 또다시 만났는데, 그가 덴버에서 언제 저녁식사를 함께 하지 않겠느냐고 물었다. 두 사람 다 그 말의 의미를 알고 있었다. 그녀는 좋다고, 그러고 싶다고 대답했다. 그렇게 해서 일이 시작된 것이다.

보도에 눈이 쌓이기 시작했다. 거리에서는 차들이 눈을 단단히 다지고 있었다. 눈 때문에 차들은 소리를 한층 죽인 채 조용히 지나다녔다.

블록 끄트머리에서 그들은 밤중에 실내를 환히 밝힌 시내버스 한 대가 지나가기를 기다렸다. 버스에 탄 사람들이 영화 속에서처럼 두 사람을 지나쳐갔다. 혼자 버스에 타고 있는 노파. 모자를 쓴 노인. 버스가 그곳을 지나 거리를 거슬러올라가는 동안 뒤쪽 좌석에 앉아 창밖을 내다보고 있는 소녀. 두 사람은 차도를 가로질렀다. 그녀는 미끄러지지 않기 위해 그의 팔을 잡았다.

이제 올라갈 생각이 들어요? 그가 물었다.

그래요. 당신은요?

나도 좋아요.

그들은 호텔 로비로 들어섰다. 철도역에서 동쪽으로 한 블록 떨어진 곳에 있는 이 호텔은 시내에서 가장 오래된 호텔 가운데 하나로, 전면을 화려하게 치장한 정사각형 모양의 높은 붉은 벽돌 건물이었다. 그녀가 엘리베이터 근처에 있는 동안 그가 프런트에서 열쇠를 가져왔다. 두 사람은 또다른 남자 한 사람과 함께 3층까지 올라갔는데, 그녀는 이제는 친숙해진 그의 손이 코트를 사이에 두고 자신의 옆구리를 누르는 것을 느꼈다. 그 느낌과 행동의 은밀함은 나중에라도 기억에 남을 만했다. 그사이에 그와 다른 남자는 날씨에 대한 대화를 주고받았다. 이번 눈이 어느 정도 내릴까요? 1피트 정도는 쌓일 것 같은데요. 정말 그럴까요? 믿을 수 없긴 하지만 뉴스에서 그렇다고 하더군요. 잠시 후 엘리베이터가 서자 두 사람은 엘리베이터에서 나와 바닥에 고정된 융단을 따라 길고 좁은 복도를 걸어갔다. 그녀가 앞서고 그가 뒤따랐다. 방에 이르자 그녀는 그가 열쇠로 문을 열도록 옆으로 비켜섰다.

그날 오후 그가 갖다준 꽃이 여전히, 거울 달린 테이블 위에 놓여 있었다. 방안에서 꽃향내가 났다. 그녀는 그가 문을 잠글 때까지 기다렸다가, 자기 쪽으로 돌아서는 그에게 키스했다. 그녀는 기쁨과 행복에 넘쳤다. 그런 다음 그가 그녀의 옷을 벗겼다. 침대가 차가워서 두 사람은 몸과 시트가 따뜻해질 때까지 서로 끌어안고 있었다.

한때 이 방은 화려하고 아름다운 방이었다. 검붉은 장미가 위

아래로 줄지어 그려진 벽지, 천장에 달린 정교한 황동 조명, 벽에 걸린 전신 거울. 욕실로 통하는 좁다란 문으로 한 발짝 들어서면 안에는 갈고리발톱 모양 발이 달린 욕조와, 자기로 된 손잡이가 달린 수도꼭지가 설치된 별도의 세면대, 가장자리를 따라 은빛 잔금이 난 타원형 거울이 있었다.

침대 속에서 그녀는 그의 몸 위로 상체를 일으켜 키스를 한 다음 그의 얼굴을 내려다보았다. 잘생긴 얼굴이었다. 갈색 눈이 그녀를 바라보고 있었다. 오, 이런. 그녀가 말했다.

알고 있어요. 그 일은 생각하지 마요.

생각하고 있지 않아요. 난 다만……

알아요.

그녀가 시트 밑으로 손을 뻗어 그의 몸을 더듬으며 약간 자세를 바꿔 위치를 조절했다.

얼마 후 낡고 아름다운 방 침대에 누워 따뜻하고 행복한 기분에 잠긴 그녀가 말했다. 아직 가지 마요.

가야 해요. 당신도 알잖아요. 집까지 운전해야 한다고. 그렇잖아도 늦었어요. 게다가 도로 사정이 어떨지도 알 수 없고.

여기서 자고 가요. 밤새 같이 있어요. 제발요.

어떻게 그런단 말이에요?

그녀에게 전화하세요. 눈 때문에 갇혔다고, 떠날 수 없다고 하세요. 회의가 늦게 끝나서 제때 출발하지 못했다고.

회의는 오늘 오후에 끝났어요.

뭐든 둘러대요.

그럴 수 없어요.

그럴 수 있고말고요. 벌써 그러고 있잖아요. 우리 둘 다 말이에요.

오늘밤은 안 돼요.

언제는 되겠어요? 뭐든 조금이라도 달라질 때가 언제죠? 그런 날이 있기는 할까요?

물론이요.

그게 언제죠?

몰라요. 그건 알 수 없어요.

그럼 가세요. 어차피 갈 거라면 가버려요. 그녀는 그에게 등을 돌렸다.

그러지 마요.

이게 어떤 일인지 당신은 몰라요. 그녀가 말했다. 짐작도 하지 못할 거예요.

그녀는 침대에 누운 채로 다시 그에게 몸을 돌리고, 거리에서 창문을 통해 들어오는 겨울 빛을 받아 어스레한 방안에서 옷을 입는 그를, 옷으로 가려지기 전 그의 긴 다리와 벗은 가슴팍과 등과 팔을 지켜보았다. 그는 선 자세로 셔츠에 몸을 집어넣고는 방을 가로질러 와 침대에 걸터앉은 다음 상체를 숙여 그녀에게 키스하고 이불 밑으로 손을 넣어 다시 한번 그녀의 젖가슴을 어루만졌다.

무슨 말이라도 해주겠어요?

싫어요. 그녀가 말했다.

그는 그녀의 뺨에 키스를 한 다음 방을 나갔다. 그녀는 재빨리 일어나 침대 커버로 몸을 감싸고는 창가에 서서, 저 밑에서 차들이 다져놓은 거무스레한 눈을 밟으며 길을 건너는 그를 내려다보았다. 여전히 내리는 눈 속에서 그가 블록 아래쪽으로 향한 다음 자신의 차가 있는 곳으로 가기 위해 모퉁이를 돌아 시야에서 사라지는 것을 지켜보았다. 그는 얼어붙은 도로 위로 차를 몰아 자신이 고등학교 교장으로 근무하는 지역에 있는 집으로, 아내와 자식들에게로 돌아갈 것이다.

그녀는 그가 집에 도착하는 광경을, 걱정스러운 표정으로 잔소리하는 그의 아내와, 그런 아내를 위로하는 그의 모습을 상상했다. 슬쩍 농담을 던지고 이런저런 핑계와 변명을 늘어놓는 그의 모습을. 그런 다음 두 사람이 서로 팔짱을 끼고 걷는 저 익숙하고도 보기 좋은 그림이 눈앞에 그려졌다. 부부는 잠든 아이들을 들여다본 다음 자기들 방으로 들어가 침대에 눕는다. 그녀가 남편의 어깨에 머리를 기대자 여자의 머리카락이 부채처럼 펼쳐진다. 그다음 그가 아내에게 키스를 하고는 조금 전 자신과 했던 그 일을 하는 광경이 떠올랐다. 그녀는 문득 자신이 또다시 울고 있다는 것을 깨달았다. 얼마 후 그녀는 얼굴을 씻기 위해 자리에서 일어나 타일을 붙인 낡은 욕실로 들어갔다.

11

연례 회의에서 부임지가 공표된 후, 라일은 가족과 함께 차를 타고 덴버에서 두 시간 반 거리에 있는 고원지대에 가서 마을을 바라보았다. 2번가 모퉁이에서 신호등 하나가 점멸하고 있는 메인 스트리트, 세 블록으로 된 상업지구, 전면 높이 장식을 붙인 낡은 벽돌 건물들, 낡은 깃발이 걸린 우체국, 메인 스트리트 양편에 늘어선 주택들, 수목의 이름을 따 붙인 서쪽 거리들, 미국의 도시 이름을 따 붙인 동쪽 거리들, 메인 스트리트와 교차하면서 양끝으로 평원과 통하는 34번 고속도로, 밀밭과 옥수수밭, 원래부터 있던 목초지, 그리고 존 웨슬리가 다니게 될 고속도로 저편의 고등학교와 저멀리 흐릿하게 보이는 푸른 모래언덕.

홀트로 이사 온 뒤 존 웨슬리는 자기 방에서 컴퓨터로 덴버의 친구들에게 길고긴 편지를 쓰면서 처음 한 주를 보냈다. 그리고 마을에서 목사의 존재는 그의 가족 전부를 의미했기 때문에 주일마다 아침 예배에 참석해야 했다. 세번째 주일에는 그가 깜짝 놀랄 일이 벌어졌다.

예배에 참석하는 여자애가 있었는데, 키가 크고 빼빼 마르고 검은색 옷에 선홍색 립스틱을 바른 이상한 외모인데다 피부는 아주 창백했다. 그애는 언제나 뒷줄에 앉았다. 그런데 주일 예배가 끝나고 그가 교회를 걸어나오는데 여자애가 따라왔다.

잠깐만. 여자애가 말했다. 나한테서 달아나려는 거니?

그는 걸음을 멈추고 그애 쪽으로 몸을 돌렸다.

모두 네 얘기를 하더라. 고등학교 2학년에 들어갈 거라며? 네가 1학년이 아닌 게 아쉽네. 그랬다면 내가 네 길잡이를 맡았을 텐데. 아무튼 안내는 해줄 수 있어.

그애는 차를 갖고 있어서 그들은 밤이면 온 동네를 돌아다녔고, 자갈길을 따라 남쪽으로는 36번 고속도로, 북쪽으로는 76번 주간州間 고속도로까지 갔다. 존 웨슬리는 소녀의 옆좌석에 앉았다. 창은 열려 있었고 카세트 플레이어에서는 그애가 듣는 음악이 나왔다. 두 사람은 이야기를 하다가 농로나 사용되지 않는 샛길에 차를 세웠다. 그러고 나서 그애는 그와 함께 뒷좌석으로 자리를 옮겨 그의 단추를 풀고 자기가 아는 것을 가르쳐줬다. 일이 끝나면 두 사람은 땀에 젖고 얼굴이 상기된 채 다시 앞좌석으로 자리를 옮겨 드라이브를 좀더 즐겼다. 흘러드는 공기는 시원하고 싱그러웠으며, 그들 뒤편 시골길에서는 흙먼지가 피어올랐다. 토끼와 코요테와 붉은여우, 너구리 들이 밤이면 모두 길로 나왔고, 한번은 엷은 빛깔의 송아지들과 함께 있는 크고 하얀 샤를레종 소의 옆모습이 갑자기 전조등에 잡힌 적도 있었다. 가끔 그들은 다시 한번 차를 세우고 뒷좌석으로 가기도 했다. 그애는 피임약을 복용했다. 너 바보니? 소녀가 말했다. 너 같은 도시 애들은 뭘 좀 아는 줄 알았지. 난 임신해서 모든 걸 다 망쳐버릴 생각 없거든. 그 일은 걱정 마. 자, 목사 아드님, 한번 더 할래?

그런 다음에는 집으로 돌아왔다. 그애가 목사관 진입로 앞에 내려주면 그는 포치로 올라와 어둡고 조용한 집안으로 들어갔다. 아버지와 어머니는 위층 침실에서 자고 있을 것이다. 그는 부엌으로 가서 먹을 것을 만든 다음 음식을 들고 자기 방으로 갔다. 그러고는 욕실에 들어가 바지를 내리고 자신의 몸을 자세히 들여다보고는 핸드크림으로 따끔거리는 아픔을 달랜 후 방으로 돌아가 컴퓨터를 켜고 갖다놓은 음식을 먹으면서 자기에게 온 메시지들을 읽었다.

거의 한 달을 이런 식으로 지냈다. 그와, 이 연상의 여자아이 제너비브 라슨은 홀트 카운티 외곽의 어둠 속으로 차를 몰고 가서 세운 다음 뒷좌석으로 기어들어갔다. 그런 다음 다시 차를 출발시켜 자갈길로 올라섰는데, 차 꽁무니로는 언제나 흙먼지가 소용돌이치며 솟아올랐다.

덴버에 있을 때 나랑 알고 지냈어야 했는데. 그가 말했다. 덴버에선 달랐거든. 거기엔 친구들이 있었어. 난 거기선 좀 알려진 편이었지.

뭘 하고 지냈는데? 빈둥거리며 컴퓨터 가지고 놀았어?

아니. 재미 좀 봤지. 거기선 재미있었어.

뭘 하면서?

여기와 달랐어. 할 게 많거든. 밤이면 밖에 나가서 얘기를 하고 사람들을 구경했지. 카페에서 뭘 먹으면서. 끊임없이 웃어댔어. 쇼핑몰을 돌아다니기도 하고.

우리도 밤에 밖에 나가잖아. 얘기도 하고. 이런 건 마음에 안 들어?

물론 마음에 들어.

거기서도 나 같은 애가 있었던 거야?

없었어.

그래?

모르겠어. 거긴 그냥 여기와 달랐어. 내가 하려는 말은 그거야. 너도 덴버를 좋아했을 거야.

넌 이 일을 망쳐버릴 거야. 그거 알아? 넌 네 코앞에 있는 것도 보지 못한다는 거. 너도 다른 애들이랑 똑같아.

아니, 그렇지 않아.

넌 옛날 일에나 빠져 있어.

어느 날 밤 그가 집에 돌아와보니 어머니가 거실에서 책을 읽으며 기다리고 있었다. 늦은 시각이었다. 그는 문간에서 걸음을 멈췄다. 어머니가 들고 있는 책 너머로 그를 빤히 지켜보고 있었다.

이리 좀 와보렴. 그녀가 말했다. 널 좀 보고 싶구나.

왜요?

밤새도록 그애랑 쏘다니다가 이렇게 늦은 시간에 들어온 네 모습이 어떤지 좀 보고 싶다는 거야.

밤새도록은 아니에요.

요점이 그게 아니잖아. 무슨 말인지 알잖니.

그는 그녀 쪽으로 걸어가 앞에 섰다. 어머니는 그를, 키가 크고 여윈 얼굴을 한 소년을 살펴보았다. 머리카락이 엉클어져 있었다.

너한테서 그애 냄새가 나는구나. 안 그러니?

아네요.

맞아. 그애 냄새가 나. 그애가 쓰는 향수 냄새가 너한테서 난다고. 네가 어리석은 짓을 하지 않기만 바란다. 그애를 임신시키지나 않았으면 좋겠구나.

그애는 피임약을 복용해요.

그래? 그애가 그렇게 말하던?

네.

그애 말을 믿니?

네.

뭐, 그애가 거짓말쟁이가 아니기를 바랄 수밖에. 그애를 사랑하니?

그건 엄마가 상관하실 문제가 아닌데요.

사랑하니, 아니니?

사랑해요.

다행이구나. 그냥 아무 의미도 없이 그러는 게 아니었으면 좋겠다. 그저 섹스만 하는 것 말이다.

엄마. 지금 무슨 얘기를 하는 거예요?

넌 그애한테 싫증을 느끼게 될 거야. 아니면 그애가 너한테 싫증을 느끼거나. 어쨌든 길게 가지는 않을 거야. 사랑은 길게 가는 게 아니거든. 근데 체중이 빠지는 것 같구나. 아니니?

아네요.

가서 자렴. 피곤할 텐데.

12

　창가 의자에 앉은 대드 루이스는 늦은 오전 존슨 집안 여자들
이 버타 메이네 집 앞에 차를 세우고 여름 원피스 차림으로 차에
서 내렸을 때 잠에서 깼다. 그들은 그 집 포치까지 걸어올라가
노크를 하고는 기다렸다.

　대드가 고개를 돌리고 부엌 쪽으로 소리쳤다.

　뭐라고요? 메리가 말했다. 뭐 필요한 게 있어요?

　잠깐 이리 좀 와보겠소?

　메리가 식사실을 통해 거실로 나왔다. 무슨 일이에요?

　저 사람들이 저기 버타 메이네 집에 있어요.

　누구요?

　월라와 에일린 말이오.

메리는 창밖을 내다보았다. 존슨 집안 여자들이 아직도 그 집 포치에 서 있었다.

저 사람들이 저기서 뭘 하는 거요? 대드가 말했다. 난 저이들이 또 우리집에 오는 줄 알았는데.

아마 그저 방문하려는 모양이지요.

버타 메이는 전면창에 친 레이스 커튼을 젖히고 밖을 내다본 다음 문을 열었다.

노크 소리를 못 들었네요. 안으로 들어오실래요?

좋지 않은 시간에 온 건 아닌지 모르겠어요. 윌라가 말했다.

아뇨. 괜찮아요. 근데 무슨 일이에요? 어서 들어들 오세요.

그들은 집안으로 들어섰다. 에일린이 자기 어머니를 쳐다보고는 말했다. 저기, 오늘 앨리스를 데려가서 함께 점심을 할까 해서요.

오늘 그애를 점심에 데려가신다고요?

네. 아주머니께서 괜찮으시다면요.

글쎄요, 모르겠네요. 그애만 데려가신다는 말씀인가요?

오, 아니에요. 원하신다면 아주머니도 함께 가셨으면 해요.

그녀는 그들을 바라보았다. 아뇨. 무슨 말씀인지 알겠어요. 전

요즘 머리가 잘 돌아가지 않는답니다. 오늘 그애한테 음식을 먹이고 싶다는 거잖아요. 그렇죠?

아주머니께서 괜찮으시다면요.

난 괜찮아요. 하지만 아이 의견도 물어봐야죠.

그애가 집에 있나요?

뒤뜰에 있어요. 내가 불러올게요.

그녀는 거실을 나가 부엌문에 서서 아이를 불러들였다. 그런 다음 두 사람은 거실로 돌아왔다. 소녀는 얼굴이 볕에 그을리고 주근깨가 있었고 반바지에 티셔츠 차림이었다.

아이의 할머니는 아이 어깨에 팔을 두른 채 서 있었다. 저분들이 네게 물어볼 게 있다고 하시네. 무슨 말씀인지 여쭤보렴.

윌라가 앨리스에게 미소를 지어 보였다. 우리가 너희 이웃집인 대드와 메리 루이스 부부네 집에 찾아갔을 때 만났던 거 기억나니?

네.

오늘 우리가 너와 함께 점심을 먹으러 가도 될지 알고 싶구나.

소녀는 자기 할머니의 크고 붉은 얼굴을 올려다보았다.

네가 원하면 그렇게 하렴. 버타 메이가 말했다. 네가 하고 싶은 대로 하려무나.

가벼운 소풍 삼아서, 에일린이 말했다. 우리 셋이서 말이야.

할머니도 가시나요?

아니, 난 집에 있을 거야. 집에서 할 일이 많단다.

언제든 네가 원하면 바로 집에 데려다줄게.

어디로 갈 건데요?

우리가 어디서 외식할 거냐고?

네.

고속도로 변에 있는 왜건휠 식당에 갈까 하는데. 가본 적 있니?

안 가본 데 같아요.

거긴 간 적이 없단다. 버타 메이가 말했다. 우린 외식할 때 새 턱스에 가잖아.

가도 될 것 같아요. 앨리스가 말했다.

그러면 옷을 갈아입고 오는 게 좋겠구나. 그런 꼴로 숙녀분들 하고 같이 공공장소로 식사를 하러 갈 수는 없으니까.

뭘 입어야 되죠?

네가 정하렴.

소녀는 다시 한번 그들을 보더니 자기 방으로 가려고 복도로 향했다. 여자들은 아이를 기다리며 선 채로 대화를 나누었다.

이윽고 소녀가 노란 셔츠에 초록색 반바지 차림으로 나타났다.

밝은색 옷을 입었구나. 아이의 할머니가 말했다. 적어도 차에 치이진 않겠어.

새 옷이에요.

나도 알아. 아무튼 깨끗한 옷이지.

이제 갈까? 윌라가 말했다.

그들은 한낮의 따가운 볕으로 나가 차로 향했다. 에일린은 운전석에, 윌라는 앞자리 에일린 옆에 앉고, 소녀는 뒷자리에 탄채 창밖을 내다보거나 두 여자의 뒤통수를 바라보았다. 그들은 고속도로까지 가서 우회전한 다음 개스 앤드 고 주유소를 지나고 34번 고속도로 식료품점 뒤편을 지나 외곽으로 들어섰다.

그들이 차를 주차시키고 식당으로 들어가 카운터 앞에서 기다리자 흰 블라우스에 까만 스커트를 입은 여자가 오더니 그들을 데리고 바와 샐러드 뷔페가 있는 곳을 지나쳐 두번째 방으로 안내했다. 그녀는 그곳 테이블의 세 자리에 메뉴판을 놓고 나머지 한 자리에 놓여 있던 식기를 치웠다. 오늘은 루앤이 주문을 받을 거예요. 여자가 말했다. 잠깐 기다리세요.

어디 앉고 싶니? 윌라가 물었다.

앨리스는 테이블을 보고, 이어서 실내를 둘러보았다.

사람들이 드나드는 게 보이도록 문 쪽을 보고 앉고 싶니, 아니면 들판이 보이는 창 쪽에 앉고 싶니?

문 쪽을 보고 앉을래요. 소녀가 대답했다.

소녀가 의자를 끌어내 앉자 두 여자도 아이 맞은편에 자리를 잡았다. 그들은 메뉴판을 집어들었다.

뭘 먹고 싶니? 에일린이 물었다.

뭐가 있는지 모르는데요.

에일린이 메뉴판을 가리켰다. 이쪽 페이지에는 샐러드와 샌드위치가 있고 이 페이지에는 주요리가 있단다.

햄버거는 없나요?

있어. 하지만 먹고 싶은 건 뭐든 먹어도 괜찮아.

웨이트리스가 오자 그들은 음료를 주문했다. 얼굴 주위로 금발 머리칼을 부풀린 예쁜 여자였다.

이 아이는 누구예요? 그녀가 물었다.

앨리스예요. 버타 메이 아주머니의 손녀딸이죠.

이런, 정말 귀엽게 생겼네. 옷차림이 마음에 드는구나.

고맙습니다.

집에 데려가고 싶을 정도로 예쁜 아이로구나. 우리집에 가서 딸 노릇 하며 놀지 않겠니? 난 사내애들밖에 없단다.

글쎄요.

언제 한번 가자꾸나.

아이는 어깨를 으쓱했다.

웨이트리스가 존슨 집안 여자들이 마실 차와 앨리스가 마실 콜라를 가져왔다. 윌라는 수프와 샐러드를, 에일린은 클럽 샌드위치를 주문했고 앨리스는 그래도 햄버거를 먹겠다고 했다.

햄버거를 어떻게 해줄까? 웨이트리스가 물었다.

소녀는 에일린을 쳐다보았다.

고기를 살짝 익힐까, 아니면 바싹 구워줄까?

바싹 구워주세요.

감자튀김도 같이? 웨이트리스가 물었다.

소녀가 또다시 에일린을 쳐다보았다.

내 생각에 넌 감자튀김을 먹고 싶을 것 같은데, 안 그러니?

그래요.

웨이트리스가 주방으로 갔다.

여기 로즈 타일러 아주머니가 와 계시네요. 에일린이 자기 엄마에게 말했다. 혼자서요.

그들은 창가 쪽 자리에 혼자 앉아 있는 노파를 보았다.

세상을 떠난 남편을 영 잊지 못할 거야. 윌라가 말했다.

어떻게 잊겠어요? 누구나 다 그렇잖아요.

소녀는 얘기하는 두 사람을 바라보다가 문간 저쪽으로 사람들이 오가는 다른 방을 바라보았다.

웨이트리스가 음식을 가져다놓은 후 앨리스는 햄버거에 케첩을 끼얹기 시작했는데, 케첩이 왈칵 쏟아지는 바람에 햄버거가 온통 케첩으로 뒤덮였다. 아이는 케첩병을 내려놓고는 양손을 무릎에 놓은 채 자기 접시를 빤히 바라보았다. 금방이라도 울음을 터뜨릴 것 같았다.

걱정할 것 없어. 에일린이 말했다. 그냥 케첩을 긁어내면 되니까. 아줌마가 해줄까?

제가 할 수 있어요. 소녀가 말했다. 아이는 숟가락으로 케첩을 긁어서 접시 한옆에 놓았다.

그것 봐. 월라가 말했다. 그러니까 한결 낫지?

소녀는 고개를 끄덕이고는 감자튀김을 먹기 시작했다. 한 번에 하나씩 집어 끄트머리에 케첩을 찍은 다음 케첩 묻은 부분을 깨물어 먹고 나서 다시 케첩을 찍어가며 나머지를 조금씩 먹어치웠다. 존슨 집안 모녀는 아이가 음식 먹는 모습을 지켜보았다.

전 짜서 먹는 병만 써봤어요. 앨리스가 말했다. 예전에 엄마를 도와 케첩병과 겨자병, 소금통과 후추통을 채우곤 했어요.

어머니께서 식당에서 일하셨던 모양이구나?

네. 엄마는 늘 제가 거들도록 해주셨어요.

엄마 사진 가지고 있는 것 있니?

할머니 집에 있어요. 소녀는 식당 안을 둘러보았다. 그러곤 다시 자기 접시를 바라보았다. 그 할아버지도 엄마처럼 죽어가고 계신 거죠?

네 이웃에 사시는 루이스 씨를 말하는 거니?

그 할아버지도 그것에 온통 덮여 있어요. 엄마도 가슴속에 그것이 있었거든요.

우리도 들었어. 정말 마음 아픈 일이야.

앨리스는 문간 저쪽으로 시선을 보내며 말했다. 엄마는 저 아줌마 같은 금발이 아니었어요.

그랬니?

엄마는 저처럼 갈색 머리였죠.

그러면 틀림없이 아주 미인이셨겠구나. 네 엄마와 진작에 알고 지냈으면 좋았을 걸 그랬다.

그런데 어떻게 머리를 저렇게 하는 거죠? 엄청나게 부풀린 머리 말이에요.

글쎄다. 필시 드라이어로 말린 다음 부풀려서 고정했을 거야.

점심식사 후 차를 타고 마을로 돌아올 때 앨리스는 차창 밖으로 스쳐가는 나무와 주택들을 내다보았다. 엄마는 그렇게 부풀리면 머리가 상할 수도 있다고 했어요. 소녀가 말했다.

13

대드 루이스는 루디와 밥에게 전화를 걸어, 오후가 되면 몸 상태가 나빠지니 이제는 오전에 판매 장부를 가져오라고 했다. 그는 전화를 끊고 로레인을 돌아보았다. 너 혼자서도 상점 계산이 어떻게 돌아가는지 알 수 있게 너도 우리와 한자리에 앉으렴.

아빠, 상점 직원들은 제가 끼는 걸 원치 않을 거예요.

네가 어떻게 아니? 그 친구들이 뭘 원하든 상관없다. 내가 그들에게 네가 낀다고 하면 그걸로 끝이야.

전 아직 그 일을 맡고 싶은지조차 마음을 정하지 못했는걸요.

빨리 마음을 정해야 할 거다. 너도 알겠지만 이렇게 계속되지는 않을 테니까. 오래 늦출 수는 없어. 네가 원치 않으면 다른 방법을 찾아야 하니까 말이야.

알아요, 아빠.

오전이 절반쯤 지났을 무렵 점원들이 나타났다. 루디가 현관문을 조심스럽게 노크했다. 그들은 모자를 벗었고 메리는 그들을 거실로 안내하고 커피를 갖다주었다. 그리고 이번에도 그들은 매번 올 때마다 그랬듯 장례식에라도 참석하는 것처럼 소파에 나란히 앉았고, 대드는 언제나처럼 바로 옆 바닥에 나무 지팡이를 놓고 무릎을 모포로 덮은 채 의자에 앉아 있었다.

루디는 머리 회전이 빠른 편에 언변이 좋은 중년 남자로 머리가 벗어지는 중이었고, 밥은 키가 크고 여위고 머리 회전이 느리고 잿빛으로 세어가는 숱 많은 머리를 뒤로 바짝 빗어 넘겼다. 루디는 무릎에 장부철을 놓고 있었다.

자네들, 오늘 일은 잘하고 있나? 대드가 물었다.

잘하고 있습니다. 루디가 대답했다. 좀 어떠세요, 사장님? 전보다 훨씬 좋아지신 것 같은데요.

대드는 그를 쳐다보았다. 그게 뻔한 거짓말이라는 건 자네도 알 텐데.

뭐, 더 나빠지신 것 같지는 않은걸요. 밥이 말했다.

그래, 좋아. 대드는 창밖으로 고개를 돌렸다가 다시 그들을 바라보았다. 커피와 함께 먹을 것이 좀 필요한가?

아뇨, 괜찮습니다. 루디가 말했다.

자네는, 밥?

저도 이대로 괜찮을 것 같습니다. 뭘 먹기에는 아직 꽤 이른 걸요.

그럼 자네들이 가져온 걸 좀 볼까.

루디가 일어나서 대드의 무릎에 장부철을 놓아주고는 다시 자리에 가서 앉았다. 대드는 셔츠 주머니에서 돋보기를 꺼내 가느다란 안경다리를 귀에 걸고는 장부를 펼치고 들여다보았다. 두 남자는 몸을 앞으로 기울여 커피를 마시면서 그런 그를 지켜보았다.

얼마 후 대드가 시선을 들었다. 여기에 무슨 문제가 있나?

아뇨. 특별히 말할 건 없습니다.

그러면 말할 필요가 있는 건 없나?

아뇨. 그런 건 없는 것 같습니다, 사장님.

올여름에 지금까지 잔디깎이를 몇 대나 팔았지?

열 대입니다. 루디가 대답했다. 그는 밥을 쳐다보았다. 그게 맞지?

맞는 것 같은데요.

지난여름에는 열다섯 대를 팔았네. 대드가 말했다.

올해는 경기가 좀 못했습니다. 루디가 말했다.

어째서 그런가?

올해는 마을에 새로 지은 집이 없어요. 주된 이유는 그것일 겁니다.

자네는 어떻게 생각하나, 밥?

루디가 말한 바와 같습니다. 게다가 우리가 주문한 신형 잔디 깎이가 값이 더 비싸지요.

더 좋은 기계잖은가.

네. 하지만 값은 더 비쌉니다.

그래, 값이 더 나가기는 하지, 밥. 젠장. 좋은 거니까 그만큼 값이 더 나가는 거야.

밥은 자기 손을 내려다보았다. 사람들은 잔디깎이에 많은 돈을 쓰려고 하지 않아요.

무슨 얘기인지 알겠네, 밥. 대드는 다시 장부를 펼쳤다. 그는 찾고 있던 항목을 찾아냈다. 이 외상 대금은 뭐지? 액수가 왜 이렇게 많은가?

스프레이그 부인 겁니다. 루디가 대답했다.

그 부인이 어쨌는데?

냉동고를 구입했지요.

그 부인이 냉동고를 산 건 나도 알고 있네. 내가 앓기 전에 샀지.

아무튼 냉동고 할부금을 내지 않았거든요.

전화는 걸어봤나?

네, 사장님. 제가 두 번 전화를 걸었습니다.

그런 다음 찾아가보기는 했나?

찾아가봤습니다.

그럼 어떻게 된 일인지 말해보게, 루디. 무슨 어려운 문제도 아니잖은가?

네, 하지만 좀 난감합니다, 사장님. 그는 잠시 방 저편을 바라보았다. 사장님이 원하시면 제가 부인 댁에 가서 냉동고를 가져올 수는 있을 것 같습니다만.

냉동고를 회수한다는 얘긴가?

네, 사장님. 회수하면 되지요.

어째서 말인가?

사장님께선 부인 댁에 가보신 적이 있나요?

삼십 년쯤 전에 가봤네.

글쎄요, 제가 보기에 부인이 그 이후로 아무것도 내다 버리지 않은 것 같아요. 사장님, 그저 어느 하나가 잘못된 정도가 아니에요. 부인은 온종일 그 어수선한 난장판 속에서 흔들의자에 앉아 있거나 그 속을 돌아다닌다니까요. 집안에 자기만 다니는 좁은 길을 내놓았어요. 그리고 그 냉동고에 온갖 것들을 잔뜩 집어넣은 채 뒤쪽 포치에 처박아두었지요. 그 안에 든 것은 식료품도 아니에요. 예전 어음이라든가 가족 간에 주고받은 편지, 누렇게 바랜 낡은 신문지가 들어 있다고요. 그러고는 콘센트에 연결하고 전원을 넣고 내내 가동시켜서 종잇장들이 차가워져 있다니까요. 부인이 보여줬어요. 그래야 한다고 고집을 피우더군요. 전보고 싶지 않았어요. 그 안에서 뭘 보게 될지 알 수 없잖아요. 정말 어떻게 된 걸까요. 그 모든 종이 뭉치들이 그런 식으로 얼어붙어 있는 광경을 보니 토할 것 같았어요. 그 냉동고를 회수할까요?

자네가 보기에 부인의 정신이 온전치 않은 것 같은가? 그런 거야? 노망이라도 난 것 같나?

아무래도 그런 것 같아요. 아니면 그저 나이가 너무 들어서인지도 모르지만요.

부인이 대금을 치르지 않을 거라고 보나?

대금을 낼 능력이 없는 것 같습니다. 가망 없는 얘기예요, 사장님.

냉동고를 돌려받으려는 게 아닐세. 어떤 것도 회수할 일 같은 것은 생기지 않았으면 하네.

부인은 거기에 그냥 혼자 그런 식으로 살고 있는 것 같아요.

부인을 돌볼 사람이 아무도 없나? 얘기해볼 사람이 없을까?

없어요, 사장님. 제가 알기로 그런 사람은 없습니다.

부인의 냉동고를 회수할 수는 없네. 아마 부인은 뭔가 생각이 있었을 테지만 잊어버린 걸 거야. 그대로 내버려두자고. 대손금에 올려두게.

알겠습니다. 그러는 게 최선일 것 같습니다.

그 밖에 또 무슨 일이 있나? 마을이나 외곽 쪽에 일이 있나?

밀을 수확하기 시작했다는 건 들으셨을 테죠. 밥이 말했다.

그럴 때가 됐지. 7월 초순이 가까워졌으니.

텍사스에서 온 콤바인 수확꾼 얘기도 들으셨을 테죠?

모르겠는데. 들은 것 같기도 하고. 오클라호마로 들어오면 도둑질을 하고 싶어진다고 떠드는 친구 얘기인가?

그 사람과 플로이드 노인 얘기를 들으셨군요.

그건 들어본 적이 없는걸.

지난해 독립기념일 직전에 그 수확꾼과 일꾼들이 오클라호마의 이 조그만 마을에 들어왔는데, 일꾼들 모두가 하루 쉬기를 원했다는군요. 수확꾼은 그들을 믿지 못하겠다고 하면서도 그동안 열심히 일했으니 휴가를 갖는 것도 좋겠다고 했지요. 그들 모두가 주정뱅이나 다름없다면서요. 아무튼 그들은 이곳에 도착했고, 그는 일꾼들이 원하는 대로 하루 휴가를 주었어요. 그리고 다음날이 되자 일꾼들이 돌아왔는데 한 사람이 보이지 않았죠. 플로이드는 어떻게 된 건가? 하고 그가 물었어요.

그 친구는 곤경에 처한 것 같습니다, 일꾼 하나가 대꾸했죠. 아무래도 플로이드 노인을 잃은 것 같다면서요.

플로이드 노인을 잃다니 그게 무슨 말인가?

우리는 호수에 배를 타고 낚시를 나갔습니다. 우리는 술을 좀 마셨는데 플로이드 노인이 그만 물에 빠졌어요. 그러고 다시는 떠오르지 않았습니다.

젠장. 그를 찾아보지 않았단 말인가?

아뇨. 물론 찾아봤습니다. 하지만 찾을 수가 없었어요.

그래서 결국 이 텍사스 친구가 노인의 마누라에게 전화를 걸어 플로이드가 죽은 것 같다고 전했다고 하더군요. 그러자 그 마누라가 노인의 물건을 일꾼들에게 줘버리라고 했답니다.

대드가 씩 웃으며 고개를 저었다. 굉장한 이야기로군. 어떤 면에서는 재미있기도 하고. 그런 다음 그는 소파에 앉은 두 사람을 잠시 빤히 바라보았다. 흔히들 익사가 제일 괜찮은 방법이라고 하지. 하지만 그걸 어떻게 안다는 건지 모르겠군.

정말 그렇죠. 밥이 대꾸했다. 그걸 어떻게 알겠어요?

그런데 자네들, 나를 보니 Bonny 댐으로 데려가서 떨어뜨려줄 수는 있겠나?

아이고. 사장님. 루디가 말했다. 그런 말씀 마세요.

할말이 아닌 줄은 알지만 그것도 해결 방법이긴 하지. 자네들한테 문제가 생길 일은 없을 걸세.

그들은 시선을 떨구고 커피잔을 내려다보았다. 문제가 있고 없고 하는 얘기가 아닙니다. 루디가 말했다. 그게 중요한 게 아니잖습니까, 사장님.

그래. 그 말이 맞네. 대드는 좀더 오래 두 사람을 바라보았다. 이제 볼일은 다 본 것 같군. 가기 전에 커피를 더 마시겠나?

성가시게 하고 싶지 않은데요.

성가실 것 없네. 이렇게 와줘서 고맙네. 자네들을 보니 반갑군.

저희도 사장님을 뵈니 반갑습니다.

다음번에는 로레인을 이 자리에 참석시킬 걸세.

그래요? 그건 무슨 말씀인가요?

그애가 내 자리를 물려받을 경우에 대비하는 걸세.

그들은 아무 말 없이 그를 빤히 바라보았다.

나중에 말이야. 내가 떠나고 나면.

무슨 말씀인지 저희는 모르겠네요.

알게 될 걸세. 아직 확실한 건 없네.

14

삼십칠 년 전 어느 겨울날 평일에 대드 루이스가 집에 있었
던 유일한 이유는 설사를 동반한 유행성 감기에 걸렸기 때문이
었다. 그리고 그날 오후 말을 키우는 우리에 나와 있는 프랭크와
시저스네 아이를 본 유일한 이유는 그가 화장실에 가려고 침대
에서 일어났기 때문이었다. 그는 전날 밤에 한 차례, 그리고 그
날 아침 두 차례 그랬던 것처럼 또다시 토할 것 같았고, 그때 침
실 창문을 통해 뒤뜰 저편에 있는 헛간 쪽을 내다보다가 두 소년
을 보았다. 아이들은 겨울 코트와 스타킹캡을 쓰고 있었는데, 프
랭크는 시저스네 아이보다 머리 하나는 더 컸다. 바람이 많이 불
어서 아이들은 추워 보였다.

대드는 집안에 혼자 있었다. 메리는 합동교회 지하실에서 열

린 아프리카 기금 마련을 위한 바자회에 초크체리 잼과 수제 퀼트, 뜨개질로 뜬 접시닦이 행주를 팔러 나갔다. 로레인은 아직 학교에서 돌아오지 않았다.

그는 화장실로 가서 한동안 토하고 난 다음 침실로 돌아오면서 다시 창밖을 내다보았지만 이번에는 아이들이 보이지 않았다. 그땐 별다른 생각을 하지 않았는데, 한 시간 뒤 침대에서 일어나 밖을 내다보았을 때도 우리에 아이들의 모습이 보이지 않자 무슨 일이 생긴 것은 아닐까 하는 생각이 들었다. 아이들이 다친 것은 아닐까 싶기도 했다. 아니면 암말에게 무슨 문제가 생겼는지도 몰랐다. 그는 잠시 동안 그렇게 침실 창밖을 내다보며 서 있었다.

마침내 그는 부엌을 통해 뒷문 쪽으로 가서 창밖을 내다보았다. 그러고는 문을 열고 바람이 몰아치는 쌀쌀한 바깥으로 걸어나가 양손을 컵처럼 오므리고 헛간을 향해 아이들을 소리쳐 불렀다. 바람에 그의 목소리가 흩어졌다. 그의 귀에조차 자신의 목소리가 들리지 않을 정도였다. 그는 한번 더 소리쳐 불러보았다. 좌우를 둘러보았지만 남쪽으로 버타 메이의 노란 집과, 북쪽으로 바람에 쓸린 잡초가 무성한 미개발지와 바닥을 돋운 철로 외에는 아무것도 보이지 않았다. 그는 다시 집안으로 돌아가 문을 닫았다. 그러고는 기운이 빠지고 토할 것 같은 가운데 파자마 바람으로 뒷문 가에 서서 계속 몸을 떨며 창밖을 내다보았다.

그는 겨울 외투를 걸치고 부츠를 신고 작업모와 목도리와 장갑으로 무장한 다음 헐벗은 뒷마당을 가로질러 우리 쪽으로 향했다. 성긴 흙 부스러기가 바람에 쓸려 조그맣게 무리를 지어서 맨땅 위를 이리저리 굴러다니고 있었다. 잎이 다 진 나무에서 바람이 휘파람 소리를 냈다. 헛간 남쪽 끄트머리를 도니 바람이 불지 않았다. 그는 문을 열고 어두침침한 중앙을 들여다보았다. 높다란 판자벽 틈새로 들어온 햇살이 흙바닥을 가로질러 떨어졌다. 먼지와 겨 부스러기가 허공에 떠돌고 있었다. 건초의 진한 냄새와 말에서 풍기는 기분좋은 냄새가 났다. 그는 어둠에 눈이 익을 때까지 잠시 서 있었다. 얼마 후 프랭크와 시저스네 아이가 보였다.

아이들은 암말을 타고 벽으로 에워싸인 헛간의 흙바닥 위를 원을 그리며 돌고 있었다. 프랭크는 다른 아이의 뒤에 타고 있었는데 두 아이의 머리는 바짝 붙어 있었고, 둘 다 로레인의 주름 장식이 달린 여름 원피스를 입은 채 햇살의 빛줄기 속을 드나들며 말을 달리고 있었다. 뛰는 말의 맨잔등에 올라탄 두 아이는 앙상한 맨다리로 겨울털로 덮인 암말의 몸통을 죄고 있었다. 프랭크는 한 손에 고삐를 잡고 다른 손으로는 시저스네 아이의 몸을 감고 있었다.

이윽고 프랭크가 헛간 문간에 선 대드를 발견했다. 그가 고삐를 휙 당겨 말을 세웠다. 대드는 헛간 안으로 들어가 아이들 쪽으로 다가갔다. 시저스네 아들은 빨강 머리를 한 열두 살 소년으로 바싹 여위어서 분홍색 드레스의 네모난 요크* 위로 앙상한 목이 드러나 있었다. 아이는 춥고 겁먹은 듯 보였다. 그애와 프랭크 둘 다 입술에 립스틱을 바른 모습이었다.

말에서 내려오거라. 대드가 말했다.

아빠, 괜찮아요. 프랭크가 대꾸했다.

거기서 내려오라니까.

프랭크가 말 잔등에서 미끄러져 내려오고, 이어서 다른 아이도 말에서 내려왔다. 두 아이는 대드를 바라보며 그의 말을 기다렸다.

지금 대체 무슨 짓들을 하고 있는 거냐?

우린 아무것도 다치게 하지 않았어요. 프랭크가 대답했다.

그랬다고?

그래요.

말을 내게 다오. 그리고 그 빌어먹을 원피스는 벗어버리거라.

대드는 고삐를 잡고 암말을 커다란 미닫이식 문 쪽으로 끌고

* 여성복이나 여아의 옷에서 어깨나 스커트의 윗부분에 다른 감을 댄 부분.

가 문을 밀어 열고 고삐를 홱 당겨 풀어준 다음 말의 엉덩이를 찰싹 때렸다. 암말이 빈 우리 마당을 가로질러 가는 것을 보고 그는 다시 돌아왔다. 아이들은 원피스를 벗고 브래지어를 풀고 있었다. 두 아이는 겁먹은 채 추위에 떨고 있는, 털도 없는 홀쭉한 동물처럼 보였다. 그애들은 대드에게 등을 돌린 자세로 로레인의 비단 속바지를 벗고는, 덜덜 떨며 자기들 옷을 걸어놓은 여물통 쪽 긴 못으로 걸어가서 바지와 셔츠와 외투를 입었다.

우리 엄마한테 얘기하실 건가요? 시저스네 아이가 물었다.

뭐라고? 아니. 하지만 다시 한번 여기서 너를 보는 일이 생긴다면 네 녀석을 때려줄 테다.

소년은 재빨리 프랭크 쪽을 한 차례 쳐다본 다음 비틀비틀 문으로 가더니 황급히 밖으로 나갔다. 아이가 우리 마당을 가로질러 뛰어가는 소리가 들렸다.

대체 이게 무슨 짓인지 말해보겠니? 대드가 물었다.

말할 것도 없어요. 프랭크가 대답했다.

저건 네 누나 옷이잖아.

네.

네가 저 옷을 가져온 걸 누나도 알고 있니?

아뇨. 하지만 저 옷에 아무 짓도 하지 않았는걸요.

네 누나도 그렇게 생각할까?

프랭크는 그를 쳐다본 다음 조금 전 소년이 빠져나간 열린 문 쪽을 바라보았다. 누나는 상관하지 않을 거예요.

어째서 상관하지 않는다는 거지?

그냥요.

네가 그걸 어떻게 아니?

확실히는 몰라요.

누나한테 얘기한 적이 있니? 네가 한 짓 말이다.

아뇨.

누나는 이 일을 모른다는 거지? 너희 두 녀석이 자기 옷으로 무슨 짓을 하는지?

네.

맙소사. 그는 프랭크의 얼굴을 뚫어져라 바라보았다. 내가 이 일을 어떻게 할 것 같으냐?

저를 그냥 내버려두세요.

그냥 내버려두라고.

제발요.

대드가 아이를 노려보았다. 맙소사. 대체 넌 어떻게 생겨먹은 놈이냐?

그냥 아버지 아들이에요. 그뿐이에요.

대드가 아이를 잡고 흔들며 차가운 공기 속에서 아이의 몸을 돌리는 바람에 두 사람은 바닥에 떨어지는 햇살 사이에서 비틀거렸다. 다음 순간 대드가 흔들기를 멈추더니 고삐를 움켜쥐고 아이를 후려쳤다. 프랭크가 벗어나려 했지만 광포함에 사로잡힌 대드는 아이의 얼굴을 한 차례 후려쳤고 그러고는 갑자기 고삐를 팽개치더니 아이를 품에 꼭 안고 흐느꼈다. 오, 세상에, 세상에.

프랭크는 아버지의 품안에서 경직된 상태로 있었다. 이윽고 대드는 아이를 놓아주고는 황급히 헛간을 나와 비틀거리는 걸음으로 집안 화장실로 가서 토한 다음 침실로 돌아갔다. 이제는 두통으로 머리가 욱신거리기까지 했다. 그는 침대에 누운 채 고개를 돌려 창밖을 내다보았다. 해가 지고 있었다. 그의 눈에 눈물이 고였다. 그는 베개 위의 머리를 바로 하고 어두워져가는 방에서 한 팔로 얼굴을 가렸다.

얼마 후 프랭크가 집안으로 들어와 계단을 올라 2층으로 가는 소리가 들렸다. 아이가 자기 누나 방으로 들어가는 소리도 들렸는데, 분명 옷장에 드레스 두 벌을 걸고 속옷도 치웠을 것이었다. 그런 다음 아이가 복도를 가로질러 자기 방으로 들어가는 소리가 났다. 아이가 침대에 눕는 소리도 나는 것 같았다. 분명 자기 뺨에 난 매 자국을 더듬고 있을 거라는 생각이 들었다.

저녁 먹을 때가 되자 메리가 아래층의 어두운 침실 침대 곁에 섰다. 당신 깨어 있어요?

깨어 있어요.

저녁식사 할 수 있겠어요?

아무것도 먹고 싶지 않아요.

그다지 좋아 보이지 않네요. 몸은 괜찮은 거예요?

그는 가볍게 고개를 끄덕였다.

그럼 알았어요. 하지만 아침보다 더 나빠진 것 같네요. 뭐든 필요하면 불러요.

부엌으로 돌아와 로레인, 프랭크와 함께 자리에 앉은 메리는 곧 아들의 얼굴에 시선이 갔다.

얘야, 무슨 일 있었니?

헛간 기둥에 부딪혔어요.

아프겠구나. 뭐라도 좀 발라야겠다. 어디 한번 보자.

프랭크는 몸을 피했다. 놔둬요, 엄마. 신경쓰실 것 없어요.

15

뜨겁고 고요한 여름날 오후, 대드는 나무 지팡이를 짚고 침실에서 나와 복도를 지났다. 메리가 남편을 부축하게 될 경우를 대비해 양손을 내민 채 뒤따랐다. 그들은 목사와 로레인이 소파에 앉아 있는 거실로 들어섰다. 라일은 주무시는 루이스 씨를 방해할 것 없다고 말했지만, 메리가 남편이 지금쯤 깼는지 가보겠다고 했던 것이다. 이제 대드는 자신의 의자에 가서 앉고 지팡이를 바닥에 내려놓은 다음 라일 쪽을 바라보았다. 라일은 자리에서 일어나 대드의 곁에 서서 그의 어깨에 손을 얹었다가 그의 손을 잡았다. 이렇게 뵙게 돼서 반갑습니다. 그가 말했다. 오늘은 좀 어떠세요?

점점 기운이 없소. 갈수록 나빠지고 있어요.

통증이 있나요?

아뇨. 통증은 가라앉았어요.

오래 폐 끼치지 않겠습니다. 그저 좀 어떠신지 보려고 온 거니까요.

폐 될 것 없어요. 괜찮다면 잠깐 좀 앉으세요.

라일은 몸을 돌려 다시 로레인 옆자리로 가서 앉았다. 메리는 흔들의자에 앉았고, 대드는 스프링클러가 자신의 집과 버타 메이네 집 사이 잔디밭에 고리 모양으로 물줄기를 뿌리고 있는 창밖을 흘깃 내다보았다.

오늘 날씨는 좀 어떻소? 오늘도 무더운가요? 대드가 물었다.

비가 내릴 거라고들 하더군요. 라일이 대답했다.

그럴지도 모르겠군요. 바깥이 어두워지고 있으니까.

농부들은 비가 달갑지 않을 거예요. 안 그래요, 아빠? 로레인이 말했다.

밀을 수확할 참이니 달갑지 않을 테지. 옥수수밭을 가진 집들은 개의치 않을 테고.

축복이 고르지 않게 내리는 것 같군요. 라일이 말했다.

대드가 목사 쪽을 보았다. 그래요, 목사님. 알고 보면 많은 일들이 고르지 않은 축복이지요.

선생님도 평생 여기 사시는 동안 그런 일들을 겪으셨겠군요.

난 캔자스 서쪽 평원에서 자랐소.

그동안 몇 차례 변화를 겪으셨군요.

한두 번 그랬다고 할 수 있지요. 그는 다시 창밖을 내다보았다. 미끄럼 방지 바퀴 위의 스프링클러는 위치가 달라져 있었다. 대드는 다시 고개를 돌렸다. 우리가 이 집을 샀을 때 이 거리에는 이 집밖에 없었어요. 안 그래요, 여보?

초원과 바람과 흙먼지 말고는 아무것도 없었죠. 그녀가 대답했다.

바람은 여전히 불고 있지. 그건 달라지지 않았어. 당신도 이제 바람이 뭔지 좀 알게 됐을 테지요.

나를 위해서라면 바람은 불 필요가 없어요. 바람이라면 지긋지긋하니까.

이곳 도로는 영 포장해주지 않는구려. 내가 그걸 보게 될 날이 있을 것 같지는 않군. 그런 일이 생긴다 해도 말이오.

선생님이 아시는 분들은 어떤가요? 라일이 말했다. 사람들도 변했나요?

사람들이요?

지금 사람들이 전에 비해 달라진 점이 있나요?

그건 모르겠군요. 대드는 목사를 빤히 쳐다보았다. 전에 비해 더 편해지긴 했어요. 전만큼 활동적이거나 육체적인 일을 하는 건 아니니까. 예전에 그랬던 것만큼 자주 포치에 나가보지도 않고. 그저 자리에 앉아 TV나 보고 있지. 이제는 사람들이 TV가 된 것 같아요.

우리 가족은 여름날 저녁이면 언제나 밖에 나가 앉아 있곤 했어요. 메리가 말했다. 그랬던 게 생생하게 기억나요.

제가 어렸을 때도 그랬죠. 로레인이 말했다. 프랭크와 내가 아직 어렸을 때, 중학교도 들어가지 않았을 때 말이에요. 기억나세요?

프랭크가 따님의 동생이겠군요. 라일이 말했다. 그분에 대해 여쭤봐도 될까요? 사람들이 그 이름을 말하는 걸 들은 적이 있거든요.

그 말에 아무도 대꾸하는 사람이 없었다. 잠시 후 대드가 말했다. 목사님도 그애에 관해 물을 수는 있겠지만 그렇다 해도 들을 말이 없는 건 마찬가지일 테고. 그애는 오래전 이곳을 떠났소. 고등학교를 졸업하고 이틀 후 집을 나갔지요.

집을 나가기에는 꽤 어린 나이인데요. 라일이 말했다.

그애가 집에 돌아온 것은 딱 두 번뿐이오. 대드가 말했다.

하지만 이제는 돌아오지 않을까요?

집으로 돌아온다고?

네.

142

왜 그런다는 겁니까?

선생님을 뵈러요. 작별 인사를 하고 싶을 테니까요.

그 때문에 돌아오지는 않을 겁니다. 대드가 말했다.

여보, 그애는 올지도 몰라요. 메리가 말했다. 저는 그애가 온다고 생각하고 싶어요.

그애는 내가 죽어가고 있다는 것도 몰라요. 오지 않을 거요.

아드님에게 이야기하지 않았나요? 라일이 물었다.

우리는 그애가 어디 있는지 몰라요.

하지만 선생님은 아드님을 보고 싶지 않으세요?

마음 편히 죽겠다고 프랭크를 기다릴 생각은 없소. 그런 의도로 말씀하신 거라면요.

사람은 죽기 전에 가족 모두를 보고 싶어하게 마련입니다.

내 가족은 지금 이 자리에 모두 있어요.

아뇨. 우리 가족은 이게 전부가 아니에요. 메리가 말했다. 이게 우리 가족 전부라고 하지 말아요.

나한테는 이게 우리 가족이오. 그가 대꾸했다.

그렇지 않아요, 아빠. 로레인도 말했다.

그는 딱딱한 시선으로 거실에 있는 사람들 하나하나의 얼굴을 둘러보았다. 그런 다음 의자에서 몸을 일으키더니 지팡이를 집어들고 균형을 잡기 위해 잠시 서 있었다. 로레인이 다가와 한 팔을 아버지의 몸에 두르고 부축하면서 그의 뺨에 입을 맞췄다.

가지 말아요, 아빠. 여기서 우리와 좀더 얘기해요. 아무 일도
아니에요. 그러니 제발 가지 마세요.

그는 자신의 얼굴 바로 곁에 있는 딸의 얼굴을 들여다보더니
시선을 거두고 눈을 감았다. 그러고는 한참 동안 서 있다가 이윽
고 자리에 앉았다. 그녀는 지팡이를 바닥에 내려놓고 아버지 쪽
으로 몸을 굽혀 검버섯이 핀 그의 얼굴에 자신의 뺨을 갖다댄 다
음 다시 라일 옆으로 가서 앉았다. 한동안 침묵이 흘렀다.

아빠, 라일 목사님께 예전 목사님들 얘기를 해드려보세요. 로
레인이 말했다. 아빠가 늘 말씀하시던 그분 이야기요.

누구 말이냐?

어느 여자 신도가 그분의 머리에 선 예수님을 봤다고 한 목사
님 말이에요.

그는 로레인을, 그다음에는 라일 쪽을 바라보았다. 목사님은
변화에 대해 물어봤죠. 사람들이 변했는가 하고 말입니다. 교회
는 확실히 변했어요. 예전에는 교회 가는 일이 길고도 진지한 용
무였지요. 그런데 지금은 그렇지 않아요. 사람들이 데려온 개들
이 성찬대 밑에서 축복을 받고 예배중에 아이들이 춤추며 돌아
다니죠.

낮잠 자기 딱 좋은 시간이라는 말씀처럼 들리는군요. 라일이

말했다.

나는 일요일 오전이면 낮잠을 한숨씩 푹 자곤 했어요. 그게 사실이오. 아무튼 그런 어느 무더운 여름날 아침에 마침 이 마을을 방문했던 여자가 있었어요. 그 사람이 누굴 만나러 왔었지, 여보?

톰슨네 가족이요. 메리가 대답했다.

그래…… 이제 당신이 그 이야기를 해봐요. 난 제대로 기억이 나질 않는군.

아니, 기억날 거예요.

아니오. 당신이 계속 얘기해봐요.

그 여자분은 톰슨네 가족을 만나러 왔어요. 메리가 말했다. 그런데 목사님이 설교를 하고 있는데 체중이 거의 고양이 정도밖에 되지 않아 보이는 이 조그만 여자가 갑자기 신도석에서 벌떡 일어나더니 울부짖기 시작하는 거예요. 아마 그 당시 목사님이 쿠퍼 목사님이었던 것 같은데, 목사님이 설교를 멈추자 그 조그만 여자가 외쳐댔죠. 하느님께 영광 있으라! 우리 주 예수님이시다! 전능하신 하느님을 찬미할지어다! 하고 말이에요.

쿠퍼 목사님이, 네, 부인, 그런데 무슨 일이신가요? 하고 물었어요.

그분이 바로 목사님 머리 위에 계세요! 온통 흰옷을 입고 공중을 걷고 계신단 말이에요!

그녀는 사람들을 헤치고 신도석을 나와 제단 바로 앞까지 내달아와서는 바로 그 순간 자신이 어떻게 변했는가를 외쳐대기 시작했어요. 자신이 목격한 바로 그 장면 때문이라면서 말이에요. 오, 거룩한 날들이여! 할렐루야! 그런 다음 그녀는 기절한 건지 발작을 일으킨 건지, 제단 앞에 털썩 주저앉았어요. 말라 톰슨이 달려와 그녀를 일으키고는 그 딱한 여자를 자리로 데려갔지요.

그러는 동안 그 목사님은 뭘 하셨나요? 라일이 물었다.

아, 그분도 우리처럼 그 여자분을 빤히 바라보셨어요. 그런 다음 다시 조금 전에 하던 설교를 이어갔지요. 그리고 모두 마지막 찬송가를 부르고 목사님이 축복을 내려주었어요.

그 소동 때문에 적어도 잠은 달아났지요. 대드가 말했다. 그 와중에 잠을 잘 수는 없었으니까요. 그런데 또다른 목사님도 있었소. 당신, 기억나요? 존 두프리 목사님 말이오.

오, 그분 말씀은 말아요.

그건 또 무슨 얘깁니까? 라일이 물었다.

그분도 이곳 목사님이셨죠. 이십 년쯤 전에 말이오.

무슨 일이 있었는데요?

그 목사님과 사모님—그이는 목사님보다 한참 어렸어요—에게 여덟 살쯤 된 아들이 있었소. 그런데 무슨 문제가 있었는지 그분들은 별거를 했어요. 부인이 목사님 곁을 떠나 어딘가로 가 버렸지요.

부인은 그냥 덴버로 돌아간 거예요. 메리가 말했다.

부인이 덴버로 돌아가는 바람에 두프리 목사는 아들과 이곳에 단둘이 남겨졌소. 정말 엄청난 혼란이었지. 두프리, 그 양반은 더 이상 제대로 교회 일을 볼 수 없었어요. 그뿐 아니라 어떤 일도 제대로 하지 못했다오. 실제적인 문제에 집중할 수 없었거든. 그 아들은 마을을 돌아다니며 말썽을 부렸고. 그러다 어느 주일날, 공지사항을 알리는 시간에 그분이, 이제 저 자신에 대한 공지사항을 말씀드리겠습니다, 집사람이 집으로 돌아오기로 했습니다! 이번주에 저에게 돌아올 겁니다, 하고 말했어요. 교회 신자들이 박수를 보냈소. 뭐 대부분 여자들이 박수 친 거지만.

박수 친 남자들도 있었어요. 메리가 말했다.

그런 소식에 박수를 치다니. 내 생전에 교회에서 그런 얘기를 듣게 될 줄은 몰랐다오.

그래서 그 목사님 말대로 부인이 돌아왔나요?

그렇소. 돌아왔어요. 얼마 지나지 않아서 말이오. 그러고는 아들과 함께 교회에 앉아 찬송가를 불렀다오. 부인은 그런대로 괜찮아 보였소. 안 그래요, 여보?

꼭 그렇진 않았어요.

아니라고?

그래요.

남자인 내 눈에는 괜찮아 보였지만, 메리의 말이 맞아요. 그 부인이 완전히 괜찮지는 않았던 모양이오. 주일이 두 번 지나고 나자 목사 아들은 다시 혼자 신도석에 앉았고, 우리는 그 여자가 두프리 목사 곁을 떠났다는 사실을 알게 됐어요. 그리고 그녀는 방송국을 운영하는 돈 렙커라는 젊은 작자하고 마을 저편에 살림을 차렸지요.

홀트 사람들은 그 일을 별로 마음에 들어하지 않았던 모양이군요.

그래요. 전혀 좋아하지 않았지. 방송국도 광고를 좀 잃었고.

그 부인은 어떻게 됐나요?

그녀와 돈은 덴버로 갔어요. 이따금 덴버에서 라디오방송을 하는 그녀의 목소리를 듣곤 했지요. 그녀는 그 분야에 소질이 있는 것 같았어요.

제가 집을 떠난 뒤에 일어난 일이로군요. 로레인이 말했다.

그래. 그런 것 같다.

바깥이 점점 어두워졌는데 어느 순간 갑자기 번개가 치더니 비가 쏟아지기 시작했다. 바람이 불었다. 하늘 저편에서 천둥소리가 나고 연이어 번개가 쳤다. 거실에 있던 사람들은 측면 창을 통해 그 광경을 바라보았다. 거센 빗줄기가 비스듬하게 쏟아졌다.

우리 밖에 나가서 비 오는 걸 봐요. 로레인이 말했다. 어서요, 아빠.

그들은 대드를 부축해 앞쪽 포치로 나와 서서 잔디밭과 자갈 깔린 길에 내리는 비를 바라보았다. 낮은 곳에는 벌써 물웅덩이가 생겼고 검게 물든 은백양나무에서는 빗물이 흘러내렸다. 로레인이 한 손을 빗속에 내밀었다가 자신의 얼굴을 토닥이고 다시 양손을 모아 낙수 홈통에 넘쳐흐르는 빗물을 받아 대드의 얼굴에 갖다댔다. 지팡이에 의지한 채 서 있는 그의 얼굴에서 빗물이 떨어졌다. 그들은 그를 바라보았다. 그는 잔디밭과 그 너머 장식 쇠울타리를, 비에 젖은 거리와 저편에 있는 공터를 바라보며 무슨 생각엔가 잠겨 있었다.

냄새 좋지 않아요? 메리가 말했다.

그래. 그가 조용히 말했다. 그의 눈이 젖어 있었지만 그것이 눈물인지 빗물인지는 알 수 없었다.

16

비가 쏟아지던 그날 오후, 존 웨슬리는 홀트 우체국 카운터에
서서 어머니 심부름으로 소포를 부치고 있었다. 소포를 부친 그
는 밖으로 나와 비좁은 출입구 포치 아래에 서 있는 어느 노파
곁에 섰다. 메인 스트리트를 지나는 자동차들은 전조등을 켜고
와이퍼를 빠르게 움직이며 물보라를 일으켰다. 노파는 그를 유
심히 쳐다보았다. 네가 목사님 아들이로구나.

맞아요, 우리 아버지가 성직자죠.

네가 누군지 알아봤단다. 그녀는 고개를 돌리고 젖은 거리를
바라보았다. 이 비를 어떻게 생각하니?

그쳤으면 좋겠네요. 그가 대꾸했다.

오, 아냐. 넌 여기서 비가 온다는 게 어떤 건지 모르는 모양이

구나. 그걸 알 만큼 홀트에 오래 산 게 아냐. 비가 계속 왔으면 좋겠다고 여겨야지.

거리에 억수같이 쏟아지는 비가 도랑을 채우며 마을의 못 쪽으로 흘러갔다. 얼마 후 그들이 지켜보고 있는 사이에 비는 처음 내리기 시작했을 때처럼 갑작스럽게 그쳤다. 빠르게 흐르는 구름 뒤편에서 햇살이 비쳤다.

이제 그쳤구나. 겨우 이 정도 내리고 말았어. 노파가 말했다. 그녀는 팔팔한 걸음으로 거리로 내려서더니 블록 저편으로 걸어갔다.

그는 노파의 모습을 지켜보았다. 그런 다음 포치 지붕 밑을 떠나 메인 스트리트를 가로지른 다음 4번가 쪽으로 방향을 틀었다. 가로수는 모두 검게 젖은 채 빗물을 떨구고 있었고, 인도 이곳저곳에는 물웅덩이가 패어 있었다. 공기에서는 비 온 뒤의 달콤하고 깨끗한 냄새와 젖은 포장도로와 젖은 땅의 냄새가 났다. 그가 집에서 세 블록 떨어진 곳에 이르렀을 때 고등학생 둘이 탄 까만 포드 차가 연석 옆에 섰다. 두 아이 중 하나가 말했다. 어이, 이리 좀 와봐.

존 웨슬리는 그들 쪽을 바라보았다.

너한테 해줄 말이 있어.

뭔데?

네가 알아둬야 할 일이지.

그가 몸을 돌려 인도를 계속 걸어가자 그들이 차에서 뛰어내리더니 다가왔다.

어디 가는 거야? 잠깐 서봐. 악수나 하자고. 그러면서 첫번째 아이가 손을 내밀었는데, 존 웨슬리가 상대가 내민 손을 보고 있기만 하자 그 아이는 잡아채듯 그의 손을 꽉 잡았다.

왜 이러는 거야?

우리가 왜 이러냐는데. 그 아이가 다른 아이 쪽을 보고 말했다. 키가 더 작았지만 똑같이 헐렁한 반바지 차림을 하고 있는 아이였다.

너를 도와주려는 거야.

바로 그거야. 그저 잠시 나란히 걸으면서 얘기나 좀 하자고.

난 별로 그러고 싶지 않은데.

자, 같이 좀 걷자고. 그러면서 아이는 한 팔을 존 웨슬리의 어깨에 두르고 그를 앞으로 당겼다. 다른 아이는 반대편에서 따라왔다. 그들은 그 블록 끝까지 간 다음 길을 건넜다.

지금 집으로 가는 중이지? 몸집이 큰 아이가 존 웨슬리의 머리 옆을 주시하면서 말했다. 안 그래?

너네와는 상관없잖아.

넌 집으로 가는 중이야. 우린 다 안다고.

애는 준비를 해야 하거든. 다른 아이가 말했다. 이제 곧 그 여자애가 태우러 올 테니까 말이야.

그애가 너한테 어떻게 해주던? 첫째 아이가 물었다.

누구?

제너비브 말이야. 그애는 지금 너하고 그걸 하지. 우린 다 안다고.

닥쳐. 존 웨슬리가 어깨에 놓인 그애의 팔을 밀쳤다.

이런. 그렇게 성낼 것 없잖아. 그저 몇 가지 조언 좀 해주려는 것뿐이야. 너도 이 일에서 실수하고 싶지 않을 테니까 말이야.

날 좀 그냥 내버려둬.

까다롭게 굴지 마. 우린 너와 친구가 되려는 거야.

우린 그저 충고 좀 해주려는 것뿐이야. 두번째 아이가 말했다. 그애가 너한테 잘해줘? 말해봐. 존 웨슬리는 그 자리를 벗어나려고 인도에서 내려섰지만 두 아이가 앞을 막아섰다. 내 말은, 그애가 그 짓을 네가 원하는 대로 해주느냐는 거야.

집어치워. 존 웨슬리가 말했다.

오. 못 그러겠는데. 그 아이가 웃으며 말했다. 뭐 어쩌면 그럴 수 있을지도 모르지만.

그애가 너하고도 화끈하게 했다며? 두번째 아이가 말했다. 너한테도 끝내주게 해줬다고 네 입으로 그랬잖아.

아주 죽여줬지. 첫번째 아이가 대꾸했다.

닥쳐. 존 웨슬리가 말했다.

얘는 이런 얘기 안 좋아하나봐.

목사님 아들이거든. 그러니까 당연히 안 좋아하지. 상스러운 말을 싫어한다고.

그래도 아직 네 말에 대답하지 않았어.

맞아, 대답하지 않았지. 그애가 네가 하자는 대로 해줘? 솔직히 말해봐.

입 닥치라고 했잖아.

왜냐하면 그애는 지금까지 우리 스무 명쯤하고 그걸 했거든. 하지만 길게 간 애는 없었지. 그러니 할 수 있을 때 실컷 해둬. 이게 내가 해주고 싶은 말이야.

존 웨슬리가 팔을 휘둘러 남자아이의 얼굴을 후려쳤다. 아이는 기침을 토하더니 허리를 구부리며 풀밭에 침을 뱉었다. 이 개자식. 내 이를 부러뜨렸잖아. 남자아이는 손가락을 입속에 넣더니 피 묻은 조각을 꺼내 자기 손바닥에 놓고 들여다보았다. 그러고는 존 웨슬리를 붙잡아 목을 팔로 감고 코피가 터지도록 주먹질을 해댔고, 그 바람에 존 웨슬리는 비에 젖은 보도 위로 쓰러졌다. 아이는 존 웨슬리 위로 몸을 굽히고 그의 셔츠를 틀어쥐었다. 네놈을 개 패듯이 패주고 싶어, 이 망할 자식. 그러더니 셔츠

154

에서 손을 뗐다. 존 웨슬리는 뒤로 쓰러진 채 팔꿈치로 몸을 지탱했다.

어서 여길 뜨자. 두 고등학생은 혹시라도 보고 있는 사람이 없는지 집들 쪽을 살피면서 왔던 길을 되짚어 걸어가 교차로를 건너 차가 있는 곳으로 갔다.

존 웨슬리는 일어나 앉아 포드 자동차가 유턴을 한 다음 메인 스트리트 쪽으로 멀어져가는 것을 바라보았다. 코피가 계속 흘러나오고 있었다. 그는 셔츠 소맷자락으로 코피를 닦고는 벌렁 드러누워 머리 위로 물을 떨어뜨리고 있는 나무를 바라보았다. 보도는 차가웠다. 그는 제너비브에 대해 생각하기 시작했다. 난 너를 위해 싸운 거야. 너를 만나면 이 이야기를 해줘야지. 녀석들은 나보다 덩치가 더 컸다고. 게다가 두 놈이었고. 너를 위해 그중 한 놈을 패주었어. 내가 녀석을 때리자 녀석도 나를 때려서 피가 났어. 넌 내 셔츠에 묻은 핏자국을 볼 수 있겠지. 너를 위해 흘린 피야.

17

독립기념일에 로레인은 낡은 모포 한 장을 가지고 버타 메이네 집으로 가서 앨리스를 데리고 나왔다. 두 사람은 조용하고 텅 빈 밤거리를 걸어 34번 고속도로 쪽으로 간 다음 불꽃놀이를 보기 위해 고등학교 운동장으로 향했다. 한낮의 열기가 가신 뒤라 서늘하고 상쾌했다. 마을 외곽 너머 밀밭에서는 아직도 콤바인들이 가동되고 있었는데, 콤바인 불빛이 밭을 환하게 밝히는 가운데 그 한켠에는 곡식 수레와 트럭들이 늘어서 있었고 공중에는 먼지 구름이 자욱했다. 왕겨와 먼지, 수확한 밀이 풍기는 냄새가 홀트까지 흘러들어왔다.

두 사람은 고속도로까지 간 다음 방향을 틀어 섀턱스 카페를 지나 학교 구내 남쪽에서 운동장이 있는 뒤쪽으로 향했다. 저녁에 나와 걷고 있는 사람들이 많았다. 운동장에 도착한 그들은 굵은 철사를 엮어 만든 울타리에 난 문을 지나, 흰 석회 가루로 그은 트랙을 가로질러 풀밭으로 갔다. 운동장 주위로 높다란 장대 끝에 달린 전등들이 큰 소리로 윙윙대며 밝게 타올랐다. 전등 불빛을 받은 잔디밭은 선명한 녹색을 띠었다.

저쪽으로 가보자. 로레인이 말했다. 훨씬 나을 거야. 그녀는 앨리스를 축구장 복판으로 데려갔는데, 거기에서 모포를 깔고 앉아 있는 존슨 집안 여자들을 보았다. 안녕. 윌라가 큰 소리로 인사를 보냈다. 이리로 와요. 우리와 함께 앉아요.

두 사람은 그들이 있는 곳으로 다가갔다. 로레인이 가져온 모포를 그들 곁에 깔고 자리에 앉는 동안 앨리스는 선 채로 사람들로 가득한 축구장 관중석 쪽을 둘러보았다. 관중석 위쪽 방송 부스에 한 남자가 있었는데, 머리 위에 매달린 전구가 혼자 서 있는 그의 모습을 적나라하게 비추고 있었다. 앨리스는 골대 저편 남쪽, 불꽃놀이를 준비하고 있는 자원 소방대 쪽도 둘러보았다.

여기 와서 함께 앉지 않겠니? 에일린이 말하자 앨리스는 존슨네 여자들과 로레인 사이에 자리를 잡고 앉았다. 앨리스 또래의 두 남자아이가 그들 앞쪽에 와서 앉았다. 아이들이 고개를 돌려 앨리스를 보았고 앨리스 역시 그애들을 보았지만 특별히 신경써서 바라보지 않는 척했다. 아이들은 양팔로 무릎을 안은 자세로 앉아 있었다. 얼마 후 방송 부스에 있는 남자가 마이크에 대고 말하기 시작했다.

여러분, 오늘밤 이곳에 오신 것을 환영합니다. 여러분. 그는 잠시 말을 멈췄다. 이거 지금 켜져 있는 건가요? 크고 단속적이며 직직거리는 목소리였다.

맞아요. 켜져 있어요. 누군가가 소리쳤다. 어서 시작하라니까, 친구.

그럼 좋습니다. 제 목소리가 잘 들리시는 것 같군요. 안녕하세요, 여러분. 그러자 잔디밭에 앉은 사람들 가운데 몇몇이 화답을 보냈다. 그는 말을 이었다. 오늘밤 멋진 행사가 열립니다, 안 그렇습니까? 우리 모두 잘 알고 있죠. 바로 이것이 우리를 하나의 국가로 위대하게 만들어준 동력의 일부니까요. 바로 오늘, 이 축하 행사, 바로 이 자리에서 오늘 저녁 열리는 이 연례행사 말입니다. 이제 저는 오늘밤, 이 험한 시대에 조국을 위해 헌신하고 있는 군인들에게 감사하면서 우리가 마련한 프로그램을 시작하겠습니다. 오늘밤 이 자리에 참석하신 분들 가운데 조국을 위해 봉사하고 계신 분은 모두 자리에서 일어나주실 것을 부탁드립니다. 육군, 해군, 해병, 공군. 주방위군. 모두 일어나주십시오. 어느 소속이든 상관없습니다. 모두 다 중요하니까요. 평화시에는 재무부의 감독을 받는 해안경비대도 좋습니다. 해안경비대가 전시에는 국방부 산하라는 걸 알고 계시나요? 그렇습니다. 자, 일어나주세요. 우리 모두가 볼 수 있게 말입니다.

관중석에서 남자들과 여자들 몇몇이 일어섰다. 그리고 축구장에 있는 그들 곁 접이식 의자에서 한 노인이 비틀거리며 일어섰다.

저분들 모두에게 박수를 보내주세요. 그러자 환하게 불을 밝힌 잔디밭과 관중석에 있던 사람들 모두가 박수를 쳤다. 앨리스는 로레인을 지켜보았다. 그녀는 한두 번 박수를 치고 그만두었다. 그녀도 로레인을 따라 했다.

오늘밤 이 자리에서 저는 한 젊은이에게 특별한 감사를 표하고 싶습니다. 아나운서가 말했다. 그 젊은이가 원치 않기 때문에 이름은 밝히지 않겠습니다. 그러나 그 젊은이는 다음주에 참전할 예정입니다. 우리의 민주주의를 저편 사막까지, 그곳에서 맞닥뜨릴 이들에게까지 전파하기 위해서지요. 네, 바로 저 사람입니다. 지금 제 눈에 보이는군요. 왼쪽 아래편 옥외 관람석에 있습니다. 자리에서 일어서주시겠습니까? 네, 좋습니다.

한 젊은이가 자리에서 일어나 축구장 쪽을 바라보았지만 별다른 몸짓도 없었고 몸을 돌리지도 않았다. 군복을 입은 앳된 젊은이였다.

이 젊은이에게 따뜻한 환송을 부탁드립니다. 네, 그렇게 말입니다.

관중석과 풀밭에 있던 사람들 몇몇이 일어나 박수를 보냈다. 군복 차림의 청년이 다시 어떤 여자 옆의 자기 자리에 앉자 방송 부스에 있는 남자가 말을 이었다.

자, 오늘밤 이 자리에 또하나의 근사한 순서가 마련돼 있습니다. 빅 빌 존스가 우리를 위해 고른 노래 한 곡을 불러줄 것입니다.

위쪽 부스 안에서 키 큰 남자 하나가 마이크를 잡더니 녹음된 반주에 맞춰 ⟨Some Gave All, All Gave Some⟩*을 부르기 시작했다. 그가 노래를 마치자 사람들이 박수를 쳤다. 그의 목소리는 근사했다. 아나운서가 다시 말했다. 이제 여러분이 ⟨America the Beautiful⟩**을 부르실 수 있도록 빅 빌이 선창하겠습니다. 모든 사람들이 그를 따라서 국가를 불렀다. 국가를 부를 때 사람들은 모두 자리에서 일어났고 남자들은 모자를 벗었다. 축구장에 있던 윌라는 그대로 모포에 앉아 있었다. 앉았다 일어섰다 하기가 너무 힘들구나. 그녀가 말했다. 내게 신경쓰지 마. 그녀는 미소를 지은 채 두꺼운 안경알 너머로 주위를 둘러보았다.

모두가 다시 자리에 앉자 아나운서가 말했다. 이제 저 운동장 조명을 꺼주시겠어요? 모두가 잠자코 기다렸다. 행사를 시작

---

* '누군가는 모든 것을, 모두가 조금씩 바쳤네'라는 뜻.

** 비공식 미국 국가.

할 수 있게 저 조명 좀 꺼주세요. 조명을 끄기 전에는 불꽃놀이를 시작하지 않을 겁니다. 얼마 후 누군가가 스위치를 내렸고 사람들은 어스레한 저녁 빛에 싸인 채 앉아 있었다. 서쪽 하늘에는 아직 저녁놀이 남아 있었지만 동쪽 하늘은 아주 어두웠다. 사람들이 기다리고 있는데 갑자기 첫번째 폭죽이 발사되어 머리 위에서 터졌다.

커다란 폭음과 함께 광선이 뿜어져나오더니 아래로 떨어지면서 빛을 잃고 흰 연기가 되어 느릿느릿 부유하며 내려갔다. 다음 순간 또하나의 폭죽이 터졌다. 앞에 있던 남자아이들은 폭죽이 터질 때마다 하나하나 이름을 붙였다. 자, 어서 터져. 아이들이 말했다. 다음 순간 폭죽이 터졌다. 저건 혜성. 저건 샹들리에. 요정의 가루. 낙하산. 은비. 카네이션. 등불.

얼마 후 로레인은 모포 위에 드러누웠다. 이어 앨리스도 누웠고, 존슨네 여자들도 그들 곁 모포에 드러누웠다. 시원한 여름밤 하늘 속으로 불꽃이 솟구쳤고, 허깨비 같은 연기가 꼬리를 물며 사라져갔다. 높은 평원에 있는 축구장 위쪽, 머리 위 저멀리로 맑은 청색의 별들이 반짝였다. 남자아이들은 계속해서 이름을 붙였다. 앨리스가 로레인 가까이로 몸을 붙였다.

괜찮니, 애야? 로레인이 물었다.

소녀는 고개를 끄덕였다.

춥니?

조금요.

로레인이 아이를 좀더 가까이 끌어당겼다.

엄마도 이 광경을 봤으면 좋겠어요. 앨리스가 말했다.

그래. 잠깐 고개를 들어보겠니?

로레인이 모포 위로 팔을 내렸고, 앨리스는 그 팔을 베고 누웠다. 로레인은 남은 모포 끄트머리를 끌어당겨 두 사람의 몸을 덮었다. 에일린이 그쪽을 건너다보았다. 그녀는 한동안 앨리스를 유심히 보았다. 그때 폭죽이 터지자 어른거리는 불꽃에 비친 소녀의 얼굴이 보였다. 아이의 눈은 맑고 진지해 보였다. 여자아이답게 매끄럽고 부드러운 뺨. 아이를 바라보던 에일린의 눈에 눈물이 고였지만 그녀는 곧 눈물을 닦았다. 곁에 있는 그녀의 어머니는 계속 불꽃놀이를 주시하고 있었다.

마지막으로, 마을을 가로질러 외곽까지 울려퍼지는 엄청난 대포 소리와 함께 한 차례 길게 연속된 폭발이 있었다. 그다음 어둠이 찾아오고 머리 위로 연기가 흩어졌고, 잠시 후 다시 조명등이 켜졌다. 주위가 전보다 한결 밝아진 것 같았다.

아나운서의 목소리가 다시 들려왔다. 자, 이것으로 오늘밤 행사를 마치겠습니다. 이제 안녕히 가십시오. 발밑 조심하시고요.

축구장에 있던 사람들은 자리에서 일어나 모포를 접었고 관중석에 있던 사람들도 아래로 내려왔다. 모두가 느릿느릿 무리를 이루어, 이제 지치고 만족한 상태로 별말 없이 정문을 빠져나갔다.

잘 가요. 에일린이 말했다. 누가 시키지도 않았는데 앨리스가 에일린에게 가서 포옹을 하더니 이어 월라와도 포옹을 했다. 그런 다음 그녀는 로레인과 함께, 길모퉁이마다 서 있는 가로등 아래 자갈길을 따라, 고요한 집들을 지나 마을 서쪽 뒤켠에 있는 집을 향해 걸었다. 드문드문 불이 켜진 집들이 있었다. 한번은 작고 하얀 개를 밖에 내놓았다가 안으로 불러들이고는 문을 닫는 노파의 모습이 보였다.

18

대드 루이스가 기억하는 것은 철물점 뒤켠 사무실 그의 눈앞
에서 얇은 레인코트 아래 벌거벗고 서 있던 그녀의 몸뚱이가 아
니었다. 그가 기억하고 있는 것은 자신의 뺨을 때리기 전 그녀가
짓고 있던 표정이었다. 그리고 석 달 뒤 봄, 그녀가 전화를 걸어
와 클레이턴이 덴버에서 자살했다고 악을 쓰던 그 목소리의 톤
과 절망적인 어조였다.

일 년이 지나도 그녀에 대한 생각이 떨쳐지지 않자 그는 그녀
를 찾아가보기로 마음먹었다. 그는 차를 몰고, 그녀가 자신의 부
모와 함께 살기 위해 클레이턴과 두 아이를 데리고 향했던, 홀트
에서 100마일 남쪽에 있는 마을로 갔다. 그러나 그녀는 이제 그
곳에 없었다. 그녀의 부모도 더이상 그곳에 살고 있지 않았다.

수염을 기른 한 남자가 그 집을 빌려 쓰고 있었다. 모르겠어요. 그 남자가 말했다. 나도 방금 이사 온 참이라서요. 그분들에 관해서는 아는 게 없습니다. 지하실에 몇 가지 물건을 놓고 갔는데 필요하다면 보시든가요.

대드는 우체국과 경찰서에 들러 그곳 사람들과 얘기해보았다. 그들 역시 아는 것이 전혀 없었다. 그는 원래의 집이 있던 거리로 돌아와 이웃집들의 문을 두드려보았지만 마침 눈이 내리기 시작한 참이라 그나마 집안에 있던 사람들도 눈발이 날려들어오는 곳에 서서 대드와 얘기를 주고받고 싶어하지 않았다. 그러다 마침내 그 거리 맞은편에서 사정을 아는 노파를 찾아냈다. 노파는 그 부모가 네브래스카 주에 있는 마을로 돌아갔고 그들의 딸은 두 아이와 함께 덴버로 갔노라고 얘기해주었다. 그는 노파에게 고맙다고 한 뒤 점차 심해지는 폭풍 속에서 차를 몰고 홀트로 출발했다. 바람이 아스팔트로 포장된 2차선 도로를 너무도 심하게 가로질러 부는 탓에 그는 자신이 아직 제대로 도로 위에 있는 것인지 확인하기 위해 눈을 가늘게 뜨고 봐야 했고 5, 6마일마다 멈춰 서서 차 앞유리에 쌓인 눈을 긁어내야 했다.

이 주가 지나서 대드는 차를 몰고 덴버로 향했다. 그날은 일요일이었고, 그는 메리에게 별도로 주문한 물건을 가지러 가야 한다고 했다. 그는 당시 아내에게 그 이야기를 하지 않았고, 자신이 무엇을 하는 것인지 아내는 물론 다른 어느 누구에게도 말하지 않았다. 이번에도 바람이 불었지만 눈은 내리지 않았다. 그는 오후가 반쯤 지났을 무렵 덴버에 도착했다.

거기서부터는 일이 쉽게 풀렸다. 그녀의 이름이 전화번호부에 나와 있었다. 그녀와 두 아이는 도시 복판에 있는 낡아빠진 건물에서 침실 한 칸짜리 아파트를 얻어 살고 있었다. 그는 계단을 오르고 컴컴한 복도를 지난 다음 노크를 했다. 집안에서 TV 소리가 들렸다. 잠시 후 문이 열리더니 그녀가 눈앞에 나타났다. 지금은 상태가 그리 좋아 보이지 않았다. 그녀는 자신을 추스르기를 포기한 것이었다. 맨발에다 오후인데 아직도 실내복 차림이었다. 두껍고 곱슬곱슬한 재질로 만들어진 실내복은 앞자락이 더러웠고 소맷부리는 너덜너덜했다. 금발은 고르지 않게 자란 데다 그날은 아직 빗질도 하지 않은 상태였다. 그녀는 문간에 선 채 그를 빤히 쳐다보았다.

당신이 여기 무슨 일이죠? 이미 한 짓으로도 모자란 건가요? 그녀가 말했다.

당신과 얘기를 좀 하고 싶었소. 그가 말했다.

그런데 어떻게 나를 찾은 거예요?

전화번호부에 나와 있더군요.

오, 그랬군요. 내겐 지금 전화기가 없어요. 정지돼버렸죠. 요금을 내지 못했으니까. 그런데 무슨 일이에요?

어떻게 지내고 있는지 보러 온 겁니다.

난 지금 여기 있으니 실컷 봐요. 몰랐어요? 어떤 일이 벌어질 거라고 생각한 거죠?

대드는 그녀를 보다 시선을 돌렸다. 이런 일이 생기게 돼서 미안합니다. 결말이 이런 식으로 된 것에 대해서 말이오.

그래야 할 거예요.

내가 이런 결말을 의도한 건 아니었소.

맙소사.

잠시 얘기 좀 나눌 수 있겠소?

무슨 얘기를 하려고요? 이제 와서 내 제안을 받아주려고요? 그런 거예요? 그사이 마음이 변했다는 건가요?

제안이라니. 무슨 제안 말이오?

나랑 하는 것 말이에요. 그이가 훔친 것을 갚는 대가로.

뭐라고? 아니에요. 말도 안 되는 소리. 난 그 일 때문에 온 게 아니에요.

뭐, 당신 탓을 할 수는 없죠. 그녀는 실내복 앞자락을 여몄다. 내가 지금 이 꼴이니 말이에요.

그런 게 아니오. 왜 그런 생각을 합니까? 내가 온 건 그런 일 때문이 아니오. 뭐 좀 도울 일이 없을까 해서 온 겁니다. 잠시 얘기 좀 할까요?

그냥 얘기만 한다는 거예요?

그래요.

안으로 들어오고 싶다는 말씀인가요?

그렇소. 잠깐 얘기를 나눌 수 있게 말이오.

그럼 들어오세요. 집안이 엉망이에요. 하지만 사과할 생각은 없어요. 내가 왜 그래야 하죠?

그녀를 따라 집안에 들어간 그는 어두컴컴한 거실 바닥에 무슨 조그만 짐승들처럼 널브러진 채 TV 앞에서 만화영화를 보고 있는 두 아이 곁을 지났다.

이쪽으로 오세요. 그녀가 말했다.

그녀는 부엌으로 들어가 식탁에 있는 씻지 않은 접시들을 이미 더러운 접시들로 가득한 싱크대로 치운 다음 행주로 식탁을 닦았다. 앉으세요. 너무 예의 차리실 것 없어요. 내게서 예의를 기대하실 것도 없고요.

그는 자리에 앉았다. 그녀는 행주를 싱크대에 던지고 그의 맞은편 자리에 앉더니 담배에 불을 붙였다. 그는 담배를 피우는 그녀를 지켜보았다. 그러고는 뒷주머니에서 지갑을 꺼내 그 속에 있던 지폐를 모두 식탁에 꺼내놓았다. 그녀에게 줄 수 있는 돈은 오백 달러였다. 그녀가 그를 빤히 바라보았다.

그게 뭐예요?

당신에게 주는 겁니다.

왜요? 무슨 이유로 그러는 거죠? 난 당신이 여기에 온 이유도 모르는걸요.

말했잖소. 당신을 돕고 싶다고.

나한테 이 돈을 주겠다는 거로군요.

그래요. 그게 내가 찾아온 이유요.

그 대가로 원하는 건 아무것도 없고요.

그가 그렇다는 뜻으로 고개를 끄덕였다.

그녀는 얼굴에 늘어진 머리카락을 옆으로 치웠다. 난 아직 뭔가 할 수 있어요. 그녀가 말했다. 안쪽 침실로 가도 좋아요. 병에 걸리지도 않았어요. 그녀는 식탁에 놓인 재떨이에 담배를 비벼 껐다. 별로 볼품은 없지만 그래도 멋진 시간을 드릴 수 있어요. 이 돈만큼의 값어치는 될 거예요.

분명 그럴 거요. 대드가 말했다. 하지만 그 때문에 여기 온 게 아니오.

당신 호모예요? 저번에 그 일 이후로 그런 생각이 들었죠. 내가 알몸이었을 때, 내가 아직 보기 좋았을 때 말이에요.

대체 무슨 얘기를 하는 거요?

여자를 좋아하지 않나요?

물론 여자를 좋아합니다. 난 결혼했소. 여전히 아내를 사랑한
다오.

그렇다고 해서 하지 못하란 법도 없죠. 그녀가 말했다. 동성애
자가 아니라면 바본가요?

흠, 어쩌면 그럴지도 모르지. 대드가 대꾸했다.

그녀가 처음으로 미소를 지었다. 그녀의 이가 하나 빠진 것이
보였다. 맙소사, 이게 대체 무슨 일인지 도무지 모르겠네요.

이곳 집세가 얼맙니까? 대드가 물었다.

그건 왜 묻죠?

알고 싶군요.

사백 달러예요.

거기에 공과금이 포함된 겁니까?

그래요. 이 집 주인인 못된 늙은이가 내죠.

대드가 수표책을 꺼냈다. 집세를 누구한테 지불합니까? 그 사
람 이름이 뭐요?

그녀가 이름을 말해주었다. 대드는 수표에 집주인 이름을 쓴
다음 지폐 옆에 수표를 놓았다. 그녀는 미심쩍은 눈길로 그가 하
는 양을 지켜보고 있었다. 대드는 수첩에 집주인 이름을 적었다.
그런 다음 그녀에게, 자신이 이제부터 할 일을 설명해주었다. 그
녀가 매달 집세에 생활비 약간을 더한 수표를 받게 될 것이라고,

자신은 그 일을 어김없이 할 테니까 믿어도 좋다고.

난 아직도 당신이 왜 이러는지 모르겠어요.

말했잖소.

두 사람은 좀더 이야기를 나누었고, 대드는 그녀가 밤일을 하고 있다는 사실을 알게 되었다. 그녀가 교대하러 아파트를 떠나고 난 뒤에는 복도 맞은편에 사는 여자가 잠자리에 든 아이들을 확인해준다고 했다. 그건 좋지 않아요. 그가 말했다.

그런 일 말고 내가 뭘 어떻게 하겠어요?

이제 더이상 그 일을 하지 않아도 될 거요.

그는 일어서서 좁은 부엌을 둘러보고는 그녀 쪽을 한번 더 본다음 두 아이 곁을 지나 낡은 건물을 나섰다. 그다음 몇 달 동안 매월 초에 그는 그녀에게 두 장의 수표를 보냈고, 그해 말이 되어서는 덴버의 서쪽 아바다 시에 방 두 칸짜리 작은 집을 얻어주기로 결정했다. 그런 다음 그는 은행에 그 집의 융자금을 갚아나갔으며, 그녀와 두 아이는 새집에 자리를 잡았다. 그녀는 낮시간 일자리를 구해 정규 탁아소에 낼 돈을 벌었다. 그 결과 사태가 호전되기 시작했다. 그녀는 다시 날씬해졌고 머리도 보기 좋게 잘랐다. 그사이에 대드는 딱 한 번 그녀를 방문했지만 이제는 주고받을 얘깃거리가 거의 없었다.

이 년 뒤 노란 규격지에 적은 편지 한 통이 왔다. 저 결혼했어요. 그 사실을 알려드리기 위해 편지를 쓰는 거예요. 괜찮은 사람이에요. 저보다 나이가 열여섯 살 많지만 그런 건 아무래도 상관없어요. 이젠 그런 일은 중요하지 않으니까요. 이제 집 융자금을 보내지 마세요. 그이도 이해하지 못할 거예요. 그이는 다른 사람의 도움을 받는 걸 원치 않아요. 그리고 다시는 저에게 연락하지 마세요. 이제 우리는 독립해서 살 수 있게 됐으니까요. 이제는 저를 잊으세요. 그동안 당신은 충분히 해주었어요. 그 점에 대해선 감사드립니다. 저에게 두번째로 해주신 일 말이에요.

19

그는 밤에 아래층 침실에서 잠들지 못한 채 메리 옆에 누워서 자신이 살아온 세월을 하나하나 되짚어보았다. 그는 인근에 있는 실제 세상을 한번 더 봐야겠다고 결심했다. 그 낯익은 장소들을 한번 더 보고 나면 미련 없이 놓아줄 수 있을 것만 같았다.

토요일 아침 그들은 튼튼한 그의 차를 몰고 출발했다. 로레인이 운전대를 잡고 대드는 조수석에, 메리는 뒷좌석에 앉았다. 그는 품이 넓은 겉옷으로 몸을 덮고 모자까지 썼다.

차를 천천히 몰아라. 급할 것 없으니까. 그가 말했다.

맑고 무덥고 바람이 불지 않는 7월이어서 그들은 차창을 내렸다. 집을 출발한 차는 버타 메이네 노란 집을 지나 고속도로와 만나는 거리의 남쪽 끝에서 동쪽으로 방향을 바꿔 한 블록을 가고, 초등학교와 운동장과 실습장이 있는 데이트 스트리트를 따라 달린 다음 감리교회가 있는 시더 스트리트를 올라가다가 은행가가 거주하고 합동교회가 있는 버치 스트리트를 건넌 후, 이제는 다 내려앉은 널찍한 포치가 딸린 쇠락한 하숙집이 된 낡고 하얀 목조 호텔이 있는 애시 스트리트를 올라가 장로교회와 가톨릭교회를 지나 메인 스트리트로 달려갔다. 그들은 멈추지 않고 고속도로 북쪽에서 메인 스트리트를 내리 달려, 동쪽 아니면 서쪽으로 방향을 바꿔야 하는 갈림길에 이르렀다. 이제 어느 쪽으로 갈까요, 아빠? 로레인이 물었다.

여기서 동쪽으로 가. 그가 말했다. 그쪽 거리들도 보고 싶구나.

그들은 한 블록을 더 간 다음 루디가 살고 있는 쪽인 올버니와 보스턴과 시카고 방향 길, 밥의 집이 있는 디트로이트 방향인 남쪽으로 차를 틀었고, 그런 다음 다시 주간 고속도로를 탔다가 34번 고속도로로 돌아왔다.

차를 너무 빨리 모는구나. 대드가 말했다.

고속도로에선 속도를 줄일 수가 없어요.

다른 차들을 먼저 보내라. 그래도 상관없으니까.

이제 어디로 갈까요?

메인 스트리트로 돌아가자.

메인 스트리트로 돌아온 그들은 다시, 남쪽 끝에 있는 작은 가

174

옥들과 리벳으로 고정한 높다란 금속 다리 위 급수탑, 우체국과 상업지구 세 블록을 지났다.

이쪽 샛길로 가보자. 대드가 말했다.

그녀는 상점들 뒤켠으로 난 어둑한 샛길로 천천히 차를 몰았다. 조화를 이루지 못한 건물의 뒤편들, 한데 뒤섞여 있는 잡다한 물건들, 그리고 움푹 팬 자갈밭에 주차된 자동차와 픽업트럭 몇 대.

여기 좀 세워보거라. 대드가 말했다.

그녀가 차를 세웠다. 그들은 철물점 뒤편 골목길에 있었다. 그는 흰 칠이 벗겨지고 있는 낡은 벽돌담, 녹슨 쓰레기통, 목재 방부제를 바른 까만 전봇대, 그리고 양편으로 상업지구로 통하는 낡은 뒤쪽 출입구를 한눈에 담았다.

그는 고개를 저었다. 저 뒷벽을 새로 칠했어야 했는데.

제 눈에는 언제나 똑같아 보이는걸요. 로레인이 대꾸했다.

내 말이 그 말이다.

목재 팔레트들이 겹쳐져 쌓여 있고, 골목길을 내다볼 수 있는 창이 난 흠집투성이 나무문이 있었다.

내가 저 문으로 얼마나 수없이 드나들었는지. 그렇잖소, 여보? 몇 번이나 그랬을 것 같아요?

오십오 년 동안 일주일에 여섯 번씩 오십이 주였소. 그러면 얼마나 되지?

수도 없네요.

그래요. 한 사람의 평생이나 다름없지. 대드가 말했다. 이제 됐어. 이만하면 충분히 봤다. 이제 다시 앞으로 가보자.

로레인이 차를 몰아 메인 스트리트로 나왔다. 여기서 세울까요?

그래, 가게 앞에 차를 대거라.

로레인이 블록 가운데 연석에 차를 갖다 댔다. 상점은 높다란 가假전면을 댄 낡은 벽돌 건물 두 채가 나란히 서 있는 구조였다. 대드는 자리에 앉은 채, 테이블 톱과 발전기 광고판이 붙은 쇼윈도를 바라보았다. 무더운 토요일 아침, 널찍한 출입문이 닫히지 않도록 버팀목을 대놓은 상태였다. 신형 잔디깎이와 원예용 경운기는 누가 가져가지 못하도록 체인으로 묶어 보도에 내놓았다.

한 여자가 이쪽으로 다가오더니 걸음을 멈추고는 손을 오므려 눈부신 빛을 막아가며 쇼윈도 안을 들여다보았다. 그녀는 거리 위쪽을 보더니 다시 안을 들여다보고는 가던 길을 걸어갔다.

뭘 하려던 거지? 대드가 말했다. 한번 물어볼 걸 그랬군.

마음을 정하려고 그런 거예요. 메리가 대꾸했다. 시간이 필요한가보죠 뭐.

그럼 다시 올지도 모르겠군. 그가 말했다.

그들이 앉아 있는 자리에서, 밥이 상점 전면 카운터에서 어떤 남자 손님을 응대하고 있는 것이 보였다. 남자가 물건값을 치렀고, 그들은 그가 지갑을 빼내 돈을 꺼내고 밥이 돈을 받아 금전등록기에 넣고 거스름돈과 영수증을 내주는 광경을 지켜보았다. 그런 다음 밥은 카운터 뒤에서 모습을 감추었다가 갈색 종이봉투를 들고 나와 손님이 구입한 물건—은색인데 반짝이지 않는 파이프렌치 같은 것—을 담고 영수증까지 챙겨넣은 후 고개를 끄덕이며 사의를 표했다. 그런 다음에도 무슨 말인가를 더 했고 상대방도 뭐라고 대꾸했다. 그러고 나서 남자는 종이봉투를 든 채 몸을 돌려 열려 있는 문을 통해 보도로 나와 곧장 그들이 앉아 있는 자동차 쪽으로 걸어왔다. 거리가 가까워서 남자가 입은 여름용 셔츠에 달린 단추까지 보였다. 남자는 방향을 바꿔 밝은 햇살이 쏟아지는 블록 저쪽으로 걸어갔다.

저 사람 누구예요, 아빠?

이름은 기억나지 않는구나. 하지만 누군지는 안다. 생각해봐야겠어. 대드가 대답했다. 그의 목소리가 이상했다. 다음 순간 갑자기 그가 눈물을 흘리기 시작했다.

아빠, 왜 그래요?

그는 어깨를 들썩이며 양손으로 얼굴을 가렸다. 메리가 몸을 앞으로 기울여 양팔로 남편을 껴안았다.

여보, 괜찮아요. 왜 그래요? 무슨 생각을 하는 거예요? 무슨 일이 있었어요?

그는 고개를 저었다. 무더운 토요일 아침 보도 위로 사람들이 지나다니는 철물점 앞에 세워놓은 차 안에 앉아, 그는 계속 울었다. 로레인은 그런 아버지를 바라보다가 철물점 쪽을 보았다. 메리는 남편을 안은 자세로 그의 머리 옆에 자신의 머리를 갖다댔다. 얼마 후 그가 울음을 그치고 눈물을 닦았다.

오, 맙소사. 그가 말했다. 자, 이제 괜찮으면 다시 가자. 미안하게 됐다.

당신 괜찮은 거예요?

그래요. 괜찮아질 거예요.

이제 어디로 갈까요, 아빠? 집으로 갈까요?

아니. 외곽으로 나가자. 남쪽으로. 보여줄 게 있다. 간밤에 생각한 일이지.

그들은 차를 후진시켜 그 블록을 돌아 고속도로로 나온 다음 슈트 바 앤드 그릴과 식료품점을 지나 아스팔트로 포장된 남쪽으로 방향을 잡았다. 수확하고 난 밀 그루터기와 허리 높이까지 자란 진녹색의 옥수수밭이 햇살에 빛나고 있었다. 그리고 야초와 세이지브러시, 소프위드가 자라난 가운데 까만 가축들이 여기저기 흩어져 있는 방목장이 나왔다. 곧 대드가 말했다. 속도를 늦춰. 여기서 방향을 바꾸거라.

로레인은 비포장도로로 접어들었다. 차체 밑에서 자갈이 튀는 소리가 들렸다. 양편으로 이랑과 고랑이 이어지고 그 위로 전봇대와 네 줄짜리 철조망 울타리가 길게 이어졌다.

조심해. 대드가 말했다. 너무 빨리 달리지 않는 게 좋을 거야.

그녀는 속도를 늦췄다. 그들이 도착한 곳은 앞쪽 방목장의 뒤켠 도로에서 쑥 들어간 자리에 있는 오래된 집이었다. 집 쪽으로 통하는 도로는 맹꽁이자물쇠로 잠긴 문으로 폐쇄되어 있었다. 아래쪽으로는 헛간과 마굿간, 다용도 작업장, 발육부전의 삼나무 몇 그루가 있었다. 모든 것이 잘 손질되어 있는 것처럼 보였으나 사람이 살고 있는 것 같지는 않았다.

여기 잠깐 세우거라. 대드가 말했다.

로레인이 시동을 껐다. 그들은 뜨거운 목초지 저편, 페인트칠도 돼 있지 않은 낡은 집을 바라보았다.

바로 여기가 그 노인 형제가 살았던 집이야. 대드가 말했다. 당시 고등학생이던 여자애와 함께 살았던 그 노인들 말이다. 그 여자애는 임신중이었는데 아기를 낳고는 대학에 갔고, 그뒤에 형제 중 하나가 저 뒤켠에 있는 가축우리에서 앵거스 황소에 받혀 죽었지. 다른 형제는 처음부터 그 광경을 목격했지만 막을 방도가 전혀 없었어. 이제는 두 사람 다 고인이 됐구나.

여기가 그 양반들이 살던 집인 줄은 몰랐네요. 메리가 말했다.

나는 그 사람들이랑 약간 안면이 있었거든. 우리 상점과 거래했으니까. 형제 하나가 죽고 나자 남은 한 사람은 여자를 얻어 마을에 나와 살았고, 두 사람은 그가 죽을 때까지 내내 함께 살았지. 그 여자는 아직도 홀트에 살고 있는 것 같아. 괜찮은 여자지.

저도 그 이야기를 알고 있어요. 로레인이 말했다. 하지만 그 여자애와 그애가 낳은 아기가 어떻게 됐는지는 듣지 못했어요.

두 사람은 저 산지 어딘가에 살고 있어. 아기는 물론 이제 다 큰 성인이 됐지. 이웃들이 이 농장을 보살펴주었단다.

지금 이곳엔 아무도 살지 않나요?

맞아. 그리고 그 여자애도 이 집을 팔거나 다른 누군가에게 맡길 생각이 없는 모양이야.

그런데 우리가 왜 이곳에 찾아온 거죠?

그저 마지막으로 이 집을 한 번 보고 싶었다. 감상적인 이유에서일 거야. 자, 이제 다시 가자. 가는 길은 내가 일러주마.

그들은 시골의 비포장도로를 타고 동쪽으로 더 나아갔다. 이윽고 그가 말했다. 여기서 방향을 틀어.

여기서요?

그래.

여기는 길이 아닌데요.

그것은 모래 섞인 땅에 우거진 목초 사이로 난 두 줄기 바큇

자국에 불과했다. 반 마일쯤 가자 길은 다시 오르막이 되면서 모래언덕 위로 구불거리며 이어졌다.

아빠, 계속 가도 괜찮을지 모르겠어요.

괜찮을 거다. 다만 이 모래밭에서 멈추지만 마. 그랬다간 바퀴가 박혀버리고 말 테니까. 그러면 우리 중 누군가가 여기서 나가 도움을 청해야 할 거야.

그들은 덜거덕거리고 흔들리는 차를 계속 몰았다. 풀잎에 차체 바닥이 쓸리면서 속삭이는 듯한 소리가 났다. 일단 언덕 위로 올라 평지가 나오자 대드가 말했다. 됐어. 여기 세우면 된다. 다 왔어.

그는 차문을 열고 지팡이를 가지고 차에서 내렸다. 메리와 로레인도 차에서 내려 그를 부축했다. 세 사람은 차에서 걸어나와 바람 부는 언덕에 섰다. 동쪽과 남쪽으로 언덕들이, 북쪽 멀리 마을이, 푸른 나무숲 위로 양곡기가 하얗게 보였다. 그 밖에는 모두 평평하고 탁 트여 있었다.

내가 마음에 정한 것을 말해주고 싶었어. 대드가 말했다. 내가 하고 있던 생각 말이다. 두 사람에게 이곳에 뭔가 묻어달라고 부탁할 참이다.

뭘 묻는다는 거예요, 여보?

뭐든 상관없어요. 내 모자든 뭐든. 낡은 구두 한 짝이어도 좋고. 원한다면 지금 내 주머니 속에 있는 이 안경도 괜찮아.

어째서 하필이면 이곳이죠? 전에 우린 이곳에 와본 적도 없잖아요.

난 와본 적 있소. 여기서는 이 일대를 모두 볼 수 있지. 내가 본 것을 보여주려고 오늘 두 사람을 이곳에 데려온 거예요.

알겠어요. 여보. 뭔가 이곳에 가져올 수 있을 거예요. 그게 어떤 게 될지는 모르겠지만.

그들은 모든 풍경을 눈에 담으며 서 있었다. 바람이 끊임없이 불었지만 아직 정오여서 날은 무더웠다.

정말 별것 아니었는데 말이야. 대드가 말했다. 그뿐이라고.

뭐가 말이에요, 여보?

아까 상점 앞에서 내가 울었던 것 말이오. 나로 하여금 울음을 터뜨리게 한 그 일 말이오. 거기서 내가 보고 있던 것은 바로 내 인생이었소. 어느 여름날 아침 앞쪽 카운터에서, 나와 다른 누군가 사이에 오간 사소한 거래 말이오. 몇 마디 말을 주고받는 것. 그냥 그뿐이었소. 그런데 그게 전혀 쓸모없는 일이 아니었던 거요.

그래요. 쓸모없다니, 그렇지 않아요. 그 일은 쓸모없는 게 아니었어요. 메리가 말했다. 중요한 일이었다고요.

아무튼 그 때문에 오늘 아침 그 광경을 보고 울음이 나왔던 거예요. 갓난애처럼 울었지.

아빠, 괜찮아요. 로레인이 말했다.

모르겠구나. 도저히 참을 수 없었던 것 같다. 그가 대꾸했다.

로레인과 메리는 그의 양팔을 부축하고 바람 속에 서서 전원을 바라보았다. 얼마 후 그들은 다시 자동차로 돌아왔다.

그들이 마을로 돌아오는 길을 반쯤 지났을 때 대드가 말했다. 다윈 퍼디였어.

뭐가요, 여보?

상점에서 나왔던 그 친구 말이에요. 내가 그런 이름이었다면 아마 빌 존스나 버드 스미스 같은 이름으로 바꾸었을 테지만. 하지만 그는 아주 점잖은 친구지.

대드 루이스라는 이름으로 바꾸는 건 어떠세요? 로레인이 말했다.

그는 미소를 지었다. 아냐, 그렇게 정신 나간 짓은 하지 않았을 거야.

어째서요?

그 작자가 어떻게 됐는지 좀 보렴. 전원을 둘러보러 나왔다가 메인 스트리트에서 우는 성가신 노인이 됐지 뭐냐.

20

오, 전부터 이따금 밤중에 리처드와 통화를 했는걸요, 엄마.
엄마와 아빠가 잠자리에 들고 난 뒤에요.

네가 아직 그에게 감정이 있는 줄 몰랐구나. 나는 네가 그 사
람에 대해 확신을 갖지 못하고 있다고 생각했지.

맞아요. 하지만 지금 당장은 달리 아무도 없으니까요.

그래. 난 네가 더이상 상처받지 않았으면 한단다.

엄마도 상처를 받은 적이 있나요?

물론이지. 하지만 여기서 네 아빠와 함께 보낸 삶의 대부분은
좋았단다.

엄마는 운이 좋으신 거예요. 엄마가 누린 것만큼 누리는 사람
은 많지 않아요. 아니면 우리가 제대로 인식하지 못하는 걸 수도

있고요. 우리 대부분은 가짜 행운에 만족하는 것뿐이에요. 혼자 살지 않아도 되도록 말이죠.

하지만 난 그 사람 때문에 네 아빠가 지치는 일은 없었으면 좋겠구나.

알아요.

리처드가 오는 건 상관없지만 오래 있지 않았으면 해.

그저 잠깐 들러서 몇 마디 하고 싶어하는 것뿐이에요.

왜 그러고 싶어하는 거니?

아빠가 돌아가시기 전에 한번 뵙고 싶어해요.

전에는 서로 별로 신경도 안 쓰고 살았잖니.

누군가가 죽어갈 때 사람들이 보통 하는 일이에요. 사람들은 과거를 잊고 싶어해요. 용서를 바라고요.

그저 네 아빠를 언짢게 하지 않기만 바란다.

그날 오후 늦게 덴버를 출발한 리처드는 차에서 내려 몸을 펴고 낡고 하얀 2층집을 바라본 다음 문으로 향했다. 로레인이 그를 맞았다. 그는 그녀에게 키스를 했다. 좋은 맛이 나는걸. 그가 말했다. 아버님은 일어나 계셔?

아니, 침실에 계셔.

메리가 거실로 나왔다. 그가 두 팔을 벌리며 그녀를 포옹하려 다가왔지만 메리는 그와 악수만 나누었다. 조용히 있자꾸나. 아버지를 깨우고 싶진 않으니까.

아버님은 오늘 좀 어떠세요?

오전에 몇 시간 일어나 계셨지. 거실로 나와 잠들었다가 점심 식사를 조금 한 다음 다시 침대로 가셨어. 오후에도 잠깐 나오셨고. 그러다 조금 전에 침실로 들어가셨네. 내가 가서 주무시는지 살펴볼게.

메리가 나가자 리처드가 다시 한번 로레인에게 키스했다. 이제 그만해. 그녀가 말했다. 오늘밤을 위해 아껴두라고.

메리가 돌아와 두 사람을 침실로 데려갔다. 대드는 베개를 받치고 비스듬히 누워 있었다. 창문의 블라인드가 내려져 있어서 방안은 어두웠다. 리처드가 침대로 다가가 의자에 앉았다. 좀 어떠세요, 선생님? 대드가 그를 바라보았다. 제가 누군지 기억나세요?

그래. 자네가 누군지 알고 있네.

이렇게 편찮으셔서 유감입니다.

난 아픈 게 아닐세. 죽어가고 있는 거지.

네. 그런 뜻으로 드린 말씀입니다. 정말 유감이에요.

대드는 갈색 블라인드 아래로 새어들어오는 빛살을 바라보다

186

다시 고개를 돌렸다. 그런데 무슨 일로 왔나?

리처드는 문간에 서 있는 로레인과 그녀의 엄마 쪽을 바라보았다. 작별 인사를 드리려고 온 겁니다. 너무 늦기 전에 찾아뵙고 싶었어요.

그럼, 잘 가게.

네, 선생님. 오래 있지는 않겠습니다.

대드는 그의 얼굴을 빤히 바라보다가 로레인에게로 시선을 옮겼다.

걱정하실 것 없습니다, 선생님. 제가 이 사람을 잘 보살피겠습니다.

별로 위안이 되지 않는 말이군. 대드가 말했다.

무슨 말씀이신지요?

그게 나한테 좋은 소식일 거라고 생각하는 이유를 모르겠네. 난 자네가 저애에게 맞는 상대라고 생각한 적이 없거든.

뭐, 젠장. 선생님께서 그렇게 생각하신다니 유감이네요.

나도 유감일세. 대드가 말했다. 그럴 수밖에 없어서 말일세.

리처드가 자리에서 일어섰다. 적어도 선생님께서 고통스럽지 않으셨으면 좋겠군요. 제가 바라는 건 그게 답니다.

그런 종류의 고통이라면 난 괜찮다네. 대드가 말했다.

리처드는 그 말에 고개를 끄덕이고는 다시 한번 로레인과 메리 쪽을 바라본 다음 그 방에서 나왔다.

오, 아빠. 로레인이 말했다. 왜 그러시는 거예요?

이제 말을 돌려서 하기에는 남은 시간이 별로 없잖니.

그래도요, 아빠. 그녀는 침대로 와서 아버지에게 키스를 했다. 로레인이 리처드를 찾으러 나가자 그녀의 엄마가 그가 앉았던 의자에 앉았다.

나한테 훈계할 생각은 하지 마요. 대드가 말했다.

그럴 생각 없어요. 나도 같은 심정이니까.

당신도 그렇다고?

다만 나라면 당신처럼 그런 식으로 말하지는 않았을 테지만요.

내 기분이 그랬소. 그런데 무슨 이유로 이제 와서 내 감정을 억누른단 말이오?

그래요, 당신은 그러지 않았지요.

리처드는 거실 창가에 서 있었다.

밖으로 나가 뭐 좀 먹지그래? 로레인이 말했다. 나중에 내가 슈트로 갈게.

내가 당신에게 맞는 상대라고 생각한다면 말이지.

사실 난 잘 모르겠어. 그녀가 말했다.

아홉시 삼십분, 로레인은 슈트 바 앤드 그릴로 갔고 그곳 주차
장에 있는 리처드의 차를 보았다. 그녀는 바깥에 서서 담배를 피
웠다. 옆의 고속도로로 자동차와 픽업트럭, 짐을 실은 곡식 트럭
이 지나다녔다. 산들바람이 느껴질 듯 말 듯 일렁이는 더운 여름
밤이었다.

그녀는 안에 들어가 문가에 서서 그를 찾아보았다. 에어컨을
틀어서 실내는 서늘했고 주크박스에서 음악이 흘러나왔다. 바
에 앉아 있던 세 남자가 마치 한 줄에 묶이기라도 한 것처럼 동
시에 고개를 돌려 그녀를 바라보더니 그중 하나가 무슨 말인가
했지만, 그녀에게는 그 말이 들리지 않았고 관심도 없었다. 바에
는 다른 사람들도 몇몇 있었고 벽 쪽에 있는 부스 한 곳에는 남
녀 한 쌍이 앉아 있었다. 다음 방의 문간에서 그녀는 부스에 혼
자 앉아 있는 그를 발견했다. 이제 진주색 스냅셔츠에 검은색 진
차림인 그는 방 건너편 전자식 점수판 아래 길쭉한 테이블에서
셔플보드 게임을 하고 있는 두 여자를 바라보고 있었다. 웃고 떠
드는 여자들은 한껏 즐거워 보였다. 그중 하나가 톱밥이 든 통을
바닥에 엎질렀는데 그 일이 그들에게는 재미있는 모양이었다.
여자들이 허리를 구부려 통을 집어올렸다.

도움이 필요합니까, 아가씨들? 리처드가 물었다.

이리로 와요, 카우보이 양반.

겁나지 않는다면 말이죠. 다른 여자가 말했다.

그 일 역시 재미있는지 두 여자는 웃음을 터뜨리며 바닥에 털썩 주저앉았다.

그러다 다치겠군요. 리처드가 말했다.

로레인이 그에게 다가가 맞은편 자리에 몸을 미끄러뜨리며 앉았다.

아무튼 나와 만나기로 마음을 정한 모양이군. 그가 말했다.

나는 어떤 경우든 왔을 거야. 그녀가 말했다. 그런데 무슨 뜻으로 한 말이야?

당신 아버님이 나를 대하는 태도를 보고 확신이 없었거든. 그분은 왜 그렇게 나를 반대하시는 거지?

아버지는 당신을 좋아하지 않아.

좋아하지 않을 게 뭐가 있어? 그분은 나를 잘 모르잖아.

안다고 생각하시지. 최소한 판단할 만큼은 말이야.

뭐에 대해서? 내가 어떤 부류의 인간인가? 그분이 나를 판단할 필요는 없다고. 아무튼 당신 아버님이 아는 게 뭐가 있겠어?

아버지는 칠십칠 년을 사셨어. 그러니 어떤 것들에 대해서는 잘 아시지.

그분이 나이들고 죽어가고 있다고 해서 그게 뭔가를 안다는 의미는 아냐.

이 경우에는 그럴지도 모르지.

리처드는 바 안을 둘러보았다. 두 여자가 다시 셔플보드 게임을 하고 있었다.

뭐 좀 마시겠어? 그가 물었다.

응. 마실래.

그가 손짓을 하자 종업원이 단번에 알아보고 다가왔다. 그녀는 로레인을 유심히 바라보았다. 이런, 오랫동안 보지 못했는데. 혹시 로레인 루이스 아녜요?

맞아요.

말린 스티븐스예요. 여자가 말했다.

기억나요. 로레인이 말했다.

고등학교 이 년 후배예요. 그때는 말린 보스버그였죠.

어떻게 지내요?

여기 이러고 있으니 괜찮은 거겠죠. 고등학교에 다니는 아이 둘이 있어요. 당신은 어때요?

딸 하나가 있었어요.

여자의 야윈 얼굴이 붉게 물들었다. 미안해요. 그녀가 말했다. 저도 알고 있어요. 그러면서 그녀는 로레인의 손에 자신의 손을 얹었다. 무슨 말을 하든 도움이 안 되겠죠. 마실 것을 갖다줄까요?

나는 스카치 한 잔 더 줘요. 리처드가 말했다.

당신은요?

마르가리타 한 잔. 소금 없이요.

곧 갖다줄게요.

그들은 널찍한 문간을 지나 앞쪽 방으로 가는 여자를 지켜보았다. 좁은 마을이군. 리처드가 말했다. 모두 서로를 잘 안다고 여기고 있을 테지.

저애는 정말 나를 알아. 어쨌든 나에 관한 뭔가를 알고 있지.

여기 사람들은 다른 사람에 대해 지나치게 많이 알고 있어. 난 그런 게 별로야.

꼭 좋아할 필요는 없지.

그가 나무 테이블 너머로 그녀를 바라보았다. 밤새 이런 식으로 나올 거야?

어떤 식?

엉덩이에 뭐가 붙었다는 식으로 구는 것 말이야.

근사한 표현이네. 로레인이 말했다. 당신은 굳이 여기 올 필요가 없었어.

당신을 만나고 싶었다고.

그런데 이제는 그럴 생각이 없어졌다는 거야?

그는 두 여자 쪽을 바라보다 다시 시선을 돌렸다. 우리가 꼭 이래야 할까? 그냥 내게 말해줘.

당신이 사근사근하게 굴면 이럴 일이 없지. 그녀가 대꾸했다.

종업원이 와서 테이블에 쟁반을 놓고 두 사람 앞에 술잔을 놓았다. 리처드가 쟁반에 이십 달러 지폐를 얹어 건네주자 그녀가 거스름돈을 꺼냈다. 그건 당신 겁니다. 그가 말했다. 거스름돈은 가지세요.

아, 고마워요. 뭐든 필요하면 부르세요. 그녀는 다시 바 쪽으로 돌아갔다.

이 정도면 사근사근하게 군 거지? 그가 말했다.

첫발을 내디딘 거지. 로레인이 말했다. 저 여자에게 잘해준 거야. 그뿐이야. 그렇게 대단한 건 아니라고.

아니라고?

당신은 아직 멀었어.

두 사람은 자정에 바를 나왔다. 그녀는 자신의 차로 홀트 서쪽 고속도로 변에 있는 그의 모텔까지 그의 차를 따라갔다. 두 사람이 침대에 누웠을 때도 그는 여전히 사근사근하게 굴려고 애썼고, 시트 속으로 들어와서는 그녀의 욕망부터 먼저 채우도록 해주었다.

아침에 눈을 뜬 그녀는 그의 얼굴과 맨살이 드러난 어깨와 팔

뚝을 보았고 그러자 그에 대한 감정이 약간 나아졌다. 두 사람은 아침식사를 하러 일렬로 주차된 차량들을 지나 모텔 식당으로 걸어갔다. 주문을 하고 나서 그가 말했다. 덴버로 돌아와. 적어도 그 정도는 해줄 테지?

지금은 그럴 수 없어. 당신도 알잖아.

지금 그러라는 얘기가 아냐.

두고 보자고.

여기 눌러앉을 생각도 하고 있는 거야?

뭘 해야 좋을지 모르겠어. 아직은 말이야.

아침식사를 한 뒤 그녀는 그에게 키스를 하고 집으로 돌아왔고 그는 덴버로 떠났다. 차에서 내리던 그녀의 눈에 집 북쪽에서 스프링클러를 작동시키는 엄마가 보였다. 아버지는 창가 의자에 앉아 있었다.

아빠, 일찍 일어나셨네요.

늦었구나. 아침이 한참 지났다. 그가 대꾸했다.

여덟시밖에 안 됐는걸요.

넌 그 작자와 밤새 나가 있었구나.

왜 그러세요, 아빠?

그는 바깥의 나무 그늘을 바라보았다. 그녀는 거실을 가로질러 와 그의 의자 팔걸이에 걸터앉았다.

네가 걱정돼서 그래. 그가 말했다. 정말 걱정했단다.

걱정하실 게 뭐가 있어요? 제가 가게를 맡는 일 때문에 그러세요?

그런 게 아냐. 네가 가게를 맡든 그러지 않든, 그런 건 이제 더이상 걱정거리가 아니다. 그렇게 되지 않는다 해도 어쩔 수 없지.

그럼 뭐 때문이에요?

그는 딸의 얼굴을 올려다보았다. 난 그저 네가 행복한지 아닌지 내게 말해주었으면 했어. 내가 이 세상을 떠나기 전에 그걸 알고 싶었지.

그녀는 팔걸이에서 일어나 의자 하나를 아버지 곁으로 끌어왔다. 그녀는 아버지의 얼굴을 마주보면서 그의 한 손을 잡았다. 그래요, 전 행복하지 않아요. 그녀가 말했다. 그걸 알고 싶으시다면 말이에요. 지금이라도 말씀드려도 되겠어요?

그게 사실이라면 말이다.

사실이에요. 레이니가 죽은 뒤로요. 전 사람들이 진정한 행복이라고 부르는 것을 가져본 적이 없어요.

그 일을 잊지 못하고 있구나. 자식이 죽으면 절대로 잊지 못하게 마련이지.

저는 지금쯤 우리가 어떻게 됐을지를 생각하곤 해요. 그애와 얘기하고 싶어요. 내 딸과 함께 오래도록 얘기를 나누고 싶은 거예요. 그애한테 해주고 싶은 이야기가 많아요. 차를 몰다가 내 딸을 죽인 그 녀석한테 오늘 당장이라도 끔찍한 짓을 할 수 있어요. 정말이라고요.

그녀의 눈이 빛났다. 대드가 그녀의 손을 꽉 쥐었다. 두 사람은 말없이 앉아 창밖으로 나무를 바라보았다.

얼마 후 그가 말했다. 그런데 그 리처드란 사람에 대해서는 어떤 거냐?

저도 모르겠어요, 아빠. 그 사람은 괜찮아요. 그이는 그저 즐기고 싶어하는 것뿐이에요. 술을 마시러 나가고 그런 다음에는 나를 침대로 데려가고 싶어하는 것뿐이죠.

그런 얘기까지 할 필요는 없다.

물어보셨잖아요.

그럼, 넌 사랑을 하고 있는 거냐?

아뇨. 그런 식으로 염두에 둔 사람은 없어요. 그런 사랑을 찾을 날이 있을지도 모르겠고요. 그러기에는 제 상심이 너무 커요.

난 오늘 아침 네가 어쩌면 행복하다고 말해줄지도 모른다고 기대했지.

죄송해요, 아빠.

나도 마찬가지다. 내 말은, 네가 안됐다는 거야.

아빠는 어때요?

음, 그래, 난 행복했지. 그건 분명해. 한 가지만 빼고 말이다.

프랭크 말씀이로군요.

그래.

저는 아빠가 생각하시는 것 이상으로 그 일에 대해 알고 있어요.

네가 많이 알고 있을 거라고 생각한다. 대드가 말했다.

이 집에서 아빠하고 무슨 일이 있었는지 알아요. 그리고 마을
에서 있었던 다른 일들에 대해서도 알고 있고요.

그애가 네게 얘기해줬구나.

네. 오래전에요.

21

　고등학생인 그녀는 어두워진 뒤 차를 몰고 그 집으로 향했다. 그는 늘 그랬듯이 목사관 전면 현관방에서 그녀를 기다리고 있었고. 그의 부모님은 뒤쪽 부엌에 있었지만 그가 집을 나설 때에도 한마디도 하지 않았다. 그는 포치를 가로질러 자동차로 가서 그녀 옆자리에 앉았다. 여전히 검은색 옷을 입고 입술에 붉은 립스틱을 진하게 바른 그녀의 모습은 여느 날과 다를 바 없었다. 무슨 일이 벌어질 예정이라 해도 그는 알아차리지 못했을 것이다.

　그들은 한 시간가량 메인 스트리트를 오르내리고 주거 지역을 따라 달리다가 고속도로가 있는 북쪽으로 방향을 돌렸다. 어둠 속에서 농장의 불빛이 빛났고, 그녀의 자동차 전조등이 전방의 좁다란 고속도로를 환히 비추었다. 이윽고 그녀는 차를 자갈길로 몰았고, 그는 그런 그녀를 바라보며 앉아 있었다. 열린 차창으로 밤공기가 들어오고 그녀가 틀어놓은 음악이 흘러나왔다. 그날 그녀는 별로 말이 없었지만 원래 종종 그랬다. 얼마 후 이전에 한두 차례 차를 세웠던 미루나무 아래의 장소에 이르기 전에 그녀는 차를 세우더니 팔을 뻗어 음악을 껐다. 두 사람은 시동을 켜놓은 채 길 복판에 차를 세우고 그 안에 앉아 있었다.

뭐하는 거야? 그가 물었다. 이러다 누가 와서 치겠어.

그녀는 운전대 너머로 앞을 빤히 바라보고 있었다. 이제 이 일을 그만둘 때가 됐어.

뭐라고? 왜?

다음달에 학기가 시작되잖아.

나도 알아. 하지만 학기가 시작된 다음에도 계속 만날 수 있잖아.

안 돼. 이제 전보다 공부를 더 해야 해. 좋은 대학에 가려면.

그녀는 그를 보려고도 하지 않았다. 전조등이 전방의 자갈길을 환히 비추고 있었다.

네가 무슨 말 하는 건지 모르겠어.

알고 말고 할 것 없어. 그냥 받아들이면 돼. 우린 그동안 즐겁게 지냈고 이제 이 일을 그만두는 거야. 오늘이 마지막 밤이야.

그냥 이렇게 그만둘 수는 없어. 그가 말했다.

당연히 그럴 수 있어.

안 돼. 난 어떻게 하라고? 내가 원하는 건 어떻게 하고?

이 일을 시작한 사람은 나야. 네가 아니라. 그러니 이 일을 끝내는 사람도 나야.

이젠 우리 둘의 문제야. 너 혼자만의 문제가 아냐.

너 정말 철부지구나. 그녀가 잠시 그를 바라보았다. 그냥 어린 애야.

너보다 겨우 두 살 아래야.

우리 나이에서 두 살이면 엄청난 차이지.

결국 그 녀석들이 맞았어. 녀석들이 네가 이럴 거라고 했지.

누가 그랬다는 거야?

너 때문에 내가 싸웠던 애들. 그애들이 내게 말해줬어.

너는 나 때문에 싸운 게 아냐.

난 그중 한 놈과 맞붙었어. 내가 녀석을 때렸거든.

너는 그애를 기습적으로 때린 거야. 그런 다음 그애가 너를 쓰러뜨리고 꼼짝 못하게 했잖아.

난 네 이름을 지켰어. 너를 위해 피를 흘린 거라고.

뭐라고?

내 피로 네 이름을 지켰다고.

오, 맙소사. 말도 안 되는 소리. 아무도 날 지켜줄 필요 없어.

내 말을 믿지 않는구나. 난 너를 사랑해. 그런데 넌 신경도 쓰지 않아.

뭐, 미안하게 됐어. 그녀가 운전대를 잡았다. 사는 게 그런 거야. 오늘밤이 마지막이야.

그래도 가끔 만나면 안 될까? 가끔씩도 그럴 수 없다는 거야?

안 돼. 소용없는 일이야.

넌 그애들 모두와 그걸 하지. 그애들 모두와 자는 거야. 그러곤 네 맘대로 그만두고.

바보 같은 자식. 이제 너 때문에 짜증이 나려고 해. 그녀는 갑작스러운 동작으로 후진 기어를 넣고 요란한 소리와 함께 차를 후진시키며 홀트 쪽으로 돌아가기 위해 방향을 급격히 꺾다가 그만 차를 배수로에 처박고 말았다. 차는 앞이 들린 채 꼼짝도 않고 멈춰 섰다. 그녀가 엔진을 가속하자 뒷바퀴가 헛돌며 자갈을 뒤로 튕기면서 차체는 점점 더 밑으로 가라앉았다.

제기랄! 그녀가 계속 엔진을 가속하면서 소리를 질렀다.

그만둬. 사태를 악화시키기만 하잖아.

닥쳐. 그 빌어먹을 입 좀 닥치고 있으라고.

그녀가 운전석 문을 열었고, 그들은 둘 다 차에서 내렸다. 뒷바퀴가 휠캡까지 묻히고 차 뒷부분은 아예 망가진 배수로의 잡초에 묻혀 있었다. 그들은 길로 올라와 차 앞에 섰다. 남쪽으로 20

마일쯤 떨어진 곳에 홀트의 불빛이, 그리고 반대편으로 반 마일쯤 떨어진 데서 농장 한 곳의 불빛이 보였다. 그녀는 엔진과 전조등을 껐다. 이제 주위가 온통 캄캄했다.

나와 함께 갈래, 아니면 여기 있을래?

어디로 가는데?

저쪽 집으로.

나도 갈래.

그럼 가자.

개가 있으면 어쩌지?

뭘 어떻게 해?

그녀가 농가 쪽을 향해 걷기 시작하자 그도 약간 거리를 두고 뒤를 따랐다. 바람이 불어 철조망에서 휘파람 소리가 났다. 그밖에 들리는 소리라고는 자갈길을 걷는 그들의 발소리뿐이었다. 그들은 아무 말도 하지 않았다. 농장이 가까워지자 농기계를 넣어두는 창고와 차고, 금속 건물, 그리고 도로에 인접한 뒤쪽에 아카시아나무 숲이 있는 흰 농가 본체가 보였다. 개 한 마리가 짖기 시작했다.

개가 있을 거라고 했잖아. 그가 말했다.

그래, 개가 있네.

그들이 진입로로 걸어들어가자 개가 집밖으로 나와 그들을 향해 짖어댔다. 정원등 불빛에 보이는 개는 호주산 목양견 같았다.

자, 착하지. 그녀가 말했다.

개는 뒤로 물러서며 으르렁거렸다.

이젠 어쩌지? 그가 물었다.

기다려봐.

뒷문 위쪽에 달린 포치 등이 켜졌다. 한 남자가 걸어나와 두 사람을 살폈다.

거기 누구요? 남자가 큰 소리로 말했다.

우리 차가 처박혔어요. 그녀가 큰 소리로 대꾸했다. 저기 길가 쪽에서요.

뭐라고?

개가 계속 으르렁댔다.

저쪽 도로에 우리 차가 처박혔다고요.

버디, 조용히 해! 이리 와. 개는 두 사람을 보고 짖으며 집 쪽으로 총총걸음을 쳤다. 내가 금방 나올 테니 거기서 잠깐 기다려요. 남자가 말했다.

말은 내가 할 거야. 남자가 사라지고 나자 그녀가 말했다. 넌 한마디도 할 것 없어.

뭐 굳이 내가 말할 생각도 없어.

좋아. 계속 그런 태도로 있어.

남자가 집에서 나오고 그 뒤를 개가 바싹 따라왔다. 그들은 차고로 향했는데, 나올 때 보니 픽업트럭의 적재함에 실린 공구함 위에 개가 올라타 있었다. 진입로에 서 있던 두 사람 곁에 픽업트럭이 멈춰 섰다. 개가 두 사람의 냄새를 맡았다. 그녀가 조수석 문을 열고 차 안을 들여다보았다. 우리도 탈 수 있을까요?

그러는 게 좋을 거야. 적재함에 탈 생각이 아니라면 말이지.

그녀가 트럭에 올라 가운데 자리로 옮겨 앉자 존 웨슬리도 그녀 옆자리에 올라탔다. 남자는 파자마 상의에 청바지를 입고 부츠를 신은 차림이었다. 차는 어디 있지?

이쪽으로 조금 아래에요.

여기서 남쪽으로?

네.

남자가 그녀를 쳐다보았다. 이름이 뭐지?

제너비브예요.

성도 있을 테지?

성은 라슨이고요.

그리고 너는?

존 웨슬리 라일입니다.

남자가 그를 보았다. 네 부친이 새로 부임한 목사님이시군.

네.

알겠네. 너희가 한밤중에 이 외곽에서 뭘 하고 있었는지는 물어볼 필요도 없겠지. 전에도 저 차가 이곳에 온 걸 본 적이 있어. 두 사람 부모님도 이 일을 알고 있나?

존 웨슬리는 아무 대꾸도 하지 않았다.

그래, 알고 있을 리가 없지. 남자가 말했다. 아무튼 기분좋은 밤이야. 쾌적하고 시원한 여름밤이지. 별도 잔뜩 떴고.

저 차예요. 제너비브가 말했다.

그가 그녀를 보았다. 나도 그럴 거라고 생각했지.

그는 도로에 엇갈리도록 픽업트럭을 세웠다.

뭘 하고 있었던 거야? 방향을 바꾸려고 한 거야?

후진하려고 했어요.

처음부터 길을 벗어나지 말았어야 해. 배수로의 흙은 아주 부드러우니까.

차를 꺼내주실 수 있어요?

가능할 것 같군. 네 생각은 어떤데?

그녀는 대답하지 않았다.

내가 꺼내지 못하면 어떻게 할 거지?

견인할 사람을 불러야겠죠.

그건 별로 내켜하지 않을 것 같은데.

맞아요. 그런 일은 내키지 않죠.

그래. 나라도 그럴 것 같군.

그들 모두 픽업트럭에서 내렸다. 개도 공구함에서 길로 뛰어 내리더니 어두운 들판으로 달려갔다. 남자는 자동차 쪽으로 다가가 뒷바퀴를 살펴보았다.

흠, 애를 썼군. 꽤나 밟아댔지, 안 그래?

그럴수록 더 깊이 파묻히더라고요.

그럴 수밖에. 그가 말했다. 이제 차에 타서 시동을 걸고 앞바퀴를 이쪽으로 돌려봐. 내가 길로 끌어올릴 테니까. 지금 우리가 가고 있는 쪽으로 방향을 틀고 싶겠지. 하지만 아직은 아냐. 내가 그러라고 할 때까지 기다려.

그가 픽업트럭에 올라타자 개가 헐떡이며 달려왔다.

나 아무데도 안 가. 남자가 말했다. 그러니까 차에 타지 말고 있어. 갈 때가 되면 알려줄 거야. 너를 두고 어디 가지는 않을게.

개가 남자를 빤히 바라보았다. 괜찮으니까 어서. 그러자 개는 다시 총총걸음을 치며 들판으로 가버렸다. 남자는 길에서 픽업트럭을 후진했다가 다시 한번 앞뒤로 움직이고는 후미가 차의 앞범퍼에 거의 닿을 때까지 한번 더 트럭을 앞뒤로 움직였다. 그런 다음 픽업트럭에서 내려 공구함에서 견인용 체인을 꺼내더니 자갈밭에 엎드린 자세로 차체 밑에 체인을 걸었고, 일어나 손과 무릎을 턴 다음 다른 쪽 끝을 픽업트럭의 고리에 걸었다.

체인이 팽팽해지면 나한테 알려줘. 남자가 말했다.

저한테 하신 말씀인가요? 존 웨슬리가 물었다.

그래, 너한테 하는 얘기야. 남자는 여자애 쪽으로 몸을 돌렸다. 그리고 넌 이제 차에 올라타 시동을 걸고 기어를 넣어. 내가 차를 끌기 시작하면 앞으로 천천히 몰면 돼. 거기서 빠져나오려고 급가속을 해선 안 돼. 그랬다간 내 뒤를 들이받게 될 테니까. 남자는 두 사람을 보았다. 준비됐지?

그녀가 차에 탄 후 남자는 픽업트럭에 올라탔고, 사이드미러로 존 웨슬리를 지켜보면서 아주 천천히 앞으로 나아갔다. 소년이 체인이 팽팽해졌다는 신호를 보냈다. 체인이 픽업트럭을 잡아당겼다. 그러자 남자는 픽업트럭을 조금씩 앞으로 몰았고, 자동차가 배수로 밖으로 올라왔다. 도로에서 두 차량이 일직선상에 놓이자 남자는 픽업트럭을 후진시켜 사슬을 느슨히 했다. 픽업트럭에서 내린 남자가 사슬을 풀어 공구함에 집어넣었다.

자, 제대로 된 것 같군.

고맙습니다. 여자애가 말했다. 정말 감사드려요.

같은 일을 반복하고 싶진 않을 테지. 남자는 들판을 둘러보고 하늘을 올려다보았다. 아까도 말했지만 근사한 밤이야. 그는 소년과 소녀를 오래 바라보았다. 그러더니 휘파람을 불었다. 어이, 버디! 이리 오렴. 개가 어둠 속에서 쏜살같이 튀어나왔다. 올라

타. 남자가 말했다. 개가 픽업트럭 뒤 공구함에 올라타자 그들은 출발했다. 남자는 마치 대낮인 양 무심하게 한 팔을 차창 밖으로 늘어뜨린 채 차를 몰았다. 두 사람은 사라져가는 빨간 미등을 지켜보며 서 있었다. 길에서 피어오른 먼지가 밤공기에 그대로 걸려 있었다.

이런 일이 있었다고 해서 아까 얘기한 게 달라지진 않아. 여자애가 말했다. 달라질 거라는 생각은 버려.

그들은 시골길을 따라 마을을 향해 차를 몰았다. 전방에 마을 불빛이, 가로등과 양곡기의 붉은 경고등, 급수탑에 걸린 등의 불빛이 보였다. 그리고 지금 그들이 있는 외곽에도 사방에 점점이 흩어져 있는 농가들의 불빛이 보였다.

지금 왜 차를 세우는 거야? 그가 물었다.

마지막으로 이걸 해주려고. 그녀가 운전대에서 몸을 빼내더니 그의 바지 단추를 풀기 시작했다.

하지 마.

아냐. 너도 내가 해주기를 바라잖아.

아냐. 날 내버려둬.

그녀는 그의 손을 밀치고는 바지 단추를 마저 푼 다음 그의 속옷을 끌어내렸다.

고개를 뒤로 젖혀. 그녀가 말했다.

싫어.

내가 하라는 대로 해. 머리를 젖히라니까. 너 이 일을 기억에 남겨두고 싶지 않아? 그가 눈을 감고 상체를 뒤로 기대자 그녀가 허리를 숙이더니 그의 무릎 사이에 자신의 고개를 묻었다. 그는 울기 시작했다. 그녀는 아랑곳하지 않고 하던 일을 계속했고 얼마후 일을 마쳤다. 그녀는 허리를 펴고 앉아 까만 셔츠 소맷자락으로 입을 닦았다. 자, 내가 해줬다는 걸 기억해. 그녀가 말했다.

그런 다음 그녀는 마을로 차를 몰고 들어와 목사관 앞에 세웠다.

이제 더 할말도 없어. 그녀가 말했다. 어서 차에서 내려.

상관없어. 그래도 난 너를 사랑하니까. 그게 너한테 아무 의미가 없더라도 말이야. 난 죽고 싶어.

아니, 넌 그런 짓은 하지 않을 거야. 넌 차에서 내리는 거야. 그게 지금 네가 할 일이라고.

그는 차문을 열었다. 그런 다음 보도 연석에 서서 차를 몰고 떠나는 그녀를 지켜보다 집으로 들어가는 계단을 올랐다. 그리 늦은 시각은 아니었다. 어머니가 거실에 앉아 책을 읽고 있었다. 그는 그 곁을 지나 위층으로 걸음을 옮겼다.

일찍 왔구나. 그의 어머니가 말했다. 웬일이니? 무슨 일이 있었던 거야? 잠깐 거기 서보렴.

그녀가 의자에서 일어나 다가오더니 아들을 살펴보았다. 그러고는 한 손으로 아이의 얼굴을 불빛 쪽으로 돌렸다.

이런, 너 울었구나. 그애가 너를 울린 거야? 괜찮은 거니?

아들이 자기 방으로 올라간 뒤 그녀도 위층으로 올라가 라일을 깨웠다.

자요?

무슨 일이에요?

존과 얘기 좀 해봐요. 아이가 운 것 같은데 나한테는 말하려 하지 않네요.

무슨 일이 있었는데요?

여자애가 이제 그애와 데이트하지 않을 건가봐요.

그렇다면 나에게도 말하려 하지 않을 거요.

그애는 이곳을 싫어해요. 이 일이 사태를 악화시킬 거예요.

당신이 이곳을 좋아한다면 도움이 될 텐데.

저도 노력하고 있다고요. 당신은 몰라요.

그는 침대에서 나와 파자마에 티셔츠 차림으로 아이의 침실 쪽으로 간 다음 귀를 기울여보고는 문을 두드렸다. 얘야, 내가 좀 들어가도 되겠니?

아뇨.

너한테 할말이 있어서 그래.

그냥 내버려둬요.

내가 좀 들어가마. 그가 문을 열어보니 존 웨슬리는 컴퓨터 앞에 구부정하게 앉아 뭔가를 쓰고 있었다. 네 엄마 말이 오늘밤 무슨 문제가 생긴 것 같다는데.

그 일에 대해선 얘기하고 싶지 않아요.

그 여자애가 무슨 짓을 한 거니? 무슨 일이 있었어?

나하고 헤어졌어요. 그애는 모든 애들과 헤어져요.

그애가 그렇게 말하던?

그애는 다른 애들과 어울리고 그애들 모두와 자고 그애들을 버려요.

그애가 너한테 그렇게 얘기한 거야?

아이들이 말해줬어요.

어떤 아이들 말이냐?

그애가 어울렸던 녀석들이요.

그런데 그애가 이제는 너하고 헤어졌다는 거야?

그래요. 그러니 제발 저 좀 그냥 내버려두세요. 더이상 얘기하고 싶지 않으니까요.

넌 그애를 사랑했구나.

지금도 사랑해요.

그래, 그건 끔찍한 느낌일 테지.

아버지는 이런 일에 대해 아무것도 몰라요.

나도 전에 기분이 엉망인 밤을 몇 번 겪은 적이 있단다.

저한테 그런 얘기 하지 마세요. 지금 그런 얘기는 듣고 싶지 않으니까요. 아버지와 엄마 얘기는 다 알고 있다고요.

나는 네가 다 알고 있다고 생각한다는 것도 알고 있어. 하지만 네가 아는 건 전부가 아니야. 네 엄마와 나만 전부를 알고 있지. 그리고 우리 각자는 상대방이 알지 못하는 내용도 알고 있고.

저 좀 그냥 내버려두세요, 아빠. 혼자 있고 싶다니까요. 난 이 마을이 싫어요. 어째서 이런 곳까지 와야 했던 거죠?

이유는 너도 알잖니. 교회가 우리를 이곳으로 보냈으니까.

덴버로 돌아가고 싶어요.

그건 나도 알고 있다. 네 기분이 그렇게 엉망이라니 유감이구나.

내가 그애를 잊을 거라느니 하는 말은 하지 마세요.

그래. 그게 사실이라 해도 그런 말을 하는 게 별 도움이 안 되긴 하지. 내가 너를 도와줄 수 있어. 내가 돕게 해다오.

그냥 내버려두세요. 제발요.

그는 아들의 어깨에 한 손을 얹었다. 좀 자려무나. 그러고는 방에서 나와 문을 닫고 자신의 침실로 돌아왔다.

그애가 얘기를 좀 하려고 하던가요?

아니, 별로 많이 하진 않았어요. 당신 말대로야.

그 이상 알아낸 게 있어요?

그 여자애는 분명 다른 남자애들에게도 똑같은 짓을 했던 모양이에요. 거기까진 얘기하더라고. 그게 그 여자애의 방식인 것 같아요.

그리고 또 뭐라고 했어요?

이곳을 떠나고 싶다는군. 덴버로 돌아가고 싶대요. 전에도 들었던 얘기잖아요. 그애는 우리가 자기를 그냥 내버려두었으면 좋겠다고 해요.

22

에일린과 교장은 석조 장식물이 있는 아름답고 유서 깊은 붉은 벽돌 건물 호텔에서 덴버 도심 유니언 역으로부터 한 블록 동쪽에 있는 거리로 나왔다. 어느덧 이듬해 겨울이었다. 그 일 년 동안 두 사람은 틈만 나면 만났다. 거의 저녁이 다 돼가는 늦은 오후여서 거리의 빛은 겨울날의 부드러운 황혼으로 점차 어둑해지고 있었다. 보도 위를 걷는 사람들은 집으로 가는 중이거나 한잔하러 술집을 향하고 있었다. 키가 크고 날씬하며 아직 젊고 여전히 머리가 까만 그녀는 그와 팔짱을 끼고 걸었다. 보도 한옆으로 눈이 쌓여 있었지만 그다지 춥다는 느낌은 없었다. 그들은 길을 건너 다음 블록 중앙 쪽을 향해 걸어가다가 식당 앞에서 걸음을 멈췄다. 식당 내부는 환하게 불이 켜져 있었다.

꼭 이래야 한다고 생각해요? 그가 물었다.

엄마와 당신이 만났으면 해요.

그분은 별로 좋아하지 않을 거예요. 그건 당신도 알고 있잖아요. 어떻게 좋아할 수 있겠어요?

그건 그래요. 하지만 내가 혼자가 아니라는 걸 엄마가 알았으면 좋겠어요.

당신이 원한다면 그럽시다.

그가 문을 열었다. 두 사람은 따스한 카페 안으로 들어섰다. 입구에서 수석 웨이터가 그들을 맞았다. 두 분이십니까? 그가 물었다.

어떤 분을 만나러 왔어요. 에일린이 말했다. 이미 여기 와 계실 텐데요.

네, 오실 거라고 하더군요. 저기 안쪽에 계십니다. 저를 따라 오시겠어요?

웨이터는 하얀 테이블보에 투명한 물잔과 반짝이는 은식기, 흰 냅킨이 차려진 테이블들이 놓인 커다란 식당을 가로질러 두 사람을 데려갔다. 그들은 웨이터를 따라 그다음 방으로 들어가, 윌라가 앉아 있는 벽에 가까운 테이블로 향했다. 그녀는 오십대 초반의 잘 차려입은 자신감 있는 여인으로, 철회색 머리칼에 아직 이중 초점 렌즈를 넣지 않은 안경을 쓰고 있었다. 웨이터가 두 사람을 그녀의 테이블로 안내했다. 여기 오셨습니다, 부인.

그녀가 고개를 들어 그들을 바라보았다. 웨이터는 돌아갔다.

엄마, 이분이 존 켈리예요. 이쪽은 저희 엄마 윌라 존슨이세요.

안녕하세요.

교장은 에일린이 자리에 앉도록 의자를 잡아주었다. 에일린은 어머니 옆자리에 앉고 그는 맞은편 자리에 앉았다.

오래 기다리신 건 아니죠. 그가 말했다.

아뇨. 그렇게 오래 기다리지 않았어요.

이번에는 다른 웨이터가 메뉴판을 들고 와 음료를 주문하겠느냐고 물었다. 윌라는 백포도주를, 에일린과 교장은 적포도주를 한 잔씩 주문했다. 웨이터는 주문 내용을 적고 돌아갔다.

고등학교 교장 선생님이시라고 들었어요. 윌라가 말했다.

네, 그렇습니다.

어느 학교죠?

여기서 북쪽에 있습니다. 프런트레인지에 있는 조그만 마을이죠.

학교 이름을 말씀하시지 않는군요.

말씀드릴 수도 있지만 별로 중요한 사항이 아니어서요. 그가 대답했다.

나한테요, 아니면 선생한테요?

부인께 중요한 사항이 아닐 거라고 생각했습니다. 또 저한테는 문제가 될 수도 있는 일이고요.

그건 선생이 기혼자이기 때문이죠.

그는 에일린을, 그런 다음 그녀의 어머니를 바라보았다. 그렇습니다. 그가 대꾸했다. 맞는 말씀입니다. 제가 기혼자이기 때문입니다.

적어도 그 점을 숨기지는 않는군요. 윌라가 말했다.

부인 따님한테 숨기지 않는다는 뜻인가요?

딸한테도. 그리고 나한테도 말이에요.

그 사실을 숨길 생각은 해보지 않았습니다. 다른 일은 속이는 것이 있을지도 모릅니다. 그러나 에일린에게 그 사실을 숨기지는 않았을 겁니다. 그렇잖아도 이미 비밀은 잔뜩 있으니까요.

선생의 부인은 물론 모르실 테고요.

네. 그 사람은 모릅니다. 그 사람이 알았다면 제가 이 자리에 나오지 않았을 겁니다.

자녀도 있나요?

네. 딸이 둘 있습니다.

따님들 나이가 몇 살인가요?

열 살과 여덟 살입니다.

어린 소녀들이로군요.

그렇습니다. 순진하고 어린 여자아이들이죠, 그런 뜻으로 하신 말씀이라면요.

따님들을 사랑하나요?

무슨 뜻으로 하신 말씀이신지요?

그때 웨이터가 음료를 담은 쟁반과 빵과 버터 접시를 가지고 와서 테이블에 차려놓고 음식 주문을 받아갔다.

나도 전에 교사였지요. 윌라가 말했다. 오래전, 에일린의 아버지와 결혼하기 전에요.

무슨 과목을 가르치셨나요?

사우스다코타에 있는 시골 학교였어요. 다섯 개 학년에 걸쳐 모든 과목을 다 가르쳤지요. 그러다 사랑에 빠졌는데, 결혼 후에 남편은 내가 바깥일 하는 것을 내켜하지 않더군요. 남편은 내가 자기와 함께 집에 있기를 원했어요. 그 사람과 결혼하기 전에는 그렇게 되리라는 걸 알지 못했죠. 당시에는 사람들이 이혼하지 않았어요. 그래서 난 직업을 포기했죠. 그뒤로 다시 돌아가지 않았고요.

좋은 선생님이셨을 것 같군요.

네, 그랬어요. 가르치는 일을 잘했죠.

그런데 어째서 하필 지금 이런 얘기를 하는 거예요, 엄마? 에일린이 물었다.

그게 사실이니까. 네 친구가 사실을 알았으면 하는 거야. 대공황 이후의 일이었지. 그 시기를 살아남다니 우린 운이 좋았어.

엄마는 과장하고 있어요. 에일린이 말했다.

넌 그렇게 보니? 그 당시 고지 사람들은 엉겅퀴 통조림을 만들어 먹었단다. 사람들이 흙먼지 때문에 폐질환에 걸려 죽었지. 넌 내 말을 믿지 못할지 모르지만, 사실이야.

남자가 빵 접시를 돌렸다.

아내를 떠날 생각이에요? 윌라가 물었다.

그가 롤빵을 내려놓았다. 아직 그런 결정은 하지 않았습니다.

그럼 언제 결정할 건가요?

엄마, 지금 무슨 얘기를 하는 거예요?

네게 답이 필요한 질문을 하는 중이지.

우리 일에 관해 아무것도 모르잖아요.

내가 모른다고?

그래요. 그러니 제발 그만두세요.

남자가 냅킨을 내려놓고 의자에서 일어섰다. 그는 바지 주머니에서 지갑을 꺼내 테이블 위 자신의 접시에 돈을 놓았다.

이런 만남은 누구에게도 도움이 되지 않습니다.

다른 상황이었다면 선생이 마음에 들었을 것 같네요. 윌라가 대꾸했다.

그렇지 않을 겁니다. 남자가 말했다. 그럼 안녕히 가십시오.

에일린도 자리에서 일어나 그와 함께 카페를 가로질러 거리로 나왔다. 하늘은 더 어두워져 있었고 가로등이 켜졌고 사람들은 걸음을 서두르고 있었다. 이제 바깥은 추웠다.

미안해요. 그녀가 말했다. 일이 이렇게 될 줄 몰랐어요.

이건 실수였소. 이런 일은 하지 말았어야 했어요. 당신 어머니가 받아들이기를 기대하기엔 무리였어요.

전화해주겠어요?

그럴게요.

언제요?

며칠 내에.

그는 그녀에게 재빨리 키스하고 길모퉁이를 돌아 시야에서 벗어났다. 그녀는 다시 식당으로 들어와 어머니 곁에 앉았다. 웨이터가 음식을 갖다놓은 뒤여서 음식 접시에서 김이 모락모락 올라오고 있었다.

무슨 생각을 했던 거냐? 윌라가 물었다. 어째서 내게 이 일을 알려주려고 한 거야? 난 그저 우리가 만나 저녁식사를 할 줄 알았다. 네 친구들 가운데 한 사람과 말이다.

누군가 한 사람에게만은 이 일을 알리고 싶었어요. 에일린이 대꾸했다.

그러면 네 여자 친구들 중에서 골랐어야지. 네 젊은 친구들한 테 했어야지. 나한테 말할 게 아니라.

난 엄마도 알고 싶어할 줄 알았어요. 나를 위해서 말이죠. 왜 냐하면, 그 사람과 함께 있으면 내가 행복하니까요. 여기엔 내 인생에서 여태껏 한 번도 맛보지 못한 즐거움이 있거든요.

그 사람은 기혼자야. 생각해야 할 아이들도 있는 사람이라고. 이런 일이 잘될 수가 없어.

그런 말 마세요, 엄마. 난 누군가 한 사람에게 이 얘기를 할 수 있다면 괜찮을 거라고 생각했어요. 그리고 특히 엄마에게 이 일 을 알려주고 싶었단 말이에요.

네가 잘못 생각한 거야. 윌라가 말했다.

어째서 그 사람에게 교사직이라든가 대공황 얘기를 했던 거예 요? 아빠 얘기도 그렇고요. 그 모든 이야기를 할 필요는 없었잖 아요.

그건, 일이 우리 생각대로 귀결되지 않는 경우가 종종 있기 때 문이란다. 난 네가 그 사실을 확실히 알았으면 했어.

그런 거라면 나도 잘 알고 있어요, 엄마.

23

프랭크가 열다섯 살, 로레인이 열여덟 살이었을 때, 그리고 둘
다 홀트 카운티 유니언 고등학교에 다니고 있었을 때, 어느 날
밤늦게 프랭크가 누나의 방에 들어왔다. 그녀는 겨울철 잠옷 차
림으로 소리를 낮춘 채 라디오를 들으며 책을 읽고 있었다. 그는
문간에 서서 누나를 바라보았다. 무슨 일이니? 그녀가 물었다.
그가 방에 들어와 문을 닫았다. 이리 와. 그녀가 말했다. 그는 그
녀의 침대로 다가가 그 곁에 섰다. 무슨 일인지 말해봐.

그 자식들이 또 그랬어. 그가 말했다.

오, 저런. 이번엔 어땠는데?

그는 그녀에게 말했다. 그날 오후 축구 연습이 끝나자 몇몇 상
급생과 하급생 두 명이 샤워하고 나오는 그에게 달려들더니 아

직 젖은 알몸 상태였던 그를 구석 바닥에 찍어 누르고는 그의 몸
을 뒤집어놓고 엉덩이와 뒤통수를 찰싹찰싹 때리면서 깔깔대며
그를 늘 부르는 별명으로 부르고는, 다시 그의 얼굴을 위로 향하
게 눕히고 벌거벗은 아이 하나가 그의 몸에 올라탔다. 이놈 좀
봐. 아주 좋아하는걸. 아이들 가운데 하나가 그의 성기를 잡더니
앞뒤로 치면서 욕을 퍼부었고, 그러는 동안 다른 아이들은 그의
몸을 찔러댔다. 한 아이가 팔로 그의 목을 누르고 있어서 그는
숨도 제대로 쉴 수 없었다.

얼마 후 코치가 아이들이 떠드는 소리를 듣고 복도를 달려왔
다. 지금 무슨 짓을 하는 거냐? 이놈들, 당장 여기서 나가지 못
해? 어서 꺼지라고.

아이들은 펄쩍 뛰어 일어나 로커에서 각자의 옷을 집어 입은
다음 달려나갔다. 그는 아직 젖은 알몸인 채로 아이들이 눕혀놓
은 구석 자리에 있었다. 제어할 수 없을 정도로 덜덜 떨면서 몸
을 일으킨 그는 벗은 몸을 가리려고 코치에게서 비스듬히 몸을
돌렸다.

대체 이게 무슨 일이냐? 코치가 물었다. 무슨 짓들을 하고 있
었던 거야?

그는 대답할 생각이 없었다. 그저 달아오른 얼굴로 덜덜 떨며
서 있었다.

코치는 한참 동안 그를 바라보았다.

집에 가는 게 좋겠다. 이런 짓은 마음에 안 들어. 어서 가거라.

갈게요.

대체 네가 그애들한테 무슨 짓을 한 거지? 뭔가 했으니까 이러
는 거 아니냐.

전 그 자식들한테 아무 짓도 하지 않았는데요.

그건 모르겠구나. 너, 괜찮은 거냐? 어디 다치진 않았어?

전 괜찮아요.

그럼 옷 입고 가거라. 코치는 한참 더 그를 바라보더니 고개를
젓고는 몸을 돌려 복도 저편에 있는 자신의 사무실로 돌아갔다.

그는 화장실로 가서 코를 풀고 세면대에서 얼굴을 닦은 다음
옷을 입고 그곳을 나왔다.

다시는 돌아가지 않을 거야. 그가 누나에게 말했다. 이제 끝났
어. 그만두겠어. 아무래도 좋아.

굳이 돌아갈 필요 없어. 돌아가서도 안 되고.

빌어먹을 자식들. 그는 어깨를 들썩이며 울기 시작했다.

그녀는 일어나서 동생을 침대에 끌어다 앉혔다. 그러고는 팔
을 동생의 몸에 두르고 함께 앉아 있었다. 이제 괜찮아. 아, 가엾
은 프랭키.

프랭크는 한동안 울다가 이윽고 울음을 멈췄다.

아빠 엄마한테 말할 거니? 그녀가 물었다.

아니.

그럼 내가 말할게.

아냐. 이 일에 대해선 아무 말도 하지 마.

네가 학교에서 일찍 돌아오면 뭔가 잘못됐다는 걸 아실 거야. 네가 유니폼을 입지 않아도 아실 테고.

내가 말할게. 뭐라고 둘러댈 거야.

그가 다시 울기 시작하자 그녀는 좀더 힘주어 그를 안아주었다.

빌어먹을 자식들.

그럴 것 없어. 그녀가 말했다. 그애들은 그럴 가치도 없는 애들이야. 누구 한 놈도 쓸 데가 없다고. 넌 지금 집에 있으니 이제 괜찮아.

아니, 괜찮지 않아. 그가 말했다.

그녀는 할 수 있는 한 꽉 동생을 안아주고 모포를 끌어다 두 사람을 덮었다. 밤늦게 프랭크는 복도 맞은편에 있는 자기 방으로 돌아갔다.

24

문제는 버타 메이에게 그 일을 어떻게 그럴싸하게 보이도록 만드느냐였다. 난 육십 년도 넘게 그 여자와 알고 지냈지. 윌라가 말했다. 내가 네 아버지와 결혼해 이곳으로 왔을 때 그녀는 나보다 약간 어린 젊은 여자였어. 나는 그녀를 교회에서 만났지. 그런데 그녀가 결혼한 남자가 쓸모없는 놈팽이였던 거야. 그 작자는 그녀와 딸을 두고 떠났어. 그런데 그 딸도 자기 아버지와 다를 바 없는 작자와 결혼한 거야. 그러다 딸이 유방암으로 죽고 앨리스가 이곳으로 왔지. 할머니가 아이를 양육하도록, 그 나이에 말이야. 나라면 아무리 사소한 일로도 그녀를 더는 성가시게 하지 않았을 텐데. 그러니 우리는 이 일을 신중하게 처리해야 해.

이 일이 우리를 위한 거라고 말하면 될 거예요. 에일린이 말했다.

사실이잖아. 이건 우리를 위한 일이야.

그녀가 우리에게 호의를 베푸는 거라고 말하는 거예요.

그것도 사실이고.

그 아주머니가 그렇게 믿지 않는다 해도 말이에요.

우리로 하여금 그녀 자신이 호의를 베푼다고 생각하게 만들고 싶어할 수도 있지. 네가 전화를 걸겠니, 아니면 내가 걸까?

언제나 엄마가 나보다 아주머니를 더 잘 알고 계셨잖아요. 에일린이 말했다.

이렇게 해서 다음날 오후가 절반쯤 지났을 무렵 버타 메이는 실내복에 앞치마를 두른 차림으로 자기 집 거실에 앉아 있었고, 이윽고 소녀가 머리를 빗질하고 깨끗이 세수한 얼굴로 나타났다.

이리 오너라. 애야. 내가 좀 봐주마.

소녀가 할머니 앞에 섰다.

이 정도면 보기 괜찮네. 버타 메이가 말했다. 자. 그분들에게 착하게 굴거라. 그분들이 너를 데리고 식사를 하러 갔을 때 그랬던 것처럼 말이다. 넌 이유를 알고 있니?

아뇨.

그분들이 외롭기 때문이야. 그래서 젊은 사람하고 무슨 일인
가 함께 하고 싶어하는 거란다. 그분들이 너를 고른 거야.

하지만 왜요?

그건 나도 모르지. 아마 달리 아는 여자애가 없어서일 거야.
그 점은 감사히 여겨야 해.

하지만 할머니, 전 새옷이 필요없어요.

그래. 그래도 그분들은 네게 새옷을 사주고 싶어해. 그건 그분
들을 위해서야. 너와 함께 있을 이유가 필요해서 그러는 거란다.
넌 새옷을 받아도 괜찮아.

할머니는 받는 것보다는 주는 게 더 좋은 거라고 하셨잖아요.

이제 네가 그분들께 주면 되지. 그분들이 네게 주도록, 네가
그분들께 기회를 주는 거니까.

그들이 집 앞에 차를 대자 버타 메이와 앨리스가 밖으로 나왔
다. 두 사람은 문 앞에 선 채로 차 안에서 기다리고 있는 노파와
그녀의 나이든 딸을 내다보았다. 버타 메이가 말했다. 자, 즐거
운 시간 보내렴. 허락받은 시간이니까. 그리고 저분들께 고맙다
고 인사하는 것도 잊지 말고.

알겠어요.

좋아. 네가 그럴 거라는 건 나도 안단다. 어서 가보렴.

소녀는 계단을 내려가 자동차 쪽으로, 서두르지 않고 안정된 걸음걸이로 걸어가 월라 뒤편의 좌석에 올랐다. 운전은 에일린이 하고 있었다.

잘 있었니? 월라가 말했다.

안녕하세요. 소녀가 대답했다.

에일린이 고개를 돌리고 미소를 지어 보이자 소녀도 마주 미소를 지어 보였다. 그들은 차를 몰고 메인 스트리트로 가서 메인 스트리트와 2번가 교차점에 있는 셜트 백화점 앞에 주차했다. 백화점 안은 더웠고 조명도 그리 밝지 않았다. 천장의 커다란 팬이 찰칵거리는 소리를 내며 회전하고 있었다. 그들은 좁고 삐걱이는 나무 바닥을 걸어 오래된 상점 뒤편에 있는 여아복女兒服 코너로 갔고, 그곳에서 에일린과 월라는 반바지와 티셔츠를 고르기 시작했다. 앨리스는 어슬렁거렸다. 여름 한철 아르바이트로 일하는 여고생 점원이 오자 존슨 모녀는 자신들이 염두에 둔 물건에 대해 설명했다. 점원은 앨리스에게 예복 몇 벌과 이런저런 조합의 옷들을 꺼내 보여주면서 치수를 재보기 위해 소녀의 앙상한 가슴에 대보곤 했다. 앨리스는 존슨 모녀의 반응을 살펴보다가, 상자처럼 생기고 벽에 전신 거울이 붙어 있는 작은 드레싱룸에 혼자 들어가 문을 잠그고는 입고 있던 옷을 벗어 긴 의자에 조심스레 내려놓고 새옷을 입은 다음 몸을 옆으로 돌려가며 기다란 거울에 비친 자신의 모습을 바라보았다. 그러고는 다시 문을 열고 존슨 모녀와 여고생 점원이 기다리고 있는 바깥 통로로 나왔다.

이런, 아주 보기 좋구나. 윌라가 말했다.

에일린이 다가오더니 셔츠를 살짝 매만져주었다. 애야, 네 생각은 어떠니?

괜찮은 것 같아요.

그냥 괜찮은 거야?

좋은데요. 멋진 옷들이에요.

하지만 정말 마음에 드는 건 아니로구나.

소녀가 어깨를 으쓱여 보였다.

어떤 옷이 더 마음에 들 것 같니?

모르겠어요.

저쪽에 있는 옷도 한번 보지 않을래? 여고생 점원이 말했다.

앨리스는 드레싱룸으로 들어가 새옷을 벗고 원래 입었던 옷으로 갈아입은 다음 다시 밖으로 나왔다. 그들은 상점 안쪽에 있는 다른 코너로 향했다. 앨리스가 걸음을 멈추더니 검은색 반바지에 길고 빨간 소매가 달린 검은색 상의를 쳐다보았다.

여름에 입기에는 좀 덥지 않을까? 윌라가 말했다.

아이가 마음에 든다면요. 에일린이 말했다. 중요한 건 그거죠. 애야, 이 옷이 마음에 드니?

아주머니께서 괜찮으시다면요.

괜찮고말고. 우리가 괜찮은지 아닌지는 중요하지 않아. 그게 네가 원하는 거로구나. 어떤지 말해주렴.

전 이 옷이 마음에 들어요. 앨리스가 말했다.

그래, 그래야지. 어디 한번 보자.

그들은 그 옷과, 같은 스타일의 다른 한 세트, 그리고 거기에 맞는 양말을 골랐다. 앨리스는 드레싱룸으로 들어가 그 옷들을 입어보고는 옷을 가지고 나와 계산대로 갔다. 여고생 점원이 카운터에서 옷을 단정하게 개킨 다음 백화점 봉투에 넣고 금전등록기에 기록했다. 앨리스는 에일린이 옷값 치르는 모습을 아무 말 없이, 미소도 짓지 않은 채 지켜보았다. 이윽고 점원이 봉투를 앨리스에게 건네주었다. 그들은 햇살이 내리쬐는 메인 스트리트로 나왔다. 상점들 앞에 주차된 자동차들의 앞유리가 햇빛을 눈부시게 반사했다.

고맙습니다. 앨리스가 말했다. 이 옷들을 사주셔서 고맙습니다.

애야, 괜찮단다. 윌라가 말했다.

오후에 오가는 차량은 많지 않았고 횡단보도와 상점 앞 널찍한 인도를 오가는 사람도 별로 없었다.

자, 이제 뭘 할까? 윌라가 말했다.

우리 저쪽으로 건너가요. 에일린이 말했다.

저쪽에 뭐가 있는데?

곧 보여드릴게요. 그런데 앨리스, 우리와 함께 철물점에 가도 괜찮겠니?

아주머니께서 원하신다면요.

그전에 네가 산 옷은 차에 두고 갈까?

그녀는 차 뒷좌석에 봉투를 넣었다. 그런 다음 그들은 함께 블록 가운데에서 길을 건너 열려 있는 커다란 문을 지나 철물점 안으로 들어갔다.

여기는 왜 온 거니? 윌라가 물었다.

며칠 전 이곳에 왔었어요. 에일린이 대답했다. 이리 와보세요. 앨리스에게 보여줄 것이 있으니까.

그들은 에일린을 따라 페인트통과 색색가지 나무토막과 페인트 솔이 늘어선 통로를 지나, 와셔*와 나사가 든 마분지 상자, 볼트와 너트가 든 작은 상자, 못통들을 지나 상점 안쪽 구석, 자전거가 있는 곳으로 향했다. 모두 다섯 대가 있었다. 하나는 연습

---

* 나사나 볼트 밑에 넣어 표면을 보호하는 등의 역할을 하는 쇠붙이나 고무 재질의 용구.

용 바퀴가 달린 것이고, 하나는 성인용, 세 대는 아동용이었다. 모두 천장에 있는 고리에 매달려 있어서 금방이라도 와르르 떨어져 누구라도 다치게 할 것처럼 보였다. 그들은 자전거를 올려다보았다.

너, 자전거 없지? 에일린이 물었다.

없어요. 앨리스가 대답했다.

우리가 네게 자전거를 하나 사주고 싶은데.

전 잘 모르겠어요. 아이는 자전거를 바라보았다. 할머니께서 뭐라고 하실지.

할머니가 뭐라고 하실 것 같은데?

너무 과분한 선물이라고 하실 것 같아요.

너는 어떻게 생각하니?

과분하다는 게 맞는 것 같아요.

할머니한테 전화해서 여쭤보겠니?

네.

그래서 두 여자와 소녀는 상점 앞쪽으로 돌아나왔다. 그러나 카운터에 사람이 보이지 않았다.

사람이 있는지 알아볼게요. 에일린이 말하고는 가까운 통로로 들어갔다가 루디와 함께 돌아왔다.

전화를 쓰고 싶으시다고요? 그가 물었다.

내가 아니라 여기 꼬마 숙녀분이 쓸 거예요. 월라가 말했다.

장거리 통화는 곤란합니다. 루디가 말하면서 윙크를 했다. 저희가 장거리 요금을 지불하지는 못하거든요.

우리 할머니에게 거는 거예요. 앨리스가 말했다. 말씀드릴 게 있어서요.

그럼 괜찮겠구나. 자, 어서 걸어보렴. 너희 할머님은 마을에 사시는 분일 테니까.

그러면서 그는 앨리스에게 전화기를 건네주었다. 아이는 자기를 지켜보는 어른 세 사람을 바라보고는 전화를 걸었다. 아이는 똑바로 선 자세로 거의 속삭이듯 아주 나지막하게 말했다. 할머니, 저예요. 아이가 작은 소리로 말했다. 두 분이 저에게 자전거를 사주시겠대요. 아주머니들께서요. 저는 할머니께 여쭤봐야 한다고 했어요. 모르겠어요. 아뇨, 전 아무 말도 하지 않았어요. 저는 여기 자전거가 있는지도 몰랐는걸요. 네. 여기 계세요. 할머니가 아주머니와 말씀하고 싶으시대요. 그러면서 앨리스는 월라에게 전화기를 건넸다.

월라는 말소리가 들리지 않도록 전기제품들이 진열된 통로로 전화기를 가져가 그곳에 서서 통화를 했다. 네, 월라예요. 그녀가 말했다. 네, 우리가 그러고 있어요. 에일린의 생각이었죠. 아주머니의 손녀딸이 옷을 몇 벌 골랐어요. 그런 다음 에일린이 우리를 철물점으로 데려온 거예요. 앨리스는 우리가 먼저 아주머니와 얘기해야 한다고, 아주머니 생각부터 알아보라고 하더군요. 네, 액수가 좀 많기는 해요. 하지만 아주머니만 괜찮으시다면 우리가 자전거를 사주고 싶네요. 오, 그애가 잘못된 생각은 하지 않을 거예요. 정말 똑똑한 아이랍니다. 아이를 아주 잘 키우셨어요. 정말이지 귀여운 아이예요. 에일린이 자전거를 꼭 사주고 싶어해요. 네. 네, 좋아요. 고마워요. 곧 돌아갈 거예요. 천만에 말씀이에요. 오, 물론 앨리스도 그렇게 말했답니다.

윌라는 전면 카운터로 돌아와 루디에게 전화기를 돌려주었다. 또다른 점원 밥도 나와 있었다.

아이 할머니께서 괜찮다는구나. 윌라가 말했다. 우리가 그렇게 하고 싶다면 말이야.

두 사람은 앨리스를 바라보았다. 아이는 그들 쪽을 바라보지 않으려고 했다.

이제 가서 하나 골라보자. 에일린이 말했다.

그들은 루디를 따라 상점 구석으로 가서 천장에 걸린 자전거들 아래에 섰다. 그들이 보고 있는 동안 밥이 스툴 위에 올라가 체인으로 연결된 고리에서 자전거를 끌어내렸다. 아이한테 맞는 자전거는 세 대였다. 루디가 여기저기 생채기가 난 낡은 나무 바닥에 있는 받침대에 자전거들을 올려놓았다.

자, 여기 있다. 자세히 살펴보렴. 어느 것 하나 고장난 곳이 없 단다. 여기 있는 자전거는 모두 너한테 꼭 맞을 거야. 어느 게 마 음에 드니?

아이한테 너무 재촉하지 마. 밥이 말했다. 천천히 고르도록 놔 두자고. 재촉받는 걸 좋아할 사람은 없으니까.

지금 내가 그러고 있는 거야. 내 말이 그거라고. 애야, 천천히 살펴보렴.

에일린이 앨리스의 어깨를 팔로 감싸안고 앞으로 나섰다. 아 이가 보라색 자전거의 핸들에 달린 고무 손잡이를 만져보았다. 루디가 말했다. 그 자전거에 한번 앉아보겠니? 안장은 조절할 수 있단다.

앨리스가 안장에 앉더니 자전거를 타고 어딘가로 가고 있기라 도 하듯 손잡이를 잡고 앞을 바라보았다. 아이의 얼굴은 무표정 했다.

이게 마음에 드니? 루디가 말했다. 마음을 바꾸고 싶지 않더라 도 이쪽 빨간 자전거도 타보겠니?

아무래도 아이가 마음을 정한 모양이에요. 에일린이 말했다. 안 그러니, 애야?

그래요.

앨리스가 자전거에서 내려오자 루디가 통로로 자전거를 끌고 카운터 쪽으로 향했고, 그들 모두 마치 무슨 의식이라도 치르듯 한 줄로 서서 아무 말 없이 그 뒤를 따랐다. 에일린이 값을 치르고 나서 그들 모두 눈부신 정오의 뜨거운 태양 아래 거리로 나왔다. 그들은 길을 건너가 자전거를 자동차 트렁크에 실었다. 밥이 끈으로 자전거를 트렁크 뚜껑에 고정시켰다. 점원 두 사람은 존슨 모녀와 의례적으로 악수를 하고 앨리스와도 악수를 나눈 뒤 철물점으로 돌아갔다. 존슨 모녀와 앨리스는 홀트 서쪽에 있는 버타 메이네 집으로 차를 몰고 간 다음 자전거를 길에 내려놓았다.

그들이 도착하기를 기다리고 있던 버타 메이는 이제 밖으로 나와 포치에서 그 모습을 지켜보고 있었다.

이게 그 자전거니? 그녀가 물었다.

네, 할머니.

그런데 자전거 타는 법은 누가 가르쳐주지?

몰라요.

제가 도와줄게요. 에일린이 말했다.

자전거 타는 법을 알아요?

한번 배우면 잊어버리지 않는다고들 하잖아요. 예전에 자전거를 타고 시골길을 돌아다니곤 했어요.

그럼 기억하고 있겠구려. 버타 메이가 말했다.

아무튼 한번 해봐야죠.

에일린과 그녀의 어머니가 자전거를 잡고 앨리스가 안장에 앉았다.

이게 브레이크란다.

앨리스가 핸들을 꼭 쥐었다.

그리고 이렇게 비틀어서 기어를 바꾸는 거야.

알아요.

그래, 너도 알고 있겠지. 어쩌면 나보다 더 많이 알지도 모르겠구나. 자, 한번 타보자.

앨리스가 페달을 밟으며 앞으로 나아갔고, 두 여자는 처음에는 속보로, 두 손을 내밀어 아이를 잡으려고 더듬거리면서 빠른 걸음으로 그 옆을 따라갔다. 앨리스가 계속 페달을 밟자 그들은 아이를 따라잡을 수 없었다. 다음 순간 앨리스의 몸이 흔들리더니 옆으로 기울어지다가 넘어졌지만 곧 자전거를 멈췄다. 아이가 자전거를 바로 세웠다. 그들은 다시 한번 시도했다. 윌라가 옆에서 몸을 기울인 채 나란히 총총걸음을 치고 에일린은 그보다 좀더 빨리 걸었다. 부드러운 여름옷과 여름 구두 차림을 한 그들은 더운 날씨와 흥분 때문에 얼굴이 붉게 상기되었다. 소녀는 좀더 멀리까지 가다가 다시 한번 비틀거렸지만 넘어지기 전에 자전거를 멈춰 세웠다. 뒤편 루이스네 집 밖에는 로레인이 나와 있었고, 버타 메이는 여전히 자기 집 포치에서 그 광경을 지켜보고 있었다.

도움이 필요해요? 로레인이 큰 소리로 외쳤다. 제가 도와드릴 수 있을 것 같은데요.

그래주실래요? 에일린이 맞받아 소리쳤다.

존슨 모녀는 뒤처졌고, 로레인이 옆에서 걷다가 앨리스가 페달을 밟기 시작하자 옆에서 자전거를 잡아주며 나란히 달렸다. 좋아, 계속해. 너 혼자 가는 거야. 멈추지 마. 아주 잘하고 있어.

앨리스는 자갈길에서 흔들리면서도 페달을 밟고 앞으로 나아갔다. 자전거 바퀴가 흙 위에 비틀거리는 긴 자국을 냈다. 앨리스는 100피트쯤 갔다가 큰 원을 그리며 방향을 돌려 돌아왔다. 로레인이 다시 옆에서 나란히 달려갔다. 브레이크를 잡아, 로레인이 말했다. 앨리스가 너무 급하게 서는 바람에 앞으로 넘어질 뻔했지만 로레인이 아이를 잡아주었다.

다음번에는 그렇게 세게 잡으면 안 돼. 너무 갑자기 서면 안 된단다.

얼굴이 잔뜩 상기된 존슨 모녀가 땀을 흘리고 헐떡이며 빠른 걸음으로 다가왔다.

아주 잘했어. 에일린이 말했다. 기분이 어땠니? 한번 더 타는 걸 보여주겠니?

그럴게요.

그들이 자전거를 살짝 밀어주자 앨리스는 반대편 북쪽으로 갔다가 철로 조금 못 미친 곳에서 큰 원을 그리며 방향을 돌려 돌아왔다. 아이는 여자들이 있는 곳까지 달려와서는 자전거를 멈추고 발로 바닥을 디뎠다.

굉장하구나. 에일린이 말했다.

앨리스가 두 사람을 바라보았다. 고맙습니다. 아이가 말했다. 아이의 눈이 반짝이고 얼굴 주위로 흩어진 머리카락이 땀으로 검게 젖어 있었다.

한번 더 타볼래? 로레인이 물었다.

할머니, 제가 자전거 타는 거 보셨어요? 앨리스가 외쳤다.

그래, 봤다. 버타 메이가 맞받아 외쳤다. 아주 잘했어.

아이는 고속도로 방향으로 자전거를 타고 갔다. 아이는 자동차 한 대가 오는 것을 보더니 한옆으로 비켜섰다가 차가 지나가고 난 뒤 더 멀리까지 갔다. 그러고는 그들이 지켜보고 있는 동안 방향을 돌려 그들이 있는 곳으로 돌아오기 시작했다. 버타 메이의 집 앞에 오자 아이는 자전거를 멈춘 뒤 연석에 세워놓고는 존슨네 자동차 뒷좌석에 있던 백화점 봉투를 집어들고 포치에 서 있는 할머니 곁을 지나쳐 집안으로 달려들어갔다.

아이는 곧 집에서 나왔다. 뭘 하려는 거니? 버타 메이가 물었다.

자전거를 타려고요. 아이는 새로 산 까만 반바지에 빨간 소매가 달린 까만 셔츠, 까만 양말로 갈아입은 차림이었다. 그러더니 자전거를 타고 늦은 오후 자갈이 깔린 길을 위아래로 오르내렸다. 그동안 여자들은 모두 그늘에 모여 서서 그런 아이의 모습을 지켜보았다.

그날 저녁, 존슨네 모녀가 돌아간 뒤 로레인은 집안에서 테이블을 내와 포치에 놓고 저녁식사를 차렸다. 버타 메이와 앨리스가 빵과 강낭콩과 무를 가지고 마당을 건너왔다. 이렇게 해서 그들 모두 선선한 저녁 공기 속에 앉게 되었다. 상석에는 대드 루이스가 모포를 두르고 앉았다.

저녁식사를 마친 후 앨리스는 다시 거리에서 자전거를 탔다.

대드는 포치에서 아이가 자전거를 타는 모습을 지켜보았다. 저러다 차에 치일까 걱정이군. 잘 지켜보는 게 좋겠어요.

이제 하늘에서는 빛이 사라지고 가로등에 불이 들어와 있었다. 앨리스는 빛 웅덩이에서 빛 웅덩이로 옮겨가며 자전거를 탔다.

25

나중에 돌이켜보니, 라일이 처음부터 자신이 설교를 마칠 수 있을 거라고 여겼는지는 분명치 않았다. 어쨌든 신도 가운데 일부—대부분은 남자 신도들이 처자식을 재촉해서였지만 개중에는 여자 신도들도 있었다—가 신도석에서 일어나 목사를 노려보며 교회를 나가기 시작했을 때 그는 설교를 절반도 끝내지 못한 상태였다.

설교는 예배로의 부름이 있은 후 첫번째 찬송가를 부르고 나서, 완다진 홀이 가녀리고 감미롭고 마음을 흔드는 소프라노 음성으로 〈예수가 우리를 부르는 소리〉를 독창하고 나서, 성경 봉독이 행해지고 나서 시작되었다. 봉헌과 송영頌榮, 주기도문과 축복은 그다음 순서였는데, 평소의 그런 예배 순서까지는 가지

도 못했다. 그때쯤에는 너무나 화가 나고 격분해서 가야겠다고
여긴 사람들이 이미 교회 뒤편 큰문을 통해 몰려나간 상태였다.
라일의 부인 베벌리와 그들의 아들 존 웨슬리, 존슨네 두 모녀,
늙은 문지기, 그리고 몇몇 신도들만 자리에 남아 당혹스럽고 믿
기지 않는다는 표정으로 서로의 얼굴을 마주보고 있었다. 그들
대부분도 다른 사람들처럼 화가 나고 격분했지만, 굳이 감정을
표출하거나 주일 아침 교회에서 공개적으로 반감을 드러내고 싶
지는 않았던 것이다. 그들은 여전히 피아노 앞에 앉아 있는 피아
노 반주자와 함께 기다렸다.

 시작은 아주 단순했다. 목사는 성경 봉독을 하고 있었다. 그러
다 성경을 집어들고 설교단에서 약간 벗어났다. 그것은 자주 있
는 일은 아니었다. 그러나 예전에 한두 번 그랬던 적이 있어서 사
람들은 곧바로 그 일에 신경을 쓴다거나 놀라거나 하지는 않았
다. 이렇게 해서 그는 자신과 신도 사이에 놓인 장벽이 주는 이점
없이 성경을 읽기 시작했다. 오직 성경을 읽고 있는 그와 성경뿐
이었다. 그날 아침에 그는 정장도, 정장 위에 걸치는 겉옷도, 가
벼운 여름 정장조차도 입지 않았다. 대신 목 단추를 채우지 않은
흰 셔츠의 소매를 걷어올리고, 까만 바지에 은제 장식이 달린 까
만 벨트를 매고 있었다. 까만 머리카락은 여느 때처럼 이마로 내
려와 있었다. 보기 좋은 모습이었다. 절대 내놓고 말하지는 않았

을 테지만 그 때문에 교회에 오는 여자들도 몇 명 있었다.

봉독하는 부분은 누가복음이었다.

그러나 너희 듣는 자에게 내가 이르노니 너희 원수를 사랑하며 너희를 미워하는 자를 선대하며 너희를 저주하는 자를 위하여 축복하며 너희를 모욕하는 자를 위하여 기도하라. 네 이 뺨을 치는 자에게 저 뺨도 돌려 대며 네 겉옷을 빼앗는 자에게 속옷도 거절하지 말라. 무릇 네게 구하는 자에게 주며 네 것을 가져가는 자에게 다시 달라 하지 말며 남에게 대접을 받고자 하는 대로 너희도 남을 대접하라. 너희가 만일 너희를 사랑하는 자만을 사랑하면 칭찬받을 것이 무엇이뇨. 죄인들도 사랑하는 자를 사랑하느니라. 너희가 만일 선대하는 자만을 선대하면 칭찬받을 것이 무엇이뇨.

그는 읽기를 계속하여 끝부분에 이르렀다.

오직 너희는 원수를 사랑하고 선대하며 아무것도 바라지 말고 빌려주라. 그리하면 너희 상이 클 것이요 또 지극히 높으신 이의 아들이 되리니 그는 은혜를 모르는 자와 악한 자에게도 인자하시니라. 너희 아버지의 자비로우심같이 너희도 자비로운 자가 되어라.

이윽고 그는 봉독을 멈추고 말없이 서서 신도들을 둘러보았다. 교회 안은 더웠다. 창은 활짝 열려 있었지만 더운 날이어서 실내도 더웠다. 여자들은 주보로 얼굴을 부채질했다. 거리에 차한 대가 지나갔다. 가까이에 있는 나무에서 새 지저귀는 소리가 들렸다. 그는 몸을 돌리고 설교단에 성경을 내려놓았다. 그런 다음 입을 열었다.

이 구절은 보통 산상수훈으로 언급됩니다. 그가 말했다. 아우구스티누스가 최초로 그렇게 불렀지요. 이것은 마태복음과 누가복음 모두에 나오고 있지만, 내용은 약간 상이합니다. 마태복음에서는 100절이 넘는 분량이지요. 누가복음에서는 30절밖에 되지 않습니다. 마태복음에서는 예수께서 산상에서 군중에게 설교하셨다고 나옵니다. 누가복음의 기록자는 예수께서 평지에서 설교하셨다고 말합니다. 두 복음 모두 지복의 가르침에서 시작합니다. 복 받은 이들의 이야기 말입니다. 마태복음에서는 아홉 가지 지복을, 누가복음에서는 네 가지 지복을 말하고 있습니다. 그러나 이 성경 구절의 요점은 본질적으로 같은 것을 이야기하고 있습니다. 그것이 제가 방금 읽어드린 부분입니다. 바로 우리를 위한 핵심이지요. 교훈의 정수이자 예수의 가르침에서 핵심이 되는 부분입니다.

너희의 원수를 사랑하라. 너희를 해하는 자들을 위해 기도하라. 다른 쪽 뺨도 돌려 대라. 돈을 주고 돌려받을 것을 기대하지 말라.

하지만 예수그리스도께서는 무슨 말씀을 하고 계신 걸까요? 문자 그대로의 의미일 리가 없습니다. 그건 불가능한 일일 테니까요. 그분은 유토피아적인 생각, 하나의 몽상을 말씀하신 것이 분명합니다. 은유를 사용하고 계신 것이 분명합니다. 감미로운 꿈을 제시하면서 말이죠. 오늘 이 자리에 있는 우리 모두는 그보다 더 분별력이 있기 때문입니다. 현실을 자각하고 있는 우리는 이 세상이 그런 일을 용납치 않으리라는 사실을 알고 있습니다. 과거에도 그랬고 미래에도 그런 일은 결코 용납되지 않을 것입니다. 우리는 바로 지금 그 점을 더할 나위 없이 명확하게 알고 있습니다.

왜냐하면 여기 있는 우리는 다시금 전쟁을 치르고 있기 때문입니다. 그리고 우리는 전쟁과 폭력이라는 저 피할 길 없는 개념에 대해 너무나도 잘 알고 있습니다. 우리는 너무나 빈번히 그런 것들을 겪어왔으니까요.

벌거벗은 어린 소녀가 등뒤의 불길을 피해 울고 비명을 지르며 공포에 질려 우리에게 달려옵니다.

병실에 누운 소년 곁에 어린 동생과 겁먹은 어머니가 있습니다. 그 소년은 눈이 멀었고 얼굴에는 흉터가 났습니다. 엄마, 제 모습이 보기 흉한가요? 소년이 묻습니다.

우리는 길가 도랑에 버려진 머리 없는 시신 사진을 봅니다.

우리는 까맣게 탄 채 뻣뻣해진 기괴한 모습의 병사를 보았습니다. 한때는 인간이었으나 이제는 불에 타고 목매달린 채 트럭 꽁무니에 매달려 거리 곳곳을 끌려다니는 신세가 된 겁니다.

또한 불타는 탑의 창밖으로 던져지는 인간의 형상들을 공포에 질려 보아왔습니다.

이렇게 해서 우리는 증오심을 만족시킨 결과물이 어떤 것인지 알게 되었습니다. 복수의 달콤한 기쁨도 알게 되었습니다. 앙갚음이 얼마나 기분좋은 일인지 말입니다. 아, 예수님은 정말 멋진 생각을 하셨습니다. 훌륭한 생각이긴 하지만 악을 행하는 자를 사랑할 수는 없습니다. 그것은 분별 있는 행동도, 실제적으로 효과가 있는 행동도 아닙니다. 끔찍한 잘못을 저지르는 자들을 사랑하는 일은 세상을 위해서도 현명한 일이 아닙니다. 이 세상에는 원수를 사랑할 수 있는 방법이 결단코 없습니다. 그자들은 또다시 사악하고 가증스러운 짓을 벌일 것이 뻔합니다. 더욱 나쁜 것은, 그자들이 이런 사악하고 못된 짓을 하고도 무사할 수 있다고 생각하리라는 점입니다. 그들은 우리가 나약하고 겁먹은 거라고 여길 테니 말입니다. 그러면 세상은 대체 어떻게 될까요?

그러나 지금 이 무더운 7월의 아침 이곳 홀트에 계신 여러분께 말씀드리고 싶은 것은, 만약 예수께서 진심으로 그런 말씀을 하신 것이라면 어떡하느냐입니다. 그분이 어떤 비현실적인 공상의 땅에 관해 말씀하신 것이 아니라면 말입니다. 이천 년 전 그분이 진심으로 그런 말씀을 하신 거라면 어떨까요? 만일 예수께서 이 세상을 속속들이 알고 계셨고 잔인함과 사악함, 해악과 증오심을 몸소 겪어서 아셨다면 말입니다. 그 모두가 그분 개인의 직접적인 경험이라 그렇게 지혜로운 거라면 어떨까요? 그리고 그렇게 잘 알고 있었으면서도 여전히 원수를 사랑하라고 말씀하신 거라면 어떨까요? 너희 뺨을 돌려 대라. 너희를 학대하는 자들을 위해 기도하라. 만약 예수께서 그 단어 하나하나 있는 그대로의 의미로 말씀하신 것이라면 어떨까요? 그렇다면 이 세상은 과연 어떻게 되겠습니까?

그리고 우리가 그 말씀을 실천에 옮긴다면 어떻게 될까요? 우리의 원수에게 이렇게 말한다면 어떨까요? 우리는 세계에서 가장 강한 나라다. 우리는 너희를 파괴할 수 있다. 너희의 아이들을 죽일 수도 있다. 너희의 도시와 마을을 폐허로 만들어버릴 수 있으며, 그 일이 끝나면 너희는 예전에 그 도시와 마을이 어디 있었는지도 찾지 못할 것이다. 우리는 너희의 물을 빼앗고 너희의 땅을 불태울 힘, 살아나가는 데 기본이 되는 조건 자체를 박탈할 수 있는 힘을 갖고 있다. 백주대낮을 칠흑 같은 밤으로 바꿀 능력이 있다. 우리는 너희에게 이 모든 일을 할 수 있다. 아니, 그 이상도 할 능력이 있다.

하지만 이렇게 말한다면 어떨까요? 내 말을 들으라. 우리는 이 모든 행동을 하는 대신 너희에게 기꺼이 아량을 베풀겠다. 우리는 파괴에 동원할 미국의 저 어마어마한 국부國富와 의지력과 인명을 탕진하는 대신 그 모든 것을 창조에 쏟아부을 것이다. 우리는 너희의 도로와 고속도로를 개량하고 학교를 확장하고 우물과 상수도 설비를 현대화하고 너희의 고대 유물과 예술과 문화를 보호하고 너희의 사찰과 모스크를 보존할 것이다. 사실상 우리는 너희를 사랑할 것이다. 그리고 다시 한번 말하지만, 과거에 어떤 일이 있었든 과거에 너희가 무슨 짓을 했든, 상관하지 않고 그렇게 할 것이다. 우리는 너희를 사랑할 것이다. 우리는 그러기로 이미 마음을 정했다. 우리는 너희를 형제자매처럼 대할 것이다. 필요하다면 우리는 두번째 따귀를 맞기 위해 우리 국민의 모든 뺨을 너희에게 내밀 것이다. 들어보라. 우리는……

그러나 다음 순간 그의 설교는 중단되었다. 신도 가운데 누군가가 나서서 이렇게 외쳤던 것이다. 지금 미쳤소? 제정신이 아닌 모양이군요! 남자의 음성이었다. 목 깊숙한 곳에서 나오는 목소리였다. 분노에 찬 고함소리. 교회 안 서편 창가 가까이에서 난 소리였다. 당신, 지금 온전한 상태요? 정신 나간 것 아니오?

가벼운 여름 정장 차림을 한 키 큰 남자가 일어서서 라일을 노려보았다. 아주 미쳐버린 게 틀림없군! 남자는 사납게 몸을 돌려 아내의 손을 당겨 일으켜세우고는 어린 아들에게도 성난 몸짓을 해 보였다. 그들은 신도석을 빠져나와 빠른 걸음으로 통로를 지나고 문을 지나 교회 밖으로 나가버렸다.

모든 신도들이 그들이 나가는 모습을 지켜보았다. 그런 다음 신도들은 서로의 얼굴을 마주보았다. 그러고는 다시 라일을 쳐다보았다.

나머지 여러분은 어떻게 생각하십니까? 라일이 물었다. 말씀해보세요. 그는 이제 설교단 옆에 서 있었다.

난 기꺼이 이렇게 말하겠습니다. 한 남자가 말했다. 당신은 테러리스트 동조자라고 말입니다. 교회 한복판에 있던 남자가 자기 앞의 신도석 등받이를 잡고 일어섰다. 덩치가 큰 남자였다. 우리는 당신이 이곳에 오도록 놔두지 말았어야 했어요. 당신은 우리나라의 적입니다.

그러자 교회 뒤편 언제나 앉는 자리에 앉아 있던 문지기 노인이 일어서더니 다리를 절며 통로를 따라 빠른 걸음으로 달려왔다. 이봐요! 교회에서 그런 식으로 말해선 안 됩니다!

신도석에 있던 덩치 큰 남자가 고개를 돌려 너무 낡아 반들거리는 검은색 정장 차림의 노인을 잠깐 바라보았다. 당신 자리에 가서 앉아요, 웨인. 당신한테 하는 말이 아녜요. 하지만 난 여기 있지 않을 겁니다. 그렇고말고. 주일 아침에 이 빌어먹을 동화 같은 얘기나 듣고 있을 필요는 없으니까. 그는 교회 안을 둘러보았다. 그리고 여러분 중에 뭐가 잘하는 짓인지 아는 사람이 있다면 마찬가지로 그럴 거고 말입니다. 그리고 그는 신도석을 밀치고 나와 밖으로 나갔다.

존슨네 두 모녀는 앞줄에 앉아 있었다. 흰 머리칼을 뒤로 쪽을 지어 핀으로 고정한 윌라가 자리에서 일어섰다. 두꺼운 안경알 뒤의 두 눈이 반짝였다. 갈 사람은 가라고 해요. 그녀가 말했다. 그 정도밖에 되지 않는 사람이라면 속시원히 가도록 내버려두도록 하죠. 우리는 목사님 말씀을 들어야겠으니까. 설혹 목사님 생각에 동의하지 않는다 해도 잘 듣고 생각해볼 필요가 있어요. 우린 서로 예의를 지켜야 한다고요.

그렇지 않아요! 뒤쪽에 있던 한 여자가 외쳤다. 당신이나 조용히 해요. 당신 입이나 닥치라고요.

뭐예요? 아뇨, 난 가만히 있지 않을 거예요. 윌라가 말했다. 그러면서 그녀는 몸을 돌려 신도들을 바라보았다. 난 말할 거예요. 거기 뒤에서 나한테 말한 사람 누구예요?

그 말에 대답하는 사람은 없었다.

다음 순간 자리에서 일어난 에일린도 어머니 옆에 서서 사람들을 둘러보았다. 하지만 이제는 더 많은 사람들이 일어나 라일을 노려보고 있었고, 그들은 교회 밖으로 나가기 위해 신도석을 나와 통로로 향했다. 교회 뒤쪽에서 그들 가운데 한 남자가 걸음을 멈추고는 몸을 돌렸다. 꺼져! 그가 고함을 질렀다. 꺼지라고!

그래도 아직 그날 아침 예배에 참석한 사람들 가운데 절반이 넘는 신도 대부분은 자리에 앉은 채, 놀라고 믿기지 않는다는 표정으로 그리고 호기심도 생긴 나머지 이제 라일이 어떻게 나오는지 보려고 기다렸다. 피아노 반주자는 여전히 앞쪽 자기 자리에 앉아 있었고, 베벌리 라일과 존 웨슬리 역시 교회 복판에 앉아 있었고, 존슨네 두 모녀와 문지기 노인은 일어서 있었는데, 노인은 격분한 채 통로에 서 있었다. 라일이 그들 모두를 바라보았다. 얼마의 시간이 지났을 때 그가 말했다. 이제 마지막 찬송가를 부를까요?

목사님께선 아직도 찬송을 부를 생각이 있으신 거예요? 피아노 반주자가 물었다. 이런 일이 있는데도요?

그래요. 찬송가 반주 좀 해주시겠어요?

네. 목사님께서 원하시는 게 그거라면요.

그녀는 장식 악구를 곁들여 서주부를 크게 연주하기 시작했다. 그것은 그 순간의 분위기와 성격을 잘못 계산한 일종의 광기처럼 보였다. 라일이 찬송가를 부르기 시작했다. 그의 음성은 듣기 좋았다. 그것은 2세기 전 찰스 웨슬리가 작곡한 옛날 찬송가 가운데 한 곡이었다. 다른 몇몇 사람들도 머뭇거리며 차츰차츰

찬송에 끼어들었다. 그들이 1절을 마치고 첫번째 후렴을 부르기 시작했을 때 라일은 갑자기 노래를 멈췄다. 존슨 모녀와 문지기 노인, 노래를 부르던 다른 몇 사람도 노래를 멈췄고―그의 아내와 아들은 처음부터 따라 부르지 않았다―피아노 반주자 역시 몇 소절을 더 연주하다 연주를 멈췄다.

고맙습니다. 라일이 나직한 어조로 말했다. 이 정도까지 해주셔서 고맙습니다.

그는 연단을 내려간 다음 아무도 쳐다보지 않은 채 똑바로 앞만 보며 통로를 걸어갔다. 그러는 동안 신도석에 있던 사람들은 지나가는 목사 쪽으로 고개를 돌리며 시선으로 그 뒤를 좇았다. 목사는 교회 뒤편에서 걸음을 멈추고 예로부터 내려온 축복의 몸짓으로 한 손을 들어 보였다.

주님께서 그대에게 복을 내리시고 그대를 지켜주시리라. 주님께서 그대에게 당신 얼굴을 비추시고 그대에게 은혜를 베푸시리라. 주님께서 그대에게 당신 얼굴을 들어 보이시고 그대에게 평화를 베푸시리라. 지금 그리고 영원토록. 아멘.

그런 다음 그는 몸을 돌려 오크로 짠 커다란 문을 열고 문 쪽을 등지고 섰다. 밖에서 뜨거운 바람이 불어왔다. 교회 앞쪽에서는 피아노 반주자가 건반 위로 피아노 뚜껑을 덮은 뒤 옆문으로 빠져나갔다. 문지기 노인이 다리를 절며 다가왔다.

이제 문을 닫을까요?

네, 괜찮다면 그래주세요.

오래가지 않을 거예요. 사람들이 화가 나서 그래요.

네, 알고 있습니다.

사람들이 그런 식으로 말해선 안 되죠. 교회 안에서 그런 언사를 쓰다뇨. 그건 옳지 않아요.

미처 마음의 준비가 안 돼 있어서 그랬던 거지요.

오래가지 않을 거예요. 이보다 더 나쁜 일도 봤으니까요. 노인이 말했다. 그는 몸을 돌리고 바깥 통로를 걸어간 다음 끝에 고리가 달린 장대로 높은 창을 닫기 시작했다.

신도들이 발을 끌듯 천천히 교회를 빠져나가기 시작했다. 찌무룩하고 언짢은 기분으로, 서로 말을 주고받지 않으면서 움직이는 불안한 무리. 그중 몇몇은 걸음을 멈추고 목사를 쳐다보았고 몇몇은 한두 마디 건네기도 했으나, 대부분은 아무 말 없이 조용히 교회를 떠났다. 존슨네 모녀가 다가와 라일과 악수를 나누었다.

전시에는 늘 이랬어요. 윌라가 말했다. 1940년대에도 이런 식이었어요. 베트남전 때도 그랬고. 국수주의와 증오와 두려움이 한데 섞여서 말이죠.

이제 어쩌실 거예요? 에일린이 물었다.

모르겠어요. 라일이 대답했다. 이 일로 제가 믿는 바가 바뀌지는 않을 겁니다.

그래요. 너무 낙담하지 마세요.

그러진 않으실 테죠? 월라가 말했다. 그들은 다시 한번 악수를 한 다음 밖으로 나갔다.

창문을 모두 닫은 문지기는 지하실 문을 닫기 위해 뒤쪽 층계를 내려갔다. 마지막까지 교회에 남아 있던 라일의 아내와 아들이 그에게 다가왔다. 앞서 있는 존 웨슬리는 아버지보다 키가 더 컸다. 라일이 아들의 손을 잡으려고 팔을 뻗었다.

싫어요. 아이가 말했다. 저한테 손대지 마세요. 정말이지 아버지가 미워 죽겠어요—아이가 말을 멈췄다. 어떻게 그럴 수가 있죠? 그러더니 아이는 몸을 홱 돌려 거리로 이어진 콘크리트 계단을 뛰어내려갔다. 그러고는 존슨네 모녀와, 자동차로 향하고 있던 다른 모든 사람들을 앞질러 두 블록 떨어진 거리에 있는 목사관의 자기 방을 향해 뛰어갔다.

라일의 아내가 다가왔다. 처음에 그녀는 아무 말도 하지 않았는데 아주 침착해 보였다. 가냘픈 몸매에 머릿결이 매끄러운 그녀는 여름용 블라우스와 스커트를 입고 있었다. 결국 이번에도 망쳐놓고 말았군요. 사람들이 어떻게 나올 줄 알았나요? 정말로 사람들이 당신 생각에 동감할 거라고 생각한 거예요? 당신의 웅

변과 열정에 감복할 줄 알았나요? 맙소사.

아니, 아니에요. 그렇게는 생각하지 않았소. 그래도 그 말을 해야만 했어요.

왜죠? 대체 무슨 이유에서 그랬던 거예요?

내가 그렇게 믿기 때문이오.

당신이 그렇게 믿는다고요? 문자 그대로 진심으로 그런 말을 한 거란 말이에요?

그래요. 그게 사실이에요. 그것이 여전히 내가 할 수 있는 유일한 답이오.

오, 맙소사. 그녀는 고개를 저으며 시선을 돌렸다. 당신은 정말 바보예요.

그는 눈부신 햇살 속으로 걸어내려가는 아내의 모습을 지켜보았다. 이제 태양은 바로 머리 위에 떠 있었다. 그는 큰문을 다시 닫고 교회 뒤편에 혼자 서서, 어둑하고 조용하고 텅 빈 실내를 바라보았다.

26

프랭크가 집을 나가 다시 돌아오지 않은 이후로 대드 루이스와 메리는 함께 덴버로 아들을 보러 간 적이 몇 번 있었다. 한번은 프랭크가 열아홉 살 때 성탄절을 얼마 앞두고 시내의 한 카페에서 일할 때였다. 그가 일하던 곳은 값비싼 곳도 고급스러운 곳도 아니었지만 햄버거 매장이나 스테이크 가게, 생선튀김 가게보다는 나은 곳으로, 뒷길까지 이어진 한 층짜리 건물에 자리잡고 있었다.

그들은 춥고 화창한 일요일 오후 차를 몰고 홀트를 출발했다. 당시 그들은 중년에 접어든 부부여서 대드는 아직 머리카락이 거의 그대로 남아 있었고 메리의 얼굴에도 아직 주름이 없었다. 고속도로를 따라 늘어선 옥수수밭과 그루터기만 남은 밀밭에 눈발이 흩날렸고 차가운 날씨에 가축들은 잔뜩 웅크리고 있었다.
덴버에 도착한 그들은 브로드웨이 한 모퉁이에서 그 카페를 찾
았다.

여기가 그곳이 맞아요? 대드가 물었다.

틀림없어요. 메리가 대답했다.

별로 대단해 보이지 않는걸.

제발, 시작하지 말아요.

내가 뭘 시작했다고 그래요.

그러면 그런 투로 말하지 말아요.

내 말투가 어때서?

그녀는 그를 쳐다보았다. 그리고 바보같이 굴지 말고요.

내가 그럴 수밖에 없다면 어떻게 할 거요?

일부러 바보같이 굴지 말라는 거예요. 그녀가 말했다. 까다롭
게 굴지도 말고요. 난 우리 만남이 유쾌했으면 좋겠으니까. 그동
안 내가 이 일을 얼마나 고대했는데요. 그리고 인정하지 않을 테
지만 당신 역시 그럴 테고요.

당신은 아는 게 많지만 그렇다고 모든 걸 다 아는 건 아니에
요. 대드가 대꾸했다.

차를 주차한 뒤 두 사람은 안으로 들어갔다. 카페는 붐비지 않
았다. 저녁 장사가 시작되기에는 너무 이른 시간이었고 점심식

사 시간은 두 시간 전에 끝나 있었다. 카운터에, '자리잡고 앉아 계세요'라는 표지판이 붙어 있었다. 그들은 측면 도로와, 자동차 엔진 덮개 위로 백열등이 걸린 줄이 길게 늘어뜨려진 중고차 매장이 내다보이는 창가 테이블에 앉았다. 흐린 겨울날 오후여서 전등은 벌써 켜져 있었다. 카페 실내는 흑백이 주색이었다. 카운터 앞 스툴은 모두 까만 플라스틱 제품이었고, 테이블보 역시 바닥의 흑백 타일에 걸맞은 체크무늬였다.

웨이터가 보이지 않는군. 대드가 말했다.

누가 오겠지요.

그애가 지금 일하고 있을 줄 알았는데.

지금이 그애의 근무시간이에요. 내가 아는 건 그것뿐이에요.

머리 양옆을 짧게 민 남자가 주방에서 나와 그들의 테이블로 다가왔다. 죄송하지만 저녁식사는 아직 시간이 되지 않았는데요.

그게 언젭니까? 대드가 물었다.

한 시간 더 있어야 합니다.

지금 먹을 수 있는 건 없나요?

저녁 메뉴에 들어 있지 않은 건 뭐든 드실 수 있습니다.

그런데 여기 메뉴판이 없는데요.

웨이터가 금전등록기 쪽으로 갔다가 비닐을 씌운 메뉴판 두 개를 가져왔다.

사실은 아들을 만나려고 기다리는 중이에요. 메리가 말했다. 프랭크가 지금 있나요?

프랭클린 말씀이신가요?

프랭크요. 대드가 말했다. 성은 루이스고.

아, 프랭클린 루이스라는 직원은 있습니다만.

열아홉 살이죠? 메리가 말했다.

아마 그쯤 됐을 겁니다.

우리가 왔다고 전해주실 수 있나요?

지금 휴식 시간이라 골목에 나가 있어요.

기다리는 동안 커피 좀 마실 수 있겠소? 대드가 물었다.

물론입니다. 제가 먼저 권해드렸어야 했는데요. 그는 카운터 뒤편으로 갔다가 커피포트와 흰 머그잔 두 개를 가져와 커피를 따라주고는 다시 카운터 뒤 스윙도어를 지나 주방으로 들어갔다.

프랭클린이라고? 대드가 말했다. 지금 그 이름을 쓰고 있는 건가?

모르겠어요. 크림 좀 넣을까요?

웨이터가 크림을 갖다주지 않았잖아요.

알아요. 메리가 일어나 테이블들을 둘러보다 카운터 너머로 몸을 기울이더니 조그만 금속 주전자를 찾아냈다.

이건 신선해 보이네요. 그녀가 말했다.

메리는 다시 자리에 앉았다. 대드가 자기 잔에 크림을 넣고 컵 안을 들여다보더니 한 모금을 마셨다.

맛이 괜찮아요?

대드가 고개를 끄덕였다.

그때 프랭크가 주방문으로 나왔다. 그는 그들을 보더니 다가와 테이블 옆에 섰다. 키가 크고 아주 야위었고 머리칼은 길게 자라 있었다. 한쪽 뺨에는 멍든 자국이 나 있었다.

결국 찾아오셨군요. 프랭크가 말했다. 그런데 아직 저녁을 드시기엔 너무 이른 시간인데요.

아까 웨이터가 그렇다더구나. 대드가 말했다. 그런데 그 사람이 네 이름이 프랭클린이라고 하던데.

지금은 그 이름을 쓰고 있거든요.

어째서 그런 거냐?

왜냐하면요. 제가 지금 변화를 꾀하는 중이거든요. 그것도 그 일부고요.

개명하는 것 말이냐?

그래요.

그건 네 본명이 아니잖니.

알아요. 그게 핵심이죠, 아빠.

대드는 길 건너 중고차 매장 쪽을 바라보았다.

여기 얼마나 계실 건가요? 프랭크가 물었다.

오늘밤 돌아가야 한다. 대드가 말했다. 그러고는 다시 고개를 돌렸다.

로레인이 성탄절 휴가 때 집에 올 거야. 메리가 말했다. 누나가 와 있는 동안 집을 비우고 싶지 않구나.

우리는 여덟시나 돼야 문을 닫아요. 그런 다음 제가 청소를 도와야 하고요. 그러니 시간이 꽤 늦을 거예요.

기다릴 수 있단다. 메리가 말했다. 그녀는 남편을 쳐다보았다. 안 그래요, 여보?

여기서 좀 일찍 보내주지는 않을까? 대드가 물었다.

그럴 수도 있겠지만 전 이 일자리를 잃고 싶지 않아요. 겨우 한 달밖에 안 됐거든요. 뭐 좀 드시겠어요?

햄버거 정도는 먹어도 좋을 것 같구나. 대드가 말했다.

감자칩도 좀 드려요?

튀김은 없니?

그건 아직 준비되지 않았어요.

프랭크가 주방으로 향했다.

아이가 너무 말랐어요. 메리가 말했다.

저앤 늘 마른 편이었지. 아마 마른 체질이 될 모양이오.

뺨에 멍자국 난 거 봤어요?

얻어맞은 자국이 분명해. 싸움질을 했거나 그랬을 거예요.

대체 왜 프랭크를 때리려고 했을까요?

그애한테 그 얘기는 꺼내지 말아요.

알아요. 그럴 생각은 없어요.

그렇게 나쁜 일은 아니었을 거요. 대드가 말했다. 싸움에서 졌다거나 그런 일은 아닐 거예요.

프랭크가 감자칩, 상추, 토마토, 양파를 곁들인 햄버거가 담긴 두꺼운 도자기 접시 두 개를 가지고 왔다. 그는 잠시 테이블 옆에 서서 얘기를 나누었다. 얼마 후 그의 또래인 청년 하나가 주방에서 나와 그의 곁에 섰다.

이쪽은 할런이에요. 프랭크가 말했다. 두 분을 뵙고 싶어했죠.

안녕하세요. 메리가 말했다.

청년은 팔을 뻗어 메리와 악수를 나눴다. 그의 머리 역시 길었다.

이쪽이 우리 아버지셔. 프랭크가 말했다.

그는 대드와도 악수를 나누었다. 자네는 이곳 덴버 출신인가? 대드가 물었다.

네, 선생님. 전 프랭클린이 오기 전부터 여기서 일했습니다.

그러면 여기 있은 지 꽤 오래됐겠군요. 메리가 말했다.

너무 오래됐지요. 그는 두 사람을 보았다. 이렇게 뵙게 돼서 반가웠습니다. 전 이제 주방으로 가봐야겠습니다. 그러면서 그는 프랭크의 뒤통수를 툭 쳤다. 프랭크가 고개를 돌리며 말했다. 조심해. 그러다 다친다고, 친구. 청년은 웃으면서 주방으로 들어갔다. 그가 보이지 않을 때까지 그쪽을 보고 있던 프랭크가 다시 부모에게로 고개를 돌렸다. 그들은 서로 얼굴을 마주보았다. 그때 두 여자와 한 남자가 카페 안으로 들어왔고, 프랭크는 그들을 맞으러 갔다. 프랭크의 모습을 지켜보던 두 사람은 곧 아들이 사람들을 응대하는 데 능숙하다는 사실을 알았다. 카페는 금방 사람들로 붐비기 시작했다. 카페 밖 거리에는 날빛이 희미해지고 있었다. 대드와 메리는 음식을 먹었다. 프랭크가 오자 그들은 파이를 주문했고, 곧 프랭크가 파이를 가져와 테이블에 내려놓았다.

제가 하워드에게 물어봤어요. 하워드 말이, 카페가 그렇게 바쁘지 않으면 일곱시 반에 가도 좋다고 했어요.

평소보다 삼십 분 일찍이구나. 대드가 말했다.

네, 거기에 청소를 하지 않아도 되고요. 어떻게 하고 싶으세요?

밖에서 너를 기다리마. 대드가 말했다.

식사를 마친 두 사람은 테이블에 돈을 놓고 자동차로 간 다음 관공서가 있는 거리로 향했다. 커다란 가로등에서 색색의 전등이 빛나며 관청 청사들의 전면을 밝게 비추고 있었다. 대드가 주

차를 한 다음 그들은 다른 사람들, 두꺼운 코트에 모자를 쓴 가족들과 아이들 틈에 섞여 건물 앞 보도를 걸었다. 성탄절을 맞아 건물에는 모두 조명이 들어와 있었고 나무의 헐벗은 가지에도 색색의 전구가 걸려 있었다. 그들은 박물관과 공공도서관을 지나쳐 걸은 다음 다시 차가 있는 곳으로 돌아왔다. 그리고 카페에서 가까운 측면 도로에서 프랭크가 나올 때까지 한 시간을 차에 앉아 있었다. 그들은 기다리면서 중고차 매장을 바라보았고 큰 유리를 통해 식사하는 사람들을, 테이블 시중을 들고 있는 프랭크를 지켜보았다. 모두가 식사를 하며 이야기를 나누고 있었다. 사람들과 대화하는 프랭크의 모습도 볼 수 있었다. 모두가 축제 분위기에 잠겨 행복해 보였다.

일곱시 삼십분이 지났소. 대드가 말했다.

여전히 바쁘네요. 메리가 대꾸했다.

이윽고 프랭크가 나왔다. 프랭크가 얇은 재킷 하나만 걸치고 목에 길고 때가 탄 목도리를 두른 채 뒷좌석에 오르자 그들은 그의 아파트를 향해 차를 몰았다.

오래되고 높다란 목조 주택들이 있는 거리는 어두웠다. 모퉁이에 있는 가로등 하나는 고장나 있었다. 그들은 차에서 내렸고,

프랭크가 열쇠로 문을 연 다음 3층까지 층계를 올랐는데, 그곳에는 널찍하고 황량한 복도에 공동 욕실 하나가 있었다. 어두운 거리에 면한 프랭크의 아파트는 방 한 칸짜리로, 비좁은 침대, 서랍장, 그리고 방구석에 커튼을 쳐놓아 만든 옷장, 전기 풍로, 보통 냉장고의 절반 크기만한 냉장고, 식탁보를 깔지 않은 식탁, 의자 두 개가 있었다. 벽에는 뉴욕의 야경이 담긴 포스터가 한 장 테이프로 붙어 있었다. 반대편 벽에는 '죽음보다는 적화赤化가 낫다'는 글귀 위에 인디언 여자가 있는 포스터가 있었다.*

앉으세요. 프랭크가 말했다. 차나 커피를 끓여드릴 수 있어요.

차가 좋겠다. 그의 어머니가 말했다.

그들은 식탁에 앉았다. 프랭크는 냄비에 물을 담아 풍로에 얹고 차와 설탕을 꺼낸 다음 선 채로 물이 끓기를 기다렸다. 대드는 방 건너편에 있는 포스터를 바라보았다. 저걸 믿니? 그가 물었다.

뭘 말이에요?

저 포스터에 있는 글귀 말이다.

전 아무도 죽이고 싶지 않아요. 프랭크가 말했다.

---

* 1950년대 후반에 유행했던 냉전시대의 슬로건. 냉전시대가 끝난 후 미국 원주민의 권익을 주장하는 슬로건으로 변형되어 쓰이기도 했다. 이 경우 '적화(red)'는 인디언의 피부색을 의미한다.

내 말은 그런 얘기가 아니다.

걱정 마세요, 아빠. 제가 뽑힐 확률은 아주 낮아요. 저는 징집되지 않을 거예요.

그 소식은 언제 들었니? 메리가 물었다.

두어 달 전에요.

우리한테 말하지 않았잖아. 우린 걱정했단다.

전 운이 좋았죠.

물이 끓자 프랭크가 잔 세 개에 물을 부어 차를 만들었다. 그는 자기 잔을 들고 방 건너편에 있는 침대에 앉았다.

방안은 따뜻했다. 그들은 빈약한 가구를 둘러보았다.

최근에 누나 만난 적 있니? 메리가 물었다.

누나가 여기 와서 주말을 함께 보냈어요. 제가 포트콜린스로 가기도 했고요.

네 누나는 잘하고 있는 것 같더구나. 네 생각도 그러니?

네. 누나는 잘하고 있어요.

성탄절에 집에 올 생각이니? 너를 보면 좋을 텐데 말이야.

저 일해야 해요, 엄마.

하루도 빠질 수 없는 거니?

어쩌면 가능할지도 몰라요. 사장이 뭐라고 할지 두고 봐야 해요. 좀 두고 보죠.

넌 그럴 생각이 없다는 의미로구나. 대드가 말했다.

어떻게 될지 모르겠다는 의미예요. 프랭크가 말했다.

그는 일어서더니 자기 잔을 방 건너로 가져갔다.

다 드셨어요?

그는 그들의 잔도 가져다 구석에 있는 작은 싱크대에 쌓았다.

네 성탄절 선물을 가져왔어. 메리가 말했다. 네게 뭐가 필요한지 몰라서. 그녀는 핸드백을 열더니 봉투를 하나 꺼냈다. 거기에는 붉은 잉크로 그의 이름이 적혀 있었다. 그녀는 그 봉투를 프랭크에게 주었다. 프랭크가 봉투를 열어보았다. 성탄절 카드와, 오십 달러짜리 지폐가 들어 있었다.

고마워요, 엄마. 그는 허리를 숙여 엄마에게 키스를 했다. 아빠도요.

별말을 다 하는구나.

두 분께 드릴 선물을 준비하지 못해서 죄송해요.

그건 아무래도 괜찮다. 얘야.

내가 내려가서 차를 좀 덥혀놓는 게 좋겠군. 대드가 말했다.

벌써 가야 해요?

늦었어요. 집까지 가려면 두 시간 반은 걸리니까.

대드는 프랭크를 바라보았다. 또 보자꾸나. 몸조심하거라. 그런 다음 그는 밖으로 나왔다. 방에 있던 두 사람의 귀에 나무 층계를 내려가는 그의 발소리가 들렸다.

잠시 후 메리가 일어나 코트 단추를 채우고 프랭크를 포옹했다.

돈은 네 아빠 생각이었어. 내가 아니라 네 아빠가 생각한 거야. 네가 그 사실을 알았으면 좋겠구나.

고마워요. 엄마. 저도 알아요.

내가 아빠에게 얘기해도 되겠니?

좋으실 대로 하세요.

여기서 지내기 괜찮은 거니, 얘야? 알고 싶구나. 너한테선 도무지 아무 얘기도 들을 수 없으니 말이야.

네, 전 괜찮아요.

엄마한텐 사실을 말해야 한다.

물론이죠.

매번 너한테 전화할 때마다 아빠는 네가 뭐라고 했는지 알고 싶어해서. 네가 어떻게 지내는지 알고 싶으신 거야.

최선을 다하고 있어요, 엄마. 드릴 수 있는 말씀은 이게 다예요. 최선을 다해서 살아가고 있다고요. 아빠에게도 이 얘기를 해주세요.

그녀는 복도로 나와 층계를 내려갔다. 프랭크가 뒤따라왔다.

길에서 그녀는 아들을 한번 더 꽉 끌어안은 다음 보도 연석에 대 놓은 자동차로 향했다. 그녀는 차에 올라탄 다음 코트도 없이 길 에 서 있는 아들 쪽을 바라보았다. 그녀가 차창을 내렸다.

어서 들어가거라, 얘야. 밖이 춥구나.

그들은 덴버를 출발해 홀트 카운티가 있는 동쪽을 향해 평원 을 달렸다.

내가 술을 마실 줄 알면 좋겠어요. 그녀가 말했다. 그녀는 차창 밖으로 스쳐가는 전원과 어둡고 맑은 하늘을 내다보고 있었다.

뭐라고요?

술을 마실 줄 알면 좋겠다고요. 술꾼이었으면 말이에요. 하지 만 나는 술을 좋아한 적이 없었어요.

토할 것 같아요? 차를 세울까?

지금이 적당한 때일지도 몰라요.

술을 마시기 시작하기에 그렇단 얘기요?

그래요.

대체 왜 그래요? 지금 무슨 얘기를 하는 건지 모르겠군.

오늘 무슨 일이 있을 거라고 생각했나요? 그녀가 물었다.

오늘 무슨 일이 일어날 거라곤 별로 생각하지 않았는데.

당신이 맞았어요. 사실 그랬죠.

지금 기분이 언짢은 거요?

언짢아요. 난 우리가 그애와 아무 접촉도 없다는 사실이 실망스러워요. 어떤 식이든 이보다는 나았을 거예요. 아까 거기서 있었던 정도의 일보다 나은 일이 있기를 바랐어요. 당신이 내게 그애에게 줄 돈을 주고, 나는 그 돈을 성탄절 카드 봉투에 넣었죠. 그런데 그애는 우리한테 뭔가를 줄 생각조차 하지 않았어요. 우리는 카페에서 일하는 그애를 보고, 그애와 함께 지저분하고 낡은 건물에 있는 그애의 더럽고 좁아터진 아파트에도 가고 차를 마시며 오 분 정도 대화를 나누었어요. 그런 다음 당신은 차를 덥혀놓겠다며 밖으로 나갔고 그걸로 끝났죠.

뭘 기대했어요?

나는 유쾌한 만남을 원했어요. 당신에게 말했듯이 말이에요. 우리와 우리 아들 사이에 뭔가 남아 있는 게 있을 거라고 생각했어요. 우린 아들을 잃고 말 거예요. 그녀가 말했다. 당신, 모르겠어요?

우리는 벌써 오래전에 그애를 잃었어요.

당신이 잃은 거죠. 나는 잃지 않았다고요.

대드는 고속도로로 접어들어 앞에 달리는 트럭을 추월했다. 그들이 탄 차는 캄캄한 어둠 속에서 차체가 높고 길쭉한 트럭을 그대로 앞지른 다음 속력을 더했다. 그는 그녀를 바라보았다. 나도 술을 마셨으면 좋겠다고 생각해요?

아뇨. 그런 문제를 만들어서 우리를 괴롭힐 생각은 없어요. 그렇잖아도 충분히 괴로우니까.

그러고 나서 그녀는 대드가 집 앞에 차를 세울 때까지 남은 시간 동안 선잠이 들었다. 집은 온통 캄캄했다. 로레인은 아직 집에 오지 않았다. 아직 마을 어딘가에서 친구들과 어울리고 있는 것이었다. 거의 자정이 가까운 시각이었다. 이 시각까지 그들이 자지 않고 깨어 있어본 것도 오랜만의 일이었다. 부부는 한동안 불을 켜지 않은 집을 바라보며 그 자리에 앉아 있었다. 이윽고 대드가 시동을 껐다. 두 사람은 집안으로 들어가 집 안쪽 아래층에 마련된 그들의 익숙한 침실에 나란히 누워 잠들었다.

27

호스피스 간호사가 다녀갔다. 예의 체구가 작고 민첩하고 능률적인, 미소가 보기 좋은 여자였다. 7월 하순에 접어든 어느 무더운 날 늦은 아침이었다. 간호사는 아홉시 직후에 도착했는데, 그녀가 왔을 때 대드는 다시 침대로 돌아간 참이었다. 아침식사를 하기 위해 일어나 모닝커피를 마시고 버터 바른 작은 토스트 하나를 커피에 적셔 먹고, 그런 다음 거실 창가에서 한 시간 동안 푸른 잔디밭과 그늘을 드리운 나무를 내다보며 앉아 있다가 안쪽 방 침대로 돌아가 누운 것이었다. 간호사는 그곳에서 그를 간호했다.

그녀는 혈압과 맥박과 체온을 재고 몸 상태가 어떤지 물어보았다. 그는 아마 좀더 나빠진 것 같다고, 확실히 알 수는 없지만 이제 기력이 더 빨리 없어지는 것 같다고 했다. 간호사가 통증은 어떤지, 규칙적으로 약을 복용하는지 묻자, 그는 괜찮다고, 그럭 저럭 견딜 만하다고 대답했다. 간호사는 다시, 통증을 굳이 참고 견딜 필요는 없다고, 통증을 누그러뜨릴 수 있다고 했다. 그는 시선을 돌리면서, 그건 자신도 알고 있다고 했다. 그런 다음 간호사는 그가 약을 충분히 복용하고 있는지 알기 위해 약을 확인 했다. 그녀는 그 밖에 또 어떤 문제가 있느냐고 물었고, 그는 달 리 떠오르는 문제가 없노라고, 이렇게 와주어서 고맙다고 했다. 그리고 침대 발치에서 그 광경을 지켜보며 대화를 듣고 있는 메 리와 로레인을 바라보았다. 간호사가 몸을 앞으로 기울여 그의 손을 잡아 다정하게 쥐면서, 또 오겠다고, 뭐든 필요한 것이 있 으면 밤이든 낮이든 상관없으니 전화를 해달라고 한 다음 도구 를 챙겨 자리를 떴다.

메리와 로레인이 그녀를 배웅하러 밖으로 나왔다. 그들은 은 백양나무 그늘 아래에 섰다. 이제 얼마나 남은 것 같나요? 로레 인이 간호사에게 물었다.

아마 이 주쯤이요. 때론 불시에 돌아가시는 경우도 있고요. 열 흘쯤이라고 보시면 될 거예요.

우리가 해야 할 일은 없을까요?

그런 건 없을 것 같네요. 환자분께서는 이렇게 보살핌을 잘 받고 계시니 운이 좋으신 거예요. 그렇지 못한 환자들이 많거든요. 하지만 두 분도 스스로를 잘 돌보셔야 해요. 그 점은 잊지 마셔야 합니다.

우리는 나중에라도 쉴 수 있어요. 메리가 말했다.

네. 간호사가 말했다.

그녀는 차에 오른 다음 거리 저편으로 떠났다. 길은 덥고 메말라 보였다. 자동차 뒤로 흙먼지가 피어올랐다.

두 사람이 집안으로 들어가 보니 대드는 다시 잠들어 있었다. 오전 느지막한 시간에 루디와 밥이 그에게 상점 장부를 보여주러 왔을 때 모녀는 대드를 다시 깨웠는데, 깨우지 않으면 그가 실망하리라는 것을 알기 때문이었다.

열린 침실 창문으로 더운 바람이 들어왔지만 그래도 대드는 모포로 몸을 감싼 채 침대에 누워 있었다. 이제 그는 베개를 등에 받치고 있었으며, 루디와 밥은 의자 두 개를 침실로 가져왔고 로레인도 두 사람을 따라 들어와 방구석에 늘 놓여 있는 큰 의자에 앉았다. 대드는 두 남자 쪽을 쳐다보았다.

로레인도 이 자리에 참석할 걸세. 대드가 말했다. 지난번에 얘기했던 대로 말이야.

알고 있습니다, 사장님. 루디가 말했다.

좋아. 자네들이 기억하는지 몰랐군.

아뇨, 저희도 기억하고 있습니다.

자네들은 어떤가? 요즘은 잘들 지내고 있나?

저희는 잘 지냅니다. 사장님도 잘 지내고 계신지 궁금하군요.

나는 죽어가고 있는 것 같네. 느낌으로 알 수 있지.

통증이 있으신가요?

그리 심하지는 않네.

통증이 있으세요. 로레인이 말했다. 그런데도 진통제를 제대로 드시려고 하지 않아요.

약을 잘 드셔야 합니다, 사장님. 밥이 말했다.

좀더 나빠지면 약을 제대로 먹을 거야. 되도록 맨정신으로 있고 싶어서 그런다네. 머리를 혼란스럽게 만들고 싶지 않아.

네, 통증이 심하지 않으시다면 몰라도 말이죠. 저희는 사장님께서 너무 고통스러워하지 않았으면 합니다.

고맙네. 모두 같은 말을 해준다네.

아버지는 저희 말을 들으려고 하지 않으세요. 로레인이 말했다.

네, 사장님은 늘 주관이 뚜렷하셨죠. 밥이 말했다.

지금도 그렇네. 대드가 말했다. 아무튼 어느 정도는 그렇다고 할 수 있지. 내가 벌써 여기 없는 사람처럼 말하는군. 그렇다고 동정받는 것도 내가 원하는 바는 아닐세. 그 점은 명심해두라고. 그는 두 남자를, 그다음에는 로레인을 바라보았다. 좋아, 내게 장부 좀 보여주겠나? 서두르는 게 좋을 걸세. 이젠 툭하면 잠들어버리니까. 벌써 졸리운걸.

루디가 일어나서 대드 옆 침대 위에 장부철을 놓아주었다. 대드가 장부를 집어들었다. 내 안경 좀 이리 주겠니, 얘야? 그가 말하자 로레인이 안경을 갖다주었다. 대드는 장부를 잠깐 들여다보더니 장부철을 침대 건너편 딸에게로 밀어주었다. 네가 한번 보렴. 그가 말했다.

그럴게요. 장부를 여기 두고 가줄 수 있나요?

저희한테 사본이 있습니다. 밥이 말했다.

제가 나중에 장부를 좀 볼게요.

상점에서는 모든 일이 제대로 돌아가고 있나? 대드가 물었다.

네, 사장님. 이번주에는 특별히 말씀드릴 만한 문제는 없습니다.

문제가 있다고 해도 내가 크게 신경쓰지는 못할 걸세. 그러기엔 너무 피곤해.

사장님은 쉬십시오. 그게 최선이죠. 일은 저희에게 맡겨두시고요.

대드는 그들을 잠시 살펴보았다. 지난번 자네들이 가고 난 뒤에 그 노부인에 대해 다시 한번 생각해보았네. 그 사람이 머릿속에 떠올랐지. 여기 누워 있는 동안 말일세. 그 사람 이름이 뭐였지?

스프레이그 부인입니다. 루디가 말했다. 냉동고를 산 그 노부인 말씀하시는 거죠?

그래, 그 여자 말이야.

생각이 바뀌신 건가요? 냉동고를 회수해 올까요?

아닐세. 그 부인이 홀로 지내고 있다고 했지?

제가 알기로 거기에 그분 말고는 아무도 없습니다. 전부터 그랬어요. 사람들 모두가 알고 있는 한 그렇습니다.

자네들이 그 부인을 도와주었으면 좋겠네.

어떻게 도와드리라는 말씀이신지?

그건 모르겠네. 하지만 뭔가 그분을 도울 방도를 찾아봐주게. 누군가 들여다볼 사람을 찾든가 말이야.

그럴 만한 사람을 고용하라는 뜻인가요?

그 비슷한 일일세. 방법은 자네들이 생각해내봐. 로레인이 거들어주면 되겠군. 나는 그 부인이 그 집에서 내내 혼자 지내게 하고 싶지 않아.

네, 그건 저희가 알아서 할 수 있어요. 로레인이 대답했다.

그 비용은 상점에서 지불하게. 부인을 보살펴줄 만한 사람을 구하라고. 나이가 지긋한 부인네든 누구든. 하지만 그 일을 관리할 필요는 있어.

그렇게 하겠습니다. 루디가 말했다.

그리고 한 가지가 더 있네. 오클라호마에서 왔다는 그 플로이드라는 친구도 생각났다네.

그 사람 이야기가 생각났다는 말씀이신가요?

물에 빠져 죽었다는 사람 말이야. 대드가 말했다. 그 일은 더이상 우습지 않네. 그 남자는 뱃전을 넘어 호수 속으로 들어갔다가 나오지 않은 거야. 그는 살아 있는 사람이었다가 죽었어. 그의 삶은 텍사스에서 온 한 친구가 어떤 콤바인 수확꾼에 대해 우리에게 늘어놓은 이야깃거리 이상의 의미를 가져야 마땅해.

저희가 그 일에 대해서도 뭔가 하기를 원하시는 건가요? 루디가 물었다. 저는 그 일에 대해 우리가 뭘 할 수 있을지 모르겠는데요.

아냐. 그저 하는 말일세. 자네들한테 내가 여기 누워서 한 생각을 이야기하는 것뿐이야. 그 사건이 내게는 더이상 우스운 얘깃거리가 아니라는 거라네. 어쨌든 오늘 아침엔 그렇다네.

사장님께서 그렇게 생각하신다면 그렇겠지요. 밥이 말했다.

그래, 그게 내 생각일세.

그러면 저희는 그 문제를 다시 거론할 필요가 없겠군요.

대드는 시트 위에 있던 한 손을 들어 앞뒤로 살펴보더니 다시 내려놓았다. 앞으로 자네들을 다시 보게 될지 어떨지 모르겠군.

대드가 말했다. 아마 그렇게 될 가능성이 높겠지. 하지만 이 자리에서 두 사람에게, 우리가 상점에서 함께 보낸 모든 세월을 내가 고맙게 생각한다는 점을 알려주고 싶네. 난 자네들을 신뢰했네. 자네들을 믿었지. 자네들 두 사람은 내게 그냥 고용인 이상의 의미가 있었네. 자네들은 내게 친구 같은 존재였어. 그 점을 알아주기 바라네. 말을 하는 동안 대드의 눈에 눈물이 고였다.

고맙습니다, 사장님. 밥이 말했다. 저희도 그렇게 생각하고 있습니다.

어쨌든 그 점을 알아주었으면 하네. 그걸 자네들에게 직접 말해주고 싶었지.

이제 두 남자의 눈에도 물기가 어렸다. 한쪽은 키가 크고 한쪽은 키가 작은 두 사람은 더운 방안에서 양손을 무릎에 놓은 채 딱딱한 나무의자에 나란히 앉아 있었다.

자, 이제 됐네. 대드가 말했다. 앞으로 로레인이 상점 주인일세. 전에 얘기했던 것처럼 말이야. 어쨌든 한동안은 그렇게 할 거야. 그리고 자네들 두 사람은 계속 함께 보조 관리자 역할을 해주면 되네.

그들은 아무 대꾸도 하지 않았다.

내 말 알아듣겠나?

이전에 하신 말씀으로 저희도 알고 있는 사실입니다, 사장님.

그리고 서로 잘해나갔으면 하네. 나쁜 감정 따위는 모두 잊고.

나쁜 감정 같은 건 없습니다. 루디가 말했다.

그럼 됐네. 한 가지 더 할말이 있네. 두 사람 각자에게 만 달러씩 보너스를 주고 싶네.

그게 무슨 말씀이세요, 사장님? 저희는 그런 건 기대도 하지 않았는데요.

이제 내 말을 끊지 말게. 이 일에 대해선 자네들이 아무것도 말할 필요가 없어. 내내 이런저런 생각을 하며 누워 지냈다네. 이게 내가 원하는 바일세. 그는 잠시 말을 끊고 그들을 차근차근 살펴보았다. 이제 힘이 드는군. 괜찮다면 이쪽으로 좀 오게나.

두 남자는 그를 쳐다보았다.

이쪽으로 오라고. 좀더 가까이 오라는 걸세. 그들은 천천히 의자에서 일어나 침대 곁으로 다가갔다. 대드가 팔을 뻗어 루디와, 그다음에는 밥과 악수를 했다. 그동안 고마웠네. 자네들이 나를 위해서 해준 일 말일세. 이제 잘 가게.

안녕히 계십시오, 사장님. 저희는 늘 사장님 생각을 할 겁니다.

그들은 침대 맞은편에 있는 로레인 쪽으로 시선을 보냈다. 그녀는 방구석에 놓인 의자에 앉아 소리 죽여 울고 있었다. 거실로 나온 그들은 그 자리에 서서 부엌 쪽을 바라보았다. 메리가 그들이 나온 것을 알아차리고 거실로 나왔다.

저희가 뭐든 할 수 있는 일이 없을까요? 루디가 슬픈 어조로
물었다.

그이가 얘기를 좀 할 수 있던가요?

네. 말씀을 좀 하실 수 있었지요. 저희에게 몇 가지 말씀을 하
셨어요. 그분이 그리울 겁니다. 그것밖에 드릴 말씀이 없네요.

침실에서는 로레인이 침대로 다가가 대드 옆에 누웠다.

괜찮으세요, 아빠?

그래, 괜찮다.

그녀는 아버지의 손을 잡았다.

일이 잘됐어. 그렇다고 생각하지 않니? 그가 물었다.

그래요. 저이들이 아버지 생각을 끔찍이 한다는 걸 아셨겠죠.

그러게, 나도 저 친구들 생각을 많이 해. 하지만 그들은 늘 별
로 말이 없어. 나한테도 별로 말이 없었고.

아빠가 말을 하게끔 하지 않으시니까요. 그런 적이 없었죠.

그래서 그런 거라고 생각하니?

그래요.

그건 모르겠구나. 잘 모르겠어.

28

그 일이 있고 나서 며칠 동안 라일은 마을을 배회하기 시작했다. 아내와 아들과 함께 저녁식사를 마친 후 해가 떨어지고 나면 그는 웃옷을 걸치고 모자를 쓴 차림으로 산책을 나섰다. 보통 아홉시나 열시가 되고 나서야 산책을 시작했다.

그는 홀트 중심부와 밝은 가로등에서 되도록 멀찍이 떨어져 걸었다. 어쩌다 메인 스트리트를 가로질러야 할 일이 생기면 거리에 사람이 없을 때까지 기다린 다음 길을 건너고 어두워진 인도를 오르내렸고, 철로를 넘어 잡초가 무성한 공터에 작은 집들이 드문드문 있을 뿐인 북쪽으로 향했다. 마을 가장자리에 이르면 그는 바람에 씻기고 별이 빛나는 들판을 바라보다가 다시 방향을 돌려 사람들이 사는 구역으로 걸음을 옮겼다.

집들이 있는 곳에 이르면 그는 나무 아래 어둑한 곳에 서서 여름밤이라 열어놓은 창을 통해 사람들을 지켜보았다. 자잘한 드라마, 일상의 순간들. 방을 돌아다니고, 식탁에서 음식을 먹고 일어나고, 푸른빛으로 깜박이며 어른거리는 TV 화면 앞을 가로지르다 이윽고 전등을 끄고 어두워진 방을 나가는 사람들. 그러는 동안 그는 바깥에서 혹시라도 사람들이 방으로 다시 들어오는지 보려고 서 있었다.

한번은 가운을 입고 소파에 앉아 있는 여자 앞에 무릎을 꿇는 내의 차림의 남자가 보였다. 남자는 여자 쪽으로 얼굴을 들어올린 자세였는데, 여자는 상체를 앞으로 기울이더니 남자를 자기 쪽으로 끌어당기며 남자의 성긴 머리카락을 손가락으로 훑듯이 어루만지다가 양손으로 그의 얼굴을 감싸고 오랫동안 키스를 했다. 얼마 후 남자는 자리에서 일어나 등을 긁었고, 여자는 꼼짝 않고 그 자리에 앉아, 머리가 온통 헝클어진 남자가 멀어져가는 모습을 지켜보았다.

어느 날 밤 그가 어느 집 앞에 너무 오래 서 있는 바람에 어떤 사람이 경찰에 신고를 했다. 실제로 그는 전화를 거는 남자의 모습을 지켜보고 있었다.

경찰차가 보도 옆에 멈춰 서더니 경관이 모자를 쓰고 차에서 내렸다.

여기서 뭐하는 겁니까? 경관이 물었다.

그저 서 있는 것뿐입니다. 라일이 대답했다.

사람들이 선생이 자기 집을 엿보고 있다고 신고했습니다.

사람들을 언짢게 할 의도는 없었습니다. 나 때문에 사람들이 언짢았다면 미안하게 됐군요.

신분증 좀 보여주시겠습니까?

지금 내게 무슨 혐의를 두는 건가요?

운전면허증을 보여주세요.

라일은 지갑을 꺼내 경관에게 면허증을 보여주었다. 경관은 손전등으로 면허증을 살펴본 다음 라일의 얼굴에 불을 비췄다.

롭 라일. 이게 선생의 이름입니까?

그래요.

목사님이시군요.

그래요.

무슨 일이 있습니까? 여기서 뭘 하고 계신 겁니까?

그저 산책중입니다. 마을을 둘러보고 있던 참이에요.

가족분들도 목사님이 어디 있는지 알고 있습니까?

우리 가족은 내가 산책하는 걸 알고 있습니다.

목사님은 남의 집을 들여다보는 게 꺼림칙하지 않으십니까? 그래도 괜찮다고 생각하나요?

내가 무슨 해가 될 일을 하고 있다고는 생각하지 않았어요. 그럴 의도가 아니었다고요.

아무튼 이 집 사람들은 그런 짓을 좋아하지 않는군요. 이 집 남자가 목사님을 신고했습니다.

뭐라고 신고했나요?

목사님이 집안을 들여다보고 있다고 했습니다.

그가 자기 집에서 뭘 하고 있었는지도 말했습니까?

그런 말을 왜 해야 합니까?

밤에 자기 집에 있는 사람들. 그들의 이런 평범한 삶. 그들이 채 인식하지 못하는 사이에 지나가는 삶이지요. 나는 거기에서 뭔가를 되살리기를 바랐습니다.

경관이 그를 빤히 쳐다보았다.

소중한 일상을요.

목사님이 지금 무슨 말을 하고 있는 건지 모르겠지만 어서 가던 길을 가는 게 좋을 것 같군요.

예전에 나는 사람들이 유해한 존재인 줄 알았습니다. 잔인한 존재라고 생각했죠. 아내를 때리는 남편처럼요. 하지만 그런 것을 보지는 못했어요. 어쩌면 그 모든 일은 커튼 뒤편에 가려져 있을지도 모릅니다. 누군가를 때리려고 할 때 사람들은 먼저 커튼부터 치는지도 몰라요.

꼭 그런 건 아닙니다.

그런데 내가 본 것은 상대방에 대한 다정한 태도입니다. 여름 날 밤에 그저 함께 보내는 시간. 이 평범한 삶 말이에요.

뭐 대체로 사람들은 아주 선하죠. 대부분은 그렇습니다. 모두가 다 그런 건 아니지만. 나는 다른 면이 있다는 것도 알고 있어요.

라일은 주위의 집들을 둘러보았다. 경관이 그런 그를 지켜보았다.

이제 가는 게 좋겠습니다. 사람들은 목사님이 자기 집 창문 안을 들여다보는 걸 좋아하지 않아요. 좋은 의도든 나쁜 의도든 말입니다. 난 여기서 목사님이 갈 때까지 기다릴 겁니다.

토요일 밤 그가 34번 고속도로에서 한 블록 떨어진 홀트의 동쪽 지역을 산책하고 있을 때, 픽업트럭을 탄 두 남자가 다가왔다.

당신, 목사님이 맞소?

라일이 그들을 바라보았다. 그렇습니다.

그럴 줄 알았지. 거기 잠깐 멈춰봐요.

그들이 차에서 내려 다가왔다.

그런데 여기서 뭘 하고 있는 겁니까, 목사님? 밤공기라도 쐬고 있는 겁니까?

맞아요.

꽤 늦은 시간인데. 어째서 이런 시간에 여기까지 나온 거요?

무슨 할말이 있나요? 라일이 물었다.

그래요. 첫번째 남자가 그렇게 말하더니 다짜고짜 라일의 따귀를 때렸다. 라일이 주춤하며 뒷걸음치자 두번째 남자가 다가왔다. 소감이 어때? 첫번째 남자가 말했다.

라일은 아무 대꾸도 하지 않았다.

사랑에 대해 지껄여보시지. 남자가 말했다. 이제 다른 쪽 뺨도 내밀어보라고.

아, 그것 때문이군요. 라일이 말했다. 이제야 알겠네요.

그럼 이게 뭣 때문이라고 생각한 거지?

아까는 몰랐습니다.

벌써 잊었다는 거군.

아닙니다.

그래, 잊지 않았다는군. 두번째 남자가 말했다. 이 작자는 여전히 버림받은 탕아들을 사랑해. 아직도 그런 사랑을 품고 있다고.

첫번째 남자가 말했다. 당신 그걸 모두 믿고 있군, 안 그래?

그래요.

그가 다시 한번 라일의 뺨을 때렸다. 라일이 비틀거리며 뒷걸음질쳤다. 한 손으로 입을 훔치자 뺨에 피가 얼룩졌다.

자, 이제 뭐라고 지껄일 거야?

이런 짓 그만두시죠. 라일이 말했다. 이런다고 얻을 건 아무것도 없을 테니까.

이 작자는 자기가 뭔가 증명했다고 생각하는 모양인데.

그런가?

아닙니다.

하지만 이젠 나를 증오할 테지, 안 그래?

난 당신을 증오하지 않습니다. 그렇다고 좋아하는 것도 아니지만.

내가 한번 더 때리면 나를 증오하게 될 거야.

자, 이제 그만 가자고. 다른 남자가 말했다. 누가 우리를 볼지도 모르잖아.

좋아. 볼일은 다 봤으니까. 하지만 당신 입조심하는 게 좋을 거야, 목사. 당신이 지껄이는 말에 신경을 쓰라고. 그러지 않으면 진짜 곤경에 처할 테니까.

그들은 픽업트럭 쪽으로 돌아갔다. 전조등이 켜지고 차는 고속도로 쪽으로 향했다. 라일은 차가 모퉁이를 돌아 사라질 때까지 지켜보다가 거리에 늘어선 집들을 바라보았다. 불이 켜진 집

은 없었다. 그는 하늘에서 깜박이는 수많은 별들을 올려다보다
가 이윽고 메인 스트리트를 가로질러 목사관 쪽으로 향했고, 깊
이 잠든 주거 지역에 접어들었다. 목사관에 도착한 그는 욕실 세
면대에서 얼굴을 씻었다. 욕실 문간에 아내가 나타났다.

무슨 일 있었어요?

그가 그녀 쪽으로 고개를 돌렸다. 그의 얼굴은 멍자국이 나고
부어 있었다.

오, 맙소사. 이번엔 또 무슨 일이에요?

남자 둘이 나를 세우더니 그중 하나가 나를 때렸어요.

왜요? 당신이 뭘 했길래요?

내가 교회에서 한 설교 때문에.

그 사람들이 그걸 어떻게 알았죠? 교회에 있던 사람들인가요?

아니오. 하지만 꼭 교회에서 들었을 필요는 없지. 모두가 다
그 얘기를 들어서 알고 있을 테니까.

그 사람들이 누군지 전혀 모르겠어요?

전에 본 적이 없는 사람들이었어요.

그래서 당신은 이제 어떻게 할 거예요?

얼굴을 씻고 잘 거요. 그가 말했다.

경찰에 신고도 하지 않을 거예요?

그래요.

왜죠?

이건 법에 관한 문제가 아니니까. 경찰 보호를 받을 일도 아니고.

그녀는 남편의 부은 얼굴과 셔츠에 묻은 피를 바라보았다. 이만하면 나도 참을 만큼 참은 것 같아요. 난 덴버로 돌아가겠어요. 이건 너무하다고요.

아침에 얘기합시다.

싫어요. 난 얘기 끝났어요. 너무 분명해요.

그녀는 몸을 돌려 침대로 가버렸다. 그는 거울에 비친 자신의 모습을 보고는 세면대 위로 몸을 굽혀 다시 한번 찬물로 얼굴을 씻기 시작했다.

그가 침대로 가보니 아내는 아직 깨어 있었다.

당신 괜찮은 거예요? 그녀가 물었다. 크게 다친 건 아니에요?

그렇게 많이 다친 건 아니에요.

우리 삶이 이런 식이 될 거라고는 꿈에도 생각지 못했어요, 안 그래요?

그래요. 하지만 당신은 그 사람에게 돌아가서 위안을 얻을 수 있을 테지. 그게 당신 계획이오?

난 아무 계획도 없어요. 이곳을 떠나는 것 말고는. 그리고 직장을 구할 거예요.

그는 어쩌고?

누구 말이죠? 존 웨슬리 말이에요?

그애도 그렇고. 하지만 내 말은 당신 친구를 말한 거였어요.

그를 보지 못한 지 이 년이 넘었어요.

그 사람하고 대화한 적 없어요?

내가 언제 그와 대화를 하겠어요?

언제든. 내가 집에 없을 때 말이오.

아뇨. 그 사람하고 끝냈다고 말했잖아요. 우리 사이엔 더이상 아무것도 없어요.

하지만 돌아가면 다시 시작할 테지.

난 거기엔 관심 없어요. 나도 지쳤어요. 나까지 누군가에게 맞은 느낌이라고요.

29

그 주 초반의 어느 날 정오가 되기 조금 전, 이웃 버타 메이네 집으로 간 로레인은 앨리스와 함께 나와서 34번 전국 고속도로가 있는 동쪽으로 달린 다음 존슨네 집이 있는 남쪽 자갈길로 접어들었다.

차가 시골집 쪽으로 방향을 틀자 존슨 모녀가 밖으로 나와 포치에 나란히 서서 그들이 차에서 내리기를 기다렸다. 두 모녀는 민소매의 얇은 면 원피스 차림이라 정오의 열기에도 불구하고 시원해 보였다. 어서들 와요. 윌라가 말했다. 어서 들어와요.

우리 왔어요. 로레인이 말했다.

우리 귀여운 아가씨는 어떻게 지내? 포치에 다가온 앨리스에게 윌라가 인사를 건넸다.

아주 좋아요. 앨리스가 대답했다.

잘 있었니, 얘야. 에일린이 인사했다.

그들은 앨리스와, 그다음으로 로레인과 포옹했다. 제가 이것
도 가져왔어요. 로레인이 말하며 포도주병을 치켜들어 보였다.

그들은 집 북쪽 마당의 느릅나무 아래에서 점심을 먹었다. 음
식을 밖으로 내와 나무로 된 오래된 피크닉 테이블에 차리기로
했다. 누가 이것 좀 칠해야겠어. 월라가 말했다. 이것 좀 봐. 테이
블이 칠이 벗겨진데다 바짝 말랐잖아.

뭔가 덮으면 되죠 뭐. 로레인이 말했다.

그들은 음식을 담은 접시를 흰 행주를 덮어 내왔다. 과일을 곁
들인 치킨 샐러드, 시골풍 감자 샐러드, 디너 롤빵 등이었다. 앨
리스가 오래되고 얇고 우아한 모양에 손으로 그린 파란 포도 그
림이 있는 접시들을 날랐다.

피크닉에 쓰기에는 지나치게 좋은 접시예요. 로레인이 말했다.

그렇지 않아요. 난 이 접시들을 쓸 거예요. 쓰지 않으면 무슨
소용이 있겠어요? 옛날에 내가 결혼했을 때 우리 어머니께서 주
신 것들이에요. 그런데 이제 세트에서 두 개가 빠졌어요.

그들은 유리잔과 은제 그릇, 소금과 후추병, 피클 렐리시, 분

홍색 천 냅킨, 유리 주전자에 든 아이스티를 내왔다. 모든 음식이 테이블에 차려졌다. 에일린과 윌라가 한쪽에 앉았는데, 자리에 앉는 데 한참이 걸렸다. 특히 윌라가 그랬는데, 노쇠한 맨다리를 나무 좌석 위로 힘겹게 들어올려야 해서였다. 로레인과 앨리스는 맞은편에 앉았다.

머리 위에서 정오의 산들바람에 흔들리는 나뭇잎이 다채로운 명암으로 그늘을 드리웠다.

앨리스는 그들을 지켜보았는데, 말을 하는 사람도, 음식에 손을 대기 시작한 사람도 없었다. 이윽고 윌라가 입을 열었다. 우리 모두 생각이 같을 수는 없겠지만, 감사 기도 비슷한 걸 해보고 싶네요.

그들은 그녀를 바라보았다. 윌라가 두꺼운 안경알 뒤의 눈을 감자 그들도 눈을 감았다.

저희에게 이 여름날을 주셔서 감사드립니다. 이런 맛있는 음식을 주셔서 감사드립니다. 이 특별한 날 이 특별한 장소에 우리가 함께 있도록 해주신 데 대해서도 감사드리고 싶습니다. 이런 것들이 저희에게 내리는 수많은 축복임을 알고 감사를 드리고 싶습니다. 그리고 이 어린 소녀가 저희와 함께하게 해주신 것에 대해서도 감사드립니다. 이 소녀의 삶에 기쁨이 충만하기를 기원합니다. 그리고 이 세상에 평화가 깃들기를 기원합니다.

그녀가 기도를 멈췄다. 그들은 눈을 뜨고 윌라를 바라보았다. 아멘. 그녀가 말했다. 이제 식사를 하기로 해요.

그들은 접시를 돌렸다. 에일린은 귤과 올리브, 껍질을 벗긴 아몬드를 곁들인 치킨 샐러드를 만들었다. 로레인이 치킨 샐러드가 맛있다고 하자 에일린은 로레인이 만든 감자 샐러드도 맛있다고 대답했다. 로레인이 그건 그냥 평범한 감자 샐러드라고 하자 에일린은 그렇지 않다고 대꾸했다.

앨리스는 사람들이 대화하는 모습을, 말하는 사람 하나하나를 유심히 지켜보았다. 치킨 샐러드는 뜯어놓은 양상추 잎과 함께 접시에 담겨 있었다. 앨리스는 사람들이 식사하는 모습을 지켜보았다. 로레인이 자신의 음식을 잘라 먹는 것을 보고 앨리스도 똑같이 따라 했다.

여자들은 차게 식힌 포도주를 마시면서 건배를 했다. 나무 그늘이 자리를 옮겨갔고, 라일락 덤불과 집 아래쪽 나무숲에서 새소리가 들렸다.

얼마 후 앨리스가 몸을 기울여 로레인의 귀에 소근대자 로레인이 말했다. 부엌을 지나가면 있을 거야.

애가 화장실을 찾아요? 윌라가 물었다.

네.

잠깐 실례할게요. 앨리스가 말했다.

아이는 자리에서 일어나 집 쪽으로 걸어갔다. 집안은 서늘했고 부엌은 아주 깨끗하고 잘 정리돼 있었다. 창에는 풀 먹인 커튼이 걸려 있었다. 부엌 곁에 있는 작은 화장실도 청결하고 정리가 잘돼 있었고, 벽에는 빨간 꽃 한 송이를 그린 그림 액자가 걸려 있었다. 앨리스는 손을 씻고 부엌 창문으로 뜰을 내다보았다. 사람들은 여전히 피크닉 테이블에 앉아 있었다. 아이는 식사실 문간에서 나무 식탁과 거기에 어울리는 의자들, 역시 그것들과 어울리는 찬장을 보았다. 좀더 멀리로 거실이 보였는데, 창에는 실내가 서늘하게 유지되도록 블라인드가 내려져 있었다.

앨리스가 밖으로 나오자 에일린이 물었다. 괜찮니, 얘야?

네.

많이 먹었니? 아이스티 더 줄까?

좋아요.

로레인이 말했다. 난 잘 먹어 배불러요. 당장 이 자리에서 낮잠을 잘 수 있을 정도예요.

그럼 그렇게 하면 된다우. 윌라가 말했다. 바로 여기 나무 그늘 아래 풀밭에 누우면 되겠네.

제가 가서 모포를 좀 가져올게요, 엄마.

에일린이 집안에 들어가더니 낡은 셔닐직 침대보 두 장을 가지고 나와 풀밭에 깔았다.

음식은 어쩌죠? 상하게 놔두고 싶지 않은데.

제가 냉장고에 갖다넣으면 돼요. 로레인이 말했다. 앨리스가 좀 거들어주면 되겠네.

그들은 나무 그늘이 드리운 땅에 누워 파리를 쫓기 위해 얼굴에 냅킨을 덮었다. 앨리스는 눈을 감았다. 그래도 냅킨 사이로 빛이 스며들었다. 여자 어른들과 함께 이렇게 나무 아래 누워 있으니 기분이 좋았다.

음악이 있으면 좋겠구나. 윌라가 말했다.

뭔가 부드럽고 느린 곡, 피아노나 바이올린 연주곡이면 좋겠어요. 에일린도 말했다.

그러고 나서 한동안 모두 침묵에 잠겼다. 앨리스는 얼굴에서 냅킨을 들고, 각자 얼굴에 분홍색 냅킨을 쓴 채 땅에 누워 있는 세 여자를 바라보았다. 이윽고 아이도 고개를 다시 젖힌 채 눈을 감았다.

난 피아노를 연주하고 싶었다우. 윌라가 말했다. 전에 너한테 이 얘기를 한 적이 있잖니, 에일린?

맞아요.

그때 우리는 음악 얘기를 하고 있었지요. 난 피아노를 배우고 싶어했어요. 내가 여기 있는 앨리스보다 어린 나이였을 때 어머니는 레슨을 받을 수 있게 해주셨어요. 일주일에 한 번씩, 들판을 가로질러 걸어가서 한 번에 이십오 센트씩 내고 레슨을 받았지요. 경작된 밭을 반 마일 걸어 선생님한테 가곤 했어요. 그런데 오른손은 제대로 연주할 수 있었지만 아무리 해도 왼손이 따라주지 않아서, 한 달인가 두 달이 지났을 때 선생님이 어머니에게, 연주가 크게 나아지지 않는 것 같다고 말했죠. 아이가 연습을 하고 있나요? 엄마는, 연습하지 않는 것 같다고 대답했어요. 그러면서 내게, 월라야, 연습을 하든지 레슨을 그만두든지 해, 라고 했어요. 나는 헛간에 들어가 울었죠. 그 당시엔 이십오 센트가 큰돈이었어요. 지금 일 달러와 마찬가지였죠. 아니, 그것보다 훨씬 큰 돈이었어요. 그래서 난 엄마한테 그만두겠다고, 더 이상 돈을 낭비하고 싶지 않다고 말했죠. 그뒤로 그런 나 자신을 얼마나 나무랐는지 몰라요. 난 정말 음악을 좋아한답니다. 예전에는 춤도 추었어요.

엄마가 춤췄다는 얘기는 처음 들어요.

그래. 난 광을 낸 구두를 신고 탭댄스도 추었단다.

이윽고 모두가 입을 다물었다. 얼마의 시간이 흐른 뒤 앨리스의 귀에 윌라가 코를 고는 소리, 그보다 작은 에일린의 코 고는 소리, 그리고 그녀의 오른쪽에 누워 있는 로레인의 숨소리가 들려왔다. 앨리스는 다시 한번 냅킨 아래에서 눈을 떠보았다. 냅킨 위로 따사로운 햇빛이 내리쬐고 있었다. 그녀는 다시 눈을 감았다.

잠에서 깬 앨리스는 그동안 자신이 잠들었다는 사실을 알고 깜짝 놀랐다. 어른들은 일어나 앉아 있었는데, 아이가 깨기를 기다리며 말없이 헛간 쪽을 바라보고 있었다. 오후로 접어들면서 몹시 무더워졌고, 뜨거운 바람만 간간이 불어올 뿐이었다.

수영이라도 해야겠어요. 로레인이 말했다. 여기에 개울이 있다면 좋았을 텐데 말이에요.

난 더운 날에는 가축용 수조에 머리를 담그곤 했지요. 에일린이 말했다.

지금은 가축이 있는걸. 윌라가 말했다.

우리를 성가셔하지는 않을 거예요.

저긴 더럽단다.

그렇게 나쁘진 않아요.

수영복도 없잖니.

오, 수영복 같은 건 아무래도 상관없어요, 엄마.

그들은 서로 마주보며 웃음을 터뜨렸다.

그럼 좋아. 하지만 타월은 필요할 거다.

제가 가서 가져올게요.

접이식 의자도 내와야 할 거야. 월라가 말했다. 난 흙바닥에 앉지 않을 거니까. 네가 뭐라고 하든 말이다.

세 여자와 소녀는 타월과 접이식 의자와 마시고 남은 포도주를 가지고 헛간으로 걸어갔다. 그들은 정문을 지나 뜨거운 빈 축사를 가로지른 다음 축사 저쪽에 있는 문을 지나 목초지로 들어갔다. 그런 다음 울타리를 따라서 가축들이 만들어놓은 길을 따라가다가 가축용 수조 앞에서 걸음을 멈췄다. 주위에는 빙 둘러서 콘크리트 받침대가 설치돼 있고 그 아래는 온통 흙과 거름투성이였다. 수조 곁의 아랫부분은 넘쳐흐른 물 때문에 진흙 구덩이였고, 진흙은 가축의 발굽들로 깊게 파여 있었다. 수조는 거의 끝까지 물이 차 있었다. 수조 뒤편에서는 바람이 불면 물을 실은 풍차가 돌았고, 그때마다 펌프에서 쿵쿵 절거덕거리는 소리가 났고, 기다란 막대가 홱홱 움직이며 오르내릴 때마다 차갑고 시원하고 맑은 물이 길쭉한 파이프를 통해 쏟아져나왔다.

그들은 수조 뒤편에 접이식 의자를 한 줄로 늘어놓았다. 앨리스는 콘크리트 단 위로 올라서서 안을 들여다보며 차가운 물을 만져보았다. 밑바닥에는 진흙이 깔려 있었고 둥근 가장자리를 따라 녹색 이끼가 실처럼 가닥을 이루며 붙어 있었다. 진흙 바닥에서 꼼지락거리며 움직이는 까만 올챙이들이 보였다. 아이는 어른들이 있는 곳으로 돌아갔다.

로레인이 말했다. 자, 그럼. 그러더니 그녀는 대뜸 옷을 벗어 의자에 내려놓았다. 그녀의 몸은 크림처럼 하얬다. 푸른 정맥이 환히 비쳐 보이는 가슴은 풍만했고, 복부 아래쪽에는 그녀의 머리카락과 짝을 이루는 까만 털이 천조각처럼 자리잡고 있었다. 그들은 그런 그녀를 바라보았다. 로레인이 두 팔을 번쩍 치켜들었다. 아, 정말 아름다운 날이에요. 그녀는 거름투성이인 뜨거운 흙바닥에 놓인 수조를 향해 걸어가 콘크리트 단 위로 올라선 다음 상체를 앞으로 숙여 양손으로 물을 떴다. 맨살 그대로인 그녀의 등과 다리가 햇빛 속에 눈부시게 빛났다. 그녀는 얼굴과 머리와 가슴에 물을 끼얹었으며 헉하고 숨을 몰아쉬었다. 오오! 이런! 그러고는 한 발을 수조 테두리에 올렸다가 진흙을 털어내고 물속에 넣으며 수조 안으로 들어섰다. 눈부신 햇살 속에 살집 좋은 그녀의 몸이 반쯤 물에 잠기는가 싶더니 그대로 물속으로 들어갔다. 맙소사! 오, 이런! 그녀는 물속에서 몸을 펴더니 그대로 시야에서 사라졌는데, 곧이어 새하얗게 빛나는 몸뚱이가 다시 눈앞에 나타났다. 아아! 이럴 수가! 다음 순간 그녀는 일어서서 그들 쪽을 보고 소리쳤다. 자, 모두 어서 이리 들어와요.

좋아요. 에일린이 말했다.

에일린 역시 옷을 벗었다. 그녀의 몸은 창백하고 홀쭉했는데, 약간 여윈데다 좀 누르스름했고, 가슴은 작고 팔과 허벅지는 가늘고 아래쪽 털은 잿빛으로 세는 중이었다. 그녀는 수조로 걸어가 몸에 물을 뿌리고는 안으로 들어가 웅크리고 앉더니 사방으로 물을 흘리며 벌떡 일어났다. 오, 이렇게 좋을 수가! 엄마, 어서 들어와요! 앨리스, 너도 어서 들어오렴.

이윽고 앨리스도 옷을 벗었다. 아이는 여자애답게 가슴과 배가 납작했고, 등뼈가 드러나고 어깨뼈는 뾰족하고 음모는 아직 나지 않았다. 반바지를 입고 다녀서 다리는 허벅지까지 그을렸는데, 두 팔 역시 볕에 타 있었다. 아이는 수조로 다가가 물속에 손을 담가보았다. 로레인과 에일린이 아이에게 손을 내밀었다. 앨리스는 차가운 물속으로 들어서면서 움찔했다.

애야. 로레인이 말했다. 어서 참지 말고 소리질러. 그래야 해.

오, 이런. 아이가 나지막한 소리로 말했다.

두 여자가 웃음을 터뜨렸다. 그래. 로레인이 말했다. 하지만 소리를 질러야지. 비명을 지르라고.

오, 이런. 빌어먹을.

그들은 다시 웃어댔다. 대체 어디서 그런 말을 배운 거니?

학교에서요.

뭐, 그것도 괜찮아. 다만 크게 소리를 질러야지.

아이가 조금 크게 소리를 냈다.

그래, 잘했어.

그런 다음 그들은 아직 수조 밖에 있는 윌라를 바라보았다.

엄마, 어서 들어와요. 그래야 해요.

글쎄다. 난 어떻게 해야 좋을지 모르겠구나.

아뇨. 어서 들어오세요.

젠장. 그러지 뭐.

윌라는 안경을 벗어 의자에 내려놓고 옷을 벗었다. 브래지어
와 노부인용 흰 속옷도 벗었다. 창백한 빛으로 납작하게 늘어진
가슴의 젖꼭지는 아래를 향하고 있었고 뱃살은 축 처졌고, 넓고
부드러운 엉덩이는 살이 약간 접혀 있었고 허벅살은 물렁했고,
복부 아래쪽에는 털이 거의 없었다. 노인이 되어 어린 앨리스처
럼 음모가 없어진 것이었다. 윌라가 수조로 다가가자 여자들이
손을 내밀었다. 그녀는 수조 테두리에 비스듬히 앉아 두 다리를
안쪽으로 옮겨놓았다. 아이쿠! 윌라가 소리를 질렀다. 이런! 그
녀는 물을 떠서 얼굴과 가슴에 끼얹었다. 맙소사! 난 노인인데다
한 번도 바깥에서 옷을 다 벗은 적이 없단다. 넌 어떠니, 에일린?

나도 처음이에요, 엄마.

적어도 넌 나처럼 늙을 때까지 기다리지 않아도 됐구나.

에일린이 상체를 기울이더니 엄마의 뺨에 입을 맞췄다. 우린 이제 이렇게 나와 있잖아요, 엄마.

로레인이 물을 밀어내고 두 팔을 휘두르면서 수조 건너편으로 몇 차례 물장구를 쳤다. 수조는 헤엄을 칠 수 있을 만큼 깊었다. 그녀는 물이 나오는 파이프 쪽으로 건너갔다. 그런 다음 물에 젖어 반짝이는 몸을 반쯤 일으켜세웠다가 방향을 바꿔 오므린 양손으로 물결을 일으키면서 헤엄쳐 돌아왔다. 그녀가 다시 일어섰다. 다음 순간 윌라가 말도 없이 몸을 눕히더니 놀랄 만한 솜씨로 배영을 시작했는데, 그 모습은 흡사 물속에 있는 우아한 백조 같았다. 윌라는 수조를 얼마간 가로지르더니 일어섰다. 핀이 풀린 풍성한 머리카락이 반짝거리며 길게 늘어졌다. 그녀는 다시 물에 몸을 띄워 그들이 있는 쪽까지 헤엄쳐 와서 몸을 일으켜세웠다.

머리칼이 참 고우세요. 로레인이 말했다.

아유, 고맙수. 예전에는 늘 이 머리카락이 자랑거리였지. 지금도 그럴지 모르지만.

정말 아름다워요, 엄마. 나는 늘 엄마 같은 머리를 가졌으면 얼마나 좋을까 하고 바랐답니다.

하지만 넌 언제나 아름다웠잖니. 키도 훤칠하고 우아하고.

오, 아녜요. 사실은 그렇지 못해요.

아니다. 애야.

잠시 후 로레인이 말했다. 앨리스, 넌 수영할 줄 아니?

아뇨.

물에 뜰 수는 있니?

어떻게 하는지 몰라요.

그럼 이제 배우면 되겠구나. 가운데로 나와보렴. 에일린, 좀
도와줄래요?

두 여자는 아이가 물에 누울 수 있도록 도와주었다.

자, 이제 그냥 숨만 쉬렴. 그리고 두 팔을 쭉 뻗어봐.

아이가 가라앉기 시작하자 두 여자가 아이를 받쳐주었다. 얼
마 후 아이가 혼자 물에 뜰 수 있게 되자 그들은 뒤로 물러났다.
아이는 반쯤 잠긴 상태로 물에 떠 있었다. 아이의 파란 눈이 파
란 하늘을 향하고 있었다.

얼마 후 그들은 물에서 나와 해를 마주보며 접이식 의자에 앉
았다. 이제 오후도 절반쯤 지난 시각이었다. 여자들은 선글라스
를 쓰고 수조 속에 담가 차갑게 식힌 포도주를 마셨다. 앨리스에
게도 포도주를 조금 맛볼 수 있게 해주었다. 그렇게 벌거벗은 채
로 그들은 햇볕에 몸의 물기를 말렸다. 윌라의 길고 하얀 머리카

락이 의자 등받이 너머로 늘어져 있었다.

얼마 후 목초지에 있던 검은 소 몇 마리가 조심스럽게 물을 마시러 다가오기 시작했다. 소들은 여자들 쪽을 바라보면서 콧김을 뿜고 꼬리를 흔들었는데, 그중 나이든 소 한 마리가 그들 쪽을 지켜보면서 다가오다 걸음을 멈췄다가 다시 다가왔다. 그 소는 육중한 몸으로 느릿느릿 콘크리트 단으로 다가가더니 고무 같은 까만 주둥이를 수조 속에 집어넣고 물을 마셨다. 그러다 잠시 후 물 마시기를 멈추고 그들 쪽을 바라보더니 다시 물을 마시기 시작했다. 그러자 나머지 소들도 까만 송아지들을 데리고 수조로 다가가 물을 마셨다.

세 여자와 소녀는 가까이에 송아지를 데리고 있는 암소를 지켜보았다.

소들이 목초지로 돌아가면 저 송아지는 젖을 먹고 싶어하겠지. 윌라가 말했다. 송아지들은 어미의 젖을 머리로 받으면서 젖을 빨아먹는 법을 알고 있다우.

그래요, 새끼에게 젖을 먹인다는 건 정말 멋진 일이에요. 로레인이 대꾸했다. 그러면 세상이 제대로 돌아가고 있다는 기분일 테니까요. 내면 깊숙한 곳에서 그런 느낌을 받을 거예요.

그런데 송아지들처럼 아기가 머리로 받으면서 젖을 먹어야 한다면 기분이 어떨까? 윌라가 말했다. 만약 젖소처럼 커다란 젖을 자루처럼 주렁주렁 늘어뜨리고 있어야 한다면 말이에요. 다리 사이에 젖이 늘어져 있다고 생각해봐요. 그리고 젖소처럼 젖이 잔뜩 든 자루를 매단 채 걸어야 한다고.

그래요. 로레인이 말했다. 하지만 어떤 남자가 비누를 푼 따뜻한 물로 하루에 두 번 젖꼭지를 씻으면서 젖을 애무해주는 광경도 생각해보세요.

그녀와 에일린이 웃음을 터뜨렸다.

아니면 어떤 여자가 그럴 수도 있죠. 에일린이 말했다. 여자들도 젖을 짜니까.

여자가 그럴 수도 있겠네요. 로레인이 말했다.

이런, 두 사람 때문에 앨리스와 내가 당황했잖아. 윌라가 말했다.

당황했니, 앨리스?

아뇨.

얘는 당황하지 않았다는데요.

전 다시 물속에 들어갈까봐요. 앨리스가 말했다.

여자들은 수조 쪽으로 가는 아이를, 어리고 가녀리고 말이 별로 없는 소녀가 발가벗은 몸으로 환한 대낮에 시골 풍경 속을 걷는 광경을 지켜보았다. 소들도 소녀를 바라보았다. 앨리스는 수조 속으로 들어간 다음 몸을 수평으로 눕히고 물에 떠서 발로 물을 저어 맞은편까지 간 다음 일어섰다. 짧은 돌풍이 불면서 파이프에서 물이 쏟아졌다. 아이는 고개를 돌려 물을 받아 마셨다.

여자들도 아이를 따라 수조 속으로 들어가 쭈그려 앉거나 뒤로 누워 물에 떠 있다가 물을 흘리며 일어서기도 했다. 그들의 얼굴과 몸이 반짝거렸다. 얼마 후 그들은 밖으로 나와 물기를 말린 다음 옷을 입었다. 그러고는 접이식 의자와 빈 포도주병을 들고 축사와 뜨거운 자갈길을 가로질러 집으로 돌아왔다. 그들의 머리카락은 여전히 축축했다. 뒷덜미에 늘어진 머리칼이 묵직하고 서늘한 느낌을 주었다.

30

덴버의 한 식당에서 에일린이 어머니에게 교장을 소개한 지
두 달이 지난 어느 토요일 아침, 그녀는 자신이 가르치는 학교가
있는 작은 마을에서 식료품을 사고 있었다. 그녀가 농산물 코너
에 있을 때 짧은 까만 머리에 근사하게 차려입은 여자가 다가오
더니 예고도 없이 그녀의 뺨을 때렸다.

이봐요! 대체 무슨 짓이에요? 에일린이 외쳤다.

그러나 에일린은 그 여자가 누구인지 알아보았다. 만난 적은
없었지만 딱 한 번 신문에서 그녀의 사진을 본 적이 있었다. 교
장 부부와 그들의 두 아이가 함께 있는 사진이었다.

여자는 악을 쓰기 시작했다. 이 더러운 계집애! 넌 창녀나 다름
없어! 난 그이를 놓아주지 않을 거야! 절대로! 그녀가 다시 한번

손을 치켜들었으나 에일린이 그녀의 손목을 잡고 밀쳐냈다. 하이힐을 신고 고급 옷을 입은 여자는 뒷걸음질치다 오렌지 매대에 부딪혔고 그 바람에 오렌지 몇 알이 바닥으로 굴러떨어졌다.

나를 떠밀다니! 나한테 감히 이런 짓을 하다니.

사람들이 주위에서 두 사람을 지켜보고 있었다. 가정주부들, 홀로 사는 노인들, 창고지기 점원. 여자는 에일린에게 달려들며 이번에는 핸드백을 휘둘러 때리려고 했다. 잠깐만요. 에일린이 말했다. 이런 짓 그만둬요.

나한테 이래라저래라 하지 마. 이 창녀 같은 년!

다음 순간 식료품 점장이 빠른 걸음으로 다가왔다. 대체 무슨 일입니까? 이게 무슨 짓이에요?

이 여자가 내 남편과 잤어요. 남편을 빼앗으려 한다고요. 이년은 창녀예요.

자, 그만두세요. 점장이 말했다. 제가 도와드리죠. 그러면서 그는 여자의 어깨를 감싸안듯 잡았다. 여자가 점장까지 때리려 들자 그는 그녀의 양팔을 옆구리에서 움직이지 못하도록 꽉 잡았다. 자자, 그만하세요. 그가 말했다. 밖으로 나갑시다. 저와 함께 가세요.

그는 그녀를 단단히 잡은 채 거의 끌다시피 해서 밖으로 데려갔다. 에일린과 다른 사람들은 주차장으로 나간 두 사람을 지켜보았다. 점장이 자동차 문을 열고 여자가 차에 탔다. 그녀는 갑작스럽게 진이 빠진 사람처럼 아까보다 진정된 듯이 보였다. 점장이 여자에게 무슨 말인가를 한 다음 차문을 닫자 그녀는 시동을 걸고 그곳을 떠났다. 상점 안으로 돌아온 점장이 에일린에게 다가왔다. 이곳 초등학교 선생님 아니신가요?

그래요.

이게 무슨 일입니까? 그러면서 그는 고개를 저었다.

난 가볼게요. 에일린은 그렇게 말하고는 식료품 카트를 그대로 내버려둔 채 쌀쌀한 날씨 속에 밖에 세워둔 자동차로 향했다. 집으로 돌아간 그녀는 다음주 월요일에 어린 학생들이 있는 자신의 교실로 돌아갔다. 마을 주민 모두가 식료품점에서 일어난 사건을 알고 있었지만 그래도 그녀는 학교에서 아이들을 가르쳤다.

그녀의 학교 교장이 사무실로 그녀를 부르더니 자신들은 이런 행동을 용납할 수 없다면서, 그녀에게 근신 처분을 내리고는 한 번 더 이 같은 일이 생기면 해직시키겠다고 말했다. 그는 그녀가 훌륭한 교사라고, 자신들은 그녀를 잃고 싶지 않다고, 하지만 이런 일은 용납할 수 없다고 했다.

다른 마을에 있던 그 남자, 교장 역시 거의 해직 위기에 처했다. 지역 학교위원회는 학교 도서관에서 열린 비공개 임원회의에 그를 소환했다. 보험 대리점을 운영하다 퇴직한 위원회장이 말했다. 대체 무슨 생각으로 그런 겁니까? 그런 짓을 하면 안 된다는 사실을 몰랐나요?

알고 있었습니다.

그런데 어째서 그랬던 겁니까?

이런, 이유는 우리 모두 알지 않습니까. 위원 가운데 하나인 청년이 말했다. 이런 짓을 하고도 무사할 거라고 생각한 이유가 뭐죠? 내가 정말 알고 싶은 건 그겁니다. 선생님도 이런 마을 태생으로 알고 있는데요.

그래요. 비슷한 규모의 마을이죠.

그러면 선생님도 이런 소문이 선생님이 집에 도착하기도 전에 마을 전체에 퍼지리라는 것 정도는 알고 있었을 거 아닙니까. 다리가 부러지거나 엄지를 다치거나 아니면 카운티 저쪽에 있는 어떤 여자의 가슴을 아프게 한 사건이 생긴다면 말이죠.

알고 있습니다. 교장이 대답했다.

그럼 대체 무슨 생각을 하고 있었던 것인지 말씀 좀 해보세요.

그는 대답하지 않았다. 그는 먼지를 뒤집어쓴 참고 문헌들이 꽂혀 있는 도서관 실내를, 실내 전체를 감시할 수 있는 위치에 놓인 사서의 책상을, 그리고 벽에 붙은 선명한 색채의 포스터들을 둘러보았다.

선생님은 생각을 하지 않았던 겁니다. 또다른 위원이 말했다. 이 모든 일의 핵심이 바로 그거라고요. 선생님은 생각하지 않았던 거예요. 이 사건은 생각의 문제가 아니에요. 생각은 이 사건과 처음부터 무관했던 말입니다.

그는 그 말에도 대답하지 않았다.

좋습니다. 나이든 회장이 말했다. 선생님이 그런 말에 개의치 않을 수는 있죠. 하지만 적어도 이 질문에는 답변하셔야 할 겁니다. 그 여자분과의 관계는 정리가 됐습니까?

교장은 잠시 말한 사람을 바라보았다. 그렇습니다. 교장이 대답했다.

끝냈다는 건가요?

그래요.

우리에게 약속하신 겁니다.

네.

선생님이 부인과 무슨 약속을 하든 개의치 않겠습니다. 우리에게 한 약속만큼은 확실해야 합니다. 우린 이런 일을 그대로 묵과하지 않을 겁니다. 우리는 선생님 부인과 다릅니다. 우린 선생님을 다시 받아들이지 않을 테니까요.

끝났다고 말씀드렸잖습니까.

좋습니다. 회장은 방안을 둘러보았다. 오늘 본건에 대해 달리 또 말씀하실 것이 있습니까?

아무도 입을 열지 않았다.

그럼 좋아요. 전 이런 식의 일처리를 좋아하지 않습니다. 닫힌 문 뒤에서 은밀하게 주고받아야 할 대화를 이렇게 공개적으로 애기하는 방식 말입니다. 이건 좋은 일이 아닙니다. 마음에 들지 않아요.

그녀는 두 번 다시 교장과 만나지 않았다. 마지막 대화나 카페에서의 이별이나 호텔방에서의 마지막 밤 같은 것도 없었다. 그녀는 딱 한 번 그를 보았는데, 그것도 어떤 회의석상에서 정장에 넥타이 차림으로 50피트쯤 떨어진 복도를 가로질러 걷고 있는 모습이었다. 그런 다음 여름이 됐을 때 그녀는 교장과 그의 아내와 아이들이 유타 주로 이사했다는 소문을 들었다.

그 몇 달 사이에 그녀는 세 차례 전화를 걸었지만 그는 그녀의 전화를 받을 수 없었거나 받을 생각이 없었던 모양이었다. 그녀는 그에게 한 번 편지를 써 보냈지만 그가 그 편지를 받았는지,

축복 315

아니면 그저 답장을 하지 않기로 한 것인지도 알지 못했다. 결국 그녀는 그가 겁쟁이라고 결론지었다. 그것이 그녀의 머릿속에 떠오른 단어였다. 그로부터 몇 해 동안 그녀는 바로 그 작은 마을에 계속 살면서 아이들을 가르쳤다. 그녀는 그렇게 해야 한다고 생각했다. 그러기 위해서는 얼마간의 용기가 필요했다. 그녀는 사람들의 이목을 끌었고, 알려져 있었다. 그것은 사랑의 대가였다. 하지만 시간이 지나면서 그것 역시 사라져버렸다. 그녀는 낡은 집의 벽지처럼 그 마을 역사의 일부로 남았다. 나이를 먹어가는 외롭고 고립된 여자, 다른 사람들의 아이들 틈에서 삶을 영위하고 있는 미혼의 교사, 오래전 짤막한 흥분과 로맨스의 순간을 누렸던 여자, 그리고 그 일 이후 손을 떼고 조용히 살아가면서 더이상 말썽을 일으키지 않은 여자로서.

교장은 그녀의 꿈속에서나 그녀를 찾아올 뿐이었다. 만족스럽지 않은, 결국 잠에서 깨어 눈물바람이 되고 마는 그런 꿈, 치유되거나 위로받지 못할 아픔만 남기는 그런 꿈속에서.

그녀는 자신이 찍은 그의 사진 한 장을 갖고 있었다. 그리고 그들이 함께한 첫번째 겨울에 덴버의 호텔 접수원이 찍어준, 호텔 로비에 두 사람이 함께 있는 사진 한 장이 있었다. 추운 거리

에서 안으로 들어와 상기된 그들의 뺨을 알아볼 수 없는 흑백사
진, 엘리베이터를 타고 방으로 올라가 옷을 벗고 함께 침대에 눕
기 전에 찍은 사진 한 장.

31

그는 아침식사를 마친 후 창가 자기 의자에 앉아 있다가 현관을 나오는 앨리스를 보았다. 아이는 뒤쪽 포치에서 자전거를 가져와 버타 메이네 집 옆으로 밀고 가더니 거리에서 자전거를 타기 시작했다. 그는 아이가 페달을 밟으며 시야에서 사라질 때까지 지켜보았다. 그는 이번에는 헛간과 축사가 있는 서쪽을 바라보았다. 헛간은 페인트칠을 하지 않은 상태였고 축사의 잡초는 울타리만큼 높이 자라 있었다. 얼마 후 앨리스가 다시 시야에 들어왔고, 그는 아이가 페달을 밟아 반대편으로 사라질 때까지 지켜보았다.

그는 꾸벅꾸벅 졸기 시작했다. 다시 잠에서 깼을 때는 바깥 마당에 열기가 가득해 보였다. 아이의 모습은 보이지 않았다. 그는 의자 팔걸이를 짚고 일어서서 균형을 잡기 위해 잠시 서 있었다. 집안은 고요했다. 그는 지팡이를 짚고 발을 질질 끌며 걸어가 부엌 쪽을 보았다. 그가 소리쳤다. 당신, 거기 있소? 그는 천천히 걸어 욕실로 들어가 거울에 비친 자신의 얼굴을 바라보았다. 하루 동안 자란 반백의 수염이 까칠한, 화가 난 동시에 어리둥절해 보이는 노인의 얼굴이 있었다. 그는 지팡이를 벽에 기대 세워놓고 트레이닝팬츠를 내리다가 세게 엉덩방아를 찧고 말았다. 얼마 후 그는 일어나려고 했다. 여보, 이리 좀 와보겠소? 그는 다시 주저앉았다. 그는 다시 한번 소리쳐 불렀다. 대체 어디 있는 거야? 그러고는 그 자리에서 꾸벅꾸벅 졸기 시작했다.

이윽고 메리가 들어왔다. 당신, 여기 있었네요. 그녀가 말했다.

그가 눈을 떴다. 어디 있었어요? 내가 불렀는데.

뒤뜰에서 버타 메이와 얘기하고 있었어요.

당신을 찾을 수가 없었어요.

미안해요. 볼일은 다 봤어요?

필요한 만큼은 봤어요. 그런데 일어설 수가 없구려.

내가 부축해줄게요.

잠깐. 로레인을 시키는 게 좋을 것 같소.

그애는 쇼핑하러 나갔어요.

당신이 다칠까봐 그래요.

조심할게요.

메리가 겨드랑이 밑으로 팔을 넣어 그를 들어올렸다. 천천히 몸을 일으킨 그의 다리가 후들후들 떨렸다.

여보, 괜찮아요?

그는 똑바로 앞을 응시했다. 그래요.

그녀가 남편의 바지 속에 든 기저귀를 끌어올렸다. 기저귀는 말짱해요. 갈 필요가 없겠어요.

갓난애가 된 기분이에요. 성가셔 죽겠어.

약 먹을 시간이에요. 침실로 데려다줄게요.

그녀가 팔을 잡아주고 있는 사이에 그가 지팡이를 짚었고, 두 사람은 침실로 들어갔다. 그가 침대에 털썩 주저앉은 다음 몸을 눕히자 그녀가 그의 두 다리를 제자리에 놓아주었다.

당신이 그런 식으로 드는 게 마음에 들지 않아요. 그가 말했다. 그러다 자칫하면 허리를 다칠 거요.

이제 편해졌어요?

약을 먹어야겠어요.

그녀가 그의 바싹 마른 혀에 약을 놓아주고 물잔을 건네주었다. 그는 고개를 들고 약을 삼켰다.

됐어요?

됐소. 그는 눈을 감았다.

뭐 또 해줄 건 없어요?

없소. 이만하면 충분히 해주었어요.

난 전혀 힘들지 않아요. 알고 있잖아요. 내가 당신 곁에 앉아 있을까요?

아니. 이제 괜찮아요.

한 시간 후 잠에서 깨보니 방안이 너무 어두운 것 같았다. 그렇게 오래 자지 않았으니 날이 저물었다거나 밤이 됐을 시각이 아니었다. 그는 천장을 바라보았다. 다음 순간 방안에 사람들이 있다는 것이 느껴졌다. 누군가가 찾아온 것이었다. 하지만 아내는 그를 깨우지 않았다. 그가 잠자고 있는 방안에 그녀가 사람들을 들였을 것 같진 않았다. 그는 아내나 딸이 아닌 다른 사람이 자신이 잠든 모습을 보는 것을 좋아하지 않았다. 누군가 다른 사람이 그곳에 앉아 그가 깨기를 기다리는 것은 더더욱 좋아하지 않았다.

그는 방안을 둘러보았다. 모두 네 명이었는데 둘은 다른 곳보다 어두운 구석 쪽에 놓인 의자에, 다른 둘은 그에게 가까운 쪽 의자에 앉아 있었다. 가장 가까이에 허리를 똑바로 세운 채 앉아 있는 사람은 남자였다. 그 남자는 그를 지켜보고 있었다. 그는 담배를 피우고 있었다.

여기서 담배를 피우면 안 돼요. 대드가 말했다. 아내가 말해주지 않은 거요? 난 폐암에 걸렸어요. 숨쉬기가 힘들다오.

이제 다 피웠어요.

대드는 그를 좀더 자세히 살펴보았다. 누군지 알겠군.

당연하죠. 전 그렇게 변하지 않았으니까요.

프랭크. 너니, 프랭크?

네, 저예요.

정수리에 머리카락이 별로 없구나. 많이 없어졌어. 그래서 처음에 알아보지 못했던 거야.

그거, 좋다는 뜻 아닌가요?

그럴지도 모르지. 그런데 무슨 뜻으로 한 말이냐?

전 결국 아버지를 닮았으니까요.

아니, 넌 나와 같지 않은걸.

아니, 같아 보여요. 최근엔 좀 닮아 보이지 않나요?

글쎄. 예전의 내 모습과 닮았다는 의미로 말한 거라면 모르지만. 아무튼 지금은 그렇지 않아. 어쩌면 예전에 그랬을지도 모르겠구나.

아버지가 오십대였을 때쯤이요.

아마 그럴 거다.

뭐, 아무튼 제가 지금 그래요. 전 오십대가 됐으니까요.

대드는 담배를 피우며 앉아 있는 프랭크를 바라보았다. 이제 확실히 알아보겠구나. 이렇게 와줘서 반갑다.

그래요? 어째서죠?

너와 얘기를 하고 싶단다.

그럼 말씀해보세요.

대드는 다른 사람들을 둘러보았다. 여기 사람들 앞에서는 얘기하고 싶지 않구나.

우리 얘기에 신경쓰지 않을 거예요.

저 사람들은 누구냐?

제가 누군지 모르시겠어요? 프랭크 뒤편 의자에 앉아 있던 여자가 대드가 잘 볼 수 있게 자리를 옮겼다. 풍만한 가슴에 목이 깊게 팬 블라우스에 반바지를 입은 원숙해 보이는 삼십대 금발 여자였다. 그녀의 다리는 하얗고 포동포동했다. 제 목소리를 듣고도 모르시겠어요?

당신을 또 보게 될 줄은 몰랐군. 대드가 말했다.

제가 여기 왔어요. 선생님을 뵈러 온 거예요.

내게 원하는 게 있소?

그럴지도 모르죠.

그게 뭐지? 당신이 다시는 날 보고 싶지 않다고 말한 걸로 아는데. 이제 충분하다고 말이오. 편지에 그렇게 썼잖소.

알아요. 제가 말씀드리려는 게 그거예요. 근황을 알려드리려고요. 그사이에 있었던 일을 모두 말씀드리는 거요.

그거 괜찮군. 어서 말해보구려. 하지만 잠깐 기다려봐요. 저기 있는 저 사람들은 누구요?

저희도 아는 사람입니다, 사장님. 저희를 알아보지 못하시다니요.

루디, 자넨가?

제가 아니면 누구겠어요.

그리고 자넨 밥이고?

네. 접니다, 사장님.

도무지 알 수가 없군. 상점 얘기는 끝내지 않았나?

네, 거의 끝냈죠.

그는 그들 쪽을 힐끗 보았다. 그러고는 다른 사람들의 얼굴을 하나하나 살펴보았다. 자네들, 커피라도 좀 마실 텐가? 그는 열려 있는 문 쪽으로 시선을 돌렸다.

아뇨. 루디가 말했다. 사모님을 성가시게 하고 싶지 않습니다.

전 한 번도 사모님을 뵙지 못했어요. 타니아가 말했다.

만난 적이 없다고?

우리가 이사 가기 전 아직 이곳에 살고 있을 때 메인 스트리트에서 그분을 보곤 했지만요. 사장님이 저희를 여기서 쫓아내기 전에 말이에요. 사장님이 클레이턴에게 그 말씀을 하시기 전에요.

내가 어떻게 해야 했겠소? 대드가 말했다. 그는 내게서 도둑질을 했어.

그럴지도요. 하지만 다른 방법도 있지 않았을까요.

어떤 방법 말이오?

일을 해서 갚도록 하실 수도 있었잖아요. 그런 식으로 갚아나가도록 말이에요.

난 그러고 싶지 않았소. 대드가 말했다. 그를 상점에 둘 수 없었다고. 다시는 그 친구 얼굴을 보고 싶지 않았단 말이오.

그래요. 클레이턴이 제게 그렇게 말했어요.

대드가 다시 그들 한 사람 한 사람의 얼굴을 바라보았다. 커피를 마시지 않겠나, 루디?

아뇨, 사장님. 괜찮습니다. 이대로 좋아요.

자네는, 밥?

저도 괜찮습니다.

네가 커피를 마시는지 어떤지도 난 모르겠구나, 프랭크.

기억나지 않으세요?

기억나지 않아. 내가 기억해야 하니?

관심이 있었다면 기억하셨을 테죠.

그게 무슨 뜻이지? 대드가 물었다.

아직 여기 살고 있을 때 저는 내내 커피를 마셨어요. 고등학교에 가려고 했을 때 말이죠. 기억나지 않으시죠?

그래. 그건 사소한 일이잖아. 내가 어떻게 그런 걸 기억하겠니?

그럴 이유는 없죠. 아버지 말씀이 맞아요. 제가 집을 나와 덴버로 가기 전 몇 해 동안 매일같이 아버지, 어머니와 같은 식탁에 앉아 커피를 마셨더라도 아무 의미가 없을 거예요.

우리가 덴버로 너를 보러 갔잖니. 대드가 말했다.

그리고 한 시간 동안 계셨죠. 그게 전부였어요.

우린 집에 와야 했으니까. 겨울이었거든. 곧 눈이 올 거라는 예보도 있었고 말이다.

그때 눈은 오지 않았어요. 프랭크가 말했다.

눈이 온다는 예보가 있었어.

대드가 어두워진 침실에서 다시 잠을 깼을 때에도 그들은 여전히 그곳에 있었다.

네가 여기 있는 걸 엄마가 알고 있니? 대드가 물었다.

엄마요?

엄마는 만났니? 집에 온 뒤로 여기 있겠다고 엄마에게 말한 거

326

야? 엄마가 널 보고 싶어할 거다. 프랭크는 대답하지 않았다. 대드는 창문을 통해 헛간과 텅 빈 축사와 높다랗게 자란 잡초를 내다보았다.

지금은 엄마를 신경쓸 것 없어요. 어차피 아시게 될 테니까.

무슨 얘기를 하는 거냐? 대드가 물었다.

아버진 이해하지 못하시는군요.

당신은 좀더 존경심을 가져야 할 것 같네요. 타니아가 말했다. 저분은 당신 아버지잖아요. 그런 식으로 대하면 안 돼요.

난 아버지를 존경하고 있어요. 어떤 면에서는 말이죠.

그런데 보기에는 그렇지 않네요. 아버님은 이제 곧 돌아가실 거예요. 그러고 나면 아버님을 그렇게 대하지 말 걸 하고 후회하게 될 거예요.

당신과 클레이턴이 그랬던 것처럼 말인가요.

클레이턴은 이 일과 아무 상관도 없는데요.

그 사람 때문에 당신이 지금 여기 있는 것 아닌가요?

당신이 말하는 그런 식의 이유는 아니에요. 난 클레이턴을 사랑했어요.

알겠어요. 좋습니다. 프랭크가 말했다. 당신은 그를 사랑했다는 말이죠.

난 그 사람을 사랑했는데 그런 일이 있은 후 그이는 덴버로 가서 자기 머리에 총을 쐈죠. 이런 말을 듣고 싶었나요?

어쩌면 다른 수가 없었을지도 모르죠. 프랭크가 대꾸했다.

하지만 당신이 거기서 그 꼴을 봐야 했다면, 그게 내 남편이라고 말해야 했다면 어땠을 것 같아요? 그 사람은 한때 내 남편이었고, 이제 내겐 더이상 아빠가 없는 두 어린 자식만 남았죠.

그거 정말 몹쓸 일입니다. 안 그래요? 프랭크가 말했다. 그게 인생이죠. 하지만 아이들에겐 아빠가 없는 편이 더 나을지도 모릅니다.

그녀는 그를 쳐다보았다. 당신 정말 냉정하네요. 그녀가 말했다. 그렇죠?

그럴 수밖에 없었어요.

그들은 등에 베개를 받친 채 침대에 앉아 자신들이 얘기를 나누는 모습을 바라보고 있는 대드 쪽으로 고개를 돌렸다. 희끄무레하고 누르스름한 담황색 피부에 푹 꺼진 눈, 머리 양옆으로 밀려올라가 헝클어진 머리칼.

그게 인생이에요, 아버지. 하시고 싶은 말이 그거죠?

모르겠구나.

생각을 바로 할 수 있다면 아실 텐데요.

난 제대로 생각하고 있다.

그게 인생이죠. 프랭크가 말했다. 그게 세상이 돌아가는 방식이라고요. 세상 모든 일이 그런 식이에요. 난 예전에 아버지가 뭔가 해주기를 바랐어요.

지금 무슨 얘기를 하고 있는 거냐? 대드가 물었다.

뭔가 해주시는 거요. 제게 뭔가 보여주시기를 바랐다고요.

네가 무슨 얘기를 하고 있는지 모르겠구나.

오랫동안 아버지가 뭔가 해주기를 기다렸지만 아무 일도 일어나지 않았어요. 아버지는 아무 일도 하지 않았다고요.

나도 뭔가 하긴 했다. 꽤 많은 일을 했어. 대드가 말했다.

지금 제가 얘기하는 그런 일은 아니었죠. 그런 일은 해주지 않았어요.

대드는 아들을 빤히 바라보았다. 얼마 후 그는 다시 창문 쪽으로 시선을 돌렸다.

정말 개떡 같아요. 프랭크가 말했다. 그게 인생이라니.

난 그녀를 도와주었다. 여기 있는 이 여자분 말이다. 그녀를 위해서 몇 가지 일을 했지. 대드가 말했다.

저분은 제게 돈을 주셨죠. 타니아가 말했다. 정말이에요.

그것도 꽤 오랫동안 그랬지. 대드가 말했다.

아버지가 이분의 남편을 죽인 다음의 일이죠. 프랭크가 말했다.

무슨 얘기를 하는 거냐? 난 그 사람을 죽이지 않았다. 그가 자살했다는 소리를 방금 듣지 않았니?

하지만 그 일이 왜 일어난 거죠? 그런 일이 일어나도록 한 사람이 누구냐고요.

그 일을 내 탓으로 돌려선 안 된다.

제가 그럴 필요는 없죠. 아버진 자책하고 계시니까.

대드는 방구석으로 시선을 보냈다. 하나는 키가 크고 하나는 키가 작은 낯익은 두 사람이 여전히 그곳에 앉아 커다란 손의 손가락들을 만지작거리며 대화를 듣고 있었다. 어쨌든 난 자네들을 제대로 대우했네. 안 그런가? 대드가 물었다.

전 점주가 될 참이었죠. 루디가 말했다.

아직도 그렇다네.

아뇨. 사장님 따님이 됐잖습니까.

언젠가 자네가 점주가 될 걸세.

우리 두 사람 가운데 누구 말씀인가요?

그건 나도 모르겠네. 그건 내가 떠나고 나서의 일이지.

그 문제는 누가 결정하게 되나요?

내가 말할 문제가 아냐. 자네들 각각에게 보너스를 주었잖나.

그 점은 고맙게 생각하고 있습니다.

만 달러일세. 대드가 말했다.

이십 년 세월에 대한 대가죠.

하지만 자네들은 내가 선행을 베풀어준 것처럼 굴지 않았나.

난 자네들이 그렇게 여긴다고 믿었네.

그건 저희도 알고 있습니다.

그는 프랭크에게 고개를 돌렸다. 네 엄마는 네가 여기 있는 걸 알고 있니? 엄마에게 말했니? 물 좀 마시고 싶구나. 여기엔 물이 없어. 물을 마시고 싶다.

여보, 누구하고 얘기하고 있는 거예요? 메리가 물었다.

그가 눈을 들어보니 아내가 침대 곁에 서 있었다.

당신 큰 소리로 얘기하고 있었어요. 꿈꿨어요, 여보? 아니면 꿈같은 생각을 하고 있었던 거예요? 여기 물 있어요. 당신이 마실 물이 바로 여기 있다고요. 그녀가 그에게 물잔을 건넸다. 그는 잔을 받아들었지만 물을 마시지는 않았다.

그 사람들이 바로 여기 있어요. 그가 말했다.

여기엔 아무도 없어요.

프랭크가 있어.

프랭크. 프랭크를 봤어요?

그애가 여기 있었소. 그애와 제대로 얘기를 하지 못했어요. 그애하고 얘기하고 싶었는데.

나도 그애가 나하고 얘기하면 좋겠네요.

그애가 커피를 마셨던가? 대드가 물었다.

누구 말이에요?

프랭크 말이오. 그애가 여기 살았을 때 커피를 마셨어요? 그애
가 어렸을 때 말이오.

그래요. 물론이요. 그애는 늘 커피를 마셨어요. 프랭크는 커피
를 좋아했죠.

32

　그다음 주일 교회에서 예배가 시작되기를 기다리는 신도는 몇
명 되지 않았다. 그의 아내가 있었고 그녀 곁에 벌써부터 지루하
고 언짢은 얼굴로 앉아 있는 아들, 사람들에게 나눠줄 주보 한
뭉치를 든 채 뒤쪽에 서 있는 노인, 늘 앉던 자리에 앉아 있는 존
슨 집안 여인들, 그 밖에 대부분 여자들인 열 명쯤 되는 신도들
과, 제단 앞에는 피아노 앞에 앉아 목회자가 도착해 예배를 시작
하게 될 때까지 예배에의 초대를 반복해서 연주중인 반주자가
있었다.
　이윽고 그가 옆문을 통해 들어와 카펫이 깔린 연단을 가로질러
설교단으로 향했다. 그는 까만 바지에 전처럼 목 단추를 채우지
않은 하얀 긴소매 셔츠 차림이었지만, 이번에는 소매 단추가 채

워져 있었다. 그리고 이번에는 관행을 따라 설교단 뒤에 섰다.

그는 한동안 아무 말 없이 그저 신도들을 바라보며 그 자리에 서 있었다. 신도들은 기다렸다. 교회 안은 아주 조용했다. 피아노 반주자도 연주를 멈췄는데, 어설프게도 소절 도중에 끊고 말았다.

얼마 후 그가 조용한 목소리로 입을 열었다. 집으로 돌아가십시오. 그가 말했다. 그편이 좋겠습니다. 저는 더이상 할말이 없습니다. 여러분께는 저나, 그게 뭐든 제가 여러분께 하는 말이 필요치 않습니다. 여러분은 뭘 어떻게 해야 할지 스스로도 잘 알고 계신 분들입니다. 지금이든 다른 어느 때든 말입니다. 집으로들 가십시오. 그편이 좋습니다. 저는 제가 한 말을 취소할 생각이 없습니다. 철회하지 않겠습니다. 하지만 여러분이 제게서 그말을 들을 필요는 없을 것 같군요.

그는 말을 멈췄다. 신도들은 꼼짝도 하지 않은 채 목사의 다음말을 기다렸다. 전날 밤의 사건 때문에 그의 얼굴은 약간 부어있었다. 그는 설교단 너머로 사람들을 바라보았다. 오랫동안 침묵이 흘렀다. 신도들은 기다렸으나 목사는 그저 이렇게만 말했다. 오늘 아침 이렇게 다시 찾아와주셔서 고맙습니다. 이 말씀을 드리고 싶습니다. 어쩌면 일말의 희망이 있을지도 모르겠습니다. 저는 이 일을 그런 식으로 보려고 합니다. 하지만 여러분은 이제 돌아가십시오. 마음 편히 지내십시오. 저는 더이상 드릴 말씀이 없습니다.

그는 또다시 오랫동안 사람들을 바라보았다. 그러더니 설교단에서 몸을 돌려 연단을 가로지른 후 옆문을 통해 사라졌다. 신도들은 서로 마주보았다. 이윽고 다리를 저는 한 노파가 일어서더니 신도석을 빠져나와 뒤쪽을 향해 가기 시작했다. 사람들은 그녀의 모습을 지켜보았다. 노파는 중간쯤에서 걸음을 멈췄다. 이제 다 끝났어. 그녀가 말했다. 모르겠수? 여기 앉아서 기다려봤자 아무 소용 없다고요. 당신들은 하고 싶은 대로 앉아서 기다리구려. 내 평생 교회에서 이런 일을 보게 될 줄은 몰랐네. 두 번 다시 보고 싶지 않은 광경이야. 그녀는 절뚝거리는 걸음으로 느릿느릿 통로를 거슬러올라가 뒤쪽에 서 있는 문지기 곁을 지나 밖으로 나갔다.

다시 정적이 찾아왔다. 잠시 후 라일의 아내가 자리에서 일어나 교회 앞쪽으로 걸어가더니 제단 앞 난간에서 몸을 돌려 신도들을 마주보았다. 보기 좋은 맞춤 여름 드레스를 입은 그녀는 지쳐 보이긴 했어도 여전히 아름다웠다. 드릴 말씀이 있어서 이 자리에 섰습니다. 그녀가 말했다. 오늘 아침 몇 가지 정정할 사항이 있을 것 같아서요. 지난주에 남편이 설교한 내용과 조금 전에 여기서 한 말 때문입니다. 그녀는 잠시 말을 멈췄다. 하지만 무슨 말씀을 드려야 좋을지 모르겠네요. 어째서 제가 여러분을 달래기 위해 변명을 늘어놓는 역할을 맡게 됐는지 저도 모르겠습니다. 저 자신은 아무 잘못한 일도 없는데 말이에요. 아무튼 제가 한 말은 아니니까요. 그녀는 다시 한번 말을 멈추고는 천천히 사람들을 둘러보았다. 제가 아는 거라곤 이제 지긋지긋하다는 것뿐이에요. 지금 저는 제가 지쳤다는 말을 공개적으로 하는 겁니다. 이번 일도 덴버에서 있었던 일과 너무나 흡사하답니다. 거기서도 사람들은 남편이 잘못했다고 생각했지요. 그런데 지금 그이는 또다시 잘못을 저질렀고, 사람들도 다시 등을 돌려버렸어요. 그러는 것도 무리가 아니죠. 그래서 전 떠날 겁니다. 아마도 바로 그것이 제가 해야 할 일일 거예요. 적어도 저 자신과 우리 아들만큼은 구해야 하니까요.

그렇지 않아요. 사모님은 목사님을 지지해줘야지요. 윌라 존슨이 말했다. 윌라와 에일린은 목사 부인으로부터 멀지 않은 곳에 앉아 있었다.

뭐라고 하셨어요? 저한테 하시는 말씀인가요?

사모님은 여기 남아서 목사님을 도와줘야 해요. 여기가 사모님이 있을 자리예요. 난 사모님이 그 얘기를 하러 앞으로 나온 건 줄 알았네요. 나는, 잘하는 일이라고, 사모님은 내가 아는 것보다 훨씬 용감한 분인 모양이라고 생각했답니다.

아뇨. 모르시겠어요? 그렇지 않아요. 하긴 당신이 어떻게 알겠어요? 어떻게 내가 처한 상황을 이해할 수 있겠어요?

사모님이 처한 상황이 어떤 건지는 아무래도 좋아요. 사모님은 목사님의 부인이죠. 사모님이 있을 자리는 그분 곁이라고요.

결혼하신 적 있으세요?

오, 그럼요. 오랫동안 결혼생활을 했지요. 지금 여기 앉아 있는 사람이 내 딸이에요.

좋아요. 라일의 아내가 말했다. 남편에게 원칙이 있다는 건 저도 인정하겠어요. 그건 저도 알고 있다고요. 예전에는 저도 남편의 원칙과 고결한 의도에 탄복하곤 했답니다. 하지만 결국 그것이 무슨 소용이 있나요? 그건 먹을 수 있는 것도 아니고 의지할 수 있는 대상도 아니에요. 원칙은 안정을 보장해주지 않죠.

사모님은 남편분을 자랑스럽게 여겨야 해요. 윌라가 말했다. 그분이 가진 것 같은 신념을 가진 이는 거의 없어요. 그걸 행동으로 옮기는 사람은 훨씬 더 적고요.

다음 순간 교회 중앙에서, 양손으로 얼굴을 감싼 채 당혹스러운 기분으로 바닥만 보며 앉아 있던 아들 존 웨슬리가 일어섰다. 그는 잔뜩 화가 나 있었다. 닥쳐요! 그가 소리를 질렀다. 닥치라고요! 당신은 아무것도 몰라, 이 멍청한 늙은이 같으니! 조용히 해요! 우리 엄마를 가만히 내버려두라고요.

그러자 지난주 주일에 그랬던 것처럼 문지기 노인이 황급히 복도를 달려왔다. 그만둬요! 다시는 이런 일이 벌어지는 꼴을 보고 싶지 않으니까! 이미 한 번 겪었으니 다시는 겪고 싶지 않고요. 여기는 교회예요.

아저씨도 닥쳐요! 소년이 악을 썼다. 모두 입 닥치란 말이에요! 우리를 그냥 내버려둬요! 그러고는 신도석을 빠져나와 복도를 지나 커다란 문 밖으로 달려나갔다.

사람들은 충격으로 망연자실해서 아이를 지켜보다가 다시 라일의 아내에게로 고개를 돌렸다. 양손으로 얼굴을 감싼 그녀는 이제 금방이라도 울음을 터뜨릴 것처럼 보였다. 그녀는 고개를 숙인 채 아들이 나간 쪽을 향해 더듬거리듯 천천히 복도를 따라 걸음을 떼어놓았고 교회 뒤편에 이르자 얼굴을 가렸던 손을 내리고는 빠른 걸음으로 뛰쳐나갔다. 문지기 노인이 맨앞으로 나왔다. 노인은 사람들을 둘러보았다. 대체 이걸 어떻게 해야 합니까? 그러면서 교회 주보를 치켜들어 보였다.

그런 건 신경쓸 것 없어요. 윌라가 말했다. 우리에겐 이제 주보가 필요치 않으니까요, 웨인.

주보가 잔뜩 있는걸요. 그가 말했다.

그래요. 윌라가 말했다. 주보를 잘 간수해줘서 고마워요. 이제 교회 문을 닫는 게 좋겠네요.

그녀와 에일린이 나가자 피아노 앞에 앉아 있던 여자도 피아노 건반 위로 뚜껑을 닫고 자리를 떴고, 나머지 신도들도 줄지어 교회를 나갔다. 지난주에 그랬듯이 모두가 말없이 조용한 가운데 걸음을 옮겼다. 교회 문지기는 고리가 달린 장대로 높다란 스테인드글래스 창을 닫기 시작했다.

교회를 나온 라일은 목사관을 향해 걸어갔다. 그는 곧장 집으로 간 다음 뒷문을 통해 차고로 가서 차에 올라 좁은 아스팔트 길을 달려 남쪽으로 향했다. 처음 몇 마일은 빠르게 달리다가 속도를 떨어뜨리고 동쪽으로 방향을 틀어 카운티 도로로 접어들었다. 별다른 동기나 목적지 없이 운전하던 그는 얼마 후 모래언덕에 이르자 차를 세우고 목초지에 서 있는 말 세 마리를 바라보았다. 그는 차에서 내려 도랑의 잡초 사이를 지나 철조망 울타리 앞에서 멈춰 섰다. 말들이 그를 바라보았다. 두 마리는 붉은 암말이고 한 마리는 망아지였다. 암말 한 마리가 다가오자 그는 손을 내밀었다. 암말은 그가 내민 손에 코를 대고 냄새를 맡더니 뒤로 물러났다. 얼마 후 그 암말과 다른 말 두 마리는 방향을 바꿔 저쪽으로 걸어갔다. 그는 다시 자동차로 돌아와 남북과 동서로 곧게 뻗어 있는 지방 도로를 따라 달렸다. 그렇게 한 시간 가량 정처 없이 달리던 그는 존슨네 집에 이르렀다.

누구와 만나거나 얘기할 기분이 아니었던 그들은 교회에서 벌써 돌아와 있었다. 집에 들어와 주일에만 입는 옷을 벗고 부드럽고 낡은 실내복으로 갈아입은 다음 부엌 식탁에 앉아 정원에서 손수 재배한 토마토로 만든 토마토 샌드위치를 먹고 아이스티를 마셨다. 그들은 교회에서 있었던 일에 대해서는 몇 마디 말만 나누었다. 그때 집을 향해 난 자갈길에서 자동차 소리가 났다. 에일린이 일어나서 부엌 창으로 내다보았다. 그분이네요. 그녀가 말했다. 라일 목사님이요.

오, 이런. 윌라가 대꾸했다. 목사님이 무슨 생각으로 온 거지?

어디 한번 알아보죠. 에일린이 말했다.

얘기가 하고 싶은 걸 거야. 윌라가 말했다.

아마 그럴 거예요. 뭐 그래도 상관없잖아요.

두 사람은 지난주 로레인과 앨리스가 방문했을 때처럼 포치로 나가 기다렸다. 차에서 내린 라일은 자동차 지붕 너머로 두 여자와 헛간과 축사, 가축우리, 풍차, 딴채, 작업장 등을 둘러보았다. 그러고는 다시 여자들에게 시선을 돌리고 차 뒤를 돌아나온 후 걸음을 멈췄다. 제가 잠시 들어가도 괜찮겠습니까?

팬찮고말고요. 어서 안으로 들어오세요. 그게 좋겠죠? 윌라가 말했다.

그러고 싶군요.

어서 안으로 들어오세요. 에일린도 말했다.

그는 뜰에 난 좁다란 길을 걸어서 두 여자를 따라 부엌으로 들어갔다.

여긴 쾌적하군요. 라일이 말했다. 아주 시원하고 평화로워요.

집의 이 공간은 늘 서늘하답니다. 윌라가 말했다. 나무 그늘과 포치가 있어서요.

그리고 창을 열어놓아서 그렇겠군요. 라일이 말했다.

여름철에는 창 닫는 일이 거의 없답니다. 거의 언제나 산들바람이 들어오지요. 자리에 앉으세요.

괜찮으시다면 먼저 손을 좀 씻고 싶군요.

화장실은 저쪽이에요. 윌라가 말했다.

그는 화장실에 들어가 문을 닫았다. 그가 나와보니 에일린이 식탁을 치우고 있었다.

여기 앉으시겠어요, 아니면 거실로 갈까요? 윌라가 물었다.

여기가 좋겠군요. 안 그래요? 라일이 말했다.

식사 좀 하셨어요?

아뇨.

치즈와 토마토를 넣은 샌드위치가 있어요. 에일린이 말했다.
아니면 베이컨과 양상추와 토마토를 넣은 샌드위치를 만들어드
릴 수도 있는데요.

고맙습니다. 그게 좋겠군요.

자리에 좀 앉으세요. 여기선 격식 같은 건 필요치 않으니까요.

그가 식탁에 앉자 월라도 맞은편 자리에 앉았다. 에일린이 아
이스티를 가져다놓고 검은 무쇠 프라이팬에 베이컨을 굽기 시작
했다.

우편함에 붙은 이름을 봤어요. 라일이 말했다. 그래서 여러분
을 찾게 된 겁니다. 두 분의 집이 분명하다고 생각했지요.

그래요. 저희는 이곳에 오랫동안 살았어요. 남편은 이 목장에
서 자랐고 그런 다음 우리가 결혼한 뒤로도 계속 여기 살았죠.
그러다 에일린이 생겼지요. 에일린이 대학에 가고 교사로 일하
기 시작한 뒤로 그이가 죽기 전까진 우리 둘뿐이었답니다.

남편분은 언제 돌아가셨나요?

벌써 삼십 년이 됐네요. 월라가 말했다. 남편 없이 삼십 년을
산 거죠. 그이는 밤중에 새로 태어난 송아지들을 점검하다가 송
아지 우리에서 심장마비를 일으켰어요. 내가 그이를 발견했죠.
잠옷에 외투를 걸치고 손전등을 들고 밖으로 나갔는데 남편이
눈을 뜬 채 땅바닥에 쓰러져 있는 거예요.

저런. 몹시 견디기 힘드셨겠어요.

사실 그랬지요. 그녀가 나지막한 목소리로 말했다. 저는 종종 생각해보곤 했답니다. 이 오랜 세월을 사랑하는 사람과 함께 보내고 나중에 그때를 떠올리고 비교하면서 상실감을 느끼는 편이 좋은 걸까요. 그녀는 에일린 쪽을 흘긋 바라보았다. 아니면 아예 처음부터 그런 사람을 만들지 않는 편이 더 좋은 걸까요. 그러면 예전이 어땠는지를 기억할 필요도 없을 테니까요.

사랑하는 사람이 있었던 편이 분명 더 나을 거라고 말씀드려야겠군요. 라일이 말했다.

에일린이 파란 포도가 그려진 우아하고 고풍스러운 접시에 샌드위치를 담고 감자칩 한 봉지를 그릇에 담아 식탁에 가져오고 라일이 마시던 아이스티 잔을 다시 채워주었다.

또 뭐 필요하신 거 있으세요?

아뇨. 정말 고맙습니다.

에일린은 어머니 맞은편, 라일 옆자리에 앉았다. 그는 음식을 먹기 시작했다. 두 사람은 식사를 하는 그를 지켜보았는데, 시원시원하게 음식을 먹는 그의 모습은 두 사람에게 뜻밖이었다. 그들의 부엌에서 음식을 먹는 남자를 보는 것은 오랜만이었다.

그는 샌드위치 반쪽을 먹고는 다른 반쪽을 먹기 시작했다. 그의 얼굴은 까지고 부어 보였다. 교회에서 두 분을 뵈었지요. 그가 말했다. 제가 나온 뒤로 무슨 일이라도 있었나요?

있었어요. 윌라가 말했다. 하지만 목사님께서 듣고 싶은 얘기는 아닐 거예요.

무슨 일인데요?

사모님께서 자리에서 일어나 앞으로 나오셨어요. 에일린이 말했다. 그러곤 저희에게 말씀을 했죠.

무슨 말을 했나요?

목사님의 원칙에 감탄은 하지만 그걸 받아들일 수는 없다고요.

그는 미소를 지었다. 그건 맞는 얘깁니다.

그것 말고 다른 말씀도 했지요. 그 얘기도 해드릴까요? 윌라가 말했다.

물론입니다.

사모님께서는 이제 떠나야겠다고 하셨어요. 홀트를 떠난다는 말씀이셨죠.

별로 놀랄 얘기는 아닙니다. 전에도 그런 말을 했거든요.

그분은 덴버에서 있었던 일도 얘기했어요. 목사님의 아드님은 몹시 화를 냈답니다.

그애도 무슨 말을 하던가요?

우리를 향해 소리를 지르고는 밖으로 뛰쳐나갔죠. 그러는 것도 무리는 아니지만요.

이제 어떻게 하실 건가요? 에일린이 물었다.

그는 냅킨으로 입을 닦으며 싱크대 너머 창밖으로 시선을 보냈다. 저도 모르겠습니다. 그가 말했다. 아무래도 전 끝장난 것 같습니다.

진심으로 하시는 말씀은 아니죠? 윌라가 말했다.

진심입니다. 목사로서의 경력은 끝났어요. 제대로 하지 못했으니까요.

하지만 사람들은 이 일을 잊을 거예요.

아마 그러겠죠. 그러나 전 잊지 못할 겁니다. 사람들은 불안을 원치 않아요. 사람들이 원하는 건 확신이죠. 사람들이 주일 아침 교회에 오는 것은 새로운 사상에 대해 생각해보기 위해서가 아닙니다. 심지어 오래되고 중요한 사상을 생각하기 위해서도 아닙니다. 사람들은 전에도 들었던 얘기를 듣고 싶어합니다. 평생 들어온 얘기에 약간의 변화만 더한 얘기 말이죠. 그런 다음 집으로 돌아가 고기찜을 먹으면서 예배가 좋았다고 말하며 흡족해한답니다.

하지만 꼭 지금 마음을 정하실 필요는 없잖아요. 윌라가 말했다. 안 그러셨으면 좋겠네요.

제 마음은 이미 정해진 것 같군요. 그가 대꾸했다.

사람들은 불행을 만들어내는 것 같아요. 에일린이 말했다.

그런 문제에 대해 뭔가 알고 계신 것 같군요.

약간은요. 그녀가 말했다. 모든 사람들은 불행에서 불행으로 옮겨다니는 것 같아요.

전 모르겠습니다. 그렇다고 생각해본 적이 별로 없어서요.

하지만 좋은 일도 있잖니. 월라가 말했다. 난 그쪽에 점수를 더 주고 싶구나.

짤막짤막하게 그런 순간들이 있긴 하죠. 에일린이 말했다. 지금도 그중 하나고요.

두 사람은 말없이 앉아 있는 라일을 바라보았다. 창으로 들어온 햇빛이 그의 부은 얼굴을 환하게 비추었다.

저는 교단 감독관과 목회 조사위원회에 소환될 겁니다. 그들이 이 문제를 공식화하기 위해 모종의 회의를 열고 싶어할 테니까요.

33

그들은 오전이 절반쯤 지나갈 때까지 그녀가 떠났다는 사실조차 알지 못했다. 늦게 잠이 깬 대드가 베개에서 고개를 돌려보니 그녀가 침대에 없었지만 그리 이상할 건 없었다. 그가 깰 때쯤 그녀가 먼저 일어나 옷을 입고 부엌에 나가 일하는 건 종종 있는 일이었다. 그는 아내를 소리쳐 불렀다. 그러고는 침대에서 나와보려 애썼지만 기운이 너무 없었다. 다시 한번 그녀를 불렀다. 마침내 그는 더이상 기다릴 수가 없었다. 차고 있던 기저귀를 적셔서 잠옷 아래가 흠뻑 젖은 채로 누워 있는 것이 화가 나고 언짢았다.

얼마 후 로레인이 들어왔다. 엄마는 어디 계세요?

모르겠구나. 내가 계속 불렀는데.

집안에는 안 계세요. 로레인이 말했다. 제가 찾아봤는데 보이지 않아요.

옆집에 간 걸까?

그럴지도 몰라요. 제가 도와드려요, 아빠?

내가 실수를 했구나.

그러셨어요?

아랫도리가 잔뜩 젖었어. 기저귀 밖으로 샜을지도 모른다. 그래서 침대에서 나오려고 했는데 부축 없이는 그럴 수가 없더구나.

제가 기저귀를 새것으로 갈아드려도 되겠어요?

엄마가 해주었으면 좋겠구나.

알아요. 하지만 지금 엄마가 안 계시잖아요, 아빠.

엄마 어디 있니?

제가 찾아볼게요. 우선 아빠부터 닦아드리고요.

그녀는 아버지를 부축해 침대에서 내려오게 했다. 그가 축 늘어진 잠옷 차림으로 절뚝거리며 욕실로 들어가 환자용 변기 앞에 어린애처럼 서 있는 동안 그녀는 그의 잠옷 바지와 기저귀를 벗겼다. 그녀는 아버지가 몸을 닦도록 세수수건을 건네주었고 그다음으로 뼈가죽만 남은 그의 엉덩이를 닦아주었다. 그는 몸을 떨고 있었다. 그의 옆구리와 다리에 소름이 돋았다.

잠깐 여기에 앉아 계시고 싶으세요? 로레인이 물었다. 소변을 좀더 보실 수 있게요?

그래. 그러는 게 좋겠다.

그녀는 아버지의 프라이버시를 위해 밖으로 나와 전면창을 통해 거리를 내다보고는 다시 돌아와 아버지에게 새 기저귀를 채우고 깨끗한 트레이닝팬츠와 카디건을 입혀주었다. 그는 발을 끌며 욕실 밖으로 나왔다. 발이 슬리퍼 안에서 자꾸만 미끄러졌다. 그는 지팡이를 짚어가며 창가에 놓인 자신의 의자로 향했다.

차가 없어요. 로레인이 말했다. 방금 확인했어요. 엄마는 상점에 가신 모양이에요.

그러기에는 너무 오래 나가 있는구나. 버타 메이에게 네 엄마가 어디 있는지 혹시 아느냐고 물어보겠니? 네가 직접 가봐야 할 거다. 전화를 받지 않는 때가 많으니까.

로레인은 옆집 포치에 서 있었다. 버타 메이가 문으로 나왔고 두 사람은 집안으로 들어갔다. 버타 베이는 오늘 아침 그녀의 어머니를 보지 못했다고 했다. 그때 앨리스가 들어왔고 그들은 아이에게도 물어보았다. 아이는 자신이 자전거를 타고 있는데 루이스 부인이 차에 오르더니 이렇게 말했다고 했다. 자전거 조심해서 타렴. 오가는 차들은 잘 살펴보고 있는 거지? 그래서 전 잘 살펴보고 있다고 말씀드렸어요.

그러고는?

그러고 나서 차를 몰고 가셨어요.

그분이 무슨 옷을 입고 있었는지 생각나니? 로레인이 물었다.

원피스 차림이셨어요.

정말?

네. 파란 원피스였어요.

집으로 돌아온 로레인은 좀더 꼼꼼하게 집안을 살펴보다가 전화기가 놓인 작은 받침대 밑에서 바람에 날려 떨어진 메모지를 발견했다.

아담한 필체로 적은 짤막한 메모가 있었는데, 거두절미하고 한 줄만 적혀 있었다. 프랭크를 보러 간다.

그녀는 바깥이 환해지던 무렵 일찍 자리에서 일어났다. 흐릿한 빛 속에서 대드의 모습이 어둑하게 보였다. 그는 느리고 힘겹게 숨을 쉬고 있었다. 숨을 내쉴 때 입이 종처럼 벌어지면서 그르렁거리는 소리가 났다. 그녀는 잠옷을 벗고 전날 밤 어두운 옷장 안에 걸어두었던 원피스를 내려 입은 다음 구두를 들고 부엌으로 가서 전등을 켜고 부엌 의자에 앉아 구두끈을 맸다. 그녀는 토스터에 식빵을 넣고 커피메이커를 작동했다. 그런 다음 화장실로 가서 세수를 하고는 거울에 비친 주름이 깊게 팬 자신의 얼굴을 보며 립스틱을 살짝 바르고 굵고 짧은 흰 머리칼을 빗질했다. 부엌으로 돌아와보니 커피가 다 되어 있었다. 그녀는 커피를 보온병에 담고 토스트에 버터를 발라 비닐봉지에 넣은 다음 보온병과 핸드백을 들고 소리를 죽여가며 현관 밖 아름답고 서늘한 일요일 아침 속으로 나섰다.

거리에서 그녀는 차를 잠시 멈추고 자전거를 탄 앨리스와 이야기를 나누고는 브러시로 가는 34번 전국 고속도로가 있는 서쪽으로 방향을 잡았다. 주간 고속도로를 탄 그녀는 포트모건을 지나 덴버로 향했다. 그리고 운전을 하는 동안 커피를 마시고 토스트를 먹었다.

덴버에 도착할 때까지는 별일이 없었다. 그러다가 대대적인 도로 공사 현장과 맞닥뜨렸는데, 일요일 오전임에도 불구하고 공사를 하고 있었다. 그녀는 우회로와 도로 봉쇄 속에서 길을 잃고 도시의 북쪽으로 가고 말았다. 자신이 지금 어디에 있는지 감을 잡기까지는 반시간이나 걸렸다.

그녀는 길모퉁이에 자리잡은 주유소로 들어갔다. 주유기 앞이

나 콘크리트 블록으로 지은 사무실 앞에 다른 차가 서 있는 것은 보이지 않았지만 카운터 뒤편에 노인 한 사람이 앉아 있었다. 그녀는 차에서 내린 뒤 문을 잠그고 주위를 둘러본 다음 사무실 안으로 들어갔다. 노인이 고개를 들었다. 생각만큼 나이가 많아 보이지 않았다. 머리만 하얗게 세었는데, 양옆 머리는 뒤쪽으로 빗어넘기고 이마 위쪽은 그녀가 젊었을 때 남자애들이 그랬던 것처럼 웨이브를 지어 위로 바짝 당긴 스타일이었다. 그는 카운터 위에 신문을 펼쳐놓고 읽던 중이었다.

안녕하세요. 그녀가 말을 건넸다.

예, 어서 오세요.

솔직하게 말씀드릴게요. 제가 길을 잃었어요. 도로 공사 때문에 엉뚱한 방향으로 오고 말았답니다. 시내로 들어가고 싶은데 말이에요.

부인, 그렇게 사람들한테 길을 잃었다는 말씀을 하고 다니시면 안 됩니다. 사람들이 무슨 짓을 할지 모르니까요.

아, 사람들이 내게 무슨 짓을 하리라고는 생각지 않아요. 날 좀 보세요. 다 늙은 할멈인걸요. 그녀는 작은 사무실 복판에 서서 그를 빤히 보았다.

그거야 모를 일이죠. 알 수 없는 일입니다.

좋아요, 다시는 그렇게 말하지 않을게요. 하지만 나 좀 도와주시지 않겠어요?

네. 도와드리죠.

그는 자리에서 일어나 입구 옆쪽 벽에 설치된 선반에서 덴버 시의 지도를 꺼내왔다.

오. 그렇게까지 해주시려고요?

그 밖에 달리 방도가 있나요?

카운터를 돌아 자리로 돌아온 그는 지도를 펼치고 현재의 위치와 시내까지 가는 길을 가리켜 보였다.

하지만 난 지도를 보고 운전을 못해요. 그녀가 말했다.

그가 그녀를 바라보며 물었다. 어째서요?

모르겠어요. 그냥 못해요. 내가 사물을 보고 생각하는 방식 때문이에요.

그렇다면 그냥 내가 하는 말을 기억하면 되지 않나요?

아뇨. 그건 내 방식이 아니에요.

그럼 내가 뭘 어떻게 해드려야 할지 모르겠군요. 내가 어떻게 해주기를 원하시죠?

천천히 말씀해주시면 제가 적을게요. 그리고 적은 종이를 보고 선생님이 하라는 대로 좌회전이든 우회전이든 할게요.

하지만 여기 있는 지도를 부인에게 드리면 되잖습니까. 그게 그거니까요.

아뇨. 지도는 소용이 없어요.

뭐, 부인이 원하시는 게 그거라면 어쩔 수 없죠. 그가 말했다.

그러더니 그는 아주 참을성 있게 그녀에게 길을 일러주었고, 그녀는 자동차 경매 전단지 뒷면에 그가 일러주는 말들을 적었다. 그런 다음 그 전단지를 접어 핸드백에 넣었다.

차에 기름은 있습니까? 그가 말했다. 만전을 기하는 게 좋을 텐데 말입니다.

물어봐주셔서 감사해요. 기름은 괜찮아요. 그런데 화장실 좀 쓸 수 있을까요?

곧장 가시면 화장실이 있습니다.

화장실은 그다지 깨끗하지 않았다. 그녀는 변기에 종이를 깔았다. 볼일을 본 다음 손을 꼼꼼하게 씻고 거울을 보며 립스틱을 새로 발랐다. 빨간 입술과 백발의 대조가 눈에 띈다는 생각이 들었다. 그런 다음 노인이 있던 사무실로 돌아갔다. 고마워요. 그녀가 말했다. 이렇게 애써주셨으니 뭐라도 좀 사드려야 할 것 같네요.

필요하신 게 있나요?

아뇨. 그런 것 같지는 않아요.

그러면 아무것도 사실 필요가 없습니다. 애쓴 것도 없으니까요. 그저 다른 사람한테 길을 잃었다는 얘기만 하지 마세요.

이젠 길을 찾은걸요. 말씀해주신 방향이 정확한 거죠?

네, 그렇게만 가시면 됩니다.

고맙습니다. 좋은 분이세요.

그렇지 않아요. 그러면서 그는 주유기가 있는 쪽을 내다보았다. 집사람도 부인 말씀에 동의할지는 모르겠군요.

어째서요?

뭐 다 지나간 일입니다.

무슨 일이 있으셨던 모양이군요.

그래요.

그래도 두 분은 아직 함께 사시잖아요.

오늘 아침만큼은 그렇다고 할 수 있죠.

여전히 부인과 살고 싶으신 거죠?

그 사람은 제가 원하는 여자예요. 예전에도 늘 그랬죠. 방향만큼은 분명하답니다.

그렇다면 선생님이 부인으로 하여금 그쪽을 보도록 만드셔야 해요.

어떻게 말인가요?

저는 모르죠. 그건 선생님이 알고 계실 거예요.

집사람은 저를 아예 포기한 게 분명합니다.

아뇨, 부인은 포기하시지 않았어요. 제가 보기엔 그랬을 것 같지 않아요. 그랬다면 선생님과 함께 지금 그 집에 살고 계시지 않을 테니까요.

아니, 집사람은 저를 포기했을 겁니다. 그녀에게는 끝난 일이죠. 더이상 전과 같은 기분이 아니에요.

하지만 선생님은 좋은 분이세요. 난 알 수 있어요. 그걸 입증하는 메모를 부인께 써드릴 수도 있어요.

이런, 그런다고 달라질 건 없을 것 같은데요.

내가 메모를 써드릴까요?

뭐, 그럽시다. 안 될 것도 없으니까. 그런다고 손해 볼 일은 없지 않겠어요?

글을 쓸 만한 종이가 더 있나요?

그럼요. 여기다 쓰세요.

그가 그녀에게 다른 전단지를 건넸다.

선생님 성함이 어떻게 되세요? 그녀가 물었다.

에드요.

글을 쓰기 시작한 그녀가 손을 멈추더니 다시 물었다. 부인 성함은요?

메리예요.

내 이름도 메리예요. 그녀가 말했다.

이런, 반갑네요. 그가 말했다. 그가 카운터 너머로 손을 내밀

었고 두 사람은 악수를 나누었다. 그녀는 이렇게 적었다. 안녕하
세요, 메리. 부인은 저를 모르시겠지만 오늘 아침 주유소에서 부
인의 남편 에드를 만났는데 제게 아주 친절하게 대해주셨어요.
저는 남편분이 좋은 분이라는 인상을 받았어요. 저 역시 좋은 남
편이 있어서 그렇다는 걸 알 수 있답니다. 사람들은 그렇게 생각
하지 않을지 몰라도 저는 오십 년간 남편을 알고 지냈거든요. 두
분이 행복한 날들을 보내시길 빌게요. (미지의) 친구 메리 루이
스 씀. 그녀는 종이를 접었다. 내가 여기서 떠날 때까지 읽지 마
세요. 그녀가 말했다.

어째서 지금 읽어보면 안 됩니까?

그러면 효과가 없을 거예요. 그건 징크스랍니다.

알겠습니다. 그가 말했다. 부인도 조심해서 가세요.

난 아들을 보러 가는 길이에요. 그녀가 말했다. 그러고는 밖으
로 나와 차에 오른 뒤 그곳을 떠났다.

아직 일요일 오전이 절반밖에 지나지 않은 시각이어서 덴버
시내에는 차량이 그리 많지 않았다. 순전히 요행과 본능에 의지
해 그녀는 프랭크의 아파트가 있는 거리까지 갈 수 있었다. 그녀
는 주차한 뒤 차문을 잠그고 보도로 올라가 낡을 대로 낡은 목조

건물의 출입구로 향했다. 그녀와 대드가 함께 그곳에 온 뒤로 오랜 세월이 지났지만 여전히 페인트칠이 되어 있지 않았다. 그녀는 입구에서 노크를 하고 기다렸다. 옆집 역시 이 집과 똑같았다. 그녀는 문을 밀어보았다. 잠겨 있지 않았다. 그녀는 그녀가 기억하던 대로 닫힌 문 두 개가 있는 어두운 복도로 들어선 뒤 프랭크가 살았던 아파트로 향하는 계단을 조용히 올라갔다. 몸집이 작은 멕시코 여자가 문밖으로 나왔다. 여자의 등뒤로 스페인어로 된 TV 드라마 소리가 났다. 프랭크 집에 있나요? 그녀가 물었다.

뭐라고요?

프랭크가 아직 여기 살고 있나요?

여기 프랭크라는 사람은 없는데요.

메리는 다른 문들을 바라보았다. 여기 사신 지 오래되셨어요?

나 말인가요?

그래요. 이 집에 이사 온 지 얼마나 됐어요?

몰라요.

모른다고요?

그렇게 오래되지 않았어요.

이 집에 다른 사람은 없나요?

지금 남편이 자고 있어요.

그녀는 여자 너머로 아파트 안을 들여다보았다. 전 아들을 찾고 있어요. 프랭크 루이스라는 사람을 찾고 있어요.

그런 사람은 몰라요.

우린 아들을 오랫동안 보지 못했답니다. 지금 그애가 어디 있는지 몰라요. 그애가 우리에게 말해주지 않아서 말이에요.

모른다고요? 어째서요?

그애와 남편의 관계 때문이죠. 두 사람 사이에 무슨 일이 있었어요. 우리 모두와도 그렇고요.

남편이 아드님을 때렸나요?

아뇨. 그런 일은 아니었어요.

오. 그런 일이 있다니 안되셨어요.

메리는 그녀를 바라보았다. 눈물 때문에 눈이 따가웠다. 고마워요. 메리가 말했다.

아드님을 만나시지 못하다니 유감이네요.

친절하게 대해주셔서 감사해요.

다음 순간 여자가 갑자기 두 팔을 뻗더니 메리를 포옹했다. 메리도 보답으로 여자를 꼭 안아주고는 뒤로 물러서서 다시 한번 고맙다고 말하며 애써 미소를 지어 보인 다음 자신의 자동차로 돌아왔다. 그녀는 한동안 차에 앉아 있었다. 이윽고 그녀는 차를 몰고 브로드웨이로 가서 프랭크가 일하던 모퉁이 카페를 찾은 다음, 관청에 투광 조명등을 환하게 밝혀놓았던 그해 겨울 저녁 남편과 함께 프랭크를 보러 왔을 때 대드가 주차했던 자리에 차를 세웠다.

카페의 실내는 이제 흑백이 아니라 온통 노란색과 갈색으로 바뀌어 있었다. 일요일 아침이어서 브런치를 먹으러 나온 사람들로 북적였다. 그녀는 입구에 서서 자신을 부스나 테이블로 안내해줄 직원이 오기를 기다렸다. 바쁘게 돌아다니는 웨이터들 속에서 프랭크의 모습은 보이지 않았다.

얼마 후 뒤쪽 근처 작은 테이블로 안내를 받은 그녀는 달걀과 토스트, 커피를 주문한 다음 가족이나 친구들과 함께 온 사람들을 바라보며 앉아 있었다. 모두가 함께 식사를 하거나 대화를 나눌 상대가 있었다. 그녀에게 온 웨이트리스는 젊은 여자였다. 나중에 그녀가 계산서를 가지고 왔을 때 메리가 물었다. 혹시 프랭크라는 이름을 가진 사람을 알고 있나요?

이곳 직원 중에서 말인가요?

그래요. 여기서 일하는 사람 중에서요.

여기엔 그런 이름을 가진 사람은 없는데요.

프랭클린이라는 이름을 쓸지도 몰라요.

재닌에게 물어보시는 게 좋겠어요. 여기서 제일 오래 일한 직원이니까요.

그분은 어디 있죠?

저쪽에 있네요.

제가 물어볼 것이 있다고 전해주겠어요?

저희는 지금 몹시 바쁜데요.

잠깐이면 돼요. 내 말 좀 전해줘요.

그녀는 빨간 테 안경을 쓴 여자에게 갔다. 여기서 일하기에는 나이가 너무 많아 보였다. 그녀가 여자에게 무슨 말인가 하자 얼마 후 그 여자가 다가왔다. 찾는 사람이 있으시다고요?

프랭크라는 이름을 가진 청년을 찾고 있어요. 어쩌면 프랭클린이라는 이름을 썼을지도 모르고요.

프랭클린 루이스 말씀이신가요? 전에 여기서 일했죠. 제가 처음 여기서 일할 때 이곳에서 근무중이었어요. 꽤 오래전 일이네요.

알아요. 그랬을 거예요. 그 직원이 지금은 여기 없나요?

벌써 여러 해 전에 그만뒀어요. 그리고 이젠 그렇게 젊지도 않을 거예요. 제가 운좋게도 그 사람을 기억하고 있는 거죠.

그 사람이 어디로 갔나요?

그건 모르죠. 그 사람과 그 사람 남자친구는 함께 어딘가로 갔답니다.

남자친구라고요.

그 사람보다 어린 청년이었어요.

그들이 왜 이곳을 그만두었나요?

웨이트리스는 그녀를 살피듯 바라보았다. 부인, 이 일에 대해
얼마나 알고 싶으신 거죠?

어떤 말을 해주시든 괜찮아요.

그럼 좋아요. 이곳 사장님이, 프랭클린이 카페의 돈을 가져간
사실을 알게 됐어요. 몇 달 동안 돈을 훔쳤다고 들었어요.

믿기지 않는 얘기로군요.

알고 싶다고 하신 건 부인이에요.

프랭크가 돈을 훔쳤다는 게 믿기지 않아서 그래요.

그는 돈을 훔쳤어요. 제가 아는 건 그게 전부예요. 그 사실이
어떻게 들통난 건지는 모르지만 사장님은 그를 봐줬죠. 그냥 돈
을 갖고 나가라고 했어요.

그럴 만한 이유가 있었을 거예요. 메리가 말했다. 그녀의 눈에
또다시 눈물이 그렁그렁했다.

정말 안되셨어요. 제가 뭐 좀 가져다드릴까요?

아뇨. 괜찮아요. 그저 잠깐 앉아 있으면 된답니다.

나이 많은 웨이트리스가 가고 난 뒤 메리는 한동안 꼼짝 않고

앉아 있다가 자리에서 일어나 테이블에 돈을 놓고 밖으로 나와 차가 있는 곳으로 향했다. 정오가 조금 지나 있었다.

집까지 가는 데는 네 시간이 걸렸다. 조심조심 덴버를 빠져나온 그녀가 주간 고속도로에서 너무 느리게 운전하는 바람에 자동차와 트럭들이 추월하면서 경적을 울려댔다. 브러시에 이르렀을 때쯤 그녀는 너무 지친 나머지 맥도널드 주차장에 차를 세우고는 등받이를 뒤로 젖히고 차창을 내렸다. 그녀는 곧 곯아떨어졌다. 한 시간 반이 지나 잠에서 깨고 보니 온통 땀투성이가 돼 있었고 더웠다.

그녀는 차에 시동을 걸고 에어컨을 튼 다음 자동차 전용 창구에서 아이스티를 큰 컵으로 주문했다. 그런 다음 탁 트인 평원과 길게 이어진 도로와 목초지와 그루터기를 지나 홀트로 돌아왔다. 마을에 이른 그녀는 집이 있는 북쪽으로 방향을 잡고 가옥들을 지나 자신의 집 앞에 차를 세웠다. 그리고 핸드백과 빈 보온병을 들고 세공한 철대문을 지나 집으로 향했다. 집안은 조용했다. 그녀가 문 안으로 들어서자마자 로레인이 부엌에서 나왔다. 엄마, 괜찮으신 거예요? 피곤해 보여요. 엄마 때문에 얼마나 걱정했다고요.

난 괜찮아.

그렇게 혼자서 다니시면 안 돼요.

어쨌든 별일 없이 다녀왔잖니.

괜찮으신 거죠? 아무 일도 없었고요?

그냥 좀 지치기만 했어.

프랭크는 찾았어요?

아니, 그앤 카페에 없더구나.

그게 언제 적 일인데요, 엄마.

어디든 찾아봐야 했어. 그애가 살던 아파트에도 가봤지. 그애
가 어디 있는지 모르겠구나. 사라져버렸어. 그애는 이 세상 어딘
가, 어딘지도 모를 곳에서 살고 있나봐. 그앤 돌아오지 않을 모
양이야.

그래요, 나도 그런 것 같아요, 엄마. 그애는 이제 누가 자기를
찾기를 바라지 않는 거예요.

하지만 그런 식으로 그냥 잊고 싶진 않구나. 그럴 순 없어.

알아요.

아무튼. 그녀는 핸드백과 보온병을 식탁에 놓으며 집안을 둘
러보았다. 아버지는 어떠시니?

별로 다른 건 없어요. 아마 조금쯤 더 나빠졌을 테죠.

내가 없다고 뭐라고 하지 않으시던?

뭐라고 해야 좋을지 모르시는 것 같았어요. 우리 둘 다 그랬죠.

뭐 이젠 내가 돌아왔잖니.

침실에 가보니 대드는 시트를 덮은 채 누워 있었다. 그가 고개를 돌리고 그녀를 보았다. 눈빛이 흐려 보였다. 당신이에요? 그가 물었다.

그래요, 여보. 이제 집에 왔어요.

그애를 찾았어요?

아뇨. 찾을 수가 없었어요. 그녀는 침대로 다가왔다. 오늘 저녁은 좀 어때요?

그리 좋지는 않군요.

34

그들은 친교실이라고 불리는 교회 지하실에서 만났다. 모서리
의 목조 장식 뒤편에서 곰팡내가 피어오르는, 뒤편에 부엌이 딸
린 크고 트인 방으로, 기다란 접이식 테이블들과 철제 의자들이
벽에 쌓아올려져 있었고 구석에는 낡은 업라이트 피아노 한 대
가 있었다.

교회 밖에서는 하루의 날빛이 사그라들기 시작하면서 산들바
람이 약간 불었다. 그러나 지하실은 어두웠고, 우묵한 천장에 걸
린 등에는 불이 들어와 있었다.

목회 조사위원회의 위원 다섯 명이 그릴리에서 파견된 교단
감독관과 함께 그 자리에 있었다. 감독관은 이중 초점 렌즈 안경
을 쓴 중년 남자였다. 그는 흰 셔츠에 넥타이 차림이었는데, 더

운 저녁 나절이라 상의는 벗어서 의자에 걸쳐놓은 채였다. 긴 테이블 하나를 펴놓고 그들 모두 그 주위에 둘러앉아 있었다.

감독관은 기도로 회의를 시작한 뒤 라일 목사의 문제를 논의했다. 위원회에서는 이 무도하고 부적당하며 분열을 조장하는 사건에서 한시바삐 벗어나고 싶어했다. 그들은 라일을 다른 목사로 대체하고 면직시켜서 이곳 홀트에서 두 번 다시 설교할 수 없게 하고자 했다.

아마 그 자신도 원치 않을 겁니다. 위원 하나가 말했다. 지난 주일 이후 아예 이곳에 있지도 않았으니까요.

아닙니다. 그 사람은 이곳에 있어요. 다른 위원이 말했다. 설교를 하지 않았을 뿐입니다.

내가 그와 얘기해서 앞으로 이 같은 논란이 벌어지지 않게끔 하는 데 동의하게 하면 그를 여기 머물게 할 의향들은 있으십니까? 감독관이 물었다.

저는 운에 맡기고 싶지 않습니다. 처음 입을 열었던 위원이 말했다. 그가 설교단에 섰을 때 무슨 말을 할지 알 도리가 없으니까요. 그 사람은 믿을 수 없습니다. 그는 무슨 말이라도 할 사람이에요.

하지만 내가 얘기해서 모종의 약속을 하도록 할 수는 있을 것 같은데요.

저는 그런 시도조차 하지 않았으면 합니다.

여기 계신 다른 위원들 의향은 어떠신지요?

그들은 셔츠와 넥타이 차림을 한 감독관을 바라보기만 할 뿐 아무 말도 하지 않았다.

난 전화로 그와 얘기하기는 했지만 아직 만나지는 못했습니다. 그 사람 몰골이 엉망인가요? 공격을 당했다는 사실은 알고 있습니다만.

공격을 당했다고요? 저라면 그렇게 말하지 않을 겁니다. 다른 위원이 말했다.

그럼 뭐라고 합니까? 남자 둘이 한밤중에 목사를 멈춰 세우고 구타했다고 들었는데요.

그는 밤중에 사람들의 집안을 들여다보면서 마을을 돌아다니고 있었죠. 그런 짓을 했는데 어땠겠습니까? 교회에서 그런 말까지 하고 나서 말이죠.

그래서 위원께서는 그 남자들이 한 짓이 정당하다고 생각하시는군요. 이를테면 마을 전체를 대신해서 분풀이를 한 거라고요.

그렇다는 말은 아닙니다. 제가 그렇게 말했나요?

하지만 그 사람들은 목사를 해쳤습니다.

약간이죠. 대단한 건 아니에요. 그렇게 심하게 다쳤을 것 같지는 않습니다.

그러면 괜찮다는 거로군요.

아닙니다. 누군가가 그에게 폭행을 가했어요. 그건 우리도 압니다. 하지만 그게 누군지 아는 사람이 없습니다. 설혹 그게 누군지 아는 사람이 있다 해도 말하지 않고 있어요. 그리고 목사는 그 사건을 경찰에 신고한 적도 없고요. 어쨌든 그리 대단한 일은 아니었지요.

그럼 목사는 이제 괜찮은 거로군요. 중상을 입지 않은 거로군요.

적어도 그는 말을 할 수는 있지요. 첫번째 위원이 말했다. 아까도 말했듯이 그는 지난 주일 교회에 와서 몇 마디 말을 했습니다.

뭐라고 했습니까?

저는 그 자리에 없었습니다. 소문에는 그가 자신은 더이상 할 말이 없다고만 말했다고 하더군요. 그러고는 신도들에게 집으로 가라고 했답니다. 그건 설교가 아니었어요.

그때 윌라와 에일린 존슨이 지하실 문을 열고 위원회 위원들과 감독관이 있는 실내를 들여다보았다.

무슨 일이죠? 의장이 말했다. 우린 지금 회의중입니다. 윌라. 위원회에서 회의를 하는 중이에요.

여러분이 회의중이라는 사실은 알고 있어요. 그 때문에 저희가 찾아온 거예요.

하지만 부인은 위원이 아니잖습니까. 이건 비공개 회의예요.

알아요, 톰. 저도 위원직을 맡은 적이 있어요. 당신이 이 교회의 신자가 되기 전, 당신이 아직 이곳 지하실에서 사람들을 성가시게 만들며 뛰어다니던 꼬마였을 때 말이죠.

윌라 모녀는 안으로 들어서서 문을 닫았다. 윌라는 핸드백을 들고 있었다. 그것 말고는 들고 있는 것이 없었다. 두 사람은 다섯 위원과 감독관이 자신들을 지켜보며 앉아 있는 테이블로 다가갔다.

여러분에게 하고 싶은 말이 있어요. 윌라가 말했다.

하지만 두 분은 이 자리에 참석하는 것조차 허용되지 않습니다. 의장이 말했다. 아까 말씀드렸듯이 말입니다. 그건 두 분도 아시잖습니까.

나도 규정은 잘 알아요. 그래도 여기 온 겁니다.

그렇다면 부인의 말씀을 들어보도록 합시다. 감독관이 말했다. 다른 분들이 괜찮다면 나는 들어보고 싶군요.

하지만 이건 통상적인 일이 아니잖아요. 의장이 말했다. 이제부터 비공식 회의가 된 겁니다. 지금은 기록에 남기지 않을 거예요.

우리가 전에 만난 적이 있던가요? 감독관이 윌라를 보며 물었다.

그래요. 하지만 당신은 기억나지 않는 모양이네요. 저는 윌라 존슨이고 이쪽은 내 딸 에일린 존슨이에요. 우리 모녀는 예전부터 이 교회 신자였지요.

만나 뵙게 돼서 반갑습니다. 좀 앉으시겠어요?

그러지 않는 게 좋겠군요. 우리는 의자에 앉아야 할 만큼 오래 이곳에 있지 않을 테니까요. 우린 여러분이 여기서 지금 무슨 회의를 하고 있는지 알고 있어요.

우린 이 교회 목사에 대해 논의하는 중입니다.

여러분은 그분을 쫓아내기 위한 회의를 하고 있는 거죠. 그분이 이곳에 머물며 우리에게 더이상 설교하지 못하도록 말이에요.

그건 의논중인 사항입니다. 아직 결정을 내린 건 아니에요.

결정을 내리게 될 테죠. 그녀가 말했다. 그러시기 전에 목사님 편에서 드릴 말씀이 있어요. 그녀는 딸을 보았다. 우리 둘 다 드릴 말씀이 있답니다.

그건 저희가 고마워할 일입니다. 감독관이 말했다. 저희가 공정하고 의롭게 판단할 수 있도록 도와주시는 거라면 기꺼이 말씀을 듣고 싶군요.

오, 저희는 여러분이 공정한 결정을 내릴 거라고는 기대하지 않아요. 에일린이 말했다. 그런 일은 일어나지 않을 거예요. 그런 일이 생긴다면 이 자리에 있는 사람들 모두가 놀랄 일이 되겠죠.

잠깐만요. 의장이 말했다. 말씀이 지나치시군요.

아니, 그렇지 않아요. 그녀가 말했다. 목사님은 저희에게 진리를 상기시켜주려 애쓰셨어요. 진정한 의미에서의 진리요. 우리가 훨씬 더 중요한 생각을 할 수 있도록 말이죠. 우리는 그분의 말씀에 귀를 기울일 필요가 있어요. 그런데 실제로는 그러지 못한답니다. 아무튼 대다수는 말이죠.

그건 진리가 아니었어요. 위원 한 사람이 말했다. 그건 헛소리에 불과했어요. 미친 소리였다고요.

그건 성경에 나오는 말씀이에요. 윌라가 말했다. 위원님께서는 누가복음을 헛소리라고 생각하시는 건가요?

그건 문맥에서 벗어난 얘기였어요. 목사는 그 구절을 문자 그대로 해석하고 있어요.

위원님은 안 그러시나보죠? 우린 원래 그렇게 하기로 돼 있는 것 아닌가요? 적어도 그 구절만큼은 그렇지 않나요?

여기서는 아닙니다. 지금은 그렇지 않아요. 그런 식은 아니라고요.

아뇨. 바로 여기, 지금의 이야기예요.

맙소사, 정말 무지한 여인이로군요. 지금도 전쟁이 벌어지고 있잖아요.

그래선 안 되는 일이죠. 그녀가 대꾸했다.

잠깐만요. 감독관이 말했다. 그건 지금 여기서 논의할 문제가 아닙니다. 모두 진정합시다. 이런 식으로 얘기하는 건 도움이 되지 않아요. 우리 모두 다시 한번 기도를 드리기로 합시다. 그래야 할 것 같군요. 그가 그들을 보며 말했다. 모두 저와 함께 기도를 드리시겠습니까? 그는 고개를 숙이고 테이블 위에서 두 손을 포갰다.

그래서 다시 한번 기도를 올렸지만 변한 것은 없었다. 얼마 후 그들은 존슨 모녀가 하려는 말이 무엇이었든 더이상의 발언을 허락하지 않게 되었다. 의장은 두 사람의 팔을 잡고 방에서 나와 거리로 올라왔다. 이제 날은 저물고 가로등에 불이 들어와 있었다.

난 당신이 이보다 나은 사람인 줄 알았어요. 톰. 윌라가 말했다. 좀 괜찮은 사람인 줄 알았다고요.

처음부터 여기에 오시지 말았어야 했습니다.

우리에겐 충분히 그럴 자격이 있어요. 우린 이 교회 신자니까요.

아뇨. 두 분에겐 참석할 자격이 없었습니다. 우리는 정식으로 선출된 위원들입니다. 하지만 또다시 이런 얘기에 말려들 생각은 없습니다. 이것이 부인의 차인가요? 괜찮으시겠죠? 어두운데 조심해서 가십시오.

당신 갈 길이나 조심하세요, 톰. 그리고 제발 앞으로 두 번 다시 내 몸에 손대지 마요.

안녕히 가세요. 그는 지하실로 돌아갔다.

지하실에서 그들은 토론을 계속했다.

여러분 모두가 라일 목사가 그만두기를 원하는 건가요? 감독관이 물었다. 여러분은 그에게 해명할 기회도 별로 주지 않은 것 같은데요. 이미 마음을 굳혔습니까?

그는 멍청한 사람입니까? 위원 하나가 말했다. 머리가 잘 돌아가지 않나요? 그에겐 그 일이 그렇게 어려운 일인가요?

어쩌면 신경쇠약에라도 걸렸을지 모르죠. 다른 위원이 말했다.

그는 무지하고 위험한 아이와도 같습니다. 세상을 손아귀에 넣고 싶은 거예요. 쇼윈도 너머에 있는 것을 갖고 싶어하고, 주위에 있는 모든 사람과 말썽을 일으키는 거죠.

어쨌든 그 사람 뭐가 문제죠? 의장이 말했다. 여러분은 그 사람을 잘 알고 있잖습니까.

그 사람한테 문제는 없습니다. 감독관이 말했다.

뭔가가 있어요. 여기서 일어난 사건을 보시라고요.

그리고 덴버에서도 그랬죠. 덴버에서 아무 일이 없었다면 이곳으로 보내지도 않았을 겁니다. 우리 교회 목사가 되지도 않았을 테고, 이렇게 비난받을 일이 생기지도 않았을 테죠. 그건 우리 모두 알고 있는 사실입니다.

애초에 여기로 그 사람을 보내지 말았어야 했어요. 그런 사람한테 어울리는 장소가 아니니까요. 그런 생각을 가진 사람 말입니다.

그건 나 혼자 내린 결정이 아니었어요. 감독관이 말했다. 이런 선택을 하는 데는 다른 사람들도 관여합니다.

그러면 그 다른 사람들이 일을 망친 겁니다.

자, 지금 여기서 그런 얘기를 할 필요는 없습니다. 감독관이 말했다.

하지만 그건 엄청난 실수였다고요. 이제 어떻게 하고 싶은 건지 말씀해보세요.

나는 그가 좋은 사람이라고 생각합니다. 지금껏 입을 열지 않았던 사람이 말했다. 나는 그렇다는 것을 알 수 있어요. 문제는 그게 아닙니다. 그는 가능성을 볼 줄 아는 사람이에요.

하지만 여기서는 그렇지 못했죠.

아마 여기서 지금 당장은 그렇지 않을지 모릅니다. 하지만 그럴 수 있어요. 존슨 모녀가 하는 말도 바로 그거죠.

그건 아무래도 좋아요. 첫번째 위원이 말했다. 이제 이 문제를 마무리지읍시다. 투표를 하기로 하죠.

모두 떠나고 감독관만 남았다. 그는 라일에게 전화를 했다. 지금 좀 오시겠습니까? 논의를 끝냈습니다. 지금 목사님과 얘기를 하고 싶군요.

어디 계신가요? 아직 교회에 계십니까?

네, 지하실에 있습니다.

위층 제 사무실에서 얘기하면 되겠군요.

아뇨, 내 자료가 모두 여기 있어서 이곳이 좋겠습니다.

라일은 집을 나와 부드러운 저녁 날씨 속을 걸어 감독관이 긴 테이블에 앉아 기다리고 있는 지하실 층계를 내려갔다. 부엌에서 물 한 잔을 가져온 감독관은 반쯤 마신 물잔과 메모와 서류를 앞에 놓고 앉아 있었다. 그는 겉옷을 다시 걸친 차림이었다. 라일이 들어서자 감독관은 자리에서 일어섰고, 두 사람은 악수를 나누었다. 라일은 낡은 청바지에 티셔츠 차림이었다. 그는 테이블에서 감독관과 같은 쪽에, 빈 의자 세 개를 사이에 두고 앉았다.

오늘밤 편안한 차림으로 오셨군요. 감독관이 말했다.

네. 이미 결정이 내려졌을 거라고 생각했죠.

목사님께서 꼭 저 때문이 아니더라도 교계敎界를 존중하는 의미에서 합당한 복장을 하시리라고 생각했습니다.

옷차림이 중요한가요?

격식은 중요하지요.

그런다고 결과가 달라지지는 않습니다.

감독관은 물잔에서 물을 한 모금 마셨다.

요컨대 이게 목사님께서 원하는 건가요? 오늘밤 이곳에서 내려진 결정 말입니다.

그걸 의도했던 건 아닙니다만 이제 그렇게 됐잖습니까.

목사님 자신이 이런 결과를 야기할 만한 행동을 했잖습니까.

내게 시간이 얼마나 있나요? 가족과 이사를 하려면 시간이 좀 필요할 텐데요.

다시 목사직을 맡게 되는지 아닌지도 묻지 않으시는군요.

그렇습니다.

그러고 싶지 않으신 겁니까?

네, 난 끝났습니다. 이 모든 일로 끝장을 낸 거지요.

우리가 목사님께 다른 어느 곳의 목사직을 다시 맡길 수도 있잖습니까. 목사님께서 협력하기로 하신다면 말입니다만.

아뇨, 그런 생각은 하지 않습니다.

이렇게 돌발적이고 불시에 문제를 일으킬 필요는 없을 텐데요.

아뇨, 결국은 그렇게 되지 않았습니까. 벌써 여러 해 전부터 이쪽 방향으로 진행되어왔어요. 다만 오늘 이 시간이 되기까지 오래 걸린 겁니다.

감독관은 그 앞의 테이블 위에 차곡차곡 서류를 쌓았다. 목사님은 모르시는군요.

제가 뭘 모른단 말씀인가요?

변화를 일으키는 방법 말입니다. 사태를 바꾸며 사람들을 하느님이 계신 방향으로 조금씩 나아가게 하는 방법 말이에요. 그건 꼭 형벌일 필요는 없습니다. 과장된 말과 행동을 할 것까지는 없다는 말씀입니다.

전 과장된 행동을 한 적이 없습니다.

제가 무슨 말을 하는지 아시잖습니까. 변화는 아주 조금씩 이룰 수 있습니다.

제 경험으로는 그렇지 않습니다. 제가 아는 바와는 다릅니다.

결국 목사님은 아무것도 하지 않았다는 말씀이로군요. 그건 사실입니다. 그래도 전 목사님께 재고할 시간을 드리고 싶습니다. 오늘 하룻밤 동안 이 문제를 두고 성찰하고 기도할 시간을 드리겠다는 말입니다.

그런다고 제 생각이 바뀌지는 않습니다.

그 결정이 절차와 적절한 경로와 교회의 위계 조직을 거칠 때까지 이 문제는 공식적인 결정이 되지 않을 것이며, 그런 다음 그들은 다시 대화를 나누게 될 터였다. 감독관은 굳이 한번 더 악수를 나누길 원했다. 그런 다음 서류를 챙겨 서류 가방에 넣고 문을 나섰다. 라일은 그대로 남아서 감독관이 사용한 물컵을 부엌으로 가져가 씻고 물기를 제거한 다음 찬장에 넣고 의자들을 벽에 붙여 쌓아올리고 테이블을 치웠다. 그는 전등을 끄고 지상으로 올라왔다. 어두운 거리에 자동차 한 대가 지나가고 있었다. 그는 조용한 밤길을 걸어 집으로 돌아갔다.

목사관에 도착한 그는 아내와 아들을 부엌으로 불렀다. 그들은 식탁에 앉아 그를 바라보았다. 이제 끝난 거예요? 아내가 물었다.

이제 말할 참이오.

그런 다음 그는 두 사람에게, 오늘밤 위원회가 결정을 내렸다면서 자신이 해임되는 것이 확정되면 그들은 이곳을 떠나야 한다고 말했다. 그러나 여름이 끝날 때까지 앞으로 할 일을 생각할 시간은 있다고 했다. 어떻게 할지 결정을 내릴 동안 목사관에 계속 머무를 수 있다고도 했다.

난 지금 가겠어요. 그녀가 말했다. 내일 이곳을 떠날 거예요. 기다릴 생각이 없다고요. 애초에 사람들이 당신을 원치도 않는데 이곳으로 온 것부터 잘못이었어요. 게다가 해임이라는 수모까지 겪다니…… 사람들이 힐끔거리고 수군댈 거예요. 상점에서 사람들이 나를 어떻게 대할지 뻔해요. 그런 것을 참고 견딜 생각은 없어요.

이건 수모가 아니오. 그가 말했다. 이 사건의 본질은 수모가 아니에요. 뭔가 다른 것이지요. 내가 지금 느끼는 것은 수모가 아니에요.

아무튼 내게 그 얘기는 할 것 없어요. 듣고 싶지 않으니까요.

엄마. 존 웨슬리가 말했다. 저도 엄마와 함께 떠나겠어요.

오, 가엾은 내 아들. 그녀가 말했다. 네겐 정말 힘든 시간이겠구나. 그러면서 그녀가 손을 들어 아이의 얼굴에 대려 하자 아이는 몸을 피했다.

저도 엄마와 갈래요.

아냐. 안 돼. 넌 아빠와 여기 있어. 조금만이라도 더 말이야. 아주 잠시면 돼. 내가 일자리를 구하고 우리 두 사람이 살 곳을 마련할 때까지 기다려. 지금 덴버에는 우리 몸 누일 자리 하나 없단다. 내가 자리를 잡으면 그때 오면 돼.

그래, 그게 좋겠다. 라일이 말했다. 네 엄마에겐 시간이 필요해. 나와 함께 있자. 라일은 아내 쪽을 보고 말했다. 정말 이렇게 하는 게 당신이 원하는 거예요? 우리 모두 어떻게 하는 게 좋을지 정해질 때까지 여기 있는 게 더 낫지 않겠어요?

여기서 떠나면 마음이 편해질 것 같아요.

내 생각은 하지도 않는군요. 아이가 말했다. 아이는 금방이라도 눈물을 쏟을 것 같았다. 엄마 아빠 둘 다요. 지금까지 늘 그랬죠.

존 웨슬리가 벌떡 일어나는 바람에 의자가 뒤로 넘어갔다. 아이는 그곳에서 뛰쳐나갔다.

내버려둬요. 그녀가 말했다. 저애가 이 일을 맨정신으로 받아들일 수 없는 게 당연해요.

두 사람은 부엌에 남아 이야기를 나누었다. 그런 다음 그녀는 위층에 올라가 짐을 꾸리기 시작했다.

35

마지막으로 가봐야 해. 버타 메이가 말했다. 그분에게 작별 인
사를 하고 싶구나. 너도 함께 가주면 좋겠다.

왜요?

그분이 너를 많이 좋아하니까.

그런 말씀은 하신 적 없는걸요.

그랬을 거야. 하지만 너를 좋아하신단다. 난 알아. 그리고 어
린아이를 다시 보는 것은 그분에게도 좋을 거야.

전 가고 싶지 않아요, 할머니. 그 할아버지 무서워요.

그저 나이가 많은 것뿐인걸. 침대에 누워 계실지도 모르고 창
가에 놓인 그분 의자에 앉아 계실지도 몰라. 뭐 그건 아무래도
좋아. 우린 그저 잠깐만 있다 오면 된단다.

그 할아버지 침실에는 들어가고 싶지 않아요.

그분이 너를 해치시겠니? 괜히 고집 피우지 말고. 알겠니?

알겠어요.

좋아. 가위 들고 정원에 나가서 그분께 갖다드릴 꽃 좀 잘라오거라.

아이는 정원에 나가 빨간 백일홍 한 송이를 잎이 달린 줄기째 길게 잘라 가지고 들어왔다.

이것 한 송이만 잘랐니?

네.

왜?

그냥 한 송이만 자르고 싶어서요. 할아버지가 그편을 좋아하실 것 같아서요.

알겠다. 가서 손 씻고 머리 빗거라. 그런 다음 가자꾸나.

버타 메이는 옆집으로 전화를 걸었다. 지금 대드를 잠깐 뵈러 가도 괜찮겠어요?

괜찮아요. 메리가 말했다. 그이는 지금 앉아 있어요. 지금 오신다면 말이에요.

지금 갈게요.

그들은 집을 나와 나무 아래에 있는 문을 지나 옆집으로 향했다. 메리가 두 사람을 맞아주었다. 대드는 파자마 차림으로 다리를 모포로 덮은 채 창가에 앉아 있었는데 안색이 창백하고 야위어 보였다. 두 사람이 들어서자 그는 그들을 빤히 바라보았다. 버타 메이가 다가오자 그가 한 손을 천천히 들어올렸다. 그녀는 그 손을 잡고는 앨리스에게도 오라는 손짓을 했다. 소녀는 앞에 꽃을 든 채 방을 건너오더니 그 꽃을 대드에게 내밀었다. 그는 아이를 보면서 입술을 움직여 작은 소리로 말했다. 고맙구나. 메리가 꽃을 받자 대드는 여전히 작은 소리로 말했다. 꽃병에 꽂아요.

그럴게요.

그리고 그 꽃병을 이리 갖다줘요.

알았어요.

버타 메이가 그의 어깨를 토닥여주고는 몸을 돌려 소파에 앉았다. 앨리스도 그 곁에 가서 앉았는데, 옆에 있던 로레인이 아이를 끌어당겨 뺨에 키스했다. 메리가 반쯤 물을 채워 꽃을 꽂은 유리 꽃병을 가져다 창가에 놓자 대드가 그쪽을 보고는 버타 메이와 앨리스에게로 고개를 돌렸다. 앨리스는 대드 쪽으로 고개를 돌릴 때마다 자신을 바라보고 있는 대드의 눈길과 마주쳤다. 아이는 그가 무슨 뜻으로 자기를 그런 식으로 바라보는지 알 수 없었다.

여보. 대드가 속삭였다. 침실에 있는 상자 좀 갖다주구려.

삼목으로 만든 상자 말이에요?

그래요.

그녀가 일어서서 방을 나가자 나머지 사람들은 창밖을 내다보며 앉아 있었다. 오늘도 무더운 날이 되겠어요. 로레인이 말했다. 나뭇잎이 벌써 늘어졌어요.

그래도 밤에 서늘해지는 게 반갑잖수. 버타 메이가 말했다. 밤까지 무더우면 어떻게 해야 좋을지 모를 거예요.

참고 견디는 수밖에요. 로레인이 말했다. 아니면 에어컨을 틀거나요.

메리가 뚜껑에 놋쇠로 된 잠금쇠가 걸려 있는 적삼목 상자를 갖고 돌아왔다. 그녀는 상자를 대드의 무릎 위 모포에 놓아주었다. 그는 뚜껑을 열려고 했지만 손가락이 말을 듣지 않아 작은 잠금쇠를 제대로 열 수 없었다. 당신이 좀 해줘요. 그가 말했다.

메리가 뚜껑을 열어주자 그는 건너편에 앉은 앨리스 쪽을 보았다. 이리 좀 오겠니? 대드가 작은 소리로 속삭이듯 말했다.

저 말씀이세요?

그래. 괜찮다면 이리 오렴.

앨리스는 자기 할머니를 쳐다보았다.

어서 가봐. 버타 메이가 말했다. 겁낼 거 없어.

아이가 방을 가로질러 다가오자 메리가 팔로 아이를 안아주고는 자신의 의자에 앉았다.

여기서 가져가거라. 대드가 말했다.

이게 뭐예요?

상자 안을 보렴. 옛날 물건들이지.

좀더 가까이 다가간 아이가 물건들을 하나하나 살펴보고 내려
놓았다. 화살촉, 방울뱀 꼬리, 1940년대 전시에 발행된 토큰, 주
머니칼, 루비 반지, 두툼한 회중시계, 오래된 은화, 조그만 성냥
갑 따위였다.

이 안에 갖고 싶은 게 있니? 그가 물었다.

하지만 이건 할아버지 물건인걸요.

이중에서 하나를 네게 주고 싶구나.

그래도 괜찮으시겠어요?

뭐든 원하는 걸 가지렴.

아이는 방울뱀 꼬리를 집어들었다.

그건 너무 하찮은 거잖니. 더 고르렴.

아이가 이번에는 화살촉 하나를 집어들었다.

그는 상자 속을 더듬다가 반들반들한 은화 두 닢을 집어 아이
에게 주고는 뚜껑을 닫았다.

그러고는 불쑥 손을 들어 아이의 얼굴을 만지려 했다. 아이가
움찔하며 손을 피했다. 그는 손을 떨구고 물기가 어린 눈으로 아
이를 물끄러미 바라보았다.

뭘 하시려고요? 아이가 물었다. 뭘 하시려는 건지 모르겠어요.

그저 네 얼굴을 만져보고 싶었지. 대드가 속삭이듯 작은 소리로 말했다. 그냥 그것뿐이야.

아이가 그를 쳐다보았다. 그럼, 어서 만져보세요. 그러면서 아이는 몸을 대드 쪽으로 가까이 기울였다.

대드는 다시 양손을 들어올려, 나이가 들어 쭈글쭈글한 손으로 아이의 얼굴을 감싸듯 잡고 눈을 감았다. 아이는 그를 지켜보았다. 닫힌 눈꺼풀 밑으로 안구가 움직이는 것이 보였다. 얼굴에 닿은 그의 손은 종이 같은 느낌에 차가웠다. 이윽고 그가 아이의 얼굴에서 손을 뗐다. 아이는 그를 쳐다보았다. 이것들을 주셔서 고맙습니다. 앨리스는 작은 소리로 그렇게 말하고는 몸을 돌려 버타 메이와 로레인 곁으로 돌아가서 자리에 앉아 두 사람에게 자신이 받은 물건들을 보여주었다. 대드는 창밖을 내다보고 있었다. 얼마 지나지 않아 그가 잠들었다.

버타 메이가 돌아가기 위해 자리에서 일어서면서 말했다. 남편분을 깨우지 마세요. 우린 조용히 나갈 테니까요.

이렇게 와주셔서 감사해요. 메리가 말했다. 저이가 아주머니를 한번 더 뵙고 싶어했다는 걸 알고 있답니다.

그날 오후 로레인이 침실에 들어가보니 대드는 그들이 메인 스트리트의 백화점에서 사온 새 파자마를 입은 채 시트를 덮고 자고 있었다. 입은 벌어져 있고 감은 눈꺼풀은 실룩거렸고 양손은 가슴 위에 놓여 있었다. 그녀는 처음에 아버지가 돌아가신 줄 알고 침대로 다가가 그의 얼굴 위로 몸을 굽혔는데, 그러고 나서야 아버지가 내쉬는 희미한 숨결을 느끼고 그 시큼한 냄새를 맡을 수 있었다.

그녀는 침대 곁 의자에 앉았다. 창문은 뒤뜰을 향해 열려 있었고 볕을 막기 위해 갈색 블라인드가 내려져 있었다. 방안은 어둑했고 공기는 따뜻했으나 더울 정도는 아니었다.

잠을 깬 대드가 눈을 떴다. 그가 로레인을 빤히 쳐다보자 그녀는 미소를 지어 보였다. 그가 그녀 쪽으로 손을 들자 그녀는 그 손을 잡고 그의 눈을 들여다보았다.

잘 주무셨어요, 아빠. 그녀가 말했다.

그래. 그가 아주 나지막한 목소리로 천천히 말했다.

아빠, 앨리스의 얼굴을 만지면서 무슨 생각을 하셨어요?

오늘 아침 일 말이냐?

그래요.

그저 어린 여자아이의 부드러운 얼굴을 다시 한번 만져보고 싶었을 뿐이다.

제가 어렸을 때도 그렇게 제 얼굴을 만지셨나요?

그는 그녀를 한참 쳐다보았다. 그랬던 것 같지는 않구나.

어째서 그러지 않으셨어요?

그땐 내가 너무 바빴어. 관심을 갖지 않았지.

그래요. 아빠는 관심이 없었죠. 그러면서 그녀는 아버지의 손을 자신의 뺨에 갖다댔다.

용서하거라. 그가 나지막히 말했다. 나는 많은 일들을 놓쳤어. 좀더 잘할 수 있었는데 말이다. 난 언제나 너를 사랑했단다.

제가 그 아이 또래였을 때 제게 그런 말씀을 하신 적이 없었어요.

그 일도 용서해주겠니?

그럼요, 아빠.

너한테 하고 싶은 말이 있다.

그녀는 아버지를 보았다. 그의 물기 어린 눈이 그녀를 빤히 응시하고 있었다.

너를 사랑했어. 그가 속삭였다. 언제나 그랬다. 나는 네게 완전히 만족했단다. 지금도 그렇고 말이야.

그녀는 아버지의 손에 키스를 한 뒤 다시 가슴에 놓아주고는 좀더 몸을 기울여 그의 갈라진 입술에 입을 맞췄다.

고마워요, 아빠. 저도 마찬가지예요. 그걸 알아주셨으면 좋겠어요.

그가 눈을 감자 눈물이 그의 뺨 위로 흘러내렸다. 그녀는 더이상 아무 말 하지 않고 아버지 곁에 앉아 있었다. 그가 다시 잠이 들자 그녀는 그곳을 나와 2층 자기 방으로 올라갔고, 무더운 오후 창문으로 바람이 들어와 커튼을 흔드는 가운데 침대에 누웠다.

36

같은 날 무더운 오후를 존 웨슬리는 목사관에서 자신의 컴퓨터에 든 모든 것을 삭제하며 보냈다. 그런 다음 날이 저물어 해가 서쪽 끝으로 기울었을 무렵 그는 자기 방에서 나와 복도를 지나 앞쪽에 자리잡은 부모님 방으로 가서 호두나무 장의 서랍 속을 들여다보았다. 원래 그 장은 엄마 것이었지만 그 안에 있던 옷가지와 화장품은 엄마가 덴버로 가면서 모두 가져간 뒤였다. 그는 커튼을 젖히고 거리 모퉁이를 내다보고 나무 위쪽 높다란 나뭇가지를 올려다보았다. 늦은 오후여서 거리에는 햇살이 비스듬하게 쏟아졌다. 그는 다시 복도로 나와 위층 욕실의 장과 상자 안을 찾아보았으나 선반이나 서랍 어디에도 엄마의 마스카라나 립스틱은 보이지 않았다.

그는 아래층 부엌 잠동사니를 넣어두는 서랍에 든 성냥과 찬장에 있던 납작한 접시를 꺼내 욕실로 가져갔다. 그는 성냥을 켜서 손가락에 검댕을 묻혔다. 손가락이 까맣게 얼룩졌다. 그는 십여 개의 성냥을 더 켜서 접시에 놓았다. 그러고는 얼굴을 까맣게 칠하기 시작했다. 작업을 마친 후 욕실장에 붙은 거울에 비친 자신의 얼굴을 바라보았다. 이제 얼굴은 온통 까맸다. 그는 전등을 끄고 타고 남은 성냥개비를 쓰레기통에 버린 후 접시를 닦아 치우고 싱크대에서 물 한 잔을 마신 다음 밖으로 나와 차고로 향했다.

집의 측면을 따라 차고까지 길고 좁은 진입로가 나 있었다. 자갈길에는 풀이 무성했다. 차고에 들어간 아이는 오버헤드 도어를 당겨 차고 문을 닫은 다음 잠그고 옆으로 난 문도 잠갔다. 양옆으로 난 작은 창들을 통해 빛이 새어들어왔다.

그는 차고 뒤쪽에서 낡은 나무의자를 가져와, 차에서 새어나온 오일 때문에 까맣게 빛나는 고운 흙바닥 한복판에 놓았다. 그러고는 작업대 밑에서 나무상자를 꺼냈다. 작업대 위에는 강철 바이스와 못통, 오래된 망치와 렌치 따위가 기름 섞인 먼지에 뒤덮인 채 놓여 있었다. 그는 상자를 의자 위에 놓았다.

그런 다음 메인 스트리트 철물점에서 구입해 작업대 옆 한구석에 감춰두었던 무명 로프를 꺼냈다.

그러고는 의자 옆에 서서 로프 한쪽 끝을 서까래 너머로 던졌다. 그 바람에 오랜 세월 쌓여 있던 뽀얀 먼지가 쏟아지면서 공중에 떠돌았다. 그는 로프에 매듭을 만든 다음 단단히 당겼다. 그런 다음 로프가 제대로 버틸지 알아보기 위해 체중을 실어 로프를 당겨보았다.

그는 창문으로 다가가서 아버지가 일구기 시작한 정원이 있는 뒤뜰을 내다보고, 뜰 너머 옆집들도 바라보았다. 수목들 사이로 '홀트'라는 빨간 글자가 적힌 마을 급수탑이 보였다. 밤이면 그곳은 늘 조명이 비쳤지만 그는 이제 더이상 그 광경을 보지 못할 터였다. 그는 맞은편 창으로 가서 서쪽 거리를 내다보았다. 거리에는 아무도 없었다. 아무 일도 일어나고 있지 않았다.

그는 다시 돌아와 상자 위로 올라갔는데, 바로 균형을 잃는 바람에 내려올 수밖에 없었다. 상자가 굴러떨어졌다. 그는 먼지를 털고 상자를 다시 의자에 올려놓고 천천히 조심스럽게 그 위에 올라섰다. 몸이 한쪽으로 쏠리고 비틀거리다 이윽고 정지 상태로 서게 되었다. 그는 등뒤로 팔을 돌려 로프가 앞으로 오도록 어깨 너머로 가져왔다. 그런 다음 잠시 로프를 잡고 바라보았다. 이윽고 당기면 조여지도록 매듭을 지은 다음 고리를 머리 위로 두르고는 매듭이 뒤통수 바로 아래에 오게 한 후 목을 감고 단단히 당기고 고리의 끝이 등뒤로 늘어지도록 했다. 그런 다음 양손을 옆구리로 늘어뜨렸다.

한참, 아마 이십 분쯤 그는 꼼짝도 않고 그대로 서 있었다. 그는 다시 한번 고개를 돌려 창밖을, 하루의 빛을, 거기에서 보이는 세상을 바라보았다. 이제 빛은 아까보다 더 낮아져 있었다. 차고 안은 바깥보다 어두웠다.

저멀리 고원에서 기울던 해가 낮고 편평한 지평선 아래로 사라졌다. 소년은 아직 목에 로프를 감은 채 상자 위에 서 있었다.

그는 도저히 발밑에서 상자를 걷어찰 엄두가 나지 않았다. 다음 순간 아이는 머리 뒤로 묶인 매듭을 풀려면 상자를 움직일 수밖에 없다는 사실을 깨달았다. 조금이라도 몸을 움직이면 상자가 넘어갈 터였다. 그는 몸을 움직일 엄두도 내지 못한 채 어두워져가는 차고 안에서 울기 시작했다. 눈물이 얼굴에 묻은 검댕에 길을 내며 흘러내렸다. 그는 두려움에 싸인 채 차고 안에서 사라져가는 빛을 지켜보았다. 바깥에서는 아무 소리도 나지 않았다.

한 시간가량 지나 소년의 아버지가 집에 도착해 자갈이 깔린 진입로에 자동차 전조등이 흔들리며 스친 시각쯤에는 날이 완전히 어두워져 있었다. 이윽고 전조등이 꺼지고 차문 닫히는 소리가 나고 그의 아버지가 뒤쪽 계단을 오르는 소리가 들렸다. 그는 큰 소리로 아버지를 불렀으나 답이 없었다. 그러다 얼마 후 집을 나온 라일이 차고로 와서 문을 열려고 했다. 그는 창문으로 차고 안을 들여다보았다.

아빠.

무슨 일이냐? 차고 안에 있는 게 너냐?

도와주세요, 아빠.

왜 그러니? 뭘 하고 있는 거야?

도와주세요.

라일이 돌멩이로 창을 부수고 안으로 손을 넣어 잠금장치를 연 다음 차고 안으로 들어섰다.

아빠, 내 몸에 손대지 마세요.

이게 뭐냐? 뭘 하고 있는 거야?

날 건드리면 안 돼요. 자칫하면 나를 넘어뜨릴 거예요.

하느님 맙소사.

나를 좀 내려주세요. 로프를 잘라야 해요.

내가 전조등을 켜마.

아뇨, 그러지 마세요. 누가 볼지도 몰라요. 그냥 손전등을 쓰세요. 제발요.

라일은 까맣게 칠한 아들의 얼굴을 올려다보았다. 곧 돌아오마. 움직이지 말고 있거라. 그가 말했다.

집안으로 달려들어간 그는 손전등과 식칼을 가져와 검댕으로 시커멓게 칠한 채 눈물 자국이 난 아들의 얼굴에 불을 비췄다.

맙소사. 오, 이런 일이.

엄마한테는 말하지 마세요. 꼭 그래주시겠어요?

그게 무슨 말이냐. 엄마도 이 일을 알아야지.

엄마에게 알리고 싶지 않아요. 제발 약속해주세요, 아빠. 다른 사람은 아무도 알면 안 돼요.

먼저 너부터 내리고 나서. 그는 차고 측면에 있던 발판 사다리를 로프 옆으로 가져왔다.

아빠. 그러다 나하고 부딪치겠어요.

나도 안다. 조용히 좀 해라.

내 몸에 손을 대면 안 된다고요.

좀 조용히 하겠니?

그는 천천히 발판 사다리 위로 올라가 손전등으로 로프의 위아래와 겁에 질린 아들의 얼굴을 비추어보고는 칼로 로프를 잘랐다. 로프 한쪽 끝이 떨어졌다. 소년이 울기 시작했다. 그리고 비틀거리며 상자 위에서 내려와 흙바닥 위로 쓰러졌다. 라일이 발판 사다리에서 내려와 아이의 목에 걸린 로프를 풀어주었다.

이젠 괜찮다. 그는 아들을 꼭 안아주었다. 이젠 괜찮아.

엄마한테 가고 싶어요.

그래, 엄마한테 가렴. 넌 이제 안전해.

엄마한테 말하지 않으실 거죠?

그래. 그 일이 그렇게까지 중요하다면 그렇게 하마.

37

　다음날 저녁, 대드는 잠에서 깬 채 열린 창가에 누워 있었다. 먼지와 베어놓은 풀 냄새가 흘러들어왔다.

　메리가 뜨거운 물이 담긴 냄비를 들고 들어와 침대 곁 의자에 내려놓고 두번째 냄비도 갖고 들어와 또다른 의자에 내려놓은 후 다시 나갔다가 타월과 세수수건을 갖고 들어왔다. 그녀는 침대 곁 스탠드를 켜고 대드의 파자마와 기저귀를 벗긴 다음 플란넬 시트로 그의 몸을 덮어주었다. 여보, 씻을 준비됐어요?

　그 물 너무 뜨거운 거 아니오? 그가 작은 소리로 물었다.

　그렇지 않아요. 당신이 추우면 안 되잖아요.

　그녀는 비누를 묻힌 수건으로 남편의 얼굴과 머리를 닦기 시작했다. 그러고는 헹굼물로 얼굴과 머리를 닦고는 타월로 물기를 닦아냈다. 그녀는 그의 가슴과 팔과 손을 씻어준 다음 물기를 닦고 플란넬 시트를 끌어올려 상체를 따뜻하게 덮은 뒤 이번에는 쇠약해진 다리와 발을 씻고 헹구고 물기를 닦았다. 이제 몸을 옆으로 돌려봐요, 여보. 내 손을 잡고요. 그가 고통으로 나지막하게 신음 소리를 내며 천천히 몸을 옆으로 돌리자 그녀는 그의 등과 수척해진 엉덩이를 구석구석 씻은 후 물기를 닦아냈다. 그런 다음 그를 바로 눕히고 다리 사이도 닦아주었다.

이제 거기엔 아무 느낌도 없군. 그가 나지막하게 말했다.

전에는 느낌이 있었죠. 그녀가 말했다. 그래서 우리가 재미를 봤잖아요.

그녀는 새 기저귀를 채운 뒤 그를 부축해서 파자마를 입히고 시트와 여름용 모포를 덮어주었다. 그가 바로 누워 그녀를 바라보았다.

정말 고마워요. 그가 말했다.

별말을요.

나도 당신한테 뭔가 해줄 수 있으면 좋겠어요.

지금껏 그랬어요. 오랜 세월 동안 말이에요. 이걸 치우고 다시 와서 당신 옆에 누울게요.

그녀는 냄비들을 욕실로 가져가 씻고 타월과 플란넬 시트는 세탁실에 갖다놓은 다음 손을 씻었다. 그러고는 립스틱을 바르고 빗질을 한 후 돌아와 스탠드를 끄고 남편 곁에 누웠다.

그사이에 선잠이 들었던 그가 다시 깼다. 그는 이불 밑에서 그
녀에게로 손을 뻗었다.

이제 얼마 남지 않았어요. 그가 나지막히 말했다.

그렇게 생각해요?

이제 지쳤어요. 어서 가고 싶다오. 당신을 놓아주고 싶어요.
그래야 당신도 마음 편히 쉴 수 있잖겠소.

오, 그런 말 말아요. 난 괜찮아요. 난 그저 당신이 편안했으면
좋겠어요. 지금 아파요?

그래요.

그녀는 자리에서 일어나 그에게 약을 주고 물을 마시게 한 후
다시 침대로 돌아와 그의 손을 잡았다.

모든 일이 제대로 처리됐소? 그가 나지막한 목소리로 물었다.

그래요. 모든 게 다 좋아요. 걱정할 건 아무것도 없어요.

상점과 돈도 말이오?

모두 다 잘됐어요. 당신이 모든 걸 다 처리했잖아요. 우린 다
괜찮아요. 그 점은 안심해도 돼요. 아직도 걱정되는 게 있어요,
여보?

내내 프랭크 생각을 하고 있었어요.

나도 그애가 보고 싶어요. 당신이 떠나기 전에 두 사람이 만났

으면 좋겠어요. 그애가 왔으면 좋겠어요.

그애가 알았다고 해도 오지는 않을 거요. 어쩌면 당신도 이제 그 아이를 보지 못할지 몰라요.

난 그렇게 생각하지 않을래요. 그렇게는 생각지 않을 거예요. 그녀의 목소리는 금방이라도 울음을 터뜨릴 것 같았다.

대드는 그녀 쪽으로 고개를 돌렸다. 아마 그애는 올 거요. 내가 여길 떠나고 난 다음에.

적어도 로레인은 여기 있잖아요. 그녀가 말했다. 그건 큰 차이가 있어요.

로레인이 다른 남자를 만났으면 좋았을 텐데. 대드가 말했다. 지금 그애가 만나는 사람은 마음에 들지 않아요.

그건 우리가 상관할 문제가 아니에요. 그애한테 달린 문제죠.

알고 있소.

그런 다음 두 사람은 한동안 말이 없었다. 그녀는 대드가 다시 잠들었다고 생각했다. 그런데 그가 나지막한 어조로 말했다. 당신은 내게 모든 것이었어요. 오랜 세월 동안 내내. 내게 전부였다오. 그걸 알아주었으면 좋겠소.

알아요, 여보. 당신은 내게 참 잘해줬어요.

그의 숨소리는 나지막했다. 그녀는 한참 그의 손을 잡고 누워 있었다. 이제 어둠에 싸인 방안은 아주 캄캄했다. 그녀는 자리에서 일어나 침대를 돌아가 잠든 남편에게 키스를 해준 뒤 부엌으로 나와 전등을 켜고 커피를 내렸다. 로레인이 밖에서 들어왔다.

아빠는 좀 어떠세요?

목욕을 시켜드렸다. 지금은 주무셔.

대드가 잠에서 깨보니 어둠 속에 혼자 있었다. 방안에 있는 유일한 빛은 블라인드 밑으로 들어오는, 바깥 헛간 쪽의 커다란 정원등 불빛뿐이었다. 창문 블라인드가 숨쉬듯 미세하게 흔들리고 있었다. 대단하지는 않았다. 오늘밤은 바람이 크게 불지 않았지만 그래도 어느 정도 시원한 공기가 흘러들고 있었다.

그는 침대에서 몸을 돌려 창문 쪽을 바라보다가 자신이 혼자가 아님을 알았다. 어느새인지 방안에 들어온 사람들이 침대 곁에 놓인 의자 세 개에 앉아 기다리며 자신을 바라보고 있었다. 그는 그들이 누군지 알았다. 프랭크. 그리고 그 자신의 늙은 부모였다.

아버지는 대공황과 전시에 늘 입던 옷차림 그대로였다. 그는 참을성 있게, 상체를 약간 앞으로 숙인 자세로 양손으로 모자를 잡고 딱딱한 의자에 앉아 있었다. 폭이 넓은 깃이 달린 낡은 갈색 양복 차림이었는데, 옷깃과 바지 앞 지퍼 덮개에 얼룩이 져 있었다. 바지 밑위가 너무 길어서 아버지는 언제나 바지를 거의 가슴까지 끌어올려 입었고 바지 상단의 허리띠 바로 아래로는 쉽게 꺼지지 않을 올챙이배가 불룩 튀어나와 있었다. 그 때문에 아버지는 보드빌 쇼에 등장하는 희극배우처럼 길고 가는 다리에 허리띠 위쪽으로 상체가 절반만 보이는, 몸집이 축소된 기형 같은 인상을 주었다. 낡은 갈색 양복 차림으로 모자를 만지작거리지도 않은 채 아무 움직임 없이 두 손을 늘어뜨린 자세로 꼼짝 않고 참을성 있게 앉아 있는 그 모습은 바로 대드가 기억하는 그대로였다. 머리에는 머리카락이 거의 남아 있지 않았다. 비가 오나 눈이 오나 일했던 아버지의 얼굴은 붉게 타 있었다. 온종일 바깥에서 노동한 얼굴. 돼지우리와 외양간, 곡식 창고의 좁다란 널빤지 문 앞에서 삽으로 곡식을 퍼넣는 일, 땅바닥에 울타리 말뚝 구덩이 파기, 그리고 매년 캔자스 주 건조지에 밀을 심고, 매년 그리 많지 않은 밀을 수확하는 일. 이렇다 할 성과를 거둔 적이 없고, 남을 능가할 만큼 된 적 없는 평생의 노동이었다.

그리고 아버지 곁에 어머니가 역시 의자에 앉아 있었다. 말이 없는 여인. 불평하지도 않고 내색하는 법도 없는 꿋꿋한 여인. 단단하게 뒤로 쪽진 잿빛 머리. 주일 옷차림인, 목까지 단추를 채운, 너무 낡아서 여기저기 반들반들한 낡은 진주색 능직 드레스 차림이었다. 지나치게 올이 성긴, 너무 가난해서 단벌뿐인

옷. 그리고 그녀의 길쭉하고 가녀린 손, 뼈만 앙상한 붉은 손, 붉고 뼈만 남은 손목. 앙상한 손가락에 남아 있는, 오래된 결혼반지가 빠지지 말라고 감아놓은 닳고 닳은 접착 테이프 조각. 쭈글쭈글한 그녀의 얼굴에는 주름이 깊게 파여 있었다. 코에 걸린 쇠테 안경은 너무 가늘어 살을 파고들 정도였다. 어머니 역시 방안에 앉아 아들을 바라보고 있었다. 그의 부모는 노동에 지친 가축처럼 그저 자리에 앉아 참을성 있게 기다리며 말없이 바라보기만 했다.

두 사람 곁에는 프랭크가, 이번에도 담배를 피우며 앉아 있었다. 하지만 이번에는 녹초가 된 모습, 어딘가 언짢고 기진맥진하고 흐트러지고 불행한 모습이었다.

대드는 한동안 그들을 응시했다. 무슨 일이죠? 그가 물었다. 무엇 때문에 오신 건가요?

우린 오래 있을 수 없다. 노인인 그의 아버지가 말했다. 벌써 늦었어.

너를 보러 온 거야. 그의 어머니가 말했다. 네가 괜찮은지 보러 왔단다.

프랭크는 담배를 피우며 두 사람과 대드를 번갈아 바라보았다.

그렇게 좋진 않아요. 알고 싶으신 게 그거라면 말입니다. 대드가 말했다. 이제 곧 끝날 거예요. 죽어가고 있지요.

그전에 보러 온 거야. 어머니가 말했다. 우린 너를 기다리고 있을 거다.

우린 이제 곧 가야 한다. 노인이 말했다.

어디서 저를 기다린다는 건가요? 대드가 물었다.

오, 그건 너도 잘 알잖니. 어머니가 대답했다. 너무 걱정하지 마라.

대드가 이번에는 프랭크를 보고 말했다. 넌 어떠냐? 너도 나를 기다리고 있지는 않을 테지?

그럼요. 전 아버지를 기다리고 있지 않을 거예요. 전 아직 이쪽 세상에 있으니까요. 아직 여기서 할 일이 남았다고요. 프랭크는 담배 연기를 내뿜고는 마룻바닥에 담배를 떨어뜨린 다음 구두로 비벼 불을 껐다.

그런데 넌 지금 어떻게 지내고 있는 거냐? 노인이 대드에게 물었다.

방금 말씀드렸잖아요. 썩 좋지 않아요. 죽어가고 있다고요.

이 집은 정말 근사하고 크구나. 넌 정말 제대로 이루었어. 아주 쾌적하고 안락한 집을 갖고 있구나.

그러기 위해 열심히 일했지요. 대드가 대꾸했다.

그렇군. 그렇고말고. 잘 알겠다. 노인이 말했다. 그리고 어느 정도 운도 좀 있었을 테지.

운도 좀 따라주었지요. 하지만 전 열심히 일했어요. 일을 해서 이 집을 얻은 겁니다.

그래. 그렇구나. 대부분의 사람들이 열심히 일하지. 그러니까 일만 해서 그런 것만은 아니잖느냐. 네겐 운도 따랐던 거야.

젠장, 그래요, 운도 따랐어요. 대드가 말했다. 하지만 그 운도 열심히 일을 해서 얻은 거예요.

어떤 이들은 저 캔자스의 말라붙은 초지에서 살아야 했지. 노인이 말했다.

지금 무슨 말씀을 하고 계신 거예요? 여기도 말라붙은 초지예요. 다를 게 없다고요. 여긴 숲도 없어요. 지하수를 찾기 전까진 건지농법을 써야 했다고요.

우리가 살았던 캔자스엔 그런 지하수도 없었어. 어림도 없었지. 우린 그만큼 운이 좋지 못했던 거야. 그렇고말고. 우리가 살았던 곳에선 그런 행운도 없었다고.

그래도 괜찮았어요, 여보. 노파가 말했다. 그러니 이제 그만 잊어요. 그렇게 괴로워하실 것 없다고요.

노인이 그녀를 보았다. 우린 이제 가는 게 좋겠어요. 이곳에 너무 오래 있으면 안 되니까.

여기 있는 이 아이가 제 아들이라는 건 알고 계세요? 대드가 물었다.

물론 알고말고. 이 아이를 잘 알고 있단다. 노인이 말했다. 이제 막 만났지만 말이다. 너를 꼭 빼닮지 않았니.

그런 것 같아요. 대드가 말했다. 저는 잘 모르겠지만요.

아주 꼭 닮았어. 넌 제대로 보지 못하고 있구나. 넌 아이를 데리고 우리를 보러 온 적이 없었지. 단 한 번도.

그랬죠. 그러고 싶지 않았어요.

그래, 넌 우릴 보러 온 적이 없었어. 원한 때문일 테지, 안 그러냐? 그건 쩨쩨한 행동이었다.

이제 가는 게 좋겠어요, 여보. 시간이 늦었어요. 우린 그저 네가 잘 지내는지 보러 들른 거란다. 애야. 그러니 겁낼 거 없어.

전 겁나지 않아요. 대드가 말했다.

겁내지 마라, 애야.

겁나지 않는다니까요.

실제로는 사람들이 생각하는 것과 다르단다. 어머니가 말했다.

거기는 괜찮은가요?

그것도 걱정 말거라, 애야.

걱정하는 게 아니에요.

우린 또 만나게 될 거다. 노인이 말했다. 지금 이곳에 있는 동안 마음 편히 먹으렴. 그러기만 하면 된다.

할 수 있을 때 마음껏 누리렴. 어머니가 말했다.

네 엄마한테 작별 인사 해라. 우린 가야 한다.

대드가 다시 잠에서 깨보니 나들이옷을 입고 찾아왔던 노인과 노파는 보이지 않았다. 프랭크는 블라인드 밑으로 흘러들어오는 낮게 걸린 헛간 등의 불빛이 비치는 가운데 두 개의 빈 의자 곁에 앉아 있었다.

그분들은 떠난 모양이구나. 대드가 말했다.

가야 한다고 하시더군요. 프랭크가 말했다. 그렇게 나쁘지 않았어요. 아버지가 말한 것과는 달랐다고요. 아버지는 언제나 그분들이 끔찍한 사람들이었던 것처럼 말씀하셨잖아요.

넌 그분들을 전에 만난 적이 없잖니.

그래요. 그럴 기회가 언제 있었겠어요?

아무튼 지금 그분들을 봤잖아.

그렇게 나빠 보이지 않았다고요. 저를 성가시게 하지도 않았고요.

그건 아버지가 나를 또다시 두들겨 패려고 했기 때문이다. 대드가 말했다. 난 얻어맞고 싶지 않았어. 그래서 열다섯 살이 됐을 때 도망쳤다. 그뒤로 두 번 다시 집에 가지 않았지.

역사는 반복되는군요. 프랭크가 말했다.

뭐라고?

저도 익히 잘 아는 이야기라고요. 어쨌든 비슷한 이야기잖아요.

그럴지도 모르지. 대드가 말했다. 그는 한동안 프랭크를 바라보았다. 젠장, 난 고기를 자르거나 감자를 제대로 먹는 법도 몰랐다. 나이프로 접시 위에 놓인 콩을 겨우겨우 찍어 먹었지. 나는 그런 삶에서, 부모의 집에서 나온 거야. 땀흘려 일하고 조심해서 소동을 피하고 지시한 대로 일할 줄만 알았지. 나는 장작을 패듯 고기를 썰었다고.

그런 건 하나도 중요하지 않아요. 프랭크가 말했다.

그래, 그건 중요한 문제가 아니지. 대드가 대꾸했다. 하지만 그 일이 의미하는 바는 중요하다. 네 할아버지는 행운에 대해 얘기하지. 네 엄마가 내 행운이다. 나는 네 엄마의 행운이고 말이야.

알아요, 아빠.

네 엄마는 내가 변하도록 해주었어.

이 말씀은 드리고 싶지 않지만 아버지는 그렇게 복잡한 분이 아니에요. 아버지가 말씀하시는 게 그거라면 말이에요.

뭐라고?

신경쓰지 마세요. 그것 역시 중요한 문제는 아니니까요.

잠깐 기다리거라. 네가 무슨 얘기를 하는 건지 안다. 네 말뜻은 알겠다. 하지만 너는 내가 자란 환경이 어땠는지 몰라. 나는 더 많은 것을 원했지. 거기에서 나오고 싶었어. 어딘가에 소속되어 일하고 싶었다. 사람들과 대화를 하고 싶었어. 시내에서 살고 싶었지. 메인 스트리트에 내 집을 갖고 싶었어. 상점을 차리고 사람들에게 물건을 팔고 사람들에게 필요한 물건을 공급해주고 싶었다. 네 할아버지에게 말한 대로 나는 열심히 일했다. 단순히 운이 좋아서 된 것이 아니었다. 네 엄마가 내 행운이었지. 그건 알지만 내가 열심히 일했다는 것도 사실이다.

아버지, 지금 누구하고 얘기하고 계신 거예요? 지금 말하는 상대가 누군지 모르세요? 저도 그건 모두 알고 있어요. 잊으셨어요? 저도 여기서 자랐다고요.

대드는 그를 빤히 쳐다보았다. 좋아. 입다무마. 그러고 나서 그는 어두운 방안을 둘러보았다. 커피 좀 마시겠니? 네가 커피를 마신다는 걸 알고 있다.

아뇨. 지금은 마시지 않겠어요.

그럼 어서 담배를 피우거라. 난 상관없으니까. 이제 와서 그런 게 무슨 차이가 있겠니.

네, 그렇게 하죠.

프랭크는 셔츠 주머니에서 담뱃갑을 꺼내고 성냥으로 담배에 불을 붙인 다음 창문 쪽으로 연기를 내뿜었다. 담배 연기는 밤공기에 밖으로 빨려나갔다.

네 엄마가 덴버로 너를 찾으러 갔었다. 대드가 말했다.

저도 알고 있어요.

어떻게 아니?

사람들이 말해줬어요.

누가?

카페에 있는 사람들이요.

네가 그 카페에 더이상 가지 않을 줄 알았는데.

맞아요. 잠깐 들렀던 것뿐이에요.

그곳 사람들은 네 엄마한테 그렇게 얘기하지 않았어.

전 가끔 가다 한 번씩 들를 뿐이에요.

지금은 뭘 하며 지내니?

사람들 대부분 결국 가게 되는 캘리포니아로 갔죠. 달리 어디로 갔겠어요?

거긴 일 년 내내 쾌적하고 따뜻할 것 같구나. 대드가 말했다.

따뜻하긴 해요. 하지만 거긴 누구나 가는 곳이죠. 제가 말하려는 건 그거예요.

남들도 다 너와 같다는 얘기로구나.

그래요. 다들 찌질이에 남색꾼이죠.

너 자신을 그런 식으로 말하지 말거라. 대드가 말했다.

사실인걸요. 아버지가 생각하는 게 그런 거 아닌가요?

전에는 그렇게 생각했지.

지금은 뭐라고 생각하세요?

그렇게 생각하지는 않는다.

그럼 뭐라고 생각하시느냐고요.

모르겠다. 난 알지 못해. 난 너무 무지하구나. 그런 일에 대해 아는 것이 없어. 말했잖니, 난 캔자스 벽촌 출신이라고. 내가 자란 곳에서는 그게 아는 전부란다. 고원지대의 작은 마을 메인 스트리트에 점포 하나를 내기 위해 나는 온힘을 다해야 했다.

아버진 제대로 살아오셨어요. 아주 큰일을 이루셨죠.

아직 충분치 않아.

그건 그래요. 아직 충분치 않죠.

그를 바라보는 대드의 눈에 다시 물기가 어렸다.

왜 그러세요? 프랭크가 물었다.

아무것도 아니다.

금방이라도 우실 것 같은데요.

그게 사십 년 만에 네가 처음 내게 한 다정한 말이로구나. 대드가 말했다. 내가 제대로 살았다고, 큰일을 이루었다는 말 말이다.

잠깐 제 처지를 잊은 모양이에요. 제가 방심한 모양이네요. 그런 일이 다시 있을 거라곤 믿지 마세요.

안다. 그만큼은 배웠지. 내가 모든 일에 무지한 건 아니다.

그는 다시 잠에서 깼다. 프랭크는 의자를 침대 쪽으로 좀더 가까이 가져다놓았다. 나머지 의자 두 개는 이제 보이지 않았다. 창으로 들어오는 공기는 신선하고 상쾌했으며 여전히 바깥 헛간 쪽으로부터 빛이 들어오고 있었다.

너 아직 여기 있구나. 대드가 말했다.

네, 여기 있어요. 아직 가지 않았어요.

내 부모님은 돌아오시지 않았구나.

네. 그분들은 이제 가신 것 같아요.

다른 사람들도 돌아오지 않았지.

누구 말씀이에요?

타니아. 그리고 루디와 밥도.

네, 그 사람들도 저와 함께 있지 않네요.

대드는 잠시 프랭크를 바라보았다. 프랭크는 창밖을 보기 위해 몸을 옆으로 틀고 있었다. 이제 블라인드는 걷혀 있었다. 아들아, 넌 괜찮은 거냐? 대드가 물었다.

저 말이에요?

그래.

전 괜찮아요. 어느 정도는요. 좀더 나은 일자리를 구할 수 있었으면 좋겠지만요. 전 한 번도 제대로 일해본 적이 없어요. 늘 불만을 갖고 자리를 떠났죠.

넌 언제나 여러 가지 일을 하곤 했지.

아마 그랬을 거예요. 하지만 전 어떻게 해야 좋을지 모르겠는걸요. 로레인 누나처럼 대학 학위가 있는 것도 아니니까요.

넌 학위를 딸 수도 있었다.

그렇게 생각하세요?

네 누나를 도왔던 것처럼 너를 도와주었을 거야.

그래도 그때는 할 수가 없었어요.

왜 그랬던 거니?

공부에 대해선 생각하지 않았거든요. 그럴 만큼 시간도 없었고요. 아니면 아예 의욕이 없었던 건지도 몰라요.

넌 집을 나가고 싶었던 거야. 대드가 말했다. 안 그러냐? 그게 네가 원한 일이었어.

어느 정도는 그랬죠.

나한테 벗어나고 싶었단 얘기일 테지.

꼭 그랬던 건 아니에요. 우표딱지만큼 좁은 이곳에서 벗어나고 싶었던 거죠. 아버지와 이곳, 둘로부터 말이에요.

그래도 학교는 다닐 수 있었잖니. 그랬다면 도움이 됐을 텐데.

그때는 그렇게 생각하지 않았어요. 그저 독립하고 싶었죠.

실제로 그렇게 했잖니.

그래요. 프랭크가 웃었다. 전 해냈어요. 맞아요. 혼자 힘으로요. 그 일은 저에게 꽤 도움이 됐죠.

그렇다면 잘된 것 아니냐?

무슨 말씀이세요, 아버지? 전 웨이터 노릇을 했죠. 야간 근무도 했고요. 문지기에 농장 일꾼으로도 일했어요. 쓰레기 수거원, 택시 기사 일도 했죠. 제가 돈을 벌려고 어떤 일들을 했는지 듣고 싶지 않으실걸요.

그래도 그건 시작할 때 하는 일일 뿐이다. 넌 여전히 자립하고 있잖니.

아버지, 전 지금 쉰 살이에요. 제가 이제부터 뭘 하겠어요? 이제 뭘 어떻게 시작하겠느냐고요.

대드는 침대에서 몸을 움직이다가 다시 가만히 누웠다.

저기 있는 약 좀 내게 건네다오.

여기 있는 약 말이에요?

그래.

물도 드려요?

그래. 그는 물잔을 받아 물을 마시고 잔을 도로 건넨 다음 다시 잠자코 누웠다.

넌 언제든 집에 돌아와도 된다. 대드가 말했다. 내가 떠나고 나면 넌 집에 와도 괜찮아.

그래서 뭘 하는데요, 아버지?

상점 일을 도와줘.

로레인 누나가 상점을 운영하잖아요.

네가 거들면 되잖니.

그래 봤자 소용없어요. 그런 일은 없을 거예요.

네가 지분을 가지면 되지. 대드가 말했다. 너와 엄마와 누나가 나누면 될 거다. 네 몫은 3분의 1이야. 그걸로 뭔가를 시작해라.

아뇨. 아버지 돈은 받지 않겠어요. 아버지 돈을 가질 생각이 없다고요. 전 그러지 않겠노라고 맹세했어요.

대드는 한참 아들을 응시했다. 프랭크는 아버지 너머의 벽을 바라보다 다시 고개를 돌려 창밖을 내다보았다. 그는 다시 담배에 불을 붙였다.

넌 나를 용서하지 않은 게로구나. 대드가 말했다.

아버지가 스스로를 용서하지 않으신 거예요.

난 그럴 수 없었다. 어떻게 그럴 수 있겠니? 그리고 그러기엔 이제 너무 늦었다.

아버진 아직 살아 계세요. 프랭크가 말했다. 유언을 남기면 될지도 모르죠.

대드는 프랭크의 얼굴을 꼼꼼히 살펴보았다. 넌 참 냉소적이구나. 건성으로 대화를 이어가는 거야.

당연하죠.

설마 진심으로 그러는 건 아니지?

그래요. 진심이 아니에요. 난 계속 너무나 화가 나 있다고요. 비통한 기분이 목까지 차올라 있을 정도예요. 죽어가는 아버지의 얼굴을 지금이라도 후려치고 싶을 정도라고요.

그럼 그렇게 하지그러냐? 네가 그랬으면 좋겠구나. 어서 하거라. 내가 원하는 게 그거다.

프랭크가 자리에서 일어섰다. 이제 가야겠어요. 그는 담배를 밟아 껐다.

잠깐 기다리거라. 벌써 갈 필요는 없잖니. 대드가 말했다. 엄마도 만나야지. 지금 가려는 거냐?

네, 그게 좋겠어요.

그럼, 잘 가라, 아들아.

프랭크는 문 쪽으로 걸음을 옮겼다.

잠깐 나 좀 도와주겠니? 대드가 말했다. 가기 전에 말이다. 하지만 프랭크는 계속 문밖으로 걸음을 옮겼다. 대드는 꼼짝도 못한 채 그런 아들의 모습을 지켜보았다. 키가 크고 머리가 벗어지는 중년 남자를. 문간을 꽉 채운 사내를. 아직 그렇게까지 늙지 않은 남자를. 하지만 옷이 낡아 거의 누더기처럼 보이는 남자를.
그래도 거기에 뭔가 있었다. 그는 여전히 잘생긴 남자였다. 아직
거기엔 뭔가가 남아 있었다. 아직 발현되지 않은 어떤 것이 있
었다.

38

다음날 아침 메리는 방안으로 햇살이 쏟아져들어올 때까지 대드와 함께 낡고 푹신한 더블침대에 누워 있었다. 그녀는 일어나 욕실로 들어갔다가 돌아와 셔츠와 청바지를 입고 침대 위로 몸을 기울여 남편을 바라보았다.

여보. 이제 잠을 깰 건가요? 대드는 움직이지 않았다. 여보?

그는 반쯤 뜬 눈으로 천장을 바라보며 누워 있었다. 이윽고 그가 숨을 깊이 내쉬었는데, 숨쉬는 소리가 그르렁거리는 소리와 비슷했다. 그녀는 그의 이마를 짚어보았다. 이마는 차고 끈적끈적했다.

내 말 들려요? 그녀가 작은 소리로 물었다.

그녀는 허리를 숙이고 그에게 키스한 다음 빠른 걸음으로 로레인의 방이 있는 위층으로 올라갔다.

애야, 내가 좀 들어가도 되겠니?

로레인은 가벼운 여름용 잠옷을 입고 막 침대 밖으로 나온 참이었다.

무슨 일이에요?

아버지가 돌아가실 모양이다. 아무래도 그런 것 같구나.

평소와 다른 점이 있어요?

잠을 깨지 않아. 말을 시켜도 소용없고 이마가 차가웠어.

로레인이 두 팔로 엄마를 안았다. 이날이 올 거라는 건 알고 있었잖아요.

나와 같이 좀 내려가자. 아버지를 옆으로 눕혀주고 싶구나. 간호사 말이 그렇게 모로 눕히면 숨쉬기가 좀 나아진다고 했어.

로레인은 잠옷 위에 실내복을 걸치고 엄마를 따라 아래층으로 내려갔다. 이제 대드의 눈은 감겨 있었다. 그는 숨을 쉬다 멈췄다 다시 숨을 쉬었고 목에서는 그르렁거리는 소리가 났다. 그들은 여름용 모포와 시트를 젖힌 후 얼굴이 문을 향하도록 그의 몸을 돌려 눕힌 다음 높지 않은 낡은 베개를 머리 밑에 하나, 무릎 사이에 하나씩 끼워넣었다. 그의 발은 다리까지 올라오고 있는 검버섯으로 얼룩덜룩해 보였고 두 손은 새파랬으며, 팔 아래쪽에는 희미하게 멍든 자국처럼 보이는 푸른 반점이 더 많이 나 있었다.

여기 좀 봐. 네 아빠 손톱이 엉망이 됐어. 메리가 말했다.

그러네요.

그들은 시트와 모포를 다시 덮어준 뒤 침대 곁에 나란히 서서 그를 바라보았다. 그의 입이 벌어져 있었다. 그는 숨을 쉬다가 의식이 없는 상태에서 흡사 잡음과도 같은 작은 소리를 낸 다음 다시 숨을 쉬곤 했다.

그날 그는 잠에서 깨어나지 않았다. 그는 침대에 조용히 누워 있었다. 입을 벌린 채였는데, 마른 입술은 갈라져 있었고 누렇게 뜬 얼굴에서는 안색을 찾아볼 수 없었다. 로레인은 간호사에게 전화를 걸었고, 간호사가 와서 그를 진찰하며 두 발과 손, 팔다 리에 난 파란 반점과 얼룩을 살펴보고는, 환자가 이제 최종 단계 에 접어들었다고 말했다. 그들은 이제부터 뭘 어떻게 하는 것이 좋을지 의논했다. 그들은 그가 죽으면 그들이 직접 몸을 씻기고 옷을 갈아입힐 거라고, 그렇게 하고 싶다고, 그들 자신을 위해 간병의 마지막 의무를 다하고 싶다고 했다. 그러자 간호사가 말 했다. 그건 좋아요. 하지만 그래도 제게 전화를 하셔야 합니다. 제가 사망 증명을 하고 사용하지 않은 약을 처분할 수 있도록이요. 그리고 준비가 끝나면 장의사에게 전화를 하시면 돼요. 하지만 서두르실 건 없어요. 원하시는 만큼 충분히 시간을 가지세요.

이미 조지 힐 씨에게 얘기해두었어요. 로레인이 말했다. 그분이 화장에 필요한 모든 세부 사항을 처리해줄 거예요. 그런 다음 교회에서 장례 예배를 올리고 묘지에서 짤막한 예배를 볼 거예요. 아버지의 유골 일부는 묘지에 매장할 테지만 대부분은 집에 보관하려고 하고요.

뭐든 필요한 일이 있으면 전화 주세요. 간호사가 말했다. 언제든 괜찮아요.

그런데 환자가 이런 상태일 때 통증은 어떻게 해야 하죠? 메리가 물었다. 약을 주면 질식할 위험은 없을까요?

점안기로 혀 밑에 모르핀 액을 떨어뜨려주세요. 그러면 괜찮을 거예요. 그리고 환자의 몸을 닦아 청결하게 해주시고 규칙적으로 몸을 돌려 눕히세요. 환자에게 해줄 수 있는 최선책은 그 정도랍니다.

환자가 지금처럼 자고 있을 때 그 방에서 우리가 얘기를 해도 괜찮을까요?

괜찮을 것 같아요. 그렇게 보이지 않을지 몰라도 환자는 두 분의 목소리를 듣는 걸 좋아하실지 모르죠.

그이는 좋아할 거예요. 메리가 말했다. 그러면 위안이 될지 몰라요.

그들은 반시간마다 그의 상태를 점검했다. 그러고 나서 오전이 절반쯤 지났을 때 이번에는 벽 쪽으로 몸을 돌려 눕힌 다음 젖은 기저귀를 갈고 몸을 씻겼다. 그는 여전히 잠을 자고 있었다. 숨을 쉬었다가 멈췄다가 다시 숨쉬기 시작했고, 목구멍에서는 계속 그르렁거리는 소리가 났다.

오후에 버타 메이가 전화를 하고 건너왔다. 그들이 전화를 걸어 롭 라일을 불렀다. 로레인이 문을 열어주었다. 그는 한 팔로 그녀를 안아주었다.

이렇게 와주셔서 감사해요. 그녀가 말했다. 그녀는 그를 거실로 안내했고 그곳에서 라일은 메리를 포옹했다.

이렇게 와주셔서 감사해요. 라일 목사님.

전 이제 목사가 아닙니다. 그가 말했다.

목사님이 아니시라고요?

네.

그래도 기도는 드리시겠죠?

네, 여전히 기도는 드립니다. 그 점은 달라지지 않았지요.

대드를 위해 기도해주시겠어요?

그들은 침실로 들어가 침대 곁에 놓인 의자에 앉았다. 그런 다음 메리와 로레인, 버타 메이와 라일은 손을 잡고 대드를 바라보았다. 그는 얼굴을 문 쪽으로 향하고 누워 있었다. 그들은 고개를 숙였다. 저희의 마음이 이 자리에 계신 대드 루이스와 더불어 평온하기를 비옵니다. 라일이 작은 소리로 기도를 올렸다. 이 방안에 평온함과 사랑과 조화가 있기를 기원합니다. 이 집 바깥의 저 모든 힘들고 충돌하는 세상도 똑같이 되기를 기원합니다. 이분이…… 여기서 그는 잠시 말을 멈췄다가 침대에 누워 있는 대드에게 직접 말했다. 당신이 더는 고통이나 후회나 불행이나 가책이나 스스로에 대한 회의나 걱정 없이 이 육신의 세계를 떠나실 수 있기를, 모든 시련과 곤경과 근심을 놓아두고 떠나실 수 있기를 빕니다. 오로지 당신이 평온하시기를 빕니다. 이 방안에 있는 우리들 한 사람 한 사람도 평온하기를 기원합니다. 이제 저희는 예수그리스도의 이름으로 이 모든 축복을 구하나이다. 아멘.

고맙습니다. 로레인이 조그맣게 말했다.

그런 다음 그들은 말없이 대드를 바라보고 창밖의 무더운 날을, 집 저편에 펼쳐진 평지를 내다보았다.

두 분의 삶이 어땠는지 말씀해주시겠어요? 라일이 말했다. 지금이 얘기하기에 적당한 때인 것 같군요.

오, 아무도 그런 얘기를 듣고 싶어하지 않을 거예요. 메리가 말했다.

아뇨, 듣고 싶습니다. 그렇고말고요.

그녀는 라일을 바라본 다음 침대에서 시트와 모포를 덮고 누워 있는 남편을 바라보았다.

우린 1947년 여름 바로 이곳 홀트의 2번가와 메인 스트리트가 맞닿은 모퉁이에서 만났지요. 그때 나는 막 상점에서 나오던 참이었고 대드는 길을 건너고 있었어요.

어떤 상점이었나요, 엄마? 타번 주점이었어요?

바보 같은 소리. 메리가 말했다. 백화점이었어. 그때 난 모퉁이에 있는 셜트 백화점 앞에 서서 무슨 생각인가 하고 있던 참이었지.

무슨 생각이었는데요?

필요한 걸 모두 다 샀는지 생각하고 있었어. 그때 난 바느질을 하고 있었거든. 그때 대드가 내가 있는 쪽으로 걸어오고 있었어. 나는 바느질 생각만 하며 연석에서 내려서다 곧장 네 아버지와 부딪쳤어. 하마터면 넘어질 뻔했는데, 그이가 팔을 뻗어 나를 잡아주었단다. 네 아버지는 나를 부축해서 다시 보도에 올라서게 해주었어. 나는 몹시 당황했지. 오, 죄송해요. 난 말했어. 제가 제대로 보지 않고 걸었어요. 그랬더니 그이가 이렇게 말하는 거야. 어쨌든 전 아가씨한테 오던 중이었어요. 그러니 아가씨께서 굳이 저한테 반하실 필요도 없는 일이죠.

그들은 대드에게서 청년의 모습을 찾아보려고 침대에 누워 있는 그를 바라보았다. 그의 등과, 모포에 덮인 뾰족한 엉덩이와 앙상한 다리가 만들어낸 형상을 바라보았다.

시시한 농담을 내게 던진 거지. 지금 생각하니 별로 우스울 것도 없는데 말이야. 하지만 난 정말로 네 아버지에게 반했지. 있는 그대로 진실이란다. 내가 반한 건 진심이었어. 바로 그때 그렇게 난 그이에게 반한 거란다.

그리고 어떻게 됐어요, 엄마?

오, 전에 다 들은 이야기잖니.

다시 듣고 싶어요. 우리 모두요.

그런 다음 우린 약국으로 갔지. 브라운 드러그스토어 말이다. 당시 그곳 점포 뒤편에 앉을 수 있는 작고 둥근 테이블들이 있었어. 우린 소다수를 마시며 자기소개를 했단다. 그리고 나서 네 아버지는 내게 주말에 영화관에 가자고 했고, 육 개월 뒤 우린 결혼했어. 그리고 나서 이 년 뒤에 네가 태어났고 다시 삼 년 뒤에 네 동생이 태어났지.

라일과 버타 메이는 로레인을 쳐다보다가 다시, 느리고도 힘겹게 숨을 쉬고 있는 대드 쪽으로 시선을 옮겼다.

그때 엄마는 어떤 옷을 입고 계셨어요? 로레인이 물었다.

언제 말이니?

메인 스트리트 모퉁이에서 아빠와 만났을 때요.

그때가 여름이었거든. 아마 원피스를 입고 있었을 거야. 그때 우린 원피스만 입었지. 안 그래요, 버타 메이?

집을 나설 때는 스타킹도 신었죠. 그녀가 말했다.

대드는 무슨 옷을 입으셨나요? 라일이 물었다.

메리는 대드를 쳐다보았다. 아마 바지를 입고 있었을 거예요.

그 말에 그들은 웃었지만 소리는 크지 않았다.

양복바지 말이에요. 그이는 다른 남자들처럼 작업복 바지를 입지는 않았어요. 그리고 줄무늬가 들어간 연청색 긴소매 셔츠를 입었지요. 그때 남편은 이미 철물점에서 일하고 있었어요. 그이는 소매를 팔 위로 걷어올린 채였죠. 오, 아직도 그 모습이 눈에 선하네요.

그때 남편분께선 상점 주인이셨나요? 라일이 물었다.

오, 아뇨. 당시 그이는 몰골이 앙상한 외톨이 청년이었어요. 군대에도 갔었죠. 하지만 그이가 훈련을 받고 있을 때 전쟁이 끝났어요. 그래서 해외파병을 간 적은 없었죠. 그이는 그 사실을 언짢게 여겼어요. 난 그렇지 않았지만요. 그랬다면 그이한테 무슨 일이 생겼을지 누가 알겠어요.

그들은 얼마 동안 대드를 혼자 있게 내버려두었다. 대드가 홀로 그 시간을 감당해야 할 것처럼 보였기 때문이었다. 그들은 거실로 나왔고 메리가 그들에게 커피를 한 잔씩 갖다주었다. 그들은 소파에 앉았고 메리는 흔들의자에 앉았고 창가에 놓인 대드의 의자는 빈 채로 내버려두었다.

커피를 더 마시고 싶으면 얼마든지 그렇게 하세요. 메리가 말했다. 그녀는 자기 잔에 든 커피를 한 모금 마셨다. 그녀는 라일을 바라보았다. 우리가 목사님께 부탁드려본 적이 없었던 것 같네요. 그저 막연히 기대하기만 한 것 같아요. 그래서 이제 목사님께 제대로 부탁을 드려보고 싶군요.

무슨 말씀이신지요? 그가 물었다.

남편을 위한 예배를 맡아주셨으면 좋겠어요. 저희 모두를 위해서. 교회에서 말이에요.

로레인과 버타 메이가 그녀를, 그다음엔 그를 보았다.

네, 제겐 영광스러운 일이군요. 그가 말했다. 하지만 지금 제가 교회 안에서 어떤 식으로든 예배를 올리는 것이 허락될지 모르겠습니다. 어쨌든 제가 허락을 원할지도 잘 모르겠고요. 우리는 이제 갈라섰으니까요.

하지만 아직 목사관에 살고 계시잖아요. 메리가 말했다. 교회에서 허락한 거 아닌가요?

두 달 더 머물도록 해준 겁니다. 요컨대 아주 갈라선 건 아니죠. 그런 의미에서 말씀하신 건가요?

제 말이 그런 뜻인지는 모르겠네요. 그녀가 말했다.

다른 곳에서 예배를 올려주실 수는 없나요? 로레인이 물었다.

아마 가능할지도 모르겠습니다. 하지만 상황에 달렸어요. 홀트에 있는 다른 교회들이 자신들의 교회에서 예배를 올리도록 하면서까지 이 문제에 개입하려 들지는 않겠죠.

우리집 뜰에서 올리는 건 어떨까요? 로레인이 말했다. 다른 사람들한테 의자를 빌리거나 어쩌면 조지 힐 씨에게서 잠깐 빌려올 수 있을지 몰라요. 그래서 바로 우리집 측면에 있는 나무 그늘에서 추도식을 갖는 거예요. 어쩌면 그편이 더 나을지도 모르겠네요.

네, 전에도 야외에서 예배를 본 적은 여러 차례 있었습니다만.

어떻게 생각하세요, 엄마? 이 일은 엄마한테 달렸어요.

글쎄다. 난 잘 모르겠구나. 생각해본 적이 없어서. 네 아버지는 몇 시간씩 계속해서 저 창으로 밖을 내다보곤 했지. 그이가 무엇을 내다보고 있는지 몰랐지만 네 아버지는 그 일을 꽤 즐겼던 것 같구나. 그래, 어쩌면 네 아버지가 내다보며 오랜 시간을 보낸 바로 그 장소에서 추도식을 올리는 게 옳을지도 몰라.

그러고 난 다음에라도 묘지에서 예배를 볼 수 있겠지요? 로레인이 물었다.

네. 라일이 대꾸했다. 그럴 수 있을 겁니다. 그 일은 교회와는 아무 상관 없으니까요.

묘지는 공공장소예요. 버타 메이가 말했다. 그곳은 우리가 내는 세금으로 유지되고 있죠. 아무도 우리를 막지 못할 거예요.

세부 사항은 우리가 알아서 처리할게요. 로레인이 말했다. 목사님께서 해주시기로 마음만 정하신다면 말이에요.

네, 저도 그게 좋겠습니다. 라일이 말했다.

고마워요. 메리가 말했다. 모두 고마워요.

그날 저녁 대드는 한 차례 잠에서 깨어 주위를 둘러보며 물을 달라고 했다. 그때 침실에는 메리와 로레인만 앉아 있었다. 그는 한참 메리를 응시했고, 그러는 동안 그녀는 그의 손을 잡고 있었다. 이윽고 그가 로레인 쪽으로 시선을 보냈다. 그러더니 손을 모포 밑으로 집어넣고 다시, 그리 편치 못한 잠 속으로 빠져들어 갔다.

그날 저녁 늦게 메리가 말했다. 난 이제 좀 자야겠다. 더는 앉아 있을 수가 없구나.

제가 아빠 곁에 남아 있을까요? 엄마는 제 방에서 주무셔도 돼요.

아니다. 내가 아빠와 같이 여기 있을게.

겁나지 않으세요?

그럴 리가 있니. 이 사람은 내 남편이야. 난 평생을 이 남자와 같이 지냈단다. 반세기도 넘는 시간 동안 말이야. 이 세상 어느 누구보다 이 사람에 대해 잘 알고 있지.

하지만 지금 이곳에 계셔도 괜찮겠어요?

그럼, 얘야. 여기서 내가 겁낼 건 없단다. 내 앞날이 두려울지는 몰라도 이 방에 있는 이 남자가 겁나지는 않아.

엄마, 앞으로는 제가 여기서 도와드릴 거예요.

나도 안단다. 얘야. 이젠 너도 가서 자거라.

로레인이 위층으로 가고 나서 메리는 모포를 들추고 대드의 옆으로 들어갔다. 그는 이제 반듯하게 누워 있었다. 그녀는 모포 밑에서 그의 손을 토닥여주고는 몸을 일으켜 키스를 했다.

내가 여기 있어요. 아무데도 가지 않을 거예요. 그녀가 속삭였다. 당신은 해야 할 일을 하세요. 우리가 당신 얘기를 하는 소리를 들었어요? 당신이 우리 얘기에 신경쓰지 않았으면 좋겠네요.

그녀는 다시 한번 벌어진 남편의 입에 키스를 한 다음 곁에 누워 꼼짝 않고 어두운 방안을 가만히 응시했다. 헛간 불빛이 흐릿한 형상과 그림자와 이상한 형체를 만들어내고 있었다. 갑자기 그녀는 울기 시작했다.

그날 밤 늦게 그녀는 불현듯 잠에서 깨어 침대 곁 스탠드를 켜고 대드를 살펴보고 이마를 짚어보았다. 그는 아직 느리고 불규칙한 호흡으로 숨을 쉬고 있었다. 그녀는 자리에서 일어나 욕실로 간 다음 부엌으로 나가 뒤뜰과 축사와 헛간 쪽을 응시하면서 어둠 속에 서 있었다. 그러고는 물 한 잔을 마시고 돌아와 다시 한번 대드를 확인하고는 곁에 누워 다시 남편의 손을 잡았다. 그녀가 아침에 잠을 깨보니 그는 아직 살아 있었다.

그는 그날 종일 살아 있었다. 그는 한동안 숨을 멈췄다가 헐떡이고 기침하며 힘겹게 목을 가다듬고는 다시 숨을 쉬기 시작했다. 그럴 때마다 그들은 탈지면으로 입 안쪽을 적셔주고 입술에 보습제를 발라주었다. 그는 문이나 벽 쪽으로 얼굴을 돌리거나 반듯이 눕곤 했다. 그의 잿빛 얼굴은 생기를 잃고 부자연스러워 보였고, 얇은 눈꺼풀 아래의 안구는 이제 움직이지 않고 고정돼 있었다.

그들은 그의 침대 곁에 앉아 나지막하게 말을 주고받으며 이따금씩 싸늘한 그의 손을 잡아주거나 그에 대한 자신들의 감정을 속삭여주곤 했다. 그들은 간간이 울었다. 그러다가 한 사람이 곁을 지키며 남아 있는 동안 다른 한 사람은 밖으로 나갔다.

오후가 되자 버타 메이가 다시 건너와 집안 정리를 거들어주었고, 고기 캐서롤과 파스타, 채소 샐러드 같은 먹을거리를 가져다주었다. 또 해드릴 일이 없을까요? 그녀가 물었다.

벌써 많이 해주셨잖아요. 메리가 말했다. 꼭 그러지 않으셔도 괜찮아요.

아뇨, 내가 해야 할 일인걸요. 아주머니라도 나를 위해 이렇게 해주셨을 거예요.

우리가 얼마나 고마워하는지 아셨으면 좋겠어요.

자, 뭐가 또 필요해요?

괜찮으시다면…… 아침나절 내내 사람들이 전화를 걸고 어떤 이들은 방문하고 싶어했어요. 그런데 내가 그 일을 감당할 수 없네요. 윌라와 에일린에게는 오라고 했어요. 그 두 사람만 올 거예요. 그들은 괜찮을 것 같아요. 하지만 다른 사람들은 오지 않았으면 해요. 아주머니가 우리 대신 사람들을 맞아서 그렇게 말 좀 전해주시겠어요?

그날 오후 존슨 모녀가 차를 몰고 오자 버타 메이가 그들을 집 안으로 들였다. 그들이 아주 조용히 전면 복도로 들어서자 그녀는 그들에게 대드는 아직 살아 있다고, 메리와 로레인은 대드와 함께 침실에 있다고, 두 사람은 거의 온종일 그렇게 앉아 있노라고 말했다. 두 사람은 녹초가 되기 직전이에요. 그녀가 말했다.

오, 왜 안 그렇겠어요? 윌라가 말했다. 우리가 할 일이 있을까요?

모든 일이 다 처리됐어요. 원하시면 안으로 들어가보셔도 괜찮아요. 두 분은 들어오시라고 했답니다.

버타 메이가 두 사람을 복도 안쪽으로 데려가 침실 문을 살짝 열고 고개를 들이밀었다. 메리가 그들에게 들어오라고 손짓을 하고 로레인이 자리에서 일어나 식사실에서 의자를 두 개 더 가져왔다. 그런 다음 네 여자는 침대 가까이에 나란히 앉았다. 대드는 입을 벌리고 눈을 감은 채 모포를 덮고 반듯이 누워 있었다.

얘기해도 괜찮아요. 메리가 말했다. 조그맣게 말하기만 하면 괜찮아요.

아저씨는 좀 어떠세요? 윌라가 속삭였다. 무슨 변화가 있나요?

상태가 더 나빠진 것 같아요. 그녀의 눈에 눈물이 고였다. 윌라와 에일린이 그녀에게로 몸을 기울여 그녀의 손을 잡아주었다.

두 분이 이렇게 와줘서 기뻐요. 그녀가 말했다. 두 분 말고 다른 사람들은 오지 않았으면 좋겠어요. 남편을 성가시게만 할 테니까요.

그럼요. 윌라가 말했다. 우리도 폐 끼치고 싶지 않아요.

그냥 어떤 사람들은 오지 않았으면 좋겠어요.

그래요. 물론이죠.

대드가 기침을 하더니 눈을 뜨고 빤히 허공을 응시하면서 숨을 멈췄다. 그들은 그를 지켜보았다. 곧 그가 다시 급격하게 헐떡이며 숨을 들이쉬고 눈을 감더니 좀 전의 상태로 돌아갔다.

가엾기도 하지. 윌라가 나지막하게 말했다. 아시겠지만 내 남편은 언제나 저분을 특별하게 생각했어요. 대드 루이스는 알고 지낼 만한 사람이야. 그이는 그렇게 말했어요. 사람들은 대드 루이스를 보고 시계를 맞출 수 있다면서요.* 그이가 정말 시간 맞추는 얘기를 한 건 아닐 거예요.

그래요. 메리가 말했다. 저이는 언제나 믿음직했죠.

네. 남편은 저분이 아주 정직한 사람, 시곗바늘처럼 정확한 사람, 의지할 만한 사람, 속속들이 신뢰할 만한 사람이라는 의미로 그렇게 말한 거예요.

---

* '정확한 사람'이라는 표현을 직역한 것이다.

남편분께서 그렇게 말씀하셨다니 고마운 일이네요. 메리가 말했다.

네, 남편은 진심을 담아 그렇게 말했지요.

침실 밖이 갑자기 어두워지더니 구름이 지나면서 비가 쏟아지기 시작했다. 빗줄기가 거세게 퍼부었다. 갑자기 어둠이 드리워졌다. 그러다 얼마 후 비가 그쳤다.

대드가 저 빗소리를 들었다면 좋겠어요. 메리가 말했다.

이제 창으로 서늘하고 상쾌한 공기가 흘러들어왔다.

오, 냄새 정말 좋네요. 그녀가 말했다.

로레인이 창가로 다가가 창문을 좀더 열었고, 에일린이 그 곁으로 갔다. 두 사람은 나란히 서서 해가 다시 나오고 나뭇잎에서 빗물이 떨어지는 바깥을 바라보았다.

그날 저녁 메리와 로레인은 늦도록 대드 곁을 지키며 앉아 있었다. 이윽고 로레인은 잠을 자러 갔고, 무슨 소리가 나면 들을 수 있도록 침실 문을 열어두었다. 메리는 잠옷으로 갈아입고 대드 곁에 누웠다. 난 아직 당신 곁에 있어요. 그녀가 말했다. 아무 걱정 말아요. 내가 바로 여기 있으니까요. 그녀는 스탠드를 끄고 그의 손을 잡았다. 그리고 곧 잠이 들었다.

한밤중에 잠에서 깨보니 그는 아직 숨을 쉬고 있었다. 그녀는
욕실에 갔다가 돌아와 다시 누워 남편의 손을 잡고 잠들었다. 두
시쯤 그녀는 다시 갑자기 잠에서 깼다. 그가 숨을 쉬고 있지 않
았다. 그러다 한참 후에 그가 다시 숨을 쉬더니 몸을 떨었다. 그
녀는 스탠드를 켜고 그의 얼굴을 살펴보다가 침대에서 나왔다.
나 금방 돌아올게요. 그녀는 층계 아래로 갔다.

로레인! 애야! 내 말 들리니? 로레인!

로레인이 층계참에 나타났다. 엄마, 무슨 일이에요?

이리 좀 내려와라. 어서.

그녀는 빠른 걸음으로 침실로 돌아갔다. 로레인이 내려오자
두 사람은 침대 곁에 나란히 앉아서 대드의 손을 잡았다. 그는
한 차례 짧게 숨을 쉬더니 한참 있다가 다시 한번 숨을 쉬었다.
이윽고 그의 목구멍 깊숙한 곳에서 무슨 소리가 났고, 이어서 숨
이 막힌 것 같은 그르렁거리는 소리가 길게 나더니 다시 짤막하
고 약한 숨소리가 났다. 이렇게 몇 분이 흘렀다. 그가 한번 더 숨
을 쉬었다. 거의 아무것도 아닌, 작고 얕게 들이쉬는 숨이었다.
그리고 작은 한숨 소리. 그들은 그의 얼굴을 지켜보면서 기다리
고 또 기다리고…… 기다렸지만 더는 아무 소리도 나지 않았다.
그것으로 끝이었다. 그는 다시는 숨을 쉬지 않았다.

메리가 몸을 흔들며 울기 시작했다. 난 아직 준비가 안 됐어!

준비가 된 줄 알았는데 아니었어! 아직 준비가 안 됐다고!

로레인도 울면서 엄마의 몸에 팔을 둘렀다. 두 사람은 침대 쪽으로 몸을 기울였다. 메리는 대드의 손을 잡고 손등에 입을 맞춘 뒤 손을 뺨에 갖다대고는 선 채로 몸을 기울여 양손으로 말없는 그의 얼굴을 잡고 이마에, 그런 다음 식어가고 있는 벌어진 입에 오랫동안 입을 맞췄다. 잘 가요, 여보. 잘 가요, 내 사랑.

로레인도 몸을 굽히고 아버지의 뺨에 입을 맞춘 뒤 그의 얼굴을 어루만졌다. 이제 편히 쉬세요, 아빠. 안녕히 가세요.

그들은 그의 옷을 벗긴 후 양팔을 하나씩 들어올리며 몸을 씻기고 두 손과 종잇장 같은 손가락을 씻겼다. 턱을 들어올려 벌어진 입을 닫고 입술도 오므렸지만 그래도 여전히 입은 살짝 벌어져 있었다. 그들은 그의 눈도 감겨주었다. 그런 다음 차갑게 식어가고 있는 그의 길쭉하고 여윈 몸을 잡은 채 얼굴과 귀, 두피, 온몸을 앞뒤로 닦아냈다. 그러고는 깨끗한 파자마를 입히고 양손을 가슴 위에 포개놓았다. 마지막으로 초에 불을 붙이고 스탠드는 껐다. 그들은 대드 곁에 앉았다.

한참이 지나서 메리가 말했다. 이제 준비가 된 것 같구나. 넌 어떠냐?

저도 준비가 됐어요, 엄마.

그들은 옷을 갈아입고 간호사에게 전화를 걸었다. 다섯시쯤, 동이 막 트기 시작한 무렵이었다. 간호사는 곧바로 와서 대드를 살펴본 다음 남아 있는 약을 수거하고 서류를 작성했다. 그녀가 떠나자 그들은 장의사인 조지 힐에게 전화를 했다. 장의사가 오기 전에 두 사람은 마지막으로 그 방에 들어가보았다. 이제 대드의 얼굴은 차가웠고 눈은 살짝 뜬 상태였다. 그들은 장의사가 도착할 때까지 그곳에 앉아 있었다. 그런 다음 마지막으로 대드의 얼굴에 입을 맞춘 후 흐느끼면서 침실 밖으로 나왔다. 조지와 그의 조수가 바퀴 달린 들것을 가져와 대드의 시신을 싣고 그 위에 하얀 천을 덮었다. 그들은 부딪치지 않게 조심하면서 들것을 굴려 방문을 나선 다음 거실로 향했다.

괜찮으시다면 저희는 이제 가보겠습니다, 루이스 부인. 조지 힐이 말했다.

메리가 고개를 끄덕였다. 그녀는 목이 막혀 말을 할 수 없었다. 그들과 함께 집밖으로 나선 그녀와 로레인은 대문 앞에서 걸음을 멈추고는 그들이 바퀴를 접어 들것을 밴의 뒷자리에 싣는 광경을 지켜보았다. 조지 힐은 한번 더 그들 쪽을 보고 고개를 끄덕인 다음, 차에 올라타 천천히 그곳을 떠났다.

　두 사람은 옆뜰로 걸어가 서로의 몸에 팔을 두른 후 이제 긴 하루가 시작되는 동쪽을 향한 채 서 있었다.

39

아침이 절반쯤 지났을 무렵 조문객들이 음식을 선물로 들고 오기 시작했다. 버타 메이가 다시 건너와서 거들어주었다. 메리와 로레인은 이제 옷을 제대로 갖춰 입고 문간에서 사람들을 맞았고, 잠깐 들른 사람들을 집안으로 안내했다.

그날 아침 열시쯤 또 비가 내리기 시작했는데, 이번에도 짧게 퍼붓고 지나가는 여름 소나기라 하늘은 다시 맑게 개었다.

그날 아침 늦게 리처드가 덴버에서 새 차를 몰고 왔다. 로레인이 그를 포옹했는데, 평소와 달리 그는 아무 말이 없었다. 메리역시 그가 자신을 포옹하도록 두었다. 상심이 크시겠습니다. 그가 말했다. 소식 듣고 슬펐답니다. 그는 한동안 바깥 현관에 앉아 있다가, 정오 무렵 그곳을 떠나 밤을 보내기 위해 34번 고속도로 쪽에 있는 모텔에 들러 방을 잡은 후 점심을 먹으러 고속도로 변 카페 한 곳에 들렀다.

한시쯤 윌라와 에일린 존슨이 와서 버타 메이가 하던 일을 맡았다. 버타 메이는 그곳을 나서기 전에 모든 것이 잘 처리됐는지 점검했다. 메리가 말했다. 우리를 위해 한 가지만 더 해주시겠어요? 이 통지문을 상점들에 돌려주세요. 너무 무리한 부탁이 아니라면 말이에요. 벌써 너무 많은 일을 해주신 건 알고 있답니다. 이건 대드가 하고 싶다고 한 일이에요.

그래서 그날 오후 버타 메이와 앨리스는 대드의 사망 소식과, 고인의 집과 홀트 공동묘지에서 거행될 추도식 공지가 담긴 까만 테를 두른 작고 빳빳한 하얀 카드를 배포했다. 그 통지문은 그날 아침 〈홀트 머큐리〉 신문사 뒷방에서 인쇄한 것이었다.

메인 스트리트에 이르자 버타 메이가 차를 세웠다. 뭘 해야 할지 알고 있지? 이것들을 상점마다 한 장씩 나눠주거라. 카운터에 있는 사람에게 주면 된단다.

뭐라고 하면서 줄까요?

이웃인 대드 루이스 씨의 장례식 통지문이라고 하면 돼. 천천히 하거라. 서두를 건 없으니까. 지금 여기서 우리가 하는 일이 뭔지 명심해라. 이건 엄숙한 행사니까.

앨리스가 차에서 내리자 버타 메이는 차를 4번가와 메인 스트리트가 만나는 모퉁이로 몰고 갔다. 앨리스는 동쪽 면에 있는 모든 상점에 들른 다음 길을 건너 서쪽 면에 있는 상점들에 들렀다. 그쪽이 다 끝나자 버타 메이는 메인 스트리트 저편으로 차를 몰고 간 다음 이웃 블록에 주차하고, 상점들을 들락거리는 손녀딸을 지켜보았다. 앨리스는 파란 원피스 차림이었다. 소녀는 예쁜 여자아이처럼 보였다. 철물점 문에는 '휴업' 안내판이 걸려 있었고 쇼윈도에는 검은색으로 글씨를 쓴 커다란 포장지가 붙어 있었다. 우리의 친구 대드 루이스가 오늘 아침 별세했습니다. 추후 공지가 있을 때까지 휴업합니다.

상가 구역의 마지막 블록에서 앨리스는 일을 마치기 전에 자동차로 돌아왔다. 저 아주머니가 목사님이 합동교회에서 예배를 보는지 알고 싶어해요.

어떤 아주머니 말이니?

저기 있는 아주머니가요.

그래서 뭐라고 했니?

아무 말도 하지 않았어요. 뭐라고 해야 좋을지 몰라서요.

잘했다. 누구든 물으면 넌 모르는 거야. 그게 사실이기도 하고. 이건 저 사람들이랑 아무 상관도 없는 문제야. 저런 여자 때문에 정말 짜증나는구나.

집에 돌아오자 버타 메이가 말했다. 난 이제 잠깐 누워야겠구
나. 넌 원피스를 벗고 반바지와 티셔츠로 갈아입거라.

자전거를 타도 될까요?

그러럼. 하지만 큰 소리를 내지 말거라. 옆집 사람들을 성가시
게 하면 안 되니까.

그분들은 뭘 하고 계세요?

슬퍼하고 있단다. 그분들은 오늘 몹시 힘든 일을 겪었어. 그래
서 사람들이 찾아와 얘기를 나누고 싶어하는 거야. 바깥에서 큰
소리가 나는 걸 원치 않을 거다. 무슨 말인지 이해하겠니?

네.

소리 내지 말거라.

알았어요, 할머니.

그래, 가서 원피스를 벗어 걸어놓거라. 내가 일부러 네게 쌀쌀
맞게 구는 게 아니란다. 그저 좀 피곤해서 그래. 넌 오늘 시내에
서 아주 잘했다. 네가 자랑스럽구나.

옆집에서 에일린과 윌라는 도울 수 있는 일을 찾아 하고 있었다. 에일린은 부엌 싱크대에서 커피잔과 잔받침을 씻고 물기를 말렸다. 오래전 대드가 설치한 식기세척기가 있었지만 기계 소리로 집안 분위기를 어지럽히고 싶지 않았다.

로레인과 메리는 위층에 올라가 각기 침실에 누워 있었다. 전화벨이 울리자 윌라가 바로 전화를 받아 전화 건 사람의 이름을 적었다. 추도식은 집에서 거행될 거예요. 그녀가 말했다. 모레요. 네, 맞아요. 바로 이 집 옆뜰에서 거행될 거고 그런 다음 묘지에서 식이 있을 거예요. 고마워요. 그분들께 전해드릴게요.

그날 오후 늦게 리처드가 꽃 한 다발을 들고 왔다. 에일린이 현관 앞에서 그를 맞았다. 전 리처드라고 합니다. 그가 말했다. 로레인이 제 이름을 말했을지 모르겠군요.

네, 성함을 들은 적이 있어요.

로레인을 잠깐 볼 수 있을까요?

지금 자고 있어요. 하지만 안에 들어와서 기다리셔도 괜찮아요.

네, 방해하고 싶지 않습니다. 로레인이 일어날 때까지 기다리죠. 아마 곧 일어날 겁니다. 잠을 푹 자지 못하니까요.

그런가요? 에일린은 그렇게 말하고는 그를 거실로 안내했다.

그는 고속도로 변에 있는 식료품점에서 꽃을 산 다음 얇은 녹색 박엽지에 싼 그 꽃다발을 흡사 무슨 의식을 치르듯 들고 왔다.

이분은 제 어머니 월라 존슨이에요. 에일린이 말했다. 이분은 덴버에서 오신 로레인의 친구분이세요.

로레인은 지금 자고 있다우. 월라가 말했다. 깨우면 안 돼요.

조용히 앉아서 기다리겠습니다.

모녀는 서로 얼굴을 마주보았다. 에일린이 꽃을 부엌에 가져 갔다가 꽃병에 꽂아 가져와서 커피 테이블에 올려놓았다.

저는 신경쓰지 않으셔도 됩니다. 그가 말했다.

그때 전화벨이 울리자 월라가 수화기를 들었다. 루이스 씨 댁 입니다. 저는 월라 존슨이에요. 그녀는 다시 추도식에 대해 설명 하고는 전화를 끊었다.

얼마 후 메리가 아래층으로 내려오자 리처드가 일어서서 맞았 다. 다시 찾아뵙는 게 좋을 것 같아서요. 그가 말했다.

그래요. 메리가 대꾸했다.

그러고 나서 로레인이 내려오자 그가 다시 일어섰다. 뭐 도울 만한 일이 없는지 알아보러 왔어.

그래?

내가 도울 일이 있으면 돕고 싶어.

지금 당장은 없어. 그렇게 물어봐줘서 고마워.

내가 꽃을 좀 가져왔어.

저 꽃이구나. 고마워. 아름다운 꽃이네.

여자들이 부엌으로 가자 그는 다시 소파에 앉아 방안을 둘러보기도 하고 꽃을 바라보기도 했다. 그는 잡지를 집어들었다.

오후가 막바지에 접어들 무렵 루디와 밥이 찾아왔다. 그들은 거실로 안내받은 후 리처드와 서로 인사를 나눴다. 루디와 밥은 겨울용 양복 차림이라 더위에 땀을 흘리고 얼굴도 붉게 상기돼 있었다. 그들도 소파에 앉았다.

우리는 좀 실례할게요. 메리가 말했다. 여러분은 편히 계세요.

그녀와 로레인, 에일린과 윌라는 다시 부엌으로 들어가 문을 닫았다.

메리가 말했다. 난 저기서 저이들이나 다른 누구하고도 함께 못 있겠어요. 그냥 그렇게 하지 못하겠어요.

엄마, 꼭 그러지 않아도 괜찮아요.

뭐든 하고 싶으신 대로 하세요. 에일린이 말했다. 오늘 아주머니는 다른 사람 생각을 하실 필요가 없어요.

그런 일은 나중에 해도 된다우. 윌라가 말했다. 오늘만큼은 당신 하고 싶은 대로 해도 괜찮아요.

난 무례하게 굴고 싶지 않아요. 그렇지만 저기에 앉아 있지 못하겠어요. 아무래도 바람 좀 쐬어야 할까봐요.

같이 나가드려요?

그녀는 고개를 저은 후 뒤뜰로 나갔다. 그들은 창문으로 그런 그녀를 지켜보았다. 그녀는 천천히 나무 그늘 아래로 걸어갔다. 그들이 지켜보고 있는 동안 그녀는 몸을 크게 굽히더니 땅바닥을 짚고 무릎을 꿇었다. 그러고는 두 팔로 머리를 감쌌다. 이제 그녀가 울고 있다는 것을 알 수 있었다. 그들의 눈에, 풀섶 위로 정수리의 흰머리만 보였다.

이런, 제가 나가봐야겠어요. 로레인이 말했다. 엄마 좀 보세요. 너무나 가엾어요.

아니, 그러지 말아요. 윌라가 말했다. 어머님은 이 과정을 겪어야 해요. 이건 시작에 불과해요. 오늘이 그 첫날이에요.

거실에서는 남자들이 서로를 곁눈질로 보기도 하고 방안을 둘러보거나 창밖을 내다보며 앉아 있었다.

저희는 오늘 상점 문을 닫았지요. 루디가 말했다. 그는 목청을 가다듬었다. 그럴 수밖에 없었어요.

그게 맞는 겁니다. 밥이 말했다. 조의의 표시지요.

주중에 문을 닫은 적은 한 번도 없었던 것 같아요. 성탄절 때를 제외하면요.

새해 첫날에도. 밥이 말했다. 명절 때니까.

제가 이 꽃을 가져왔어요. 리처드가 말했다.

두 사람은 그를 빤히 쳐다보았다.

여기 테이블에 있는 꽃 말입니다.

얼마 후 리처드가 일어나더니 부엌으로 가서 문을 두드렸다. 로레인이 나오더니 그와 함께 앞쪽 현관으로 나갔다.

난 이제 가봐야겠어. 그가 말했다. 지금 당장은 내가 여기 있는 게 별 소용이 없는 것 같으니까.

이렇게 다시 와줘서 고마워.

그럼 오늘밤 만날까.

아니. 난 아무데도 가지 않을 거야. 집을 떠날 수 없어.

모텔 방을 잡았어. 난 당신이 나와 함께 있을 줄 알았지.

엄마를 두고 갈 수는 없어. 대체 무슨 생각을 한 거야?

잠깐은 올 수 있을 거라고 여겼어. 그게 당신에게도 좋을 거야. 당신은 휴식이 필요해.

그렇지 않아.

그런데 장례식이 언제지? 이틀이 남았군. 당신이 나를 보러 오지 않을 거면 난 덴버로 돌아가는 게 좋겠어.

당신 하고 싶은 대로 해. 하지만 알다시피 난 집을 떠날 수 없어.

난 몰랐어. 그가 말했다. 그가 몸을 기울여 키스를 하려 하자 그녀가 얼굴을 돌렸다. 이런, 당신은 나와 키스조차 하려고 하지 않는군.

지금은 안 돼. 그럴 기분이 아니야.

그는 자신의 새 차 쪽을 보았다. 온갖 일들이 오늘 일어나기도 하고 일어나지 않기도 하지. 그가 말했다. 그렇잖아?

당신은 왜 그런지 알 거야.

그럼 나중에 봐, 로레인.

그녀는 현관에 서서 자동차 맞은편 쪽으로 돌아가는 그를 지켜보았다. 그는 차에 올라 잠깐 그녀를 바라보았다. 그는 손을 흔들어주지 않았다. 이윽고 그는 차에 기어를 넣더니 자갈을 팅기며 속력을 냈는데, 바로 그 순간 회색 고양이 한 마리가 자동차 앞쪽 도로로 달려나왔다. 이런! 그녀가 소리쳤다. 고양이를 치면 안 돼! 자동차는 아슬아슬하게 커브를 틀었고 고양이는 꼬리를 바짝 세운 채 이웃집 마당으로 뛰어들어갔다. 그녀는 차가 고속도로 쪽으로 방향을 잡은 다음 덴버가 있는 서쪽으로 방향을 트는 것을 지켜보았다.

그녀가 집안에 들어와보니 루디와 밥이 거실에 서서 그녀의 어머니와 얘기를 나누고 있었다. 윌라와 에일린은 부엌에 있었다.

저희도 이제 가봐야겠습니다. 루디가 말했다. 그러고는 로레인을 보며 말했다. 뭐든 저희가 할 일이 생기면 연락해주시겠어요?

네, 물론이에요. 그녀가 말했다. 저희를 위해 해주신 모든 일에 감사드려요.

저희가 이곳에 있고 싶었는걸요. 밥이 말했다. 저희가 사장님을 어떻게 생각했는지 알고 계시잖습니까.

그럼요. 잘 알죠. 메리가 말했다. 두 분 모두 매우 자상하세요. 당신들은 좋은 친구예요.

한 가지 여쭤보고 싶은 게 있는데요. 루디가 말했다.

뭔가요?

내일은 어떻게 하실 건지 궁금하군요.

내일이라뇨? 로레인이 반문했다.

모레 장례식을 치를 때는 상점 문을 닫고 싶어하실 거라고 생각했어요.

물론이에요.

하지만 문제는 내일인데요.

엄마 생각은 어떠세요?

그이라면 상점을 열고 싶어했을 것 같구나. 오늘과 추도식 날은 문을 닫아도 내일은 여느 때처럼 문을 열어두렴.

저희 생각도 그렇습니다. 루디가 말했다. 그는 다시 로레인을 보았다. 하지만 아가씨 의향을 물어봐야 한다고 생각했지요.

내일은 상점 문을 여는 게 좋을 것 같네요. 그녀가 말했다.

그럼 이제 가보겠습니다. 사장님이 돌아가셔서 마음이 아픕니다. 정말이에요. 그의 눈에 눈물이 가득 고였다. 한 가지는 분명해요. 저희는 매일같이 그분이 그리울 겁니다. 사장님이 계시지 않으면 전과 같지 않을 테니까요.

그들은 로레인과 악수를 나누려 했지만 로레인이 앞으로 나서며 그들 각자에게, 깨끗이 면도한 뺨에, 땀과 불편함으로 붉게 상기된 얼굴에 키스를 했다. 그런 다음 두 사람은 더운 정장 차림으로 메리와 포옹했다. 그들의 눈은 눈물로 가득했다. 문을 나선 그들은 루디의 차에 올라타 그곳을 떠났다.

땅거미가 질 무렵 롭 라일이 다시 그 집을 찾아왔다. 마침 메리와 로레인과 존슨 모녀는 부엌에서 접시에 음식을 담던 참이었다. 그들은 라일에게 함께 식사를 하자고 권했다.

고맙지만 사양하겠습니다. 그가 말했다. 두 분이 괜찮으신지 보러 잠깐 들른 것뿐입니다.

부디 저희와 함께 식사하세요. 메리가 말했다. 부탁드리는 거예요. 이 많은 음식 좀 보세요. 사람들은 정말 마음이 따뜻하다니까요. 이걸 드신다면 목사님께선 저희에게 은혜를 베푸시는 거예요.

로레인이 그에게 접시 하나를 건넸다.

이 모든 음식 선물은 당신 부친에 대한 조의의 표시지요. 당신과 어머님에 대한 것이기도 하고요.

사람들은 아버지 생각을 많이 해주었어요. 이곳 카운티 전역이 그래요. 로레인이 말했다. 음식을 양껏 담아서 저희와 함께 식사실로 가세요.

그들은 커다란 식탁에 자리 하나를 더 만들었다. 여자들과 라일이 자리에 앉았다. 그가 감사 기도를 올린 뒤 그들은 식사를 하기 시작했다. 하지만 얼마 후 메리가 포크를 내려놓았다.

엄마, 왜 그러세요?

먹을 수가 없구나.

그래도 좀 드셔야 해요.

배고프지 않아. 음식을 먹을 기분도 아니고.

내일은 더할 거예요. 윌라가 말했다.

그럴지도 모르죠. 그건 모르겠네요.

그때 갑자기 현관문이 벌컥 열리더니 버타 메이가 달려들어왔다. 앨리스! 그녀가 외쳤다. 앨리스가 여기 있나요?

그들 모두 식탁에서 일어나 그녀에게 다가갔다.

손녀딸이 어디 있는지 모르겠어요. 그애한테 조용히 해야 한다고 했거든요. 이 집에 계신 분들이 상중이니 떠들면 안 된다고요. 자전거는 타도 좋다고 했어요. 그런데 그애가 내 말을 너무 진지하게 받아들인 건 아닌지 모르겠네요. 어디론가 가버린 모양이에요. 그애가 다치거나 누군가가 아이한테 몹쓸 짓을 했을까봐 걱정돼 죽겠어요.

아이가 전에도 이렇게 늦은 시각까지 밖에 있은 적이 있나요? 라일이 물었다.

아뇨. 이런 적은 한 번도 없었어요. 오, 그애한테 무슨 일이라도 생긴 거면 어떡하죠? 버타 메이가 울기 시작했다. 그녀의 턱이 떨렸다. 그녀는 손으로 얼굴을 가렸다. 메리와 로레인이 그녀를 안아주었다.

그애 친구들은 어떤가요? 라일이 물었다.

노파는 그를 보더니 휴지로 눈물을 닦았다. 전화를 걸어봤지만 그애 친구들도 저와 마찬가지로 아는 게 없어요. 사실 이곳에 그애 친구라고 할 만한 애들도 없지만요. 우리는 학기가 시작되기만 기다리고 있었거든요.

경찰에는 연락해봤나요? 윌라가 물었다.

경찰에 전화하고 싶지는 않아요. 이건 경찰이 나설 문제가 아니에요.

제가 마을을 좀 돌아볼까요? 제가 그래도 괜찮으시다면요. 라일이 말했다.

그러실 수 있다면 그래주세요. 아마 어딘가에서 아이를 찾게 될 거예요. 제가 모르는 어떤 아이와 놀고 있을지도 모르겠네요.

그애가 특별히 자전거를 즐겨 타는 동네가 있나요?

그걸…… 모르겠어요. 전 그렇게까지 관심을 갖지 않았답니다. 그애는 언제나 때가 되면 집에 돌아왔으니까요.

제가 한번 찾아보지요. 라일이 말했다. 아이가 고속도로 저쪽이나 메인 스트리트 맞은편까지 가진 않았을까요?

그럴 것 같진 않아요. 하지만 지금은 아무것도 모르겠어요. 오, 얘가 어디로 갔을까요? 그녀는 다시 울기 시작했다.

제가 찾아보겠습니다. 라일이 말했다.

저도 함께 갈게요. 로레인이 말했다.

두 사람은 빠른 걸음으로 라일의 차가 있는 곳으로 나갔다. 그는 땅거미가 내리는 조용한 거리를 따라, 주택 앞에 주차돼 있는 다른 차들을 지나치며 차를 몰고 고속도로 쪽으로 갔다가 인접한 거리로 돌아온 다음 그 길을 오르내리며 뒤뜰을 살펴보았다. 하늘에서는 빛이 사라져가고, 거리 모퉁이에서는 가로등이 들어오고 있었다.

무서운 생각이 들기 시작해요. 로레인이 말했다. 무슨 일이라도 생겼으면 어쩌죠? 오, 하느님, 제발 그러지 않기를.

그렇게 생각하시면 안 됩니다. 라일이 말했다.

하지만 만약 그랬다면요? 이 일 때문에 옛날 일이 생각나요. 제 딸아이가 차 사고로 죽은 일 말이에요. 그 사고에 대해서 아시나요?

어머님한테 들은 적이 있습니다.

그 일을 잊을 수가 없어요. 앞으로도 그럴 거예요. 자식의 죽음을 잊을 수 있는 부모는 없는 법이죠. 그녀는 고개를 돌렸다. 라일이 좌석 너머로 손을 뻗어 그녀의 손을 잡아주었다. 그런데 이번엔 앨리스라니. 그녀가 말했다. 가엾은 아이. 전 그애한테 신경을 쓰지 않을 수 없었어요. 그러면 안 됐는데 말이에요. 그건 똑같은 일이 반복되는 거나 마찬가지예요. 무서운 진실이죠. 전 지금 그걸 느껴요. 하지만 그애한테 할머니가 계시지 않았더라면 조만간 제가 그애를 입양했을지도 몰라요. 아, 그애한테도 무슨 일이 생긴 거면 어떡하죠?

그녀는 차창 밖을 주시했다. 라일은 그녀의 손을 잡은 채였다. 그들은 메인 스트리트를 가로질러 동쪽 거리로 건너갔다.

차를 몰고 있었던 건 남자아이였어요. 로레인이 말했다. 그애도 이제 서른세 살이 됐겠네요. 그애는 어른이 됐고 제 딸아이는 열여섯 살에 생을 마감했고요. 그런데 만일 여기서 그때와 같은 일이 일어난다면……

그들은 마을을 가로지른 다음 철로 위에 난 건널목을 덜컹거리며 건너, 작은 가옥들과 청록색 트레일러, 잡초 더미와 뒷마당에서 녹슬고 있는 자동차들 사이를 살피며 북쪽으로 향했다.

제 아들도 곤경에 처해 있지요. 라일이 말했다. 자세한 말씀은 드리지 않겠지만 말입니다. 내가 말하기를 그애가 원치 않을 만한 이야기는 하지 않겠지만, 그애는 심각한 곤경에 처해 있어요. 그애가 정말 걱정이 됩니다. 지금은 엄마와 함께 살기 위해 덴버로 갔지요.

그곳에서라면 좀 나아질까요?

그럴 것 같진 않아요. 그애한테 문제가 되는 것은 어디 사느냐가 아니니까요.

그 문제라는 것이 목사님과 아드님 사이의 문제인가요?

어느 정도는 그렇다고 할 수 있죠.

그들은 다시 철로를 건넜다. 저녁이 된 지금은 아까보다 더 많은 차들이 다니고 있었다. 고등학교 아이들이 전조등을 켜고 서로 경적을 울려대며 차를 몰고 메인 스트리트를 오가고 있었다. 라일과 로레인은 메인 스트리트를 벗어나 철로를 따라 공원으로 향했다. 홀트 수영장에 이른 그들은 차를 세우고 빠른 걸음으로 입구를 지나 안으로 들어가보았다. 아이들이 떠드는 소리와 물 튀기는 소리가 났다. 출입구 카운터에는 여고생 두 명이 입장권을 팔고 있었고, 그들 뒤편으로는 철사로 만든 옷바구니들이 줄

지어 쌓여 있었다.

그들은 빠른 어조로 여고생들에게 찾고 있는 여자아이에 대해 물어보았다.

아뇨, 보지 못했어요. 여고생 하나가 말했다.

우린 네시부터 여기 계속 있었는걸요. 다른 여자애도 말했다.

그애가 나타나면 바로 집으로 좀 보내줘요. 로레인이 말했다. 그애가 누군지 알죠?

알아요.

그들은 다시 자동차로 돌아왔다. 이제 돌아가요. 로레인이 말했다. 어쩌면 그사이에 집에 왔을지도 모르잖아요.

마을 외곽 거리로 들어서자 버타 메이의 집 전등이 모두 켜져 있는 것이 보였다. 모든 창이 불빛으로 가득했다.

네 여자는 집 앞에 나와 서 있었다. 라일과 로레인은 차에서 내려 그들에게로 갔다.

아이를 찾지 못했군요. 버타 메이가 물었다.

네. 라일이 대답했다. 하지만 아직 포기한 건 아닙니다. 좀더 찾아볼 거예요.

오, 아이가 대체 어디 있는 걸까? 아이가 보고 올 수 있게 집안의 전등을 모조리 켜두었답니다.

이제 경찰에 전화를 걸어야 해요. 윌라가 말했다.

아뇨. 아직 그럴 수 없어요.

하지만 경찰이라면 우리에게 없는 방법을 동원해서 아이를 찾아낼 거예요.

전 경찰이 개입하길 원치 않아요. 그래야 한다면 그럴 테지만요…… 조만간 말이에요.

그녀는 주위를 둘러보았다. 모두가 그녀를 지켜보고 있었다.

전 이제 집에 가야겠어요. 여기 나와 있어봤자 소용없는 일이니까요.

가지 마세요. 메리가 말했다. 우리와 함께 여기 계세요.

가슴이 갈기갈기 찢어지는 것 같아요. 그게 눈에 안 보이세요?

우리 모두 그런 기분이에요.

잠깐만요! 그때 에일린이 말했다. 그녀는 거리 위쪽으로 시선을 보내고 있었다. 누군가가 오고 있어요.

서너 블록쯤 떨어진 자갈길에서 누군가가 그들 쪽을 향해 오고 있었다. 몸집이 작았다.

내 눈에는 보이지 않아요. 버타 메이가 말했다. 그애인가요?

네. 확실히 그런 것 같아요.

그런데 자전거가 보이지 않네요.

로레인이 뛰기 시작하자 라일도 그 뒤를 따라 달렸다. 여자들도 황급히 두 사람 뒤를 따라갔다. 로레인이 맨 먼저였다. 그녀는 아이를 번쩍 들어올려 한 바퀴 돌리고 꼭 끌어안았다. 그런 다음 아이를 내려주었다. 소녀의 몸은 더러워졌고 얼굴은 겁에 질려 있었다. 오, 애야, 괜찮니? 그러면서 그녀는 아이의 얼굴을 자세히 살펴보았다.

네.

정말 괜찮아?

길을 잃었어요. 시골길로 나갔는데 날이 어두워져서 길을 잘못 들었어요. 그러다 픽업트럭이 지나가는 바람에 도랑에 빠졌어요. 깨진 유리병 조각에 타이어가 찢어지고 말았어요.

픽업트럭에 탄 사람이 너를 해코지했니?

아뇨.

트럭은 멈추지 않고 그냥 갔어?

네. 전 울타리 밑으로 기어나와 밭으로 달렸어요. 하지만 자전거는 거기에 그대로 두고 왔어요.

그건 신경쓰지 마라. 라일이 말했다. 우리가 내일 가져오면 되니까.

오, 하느님! 네가 무사해서 얼마나 다행인지 모르겠구나. 여기네 할머니가 오셨단다.

여자들 모두 빠른 걸음으로 다가왔다. 소녀가 버타 메이에게 다가가자 노파는 아이를 품에 얼싸안았다.

오, 이런 이런. 앞으론⋯⋯

소녀가 울음을 터뜨렸다.

앞으로 다시는 그러지 말거라. 알겠니?

죄송해요. 할머니. 죄송해요. 화내지 마세요.

화를 내는 게 아냐. 이제 집에 왔잖니.

길을 잃었어요.

알아. 하지만 이제 여기 있으니 됐어.

가로등 불빛을 보고 길을 찾았어요. 제 자전거는 아직 거기 있어요. 할머니.

오, 걱정 말아라. 다른 건 아무래도 좋아. 네가 무사히 집에 돌아왔잖니. 내가 불을 켜두었어. 그런데 보지 못한 모양이구나.

마을 밖에 있는 가로등 불빛을 보고 왔어요.

여자들은 이제 한데 모여 서서 한 사람씩 소녀를 껴안고는 기쁜 나머지 울면서, 더러워지고 볕에 탄 아이의 얼굴을 토닥여주었다.

이제 집에 들어가는 게 좋겠다. 버타 메이가 말했다. 말끔히 씻어야겠어. 네 꼴 좀 봐라. 맙소사. 엉망이 됐구나. 그리고 뭐 좀 먹어야지.

제가 집에서 음식을 좀 가지고 올까요? 메리가 말했다.

아녜요, 나도 두 시간 전에 저녁을 해놓았어요.

그들은 밤의 어둠 속에 환히 불을 밝히고 있는 집으로 향했다.
버타 메이와 소녀가 집안으로 들어갔다. 나머지 사람들은 바깥
보도에 서서 그쪽을 지켜보았다. 전등이 하나씩 꺼지면서 그 오
래된 집은 뒤쪽만 남기고 다시 어둠에 잠겼다.

우리도 집에 가야겠어요. 윌라가 말했다. 갈 때가 됐어.

그래요. 안녕히 주무세요. 에일린이 인사했다.

라일이 작별 인사를 하자 로레인이 그를 안아주었다. 그는 차
에 올라 그곳을 떠났다. 존슨 모녀도 차를 몰고 사구 쪽으로 떠
났다.

로레인이 엄마의 팔짱을 꼈다. 두 사람은 집안으로 들어갔다.
그들은 창가에 있는 대드의 의자 곁에 놓인 스탠드를 켜서 옆뜰
을 밝혀놓고 부엌으로 들어갔다. 그리고 식탁에 앉아 커피를 마
시며 아주 작은 소리로 도란도란 이야기를 나누었다.

8월 어느 날 밤의 일이었다. 대드 루이스는 그날 새벽 세상을
떠났고 이웃집 어린 소녀 앨리스는 저녁에 길을 잃었다가 어둠
속에서 마을의 가로등 불빛을 보고 집을 찾았다. 그렇게 그 아이
는 자신을 사랑하는 사람들에게로 돌아온 것이다.

그리고 가을이 되면서 날씨는 차가워지고 나뭇잎이 졌으며,

겨울이 되자 산맥에서 바람이 불어왔고 홀트 카운티의 고원지대
에는 밤새 폭풍이 불고 사흘 내리 눈보라가 쳤다.

게리 피스케쉰, 낸시 스토퍼, 마크와 버지니아 스프래그, 마크와 캐시Kathy 하루프, 개브리엘 브룩스, 캐럴 카슨. 루시 라이스너, 캐슬린 프리델라. 짐과 제인 엘모어, 피터와 질 브라운, 윌 아출레터. 루러 매킨리, 레슬리 스톡턴, 앤디 더닝 목사, 조지 크리스티 목사, 폴 아일러키 박사, 산드라 노팅엄 목사, 서렐 하루프, 휘트니 하루프, 체이니 하루프 마쓰키스, 제인 템플턴, 버지니아 데이비스, 헤더 오스틴, 그리고 특별히 캐시Cathy 하루프에게 감사한다.